中国冶金报社 冶金文学艺术协会 中国冶金作家协会 策划

U0661555

钢铁如此美丽

中国冶金优秀文学作品选之

纪念改革开放 40 周年专辑

《钢铁如此美丽》编委会 编

河南文艺出版社
·郑州·

图书在版编目（CIP）数据

钢铁如此美丽：中国冶金优秀文学作品选之纪念改革开放40周年专辑/《钢铁如此美丽》编委会编. ——郑州：河南文艺出版社，2019.11（2022.5重印）

ISBN 978-7-5559-0892-0

Ⅰ.①钢… Ⅱ.①钢… Ⅲ.①中国文学-当代文学-作品综合集 Ⅳ.①I217.1

中国版本图书馆 CIP 数据核字（2019）第 227709 号

出版发行	河南文艺出版社
本社地址	郑州市郑东新区祥盛街 27 号 C 座 5 楼
邮政编码	450018
承印单位	河南龙华印务有限公司
经销单位	新华书店
纸张规格	890 毫米×1240 毫米　1/32
印　　张	15.5
字　　数	356 000
版　　次	2019 年 11 月第 1 版
印　　次	2022 年 5 月第 3 次印刷
定　　价	68.00 元

《钢铁如此美丽》编委会

序 言

让钢铁更加美丽

陆闻言

由中国冶金报社、冶金文协、中国冶金作协共同策划的《钢铁如此美丽》与广大读者见面了。本书收录了冶金作家开展"访延安 看陕钢"创作实践作品和《中国冶金报》副刊"纪念改革开放40周年征文"获奖作品,是近年来中国冶金文学优秀作品的集中展示。

钢铁是中国文学的一片热土。

伴随着中华人民共和国成立70年、改革开放40年的宏伟历程,一代代冶金作家笔耕不辍,从文学视角,书写新中国钢铁工业艰难起步、自力更生、改革开放、迈向高质量发展阶段的奋进之歌。

记得还是在学生时代,那是一个文化匮乏的年代,能够读到的文学作品不多,草明的《乘风破浪》让我记忆深刻,上大学后才知道草明一生都在写工人，长期在鞍钢生活。艾明之的剧本《伟大的斗争》《钢铁的力量》都是非常出色的作品，当然他最著名的还是电影剧本《护士日记》。这些作家的作品，曾影响着一代人。参加工作后，曾有幸与钢企的作家们交流切磋，钢企作家最大的特点就是来自基层。他们中有炼钢工、采矿工、吊车司机、冶建职工、钢材销售员、科研人员、企业管理者、企业文学杂志编辑等。他们扎根钢厂、扎根矿山，轧机、炉台是他们生活的沃土，大工业的气势蒸腾着他们的创作豪情，钢铁的脉动滋养着他们的炽烈情怀。钢铁文学创作者犹如群星般灿烂，他们中既有像草明（鞍钢）、艾明之（上钢三厂）、方芳（武钢）、薛冰（南钢）等从钢铁企业走出来的作家，也有像董宏量、韩忆萍、莫臻、周天步、赵雁、朱惜珍、李锦崇、高彦杰、吴久德、刘希涛、沈海深、濮本林、张树宽、张钟涛、郭启林、郭翠华、徐禾、张欣民等长期活跃在钢铁企业一线的工人作家。

上一辈冶金文学作者壮心不已，新一代冶金文学作者苗壮成长，新风吹拂冶金文坛。在今天，一批中生代、新生代冶金文学作者正在崛起，鬼金、蒋殊、钟钢、陈原、李榕、崔美兰、李永刚、齐冬平、许顺荣、丁鼎、白杨、马飚、刘成渝、张荣华、刘盛超、王绍君、蒋振宇、何鸿、霍向东……这些以辛勤写作丰富着中国当代钢铁文学的画卷和延续中国钢铁文学澎湃生命的冶金作家，通过来自基层一线的书写，用文学为时代画像、为时代立传、为时代明德，不仅展示了新时代中国钢铁工业发展的新模式、新业态，而且还把钢铁与人类、钢铁与国家、钢铁与经济以及与中华民族实现伟大复兴的内在关系精彩地展现在广大读者面前。他们创作的优秀作品，记录了中国钢铁工业由大到强，成为供给侧结构性改革先行者的足迹，让全社会看到了广大冶金职工的奋斗与奉献。

中国冶金报社、冶金文协、中国冶金作协作为冶金文学创作重要的组织者、推动者和传播者，坚持利用好《中国冶金报》副刊、中国钢铁新闻网文学频道、《中国冶金文学》杂志等平台，大力推介这些有筋骨、有道德、有温度的冶金文学作品。在媒体融合的新时代背景下，又推出"冶金文苑"微信公众号，搭建展示冶金行业基层作者优秀作品的新平台，使冶金文学的社会传播呈现方式更加多元化。

在中国冶金作协的积极推荐下，冶金文学的社会关注度日益提高。近年来，每年均有多位中国冶金作协会员成为中国作协会员；多项钢铁题材文学创作项目入选中国作协创作扶持项目；一批批别开生面的优秀冶金文学作品见诸知名文学刊物；越来越多的基层冶金作家站上了行业、地方乃至全国文学大奖的领奖台。在赵树理文学奖、冰心散文奖、中国冶金文学奖等获奖名单上，冶金作家的名字熠熠闪耀。

累累硕果，显示出冶金文学创作继往开来、生生不息的强大生命力！为给予这些执着质朴的冶金行业基层作者以鼓励，进一步激发冶金作者的创作热情，为更好地、更多地把冶金行业基层作者的优秀创作成果展示给全行业、全社会，2019年初，中国冶金报社、冶金文协、中国冶金作协策划出版"新中国冶金文学系列丛书"，全力打造冶金文学传播的精品平台。《钢铁如此美丽》的出版，标志着"新中国冶金文学系列丛书"出版工作迈出了坚实步伐。本书收录的作品创作者中，有多年耕耘文坛、专注钢铁题材的老作者，也有强势崛起的冶金文坛中坚力量和崭露头角的冶金文学新生代。作品体裁包括报告文学、散文、诗歌等传统创作形式，还包括微视频解说词等新形式。这不仅显示了钢铁题材文学创作的欣欣向荣，更体现了冶金作家生生不息的传承。

在新时代中国特色社会主义的伟大实践中，在中国钢铁工业高质量的时代洪流中，冶金文学如何进一步发展？我们认为，冶金文学不能离开冶金行业，更不能离开冶金职工。只有扎根钢厂、矿山、冶金建设一线，才能写出更加感人的新时代钢铁故事；扎根职工，才是支撑冶金文学艺术生命的根源。冶金文学创作者有责任、有义务为广大冶金职工抒写、抒情，要于平凡中发现伟大，从质朴中发现崇高，深刻提炼钢厂生活，表达职工的内心情感，塑造出自信、文明的钢铁工人形象，描绘多彩生动，有情感、有梦想的钢铁生活，努力创作出无愧于时代、无愧于人民的优秀作品，

作家们让钢铁更加美丽！

（陆闻言，冶金文学艺术协会会长、中国冶金作家协会名誉主席、中国冶金报社原社长）

特稿

潮起钢铁　不惑奋斗

陆闻言　陈琢

　　历史，总是在一些特殊年份给人们以汲取智慧、继续前行的力量。

　　1949年7月9日，鞍钢举行盛大的开工典礼。毛泽东主席和党中央来信祝贺并赠送锦旗："为工业中国而斗争"。

　　1949年，中国钢产量只有15.8万吨。"为工业中国而斗争"从此成为中国钢铁人矢志不渝的奋斗目标，成为近70载一代又一代钢铁人薪火相传的强国梦想。

　　1978年12月23日，党的第十一届三中全会闭幕的第二天，上海宝山钢铁总厂打下第一桩。1979年9月，邓小平同志高瞻远瞩地指出："历史将证明，建设宝钢是正确的。"1984年2月15日，邓小平视察宝钢并题词："掌握新技术，要善于学习，更要善于创新。"

　　解放思想，持续创新。从此，中国钢铁人挺立时代前沿，在改革开放的大潮中拼搏、成长，在中国特色社会主义道路上探索、实践，一马当先。

2016年6月19日，习近平总书记参观河钢集团塞尔维亚斯梅代雷沃钢厂时说："我相信，在双方密切合作下，斯梅代雷沃钢厂必将重现活力，为增加当地就业、提高人民生活水平、促进塞尔维亚经济发展发挥积极作用。"

"一带一路"倡议，中国方案、世纪蓝图！作为供给侧结构性改革的先行者，中国钢铁人整装再发，踏上新时代的新征程。

四十而不惑！

中国钢铁工业改革开放的40年，是彻底结束钢材短缺时代的40年，是装备技术水平赶超国际先进水平的40年，是钢铁企业大步迈向现代化的40年，是在国际竞争与合作中不断发展壮大的40年，是绿色发展理念从无到有并逐步上升为企业发展本质要求的40年，是中国钢铁人在党的领导下艰苦奋斗、无私奉献、英模辈出的40年，也是从粗放到集约、从注重量的扩张到注重品种质量效益提升的深化发展的40年。

中国钢铁工业改革开放的40年，赫赫丰碑，处处屐痕，无不闪耀着解放思想、实践创新的光芒，无不揭示着继续奋进的方向——改革开放，是国与钢的命运抉择，是钢铁工业前进的逻辑，是中国钢铁工业由小变大、由大变强的决定性因素。

解放生产力
钢水奔腾壮志强国

回顾钢铁工业改革开放的40年，要从"三打两千六"谈起。

因为透过这个截面，可以看到冲破桎梏的强大动能，看到改革开放怎样带来生产力的极大释放，进而看到国民经济由高速增长阶段转向高质量发展阶段中国钢铁工业的历史使命。

　　"三打两千六"　改革开放的前夜反思

　　从1949年新中国成立到1978年的近30年间，是高度集中的计划经济时期，也是奠定共和国"钢铁之基"的时代。从鞍钢大型轧钢厂、无缝钢管厂、7号高炉"三大工程"改扩建，到武钢、包钢、攀钢等一大批钢铁企业的建设，在艰苦奋斗中，中国钢铁工业初步建立起了包括采矿、选矿、烧结、炼铁、炼钢、轧钢、焦化、耐火材料、铁合金、碳素等比较完整的要素结构，地质勘探、工程设计、建设施工、设备修造、科学研究、冶金教育等比较齐全的行业门类，以大型企业为骨干、"大中小"相结合、具有3500万吨钢生产能力的共和国钢铁工业体系；培养造就了一支以钢铁强国为己任、英模辈出的数百万钢铁职工队伍。

　　那也是一个想钢盼钢的时代。翻开1959年3月17日的《大公报》，《全国钢铁职工在京誓师，夺钢大战序幕展开》的头条标题映入眼帘。一年又一年的"夺钢大战"寄托着钢铁人的强国情怀，也牵动着全国人民的心。尽管有"大跃进"全民大炼钢铁的困扰、"文化大革命"的破坏，但中国钢铁人坚韧前行，使钢产量在1973年达到2522万吨的高点。1974—1976年，每年都计划产钢2600万吨，但没有一年能完成这一指标，1974年钢产量下降到2112万吨，1975年钢产量达到2390万吨，1976年再下降到2016万吨。这就是业内流传的"三打两千六"。粉碎"四人帮"后，经过近两年的拨乱反正，钢铁企业先后开展了恢复性和建设性整顿，中国钢产量终于达到3178万吨。1978年12月11日，《人民日报》发表社论《为完成三千万吨钢而欢呼》。

"三打两千六"失败的原因是多方面的。

据原中顾委委员、中国企业联合会名誉会长袁宝华回忆，在1975年5月份的钢铁工业座谈会上，邓小平提出，钢铁工业重点要解决四个问题：第一，必须建立一个坚强的领导班子；第二，必须坚决同派性作斗争；第三，必须认真落实政策，把受运动伤害的老工人、老领导、老劳模和技术骨干的积极性调动起来；第四，必须建立必要的规章制度，大钢厂要有单独的强有力的生产指挥机构。根据邓小平的思路，中央调整了冶金部领导班子，中央13号文件（即《关于努力完成今年钢铁生产计划的批示》）得到迅速贯彻，6月份即达到日产钢7.24万吨的历史最高水平。但是，中国钢铁工业终因前5个月欠产太多等原因，未能实现2600万吨钢的计划目标。1976年，因"四人帮"大搞所谓"反击右倾翻案风"，钢铁生产再次遭到破坏。但是，从邓小平的整顿思路和措施，以及粉碎"四人帮"后钢铁工业迅速突破年产3000万吨钢大关的实践，我们已经看到了调整生产关系、解放生产力的滥觞。

第十届全国政协副主席，中国工程院原院长、上海市原市长徐匡迪则从装备技术层面分析了原因：1955年、1956年，发达国家氧气转炉已经规模投产，炼一炉钢由平炉的5~6个小时减少到40分钟左右，炼钢效率大大提升。到20世纪80年代，发达国家的平炉基本上已全部淘汰。但改革开放初的中国只有平炉和小型侧吹转炉，工艺过程不连贯，炼钢与轧钢脱节，不仅能耗高而且生产效率低。

　　"三打两千六"让一代钢铁人深刻反思。这样的反思，为即将到来的改革开放做了充分的思想准备。以单一公有制为基础、高度集中的计划经济体制对生产力的束缚越来越明显，已到了非改不可的时候。

　　亿吨钢铁壮国威　发力结束短缺时代

　　"年产亿吨，世界第一，其功巨矣，其业伟哉！"1997年1月15日，《人民日报》发表《亿吨钢铁壮国威》的评论文章，抒发对钢铁的热切期盼。

　　1996年，中国钢产量突破1亿吨，成为世界第一产钢大国，实现了几代中国人的梦想，既壮了国威，也集中体现了改革开放的强大力量。

　　解决钢铁产品长期供不应求的矛盾，是钢铁工业改革开放的首要任务。

　　改革开放初期（1978—1992年），是高度集中统一的计划经济体制向初步建立社会主义市场经济体制过渡的时期。改革的主要内容是：扩大企业生产经营自主权；政府对国有企业放权让利，逐步减少指令性计划，扩大市场范围，营造市场竞争主体。对外开放则主要是在全盘引进国外先进技术装备新建宝钢和天津大无缝钢管厂的同时，创造条件鼓励企业利用外资和国外先进技术装备，改造落后的产业基础，缩小与国外先进技术的差距。

　　建立社会主义市场经济体制时期（1992—2000年），改革开放的主要内容是：建立和完善市场体系，改革财税制度，实行市场定价；建立现代企业制度，探索股份制改造，实施债转股改革；同时大量引进国际先进技术。随着2001年12月11日中国加入世界贸易组织（WTO），钢材出口关税大幅度下降和彻底取消对进口钢材的限制，钢铁行业成为首批迎接国际竞争洗礼的行业，国际竞争力逐步提升。

国民经济高速发展时期（2001—2014年），政企分开改革进一步深化，在撤销冶金部的基础上于1998年成立的国家冶金工业局，于2001年2月也被撤销，中国钢铁工业协会作为钢铁行业的自律性中介组织走上前台，在政府和企业之间发挥桥梁和纽带作用。国家开始运用市场化手段取代过去单一的行政命令，通过制定、发布产业政策、发展规划、准入标准等方式，对行业进行管理。同时，企业改革进一步深入，股份制改造加速推进，民营钢铁企业快速崛起，并购重组加紧进行。此外，钢铁工业利用国外资源达到前所未有的高潮，进口铁矿石占比超过50%，一些企业开始走出去投资或收购他国矿山，全球化水平大幅提升。

在一系列调整生产关系、扩大企业发展能力和空间的政策措施推动下，中国钢铁工业摆脱了计划经济时期的观念和体制束缚，探索创新、拼搏奋进，生产力得到极大解放，一举结束了钢铁短缺时代。中国年钢产量自1996年首破1亿吨后，2003年突破2亿吨，2005年突破3亿吨，2006年突破4亿吨，2008年突破5亿吨，2010年突破6亿吨，2011年突破7亿吨，2013年突破8亿吨后一直保持在8亿吨以上的规模。

1978—2017年，中国粗钢产量以年均8.7%的速度增长，2017年产粗钢8.32亿吨，2018年上半年产粗钢4.51亿吨，占世界钢铁产量的半壁江山。

1978年，中国只有鞍钢的年钢产量超过500万吨。2017年，宝武钢铁集团年钢产量达到6539.27万吨，河钢集团年钢产量达到4406.29万吨，沙钢集团年钢产量达到3834.73万吨，鞍钢集团年钢产量达到3421.98万吨，年钢产量2000万吨至3000万吨的钢铁企业有4家。

2004年7月13日，《财富》杂志推出年度世界500强排名，上海宝钢集团公司首次进入世界500强，名列第372位，从而成为中国竞争性行业和制造业第一批进入世界500强的企业。此后，更多中国钢铁企业进入世界500强榜单。2018年，中国宝武钢铁集团、河钢集团、江苏沙钢集团、新兴际华集团、鞍钢集团、首钢集团携手进入世界500强。

缺钢少铁、积贫积弱的中国，在世界舞台上，挺起了钢铁的脊梁。

去产能供给侧　改革再打头阵

2018年4月23日，随着最后一炉铁水出铁完成、高炉休风结束，华东第一高炉——马钢9号高炉在运行60年后被永久性关停。

1958年9月20日和1959年10月29日，毛泽东主席两次登上马钢9号高炉炉台。如今，这座高炉作为爱国主义教育基地和工业遗址予以保留。

曾任马钢党委书记的原冶金部副部长，原国家冶金工业局局长，全国人大常委会原副秘书长、机关党组书记王万宾，在得知消息后动情地说："9号高炉是马钢人心中永远的丰碑！马钢决定永久保留毛泽东主席两次视察的9号高炉，是不忘初心、牢记使命的历史性举措！"

不错！一个时代有一个时代的问题，一代人有一代人的使命。

从2013年开始，随着国内第三产业超过第二产业，中国进入粗钢生产消费峰值平台区。2014年，随着中国经济进入新常态，在经济高速增长期被掩盖的各类深层次问题开始爆发，钢铁行业效益持续下滑。2015年，中国粗钢产量和实际消费量双双出现改革开放以来的首次下降。同时，粗钢产能利用率不到70%，重点大中型钢铁企业亏损面超过50%。钢铁工业出现产能严重过剩。

2015年11月，习近平总书记在中央财经工作领导小组第十一次会议上强调，要着力加强供给侧结构性改革。2015年12月召开的中央经济工作会议提出，2016年经济社会发展主要是抓好去产能、去库存、去杠杆、降成本、补短板五大任务。2016年，国务院发布《关于钢铁行业化解过剩产能实现脱困发展的意见》，明确提出5年内要化解钢铁过剩产能1亿~1.5亿吨。紧接着，8个涉及奖补资金、财税、金融、国土、环保、职工安置、安全、质量等方面的配套支持文件紧锣密鼓地发布，化解过剩产能的具体工作机制从中央到地方层层建立起来。随后，彻底取缔"地条钢"毒瘤的大限日，被定格在2017年6月30日。

就这样，适应国民经济进入新常态的要求，实现由量向质的根本性转变，中国钢铁人在供给侧结构性改革中再次承担起先行者的重任，逢山开路，遇水架桥——至2015年3月，鞍钢集团攀成钢累计关停过剩产能350万吨，平稳分流安置9000多名职工；至2015年12月22日，杭钢用5个月时间，快速平稳关停半山钢铁基地，妥善分流安置职工12000人。

2016年6月20日，宝钢不锈2500立方米高炉正式关停；当年8月31日，曾为新中国钢铁工业发展立下功勋的包钢2号高炉正式开始拆除。

2017年4月20日，国务院总理李克强考察山钢济钢，对工人们说："国家不会忘记你们做出的贡献，财政该支持的必须支持，一定保障职工的合法权益和基本生活，确保转岗不下岗、转业不失业。"2017年7月8日，山钢济钢在济南的钢铁产线全线安全停产，济钢转型发展迈出坚实一步。

2017年9月5日，李克强总理走进太钢集团临汾钢铁有限公司。在一片正在拆除的落后产能厂房前，他寄望太钢浴火重生。

…………

2016年、2017年，钢铁行业分别压减产能6500万吨、5500万吨，2018年退出钢铁产能超3000万吨。到2018年末，我国钢铁行业压减过剩产能已超1.5亿吨。同时，还取缔了1.4亿吨"地条钢"产能。生产力结构得到优化，钢铁行业市场环境逐步好转，摆脱了"劣币驱除良币"的局面，2017年，钢铁行业产能利用率已恢复到80%左右；市场价格和企业效益逐步回升。2018年上半年，中国钢铁工业协会会员企业销售利润率基本达到了全国规模以上工业企业利润率水平，企业资产负债率持续下降，运营质量不断提高。

中国有效化解钢铁过剩产能为全球钢铁市场回暖做出重大贡献。世界钢铁协会总干事埃德温·巴松指出："中国是迄今世界上唯一一个公布去产能具体目标且将去产能付诸实施的国家。""中国钢铁工业的供给侧结构性改革已经对世界钢铁工业进行供给侧结构性改革起到了引领作用。"

持续创新
从追赶向并跑、领跑转变

从党的十一届三中全会提出"在自力更生的基础上积极发展同世界各国平等互利的经济合作，努力采用世界先进技术和先进设备"，到2017年党的十九大提出"创新是引领发展的第一动力，是建设现代化经济体系的战略支撑"，钢铁工业装备技术努力赶超世界先进水平的40年画卷壮阔展开：继宝钢建设之后，1989年6月份，全盘引进国外先进技术的天津钢管公司开工建设。同时，原冶金部提出"立足现有企业，走挖潜、改造、配套、扩建的路子"，重点抓好钢铁企业的技术改造工作；1994年，原冶金部提出大力推进淘汰落后技术装备，采用新技术对老企业进行技术改造，拉开了采用高炉喷煤粉、连铸、溅渣护炉、热装热送等六大共性先进技术改造的大幕。进入21世纪，钢铁工业依靠引进吸收再创新、集成创新、自主创新，装备技术向着大型化、高效化、自动化、长寿化和生产过程环境友好的方向加速发展。如今，中国钢铁工业的装备技术整体上达到或基本达到世界先进水平。

建设宝钢　学习、创新铺就现代化之路

1977年5月，即将担任冶金部部长的唐克拜访邓小平，建议在沿海地区引进设备，利用国外矿石资源建一个钢厂。邓小平当即表示："要搞就搞个大的。花点钱，买些现代化的设备回来。"

宝钢一期工程预算总投资300亿元，是人民共和国成立以来，投资最多、技术最新、难度最大的工程项目。

争议在所难免。邓小平、李先念、陈云等老一辈党和国家领导人，当时的上海市和冶金部以及宝钢工程的建设者，纷纷站到了思想解放的前沿。原冶金部从四面八方调集资源，全力以赴，先后有6位副部长在宝钢主持工作。

1983年，冶金部第一副部长、党组副书记的黎明到宝钢任职，带领宝钢工程指挥部先后探索了投资包干、节约分成等管理模式，不仅抢回了拖延的工期，还实现了"工期确保、质量提高、投资不超"的目标。黎明在宝钢一干就是15年，带领宝钢人完成一期、二期工程建设，开始三期工程建设，创立了中国钢铁工业现代化发展新模式，开创了国企改革发展持续创新的"宝钢之路"。

按照新日铁的设计，宝钢炼钢对水质的要求非常高，降低长江水氯离子的含量成为技术上的拦路虎。于是，宝钢指挥部副总工程师凌逸飞等人提出，在长江口建水库，利用长江的潮涨潮落实现"蓄淡避咸"的方案。1983年农历大年初一，宝冶特种公司经理王茂松开车，在长江引水工地抛下了第一车块石；1985年9月，长江引水工程建成投用，保证了宝钢1号高炉的投产；2005年6月13日，宝钢隆重举行"宝山湖"纪念碑落成仪式，新落成的"宝山湖"纪念碑将李先念题词的"宝钢长江引水工程落成纪念"纪念碑和陈云题词的"宝山湖"纪念碑合二为一。

2000年底，宝钢三期工程基本建成，宝钢的建设规模从一期的312万吨钢、二期的671万吨钢，最终提高到1100万吨钢的生产能力，产品可代替441万吨进口钢材。同时，用于三期工程建设的520多亿元基本上靠宝钢自筹，整个工程的设备国产化率达到80%（一期工程、二期工程的国产化率分别为12%、61%）。

2000年，宝钢股份上市；2005年，宝钢成为首批规范化董事会试点企业之一；2016年，宝钢成为首批国有资本投资公司试点企业；2016年12月1日，中国宝武钢铁集团成立；2017年，被誉为21世纪钢铁"梦工厂"的湛江钢铁基地一期工程全面投产。

"成为全球钢铁业的引领者"——中国钢铁航母就这样破浪起航了。

建设宝钢，使中国钢铁工业的工艺装备技术与世界先进水平之间的差距缩短了20年；宝钢弥补了钢铁产品品种、质量上的差距和不足，开创了中国钢铁工业现代化管理的新局面。

鞍钢技改　老企业脱胎换骨奔向现代化

1994年，冶金部副部长吴溪淳被派到鞍钢兼任党委书记，帮助鞍钢解决生产经营问题。吴溪淳到任后很快发现，鞍钢需要一个强有力的领导班子。同年岁末，中组部将刘玠从武钢急招到北京，任命他为鞍钢总经理。

此后12年，鞍钢进入脱胎换骨的时代——改革机制、改造装备，走出了"高起点、少投入、快产出、高效益"的老企业技术改造之路。

鞍钢技改从"平改转"开始。鞍钢利用原有的厂房装备，改一座转炉，停一座平炉，边生产边改造（含连铸工艺），鞍钢相继建起6座100吨的转炉，实现了全转炉、全连铸。1997年，鞍钢开始筹划建设1780毫米热连轧生产线，该产线投产4年就收回了全部投资，被鞍钢人戏称为"印钞机"。2000年11月，我国第一条自主设计、具有国际先进水平的1700毫米热轧生产线在鞍钢诞生。2006年1月，由鞍钢总包的济南钢铁公司1700毫米中薄板坯连铸连轧工程投产。鞍钢成为中国第一家既输出产品又输出成套技术的钢铁企业，改写了冶金重大成套设备长期依靠国外进口的历史。

1993—2000年，钢铁行业展开以连铸为中心的生产结构优化。1999年12月10日，武钢初轧厂全线停工，在全国十大钢企中率先淘汰初轧厂，全面实现全连铸生产。2001年12月28日，我国最后一座平炉在包钢退出历史舞台，标志着我国钢铁工业彻底完成了平炉改转炉的技术改造。

首钢搬迁调整　大海边放飞强国梦

2005年2月18日，国家发展改革委正式批复，同意首钢实施压产、搬迁、结构调整和环境治理的方案。2005年7月，《钢铁产业发展政策》正式出台，提出了产业布局调整等一系列政策措施。于是，首钢800万吨钢铁产能的长途东迁，便兼具了环保搬迁和优化钢铁产业布局的双重定义。

不仅如此，首钢搬迁所选定的新址曹妃甸，曾出现在1917年孙中山先生撰写的《建国方略》中"北方大港"的地图上，这更激起了人们面向海洋的强国梦想。

时空交汇，使命叠加。2007年3月12日，首钢京唐钢铁联合有限责任公司钢铁厂工程开工典礼在北京和曹妃甸同时举行。2010年6月，首钢京唐一期工程竣工投产，首钢一业多地的发展格局也已确立。2011年1月13日，首钢举行北京石景山钢铁主流程停产仪式，首钢搬迁调整顺利完成。其间，时任中共中央总书记、国家主席胡锦涛，国务院总理温家宝等多位党和国家领导人都曾到首钢或者曹妃甸施工现场考察。

曹妃甸位于渤海湾，在约20平方公里的范围内，2座世界领先的5500立方米高炉、2座焦炉、3座转炉、1条2250毫米热轧生产线、1条1700毫米冷轧生产线及各项配套设施，合理有序地"排兵布阵"。作为国家"十一五"科技支撑计划重大项目——"新一代可循环钢铁流程工艺技术"示范工厂和实施基地，首钢京唐集中采用了220余项国内外先进技术，自主创新和集成创新占比达2/3。徐匡迪评价说："中国由钢铁大国迈向钢铁强国，正在由曹妃甸起步。"

2015年8月21日，首钢京唐二期工程项目启动。为落实产能减量置换要求，2018年6月29日，首秦1号连铸机正式停产。

如今，除了首钢京唐之外，鞍钢鲅鱼圈、宝钢湛江、山钢日照等几大钢铁基地已挺立在大海之滨。这些项目取得了一系列自主创新成果，标志着中国钢铁工业自主设计、制造、工程建设和掌握运用新技术达到了新的高度。

历经40年的学习、创新，如今，中国的钢铁工业已经拥有全球领先的生产能力。

技术装备水平大幅提升。1978年，中国大于1000立方米的高炉只有25座；2017年，钢协会员企业1000立方米以上高炉已有319座，其中3000立方米级的高炉19座，4000立方米级的高炉17座，5000立方米以上高炉5座。2001—2017年，100吨以上的转炉从30座增加到341座，其中300吨及以上14座；连铸机从291台增加到662台，高速线材轧机从42套增加到172套，热轧宽带钢轧机从11套增加到46套。中国的大高炉、转炉技术已经实现对包括韩国、日本、美国等在内的二三十个国家的出口。

品种扩大、结构优化、质量改善，有力支撑起国民经济各行各业的发展。1978年，我国钢材自给率仅72.2%。如今，我国钢铁工业不仅满足了国民经济发展对钢铁产品数量的需求，还满足了大多数领域对钢材品种质量的要求。钢协会员企业400兆帕及以上高强钢筋产量占比超过95%；高强船板产量约占船板产量的一半；电工钢板、冷轧卷板、镀锌板等高端产品逐步替代进口产品，国内市场占有率不断提高。

中国钢铁工业创新体系日益完善，创新能力显著提高。据不完全统计，截至2017年底，钢铁行业已建成国家级的重点实验室20个、工程实验室5个、工程技术研究中心（不含分中心）14个、工程研究中心6个、企业技术中心42个，初步形成了以企业为主体、产学研用相结合的技术创新体系和机制。2017年，钢协会员企业申请专利9821件，同比增长5.55%；期末有效发明专利15678件，同比增加2762件、增幅21.38%。

"互联网＋"百舸争流，智能制造再攀高峰。党的十八大以来，以欧冶云商、南钢"JIT（准时制生产方式）+C2M（用户对制造端）"平台、河钢唐钢"钢铁企业智能工厂试点示范"等工信部智能制造试点示范项目，以及新崛起的钢铁电商、大量应用在产线的工业机器人为代表，钢铁工业"两化"深度融合和智能制造已走在工业领域的前列。

改革攻坚
钢铁企业涅槃腾飞

首钢承包制　摆脱束缚　解放生产力
1979年5月25日，首钢成为京津沪8个国企改革试点之一，

实行利润留成办法。自1982年起，国家开始对首钢实行"上缴利润递增包干"政策，首钢按国家计划生产的钢材15%可以自销，职工工资、奖金与企业经济效益挂钩。

破除政企不分的体制障碍，获得了自主经营、自我发展有利条件的首钢，得以集中精力探索通过经营机制的转换调动职工积极性的新路子。

实施承包制之初，首钢就提出在内部打破"平均主义"的"三个百分百"：每个职工都必须百分之百地执行规章制度；出现违规违制，要百分之百地登记上报；不管是否造成损失，对违制者都要百分之百地扣除当月全部奖金。这种责任、考核、奖惩三者结合的管理方式，使首钢的生产秩序很快恢复。

1987年10月，首钢取消干部、工人界限的改革再次引来业内外关注。改革后，无论什么岗位上的工作人员，都被称为"首钢工作者"，在政治、经济上享有同等权利，人力资源活力得到进一步释放。1988年五一前夕，此前还是首钢仓库工人的雷戍，飞往美国从事他喜欢的外贸工作。1979—1990年，首钢从普通工人中先后选拔干部7000多人，干部能上能下也渐成风气。

1987年，国务院决定全面推行承包制。到1988年底，全国110家大中型钢铁企业实行承包制的占94%。钢铁工业前后十几年的承包制改革，极大地解放了生产力。

但是，诞生于改革开放初期的承包制，没有从根本上摆脱计划经济体制的束缚，仅靠企业内部转换机制，难以达到改革的预期目标。1993年11月，党的十四届三中全会指出，我国国有企业的改革方向是建立"适应市场经济要求，产权清晰、权责明确、政企分开、管理科学"的现代企业制度，并要求企业成为自主经营、自负盈亏、自我发展、自我约束的法人实体和市场竞争主体。此后，钢铁企业开始了建立现代企业制度、推行股份制改造等更深层次的改革。

　　武钢质量效益型道路　克难攻坚　走向现代化

　　1974年，经毛泽东主席、周恩来总理亲笔批示，武钢从当时的联邦德国和日本引进了具有世界先进水平的"一米七"轧机系统，拉开了中国钢铁工业走向现代化的序幕。

　　1978年底，武钢"一米七"轧机工程竣工投产。当年12月，"一米七"轧机试轧国产钢坯失败，而日本钢坯却能够顺利地通过生产线。

　　面对困难，十里钢城掀起了科技攻关的热潮，武钢夜校灯火通明，图书馆天天爆满。终于，武钢人圆满攻克了"一米七"轧机不能轧国产钢坯的难题。

　　挑战并没有结束。1981年调任武钢经理的黄墨滨回忆，1980年，武钢250多万吨钢就有近30万吨废品。1983—1985年，武钢开展了"废品减半""废品再减三分之一""废品再减三万"的活动；1986—1988年，武钢进一步开展产品质量升级活动；1989年，武钢明确提出"走质量效益型发展道路"的发展战略。

　　1992年，国务院办公厅批转武钢走质量效益型道路的报告，号召全国工交企业学习武钢。这标志着中国钢铁企业在改革开放初期向市场经济体制转变的实践中，逐步摸索出了具有中国特色的现代化管理模式。直到今天，武钢的质量效益型道路仍具有强烈的现实意义。

　　武钢的改革没有停步。1992年，针对人均年产钢不足50吨、不到国际先进企业1/20的问题，武钢率先在国有大中型企业中提出"精干主体、剥离辅助、减员增效"的体制改革和组织结构调整思路；1993年，武钢喊出"7万人不吃钢铁饭"的口号；1993—2003年，武钢7次剥离减员，组建29家子公司、分公司，钢铁从业人员由1992年的11万人减至2002年的1.5万人，开国有企业主辅分离改革之先河。

邯钢经验 "推墙入海" 适应市场

在钢铁人勇敢担当、凤凰涅槃的大变革时代，诞生了闻名全国的邯钢经验。

1990年，邯钢连续5个月亏损，而邯钢下属分厂每月仍理直气壮地向财务处催要超产奖金。1991年，邯钢总厂厂长的刘汉章和领导班子做出决定，实施新的经营机制——"模拟独立核算"和"成本质量双否决"。8个月后，邯钢即完成利润5194.03万元，同比增长364%。这一经营机制后来被概括为"模拟市场核算，实行成本否决"的邯钢经验。

1996年初，国务院发出批转邯钢经验的通知，邯钢经验很快走向全国。时任国务院副总理吴邦国在全国企业管理工作会议暨学邯钢经验交流会上指出，邯钢经验的实质就是"推墙入海"——丢掉幻想，转变观念，下决心走向市场。

1996年，贵州省省长吴亦侠商请冶金部部长、党组书记刘淇选派得力干部帮助水钢扭亏。时任冶金部副部长王万宾前往鞍钢物色人选。时任鞍钢总经理助理朱继民临危受命，到水钢任总经理。原冶金部又组织了5人调查组，加上邯钢派出的包括11名基层干部的咨询组，于1997年2月13日一起奔赴水钢。几个月后，水钢大幅减亏。1998年、1999年，冶金部两次召开水钢学邯钢现场经验交流会，极大鼓舞了国有企业扭亏为盈的信心。

据粗略统计，到1999年初，通过学邯钢，全国仅冶金行业的企业亏损额就下降34亿元，下降幅度高达30%。

2018年11月26日，中央庆祝改革开放40周年表彰工作领导小组办公室在《人民日报》刊发《关于改革开放杰出贡献拟表彰对象的公示》，对100名改革开放杰出贡献拟表彰对象予以公示，刘汉章入选。《公示》指出，邯钢经验在全国掀起了一场企业管理模式革命，先后有2万余家企事业单位到邯钢学习取经，被誉为我国"工业战线上的一面红旗"，成为继大庆之后在全国推广的第二个工业企业学习典型。

一切从市场出发　民营钢企异军突起

1984年是我国改革开放的又一个重要历史节点。

这一年，党的十二届三中全会通过了《中共中央关于经济体制改革的决定》，明确提出社会主义计划经济"是在公有制基础上的有计划的商品经济"的论断。改革的主要措施包括在大多数国有企业实行承包经营责任制，对一些小型国有企业实行租赁经营等。

这一年，冶金部部长、党组书记李东冶主持策划实施了"七五"时期冶金部对国家实施行业投入产出总承包的方案，承包经营机制得以在企业和行业两个层面大力推动，冶金行业呈现蓬勃发展的局面。

也是在这一年，沈文荣成为沙洲县钢铁厂厂长，开始全力生产热轧窗框钢。这家由投资45万元的沙洲县锦丰轧花剥绒厂轧钢车间起家的钢铁厂，1992年组建成沙钢集团，并于2001年开始改制。沐浴改革开放的春风，沙钢坚持"一切从市场出发"，通过引进设备不断调整产品结构，一步步发展成为我国最大的民营钢铁企业。2015年，沙钢的成长轨迹被拍成电影《钢铁，是这样炼成的》。2018年10月24日，全国工商联在北京举行新闻发布会，发布由中央统战部、全国工商联共同推荐宣传的"改革开放40年百名杰出民营企业家"名单，沈文荣榜上有名。

同是在1984年，参加过抗美援朝的老兵、江苏省张家港市南丰镇永联村党支部书记吴栋材，花了7万元从浙江买来一套被淘汰的小轧机，最终和镇供销社合作建起了轧钢厂，永联钢铁公司就此起步。2002年，乡镇企业体制改革大潮来临。在吴栋材的坚持下，永联村保留了永钢集团25%的股份，成功践行了"先富带后富"的社会主义新农村建设发展道路。

还是在这一年，身为泰安地区钢铁厂车间党支部书记、第二水泥厂党总支书记的王守东，眼见泰安地区钢铁厂停产下马，他顶着来自各方面的压力，冒着风险向上级递交了《恢复上马炼铁刻不容缓，决心为振兴莱芜经济做出贡献》的请缨报告，带领300多名职工恢复生产。2003年6月，王守东把周边10个村15000多名群众"招至麾下"，改制建起7个实业总公司，带领他们参与到泰钢工业园的发展中来。2004年8月12日，泰钢工业园区10个自然村的10000多名农民兄弟全部划归泰钢。泰钢走出了一条统筹城乡发展、工业反哺农业、解决"三农"问题、构建和谐社会的新路子。

在这个充满梦想的年代，年轻一代的民营企业家蓄势待飞。1984年，年轻的丁立国正在丰润二中就读。1993年，已经在深圳闯荡两年的他决定回家乡唐山创业，做钢材贸易。1995年，丁立国组建立国集团，转向钢铁实业。1999年，丁立国接手已停产几年的邢台新牟钢厂，并于2007年7月将其更名为邢台德龙钢铁实业有限公司。

…………

萌芽于20世纪80年代，生根于90年代中期，崛起于21世纪，这是中国民营钢铁企业的成长轨迹。2017年，中国民营钢铁企业产粗钢4.71亿吨，占全国钢产量的56.53%。党的十八大以来，民营钢铁企业和国有钢铁企业一道积极去产能，共同推进钢铁行业健康发展。在工信部2017年、2018年公布的两批绿色工厂名单里，28家钢企被评为绿色工厂，河钢唐钢、河北新金、德龙钢铁、普阳钢铁、河北敬业、太钢不锈、鞍钢鲅鱼圈、兴澄特钢、马钢股份、石横特钢、泰山钢铁、山钢莱钢、河钢邯钢、包钢钢联、吉林建龙、江苏永钢、中天钢铁等不同所有制企业交相辉映。

四源合基金重整重钢　企业改革向纵深推进

2017年4月7日，由中国宝武钢铁集团联合美国 WL 罗斯公司、中美绿色基金、招商局金融集团共同发起成立中国第一支钢铁产业结构调整基金——四源合钢铁产业结构调整基金。2017年11月，四源合基金参与重钢重整，并最终成为 *ST 重钢的实控人。目前，重钢已扭亏为盈。

自2005年开始，我国钢铁企业不断加大联合重组力度。党的十八大以来，随着深化改革各项政策红利的释放，市场化重组迎来新的窗口期，联合重组工作中的两大难点——跨地区、跨所有制重组和重组企业的整合取得新的突破。

2017年8月8日，以沙钢集团为主要战略投资者的东北特钢集团破产重整计划获得债权人会议表决通过，并于8月11日经法院批准实施。重组后两个月，东北特钢扭亏为盈。2017年9月，东北特钢旗下的北满特钢被建龙集团重整后，注册更名为建龙北满特钢有限公司。11月13日，停产一年多的北满特钢高炉点火复产，濒临破产的老国企迎来重生。东北特钢与战略投资者的成功重组，开启了民营控股的混合所有制运营新模式。

同时，已重组企业的内部改革进一步深化。例如：宝武集团整合融合，不断提升国有资本运营效率和效益；鞍钢集团深化"放管服"改革，把市场化经营决策权放归各级市场主体；山东钢铁集团积极改建国有资本投资公司，并于2017年起进行了颠覆式、重生式全员重新竞争上岗；等等。

回首改革开放40年，企业改革从最初的政策调整阶段进入到制度创新、与资本市场等相关领域改革同步推进阶段，并进而与整个国民经济改革相结合，经济体制改革、政治体制改革、文化体制改革、社会体制改革、生态文明体制改革、党的建设制度改革协同推进，各种要素活力竞相迸发。如今，一批现代化的钢铁强企正在向我们走来。

开放合作
钢铁大国站上世界舞台

"中国加入WTO是机遇，也是挑战，会发生更多的贸易争端，企业要学会利用WTO的规则，自己去解决问题。"2002年，国务院总理朱镕基在博鳌亚洲论坛首届年会开幕式后答记者问时指出。

时隔16年，习近平主席在博鳌亚洲论坛2018年年会开幕式上宣布："中国开放的大门不会关闭，只会越开越大！"

40年的开放之旅，从引进来到走出去，从加入WTO到共建"一带一路"，中国钢铁工业一直走在国际竞争与合作的前列。

钢铁保障措施　"涉世"搏击国际市场

1995年，中国钢铁企业取得自主经营出口业务的权利，与国际市场的交流越来越频繁，"反倾销"也是从那时起就为中国企业所熟悉。

中国钢铁企业中最早利用世界贸易组织（WTO）规则维护企业利益的是太钢。1998年，一些国外企业的不锈钢以低于国际市场正常水平1/3多的报价向中国出口，太钢率先向当时的国家冶金局提出对日韩不锈钢冷轧板进行反倾销，得到上海浦钢、陕西精密合金厂的响应。自2000年12月18日起，中国对日韩不锈钢冷轧板征收4%~58%的反倾销税。

2002年4月19日，北京机场。前来参加北京科技大学50周年校庆的钢企老总被挨个拦下。然后，他们毫不犹豫地在一份文件上签名。这份文件是中国钢铁工业协会和宝钢、鞍钢、武钢、首钢、邯钢联合拟定的《关于对钢铁产品临时保障措施调查的申请》。当晚9点多，这份代表着中国钢铁企业意志的文件，被紧急送往外经贸部。2002年5月20日，外经贸部宣布正式开始对钢材保障措施立案调查。

那是2002年3月5日，中国加入WTO不到3个月，美国即发起全球钢铁贸易大战。时任中国钢铁工业协会会长吴溪淳提出，中国钢铁必须采取临时保障措施。

这是我国加入WTO后，第一次运用保障措施保护国内产业。这一举措保证了我国钢铁产业的平稳发展，也赋予中国钢铁弄潮国际市场的更大自信。

1978年，我国1/3的外汇都用来进口钢材。2005年，我国实现了钢材进出口平衡。2006年，我国实现了历史性的转折，钢材钢坯折合粗钢净出口3463万吨，成为钢材净出口国。到2017年，我国粗钢净出口已达6559.71万吨，而且出现了出口价格上涨、结构有所优化的可喜变化。

在数量增长的同时，钢材出口结构也在不断改善。特别是党的十八大以来，钢铁企业加强出口战略谋划，质量、服务和品牌意识日益增强，钢铁产品的国际竞争力不断增强。

2014年，鞍钢拿下美国最大的悬索桥——纽约韦拉扎诺海峡大桥所有桥梁钢板（1.5万吨桥梁用钢板）的供应合同，仅用一周时间，就顺利实现供货。2016年人民日报微信公众号全文转载一篇题为《纽约修桥被迫用中国钢铁，遭全民抵制，政府说出原因后大家都沉默了……》的文章，网友纷纷留言："厉害了，我的钢！"

2014年11月18日，河钢增持德高股权至51%。控股德高，让河钢拥有了全球最大的钢材营销网络。目前，河钢在111个国家和地区从事商业活动，与全球331个钢厂建立了业务往来，产品销往4.4万家客户，奔驰、宝马、卡特彼勒、西门子等越来越多的世界级企业巨头与河钢形成了稳固的合作关系。

作为全球最大的不锈钢企业，太钢瞄准高端技术产品，不断创新。2018年，太钢研制和生产出"手撕钢"——不锈钢精密箔材，质量达到世界先进水平，宽度超过了世界发达国家水平。当年8月9日，"手撕钢"研制成功不久，重达600公斤的钢箔就销往德国。

2017年11月，中国钢铁工业协会组织对中信泰富特钢集团兴澄特钢和钢铁研究总院共同完成的"超纯净高稳定性轴承钢关键技术创新与智能平台建设"进行成果评价，认为兴澄特钢高端轴承钢的冶金质量和性能达到了国际领先水平。2018年9月20日，由中信集团主办、中信泰富特钢集团承办的滚动轴承国际研讨会在上海举行，这是中国首次举办滚动轴承国际高端研讨会。

　争取话语权　在博弈中砥砺成长

2003年，中国进口铁矿石数量第一次超过日本，成为全球最大的铁矿石进口国。当年岁末，以宝钢为代表的中国钢铁企业首次参与一年一度的国际铁矿石价格谈判，中国钢铁企业终于有了在铁矿石国际贸易中的话语权。

以此为起点，到2010年长协机制崩溃，再到之后的季度定价、指数定价等，中国钢铁工业为打破淡水河谷、力拓、必和必拓、FMG（澳大利亚福蒂斯丘金属集团公司）四大矿山巨头垄断，争取铁矿石定价更大话语权的努力从未停止。

自2011年10月1日起，中国钢铁工业协会联合中国五矿化工进出口商会、中国冶金矿山企业协会推出的中国铁矿石价格指数（CIOPI）开始按周发布。自2014年1月1日起，CIOPI开始按工作日对外发布，打破了完全依靠普氏指数定价的被动局面。

2012年5月8日，中国铁矿石现货交易平台开市。

2013年10月18日，全球首个以实物交割的铁矿石期货在大连商品交易所上市。这期间，焦炭、焦煤、铁合金、线材、螺纹钢、热轧卷板等期货品种分别在大连商品交易所和上海期货交易所上市，为钢铁企业提供了完整的套期保值和避险工具。

2017年，中国五矿联合多家企业启动亿吨级铁矿石交易中心项目。

2018年5月4日，大连商品交易所铁矿石期货正式引入境外交易者业务，进入铁矿石期货国际化的新阶段。

2018年以来，铁矿石供需双方的高层沟通得到加强，铁矿石市场没有出现大幅波动，保持了较好秩序。上半年，中国进口铁矿石5.31亿吨，同比下降1.6%；6月末，中国铁矿石价格指数62%品位进口铁矿石到岸价格比2017年末下降7.5%。

在困境中砥砺，在博弈中成长。中国钢铁工业市场化手段日益增多，市场掌控能力不断增强。

全球化布局 "一带一路"友天下

2018年7月3日，河钢塞尔维亚公司的员工们很兴奋，因为工友白莉娜的女儿创作的《妈妈工作在河钢》在"河钢十年书画展"中获奖了。白莉娜更是难掩激动之情。因为是中国人的到来，改变了她一家人的命运。

曾经，斯梅代雷沃钢厂连续7年亏损，工人们的收入持续下降，白莉娜的爱人离开斯梅代雷沃钢厂，四处寻找工作。2016年4月18日，河钢集团出资4600万欧元收购斯梅代雷沃钢厂，不仅当年即全面赢利，保证了5000多名当地员工的就业，而且每年还能新增200个就业岗位。白莉娜的爱人回来了，女儿也盼望着长大后到河钢塞钢工作。

在"一带一路"上，为人称道的案例还有不少：

2014年5月，马钢以资产收购的方式收购了法国瓦顿公司。2018年7月，马钢160件设计时速320公里的高速车轮在马钢瓦顿股份有限公司（法国）重新包装后，顺利运抵德国铁路公司，准备装车运行。世界高铁车轮市场从此有了"中国造"，马钢成为国内首家向海外出口高速车轮的企业。

2017年5月29日，由中冶赛迪集团总承包建设的台塑集团越南河静钢厂1号高炉点火，标志着中国首次特大型高炉核心技术、装备和项目管理模式整体出口的样板工程成功投产。

…………

大国钢铁的风采与担当，正在进入世界的眼帘。

完胜"337调查"　中国钢铁必将更高更强

2018年3月19日，美国国际贸易委员会（ITC）裁定终止美国钢铁公司申请的对中国钢铁的"337反垄断调查"。至此，经过近两年艰苦卓绝的努力，中国在"337调查"中的反垄断、盗窃商业秘密、虚构原产地三个诉点上全部胜诉。

这是一次意义非凡的胜利，充分体现了中国钢铁人不畏挑战、团结应诉、敢于斗争、敢于胜利的行业特质。

那是2016年4月26日，美国钢铁公司指控部分中国钢铁企业生产、销售的部分产品存在不公平贸易行为，要求ITC启动"337调查"，禁止中国出口相关被诉产品到美国。2016年5月26日ITC公告启动调查。

消息传来，中国钢铁工业协会当即号召中国钢铁企业积极应对，中国钢铁企业纷纷发表声明奋起抗辩。

2016年12月8日，在正式开庭之前的中美双方见面和解会上，面对美方代表及其律师傲慢的态度和苛刻的"和解"条件，7家中国应诉企业代表和代理律师坚决说"不"，下定决心"为荣誉而战、为正义而战"。

中国钢铁的胜诉，为各行各业应对贸易摩擦积累了丰富经验，进一步坚定了反对贸易保护主义的信心和决心。同时，也彰显了走过改革开放40年光辉历程的中国钢铁工业的综合实力和核心竞争力。

中国钢铁工业协会党委书记兼秘书长刘振江指出："我们不会恐惧，也不会束手无策，坚信占全世界半壁江山的中国钢铁工业的实力。我们不怕风吹浪打，一定会更高更强！"

绿色钢铁
一切为了响应人民的期待

钢铁行业是改革开放以后节能环保意识觉醒较早的行业，而且一度走在工业领域的前列。早在1978年，鞍钢就提出"大打环保仗"，实施了八大环保改造工程。20世纪90年代，济钢实施以"四全一喷""四闭路一循环"为代表的节能降耗和内涵挖潜等创新措施，主要技术经济指标位居行业前列。

但是，近年来，资源环境约束日紧、百姓对蓝天白云期待日切，钢铁人感到了前所未有的压力。

2013年、2015年和2016年，国务院分别印发《大气污染防治行动计划》《水污染防治行动计划》《土壤污染防治行动计划》。

2015年1月1日，"长了牙齿的法律"——新修订的《中华人民共和国环境保护法》开始施行。

2015年7月，中央深改小组第十四次会议审议通过了《环境保护督察方案（试行）》。自2015年底中央环保督察巡视在河北试点开始，环保问责风暴席卷全国。

2017年2月17日，环保部发布《京津冀及周边地区2017年大气污染防治工作方案》，首次将通道城市简称为"2+26"城市，并对这些城市提出了实施特别排放限值的要求。

2018年1月1日，《中华人民共和国环境保护税法》开始施行。当月，生态环境部印发《关于京津冀大气污染传输通道城市执行大气污染物特别排放限值的公告》，对重点地区的钢铁等行业的污染物排放做出严格限制；5月，生态环境部又印发《钢铁企业超低排放改造工作方案（征求意见稿）》，污染物排放标准较特别排放限值更为严格。6月27日，国务院印发《打赢蓝天保卫战三年行动计划》，重点区域除"2+26"城市外，新增长三角地区和汾渭平原。

当年，"亿吨钢铁壮国威"是人民的期待；今天，打赢蓝天保卫战同样是人民的期待。2011年5月24日，宝钢发布《绿色宣言》《产品环境声明》，表达中国钢铁企业践行绿色理念、做绿色产业链驱动者的决心。响应人民的期待，中国钢铁人开始了新一轮从发展理念到发展方式的自我革命。

唐钢绿色转型 **中国有能力打造世界最清洁的钢厂**

"解放思想，颠覆习惯。"这是河钢集团唐钢实施"绿色转型"带给人们的重要启示。

2008年世界金融危机爆发后，河钢唐钢和其他钢铁企业一样，生产经营受到巨大冲击。同时由于环境压力，城市钢厂一度面临搬迁的命运。这时，"绿色转型"使唐钢焕发了勃勃生机。他们提前关停拆除了一批落后装备和生产线，拆除了一批无序建筑、规划外建筑，并将腾出来的区域全部用来绿化，建设花园式工厂，新增绿化面积达36万平方米，整个唐钢的绿化覆盖率由21%提高到42%。2008—2010年，唐钢节能减排累计投资26.8亿元，重点实施26项节能减排项目，实现了外购生产用新水为零和废水零排放，二次能源利用水平也达到行业一流。"绿色转型"使职工的精神面貌焕然一新，直接带动了效益的提升。

唐钢"绿色转型"引起业界强烈反响。至2010年底，去唐钢参观、考察和学习的人已有一千多批、一万多人次。时任中国钢铁工业协会党委书记兼副会长刘振江指出，唐钢用自身的尝试为中国钢铁企业转方式、调结构探索出了一条道路，而且更进一步说明，中国有能力打造世界上最清洁的钢厂。

安钢打赢"第二场生存保卫战"　绿水青山就是金山银山

2012年，安钢集团生产经营困难重重，自改革开放以来首次出现亏损。2014年初，安钢集团在全面打响生存保卫攻坚战的同时，提出把环保攻坚当作"第二场生存保卫战"。

面对"2+26"城市排放限值的新要求，2017年3月，安钢下决心集中启动了总投资30亿元的环保提升项目建设，每年可减少颗粒物排放3200吨、二氧化硫2700吨、氮氧化物5500吨，减排比例分别为71%、60%、76%。安钢集团因此成为国内第一家实现全干法除尘的钢铁联合企业，主要工序环保治理效果全部达到世界一流、国内领先水平。

同时，安钢集团经营业绩逐年向好，2017年实现利润20.6亿元，创历史最好。安钢用实践为"绿水青山就是金山银山"添加了醒目的注脚。

如今，一批优秀钢铁企业的节能环保工作已达世界领先水平。2017年，重点钢铁企业吨钢耗新水量为2.93立方米，比2016年下降5.27%；水重复利用率达97.80%，比2016年提高0.06个百分点；二氧化硫、烟粉尘排放总量和吨钢化学需氧量分别比2016年下降或减少3.69%、7.34%和2.96%。

英模辈出
钢筋铁骨铸忠魂

李双良：工人阶级主人翁

1983年，太钢生产排渣告急。太钢加工厂60岁的干部李双良，带上三个儿子，拿着皮尺，一尺一尺地丈量渣山，盘算出了一个从渣山里回收废钢的方案。很快，在地方和企业的支持下，李双良组成一支近千人的包工队伍，上渣山挖废钢。六七年间，李双良带领职工把堆积半个多世纪的渣山搬掉了4/5，累计回收废钢铁50多万吨，创造了8000余万元的财富，还把渣场建成了一座美丽的大花园。李双良先后获得"八十年代愚公"、全国五一劳动奖章、联合国环境规划署"全球500佳"等荣誉称号。

1990年1月22日，中共中央总书记江泽民为李双良题词："学习李双良同志一心为公、艰苦创业的工人阶级主人翁精神，把太钢办成第一流社会主义企业。"冶金部部长、党组书记戚元靖为李双良治渣的现场题写了"太钢渣场"4个大字。

曾乐：中国知识分子的光辉典范

"前20年，人家是拼了命的。我要赶上去，也只有拼命。"面对精密焊领域与国外20年的差距，曾乐这样说。

在小小的办公室兼寝室里，曾乐开始了精密焊的最初探索。当得到了有三个窗户的一间平房时，他便正式亮出了"精密焊接实验室"的牌子，开始向世界先进水平冲击。后来，宝钢把这个实验室命名为"曾乐实验室"。

"我决定彻底治疗三个月，回来完成我的另一个大目标——建立中国的易焊钢系列。"得知自己患上肝癌时，曾乐这样说。

从1991年初夏到1996年早春，是曾乐与病魔抗争的6年，也是他继续报国奉献的6年。6年中，他撰写了8万字的《精密焊接》一书，主编了《现代焊接技术手册》，中国易焊钢种一个个在他手下诞生，填补了多项国内空白。

1996年6月20日，冶金部做出《关于进一步开展向曾乐同志学习的决定》。《决定》强调，曾乐同志是工人阶级的优秀代表，是工程技术人员的楷模，也是广大党员和干部的光辉典范。

曾乐，永远是钢铁人心中自强与奉献的精神丰碑！

郭明义：书写新时代的雷锋故事

"雷锋、郭明义、罗阳身上所具有的信念的能量、大爱的胸怀、忘我的精神、进取的锐气，正是我们民族精神的最好写照，他们都是我们'民族的脊梁'。"2013年3月6日，习近平总书记参加十二届全国人大一次会议辽宁代表团审议时说。

"当代雷锋"郭明义，现任鞍钢集团矿业公司齐大山铁矿生产技术室采场公路管理业务主管，全国总工会兼职副主席。有人帮郭明义算过一笔账，到2010年，20年间他累计无偿献血达6万多毫升，相当于他身体全部血量的10倍；16年间他资助180多名贫困学生，资助金额达12万多元。2010年，中共中央总书记、国家主席胡锦涛为他做出批示：助人为乐的道德模范，新时期学习实践雷锋精神的优秀代表。

2009年7月，郭明义发起成立郭明义爱心团队。据不完全统计，至2017年，郭明义爱心团队遍布全国30多个省（自治区、直辖市），志愿者将近72万人，已累计捐款300多万元，援建希望小学5所，资助困难学生5000多人次，无偿献血200多万毫升，捐献造血干细胞血液样本4000多例。

2014年3月，习近平总书记给"郭明义爱心团队"回信，鼓励他们以实际行动书写新时代的雷锋故事，为实现中国梦有一分热发一分光。

2018年11月26日，郭明义上榜《关于改革开放杰出贡献拟表彰对象的公示》名单。

2010年9月30日，中国钢铁工业协会党委书记兼副会长刘振江撰写的署名文章《向郭明义同志学习，创先争优，构建和谐，为推动钢铁工业科学发展作出更大贡献》指出，郭明义体现了中国钢铁精神在新时代的传承。

不错！从老英雄孟泰、"走在时间前面的人"王崇伦、"勇攀高峰"的马万水工程队，到见义勇为的女英雄白雪洁，再到孔利明、王军、韩明明、王康健、曹雁来、李刚等一大批工人发明家、大国工匠，再到2015年获得中宣部"时代楷模"称号的李超……中国钢铁人集结在党的旗帜下，"爱岗敬业、志在报国、艰苦奋斗、自强不息、勇于创新、争创一流、淡泊名利、甘于奉献"的钢铁精神代代传承。

党的十八大以来，中国钢铁人认真落实加强党的建设、全面从严治党的各项要求，取得了前所未有的成果。2016年10月，在全国国有企业党的建设工作会议上，安钢集团做了《实行"四个三"党建工作法为企业解危脱困转型发展提供动力保证》的典型发言。此后，中国冶金政研会在安钢举行学习"四个三"座谈会，河南省两次举办省管企业学习"四个三"现场交流会，多家单位到安钢参观学习。同时，鞍钢党委扛起管党治党主体责任并制定了《建设鞍钢廉洁地图指导意见》，马钢独创"矩阵式党建"工作法，南钢探索总结出一套适合混改企业的党建新模式"卓越党建模式"，华菱湘钢则大力培育"以奋斗者为本"的核心价值观，为企业改革发展稳定凝聚强大正能量……

党旗高扬强自信，钢筋铁骨铸忠魂。如今，谋事创业、风清气正的崭新风貌正扑面而来，为钢铁工业由大向强的转变汇聚起新的磅礴力量。

刘汉章：知难而进　一往无前

20世纪90年代初，处于计划经济向市场经济转型期的国有企业如何改革？"出路"在哪儿？邯钢率先找到"答案"：把市场机制引入企业内部经营管理。

时任邯郸钢铁总厂总经理刘汉章提出"模拟市场核算，实行成本否决"时，钢材价格每吨陡跌400元以上，邯郸连续数月亏损。当时，刘汉章给总会计师出了个题目：做一个保证邯钢所有产品都不赔钱的成本指标。做出来后，分解到处室、分厂、车间乃至个人，指标总数达10万个；将指标完成情况与利益挂钩，使每个职工有家可当，有财可理，有责可负，有利可得。这一制度从1991年1月正式实施就立竿见影，盈利不断攀升，贡献突出的职工年收入大幅增加；从1991年到2000年，邯钢投入技改资金超过100亿元。邯钢人这样评价："没有刘汉章，邯钢今天可能还是一个不知名的中小钢厂。"

在全面深化改革的今天，国有企业供给侧结构性改革仍须回答"如何改革""出路在哪儿"的问题。面对不一样的背景和改革课题，学习推广邯钢经验仍具时代内涵：坚持以市场为导向，围绕客户需求不断提升企业竞争力，加强内部组织管理，激发员工责任感，推动企业不断发展壮大。这也是刘汉章留下的宝贵精神财富。

黎明：超越先进　勇立潮头

2017年9月15日，在《黎明与宝钢之路》一书首发式上，90岁的原宝钢集团董事长黎明亲自向青年代表赠书。原冶金部政法司司长董贻正看过该书后在《中国冶金报》上刊文说："黎明同志为宝钢的建设和发展奉献出15年的宝贵年华。他对我国钢铁工业健康发展做出的贡献，值得学习，也启发我们要不断超越先进、勇立潮头！"

1983年，黎明来到宝钢，"我来到宝钢时，正是一期恢复建设之时。当时，我在厂里走上一圈，据说是第二个绕厂一周的人，第一个人走的时候掉到水沟里去了"。虽以轻松的语气回忆初到宝钢的时光，但他当时内心的压力可想而知。随后，他组织指挥了宝钢一、二期工程建设和生产达标，开始三期工程建设，实现设备国产化率从一期12％到三期88％的提升。在他的统率下，宝钢在全国率先推行减员增效等现代化管理体制；在他的主导下，确立了宝钢标志性的战略产品——高等级汽车板，开辟了一条宝钢人自主集成创新发展之路。正如黎明所说"有了自己的东西，才有底气，说话才硬气"。在他的带领下，宝钢人坚持可持续发展，建设生态型工厂。

以黎明为代表的宝钢人创造的"宝钢精神"证明：我们有足够的底气树立道路自信，并坚定地走下去。

沈文荣：奋斗前行　钢铁报国

2018年10月24日，中央统战部、全国工商联共同发布"改革开放40年百名杰出民营企业家"名单，沙钢集团董事局主席沈文荣榜上有名。

40多年前，改革开放春潮乍起，沈文荣带领沙钢从一个乡镇企业的小轧钢车间起家，凭着敏锐的市场洞察力迅速发展壮大。当时，苏南农村兴起一股建房热，钢门窗成为市场紧俏货，但这种产品大钢厂不愿生产，小钢厂生产不了。沈文荣敏锐察觉到这是一个好机会，毅然决定选择钢窗料作为拳头产品。仅仅5年后，沙钢就成为国内品种规格最齐全、年产量和销售量最高的专业生产企业。此后，沙钢瞄准市场需求，引进世界一流技术和装备，不断调整产品结构，提高创新能力，迅速成长为全国最大的民营钢铁企业、国家创新型企业、世界500强企业。

沙钢的发展传奇，是中国钢铁工业破茧化蝶的生动注脚，而沈文荣的奋斗故事，堪称中国民营企业家产业报国的精彩缩影。回顾沙钢从寂寂无名的小作坊发展为世界500强企业的历程，沈文荣动情地说："是党的改革开放政策造就了沙钢，也圆了我的钢铁报国梦！"

接力奋斗
向着既大又强的钢铁现代化迈进

2018年，站在改革开放40周年的时空节点，站在中国特色社会主义进入新时代的历史方位，回望来路，洪波涌起；展望前路，蓝图漫卷。

回首40年的发展，我们收获了一系列深刻启示和宝贵经验。我们最深刻的启示是：坚持和加强党的全面领导，是推动钢铁工业健康可持续发展的根本保证。我们最宝贵的经验是：解放思想、实事求是、勇于实践、持续创新，将改革开放进行到底，是钢铁工业实现既大又强目标的根本路径。

审视今天的钢铁工业，还有不少顽瘴痼疾待破。我们最大的教训是：还没有彻底荡涤短缺经济时代形成的粗放的发展理念和发展方式。

我们应该看到，深化供给侧结构性改革任重道远。钢铁产能严重过剩矛盾虽有初步缓解，但产能扩张的冲动仍然强劲；思想观念的束缚、利益固化的藩篱仍然制约着提高产业集中度、调整产业布局的步伐，制约着现代市场体系的建设，制约着完善现代企业制度、健全法人治理结构等一系列企业改革的深化推进；安全、法治、诚信的理念还没有渗透到企业组织的每个细胞中。

我们应该看到，创新驱动发展战略还有待进一步落地。钢铁工业尚未完全摆脱关键、核心技术追随者的角色，基础研究、前沿技术和共性关键技术研发存在一定差距；创新体系建设、创新型和领军型人才培养仍在路上。

我们应该看到，质量时代的质量价值观还没有真正深入人心。一些钢材产品在品种、质量、服务等方面还缺乏竞争力，在提高产品质量稳定性的工艺技术研发、精益管理，以及企业家精神、工匠精神的培育等方面还要付出更多努力。

我们应该看到，参与和引领国际经济合作竞争的新优势还有待进一步培育。大国钢铁的品牌意识、责任意识需要进一步增强，钢铁工业互利共赢的资源供需机制还没有建立起来，能够引领国际钢铁创新发展的世界一流的钢铁企业集团还处于呼之欲出的阶段。

我们应该看到，绿色发展理念还没有内化为企业生存发展的本质需要，先污染后治理的窠臼还没有被彻底打破。钢铁企业间节能环保水平参差不齐，区域钢铁总量与环境容量、承载能力的矛盾仍然突出，节能环保、循环经济、绿色制造技术的研发和应用体系还没有建立起来，钢铁企业和钢铁产品的绿色价值还有待进一步挖掘。

我们应该看到，适应新时代中国社会主要矛盾的转化、发展阶段的转向，进一步深化改革开放，推进结构调整、转型升级，实现钢铁工业高质量发展，还会触及更多深层次的利益关系和矛盾，非壮士断腕的勇气、凤凰涅槃的决心不能克难制胜。

展望新时代的新征程，中国钢铁人将更加勇毅笃行，将改革开放进行到底。

以党的十九大精神为指引，2018年7月，中国钢铁工业协会正式发布《中国钢铁工业转型升级战略和路径》，提出提前5～10年率先实现既大又强的钢铁现代化，以支撑2035年基本实现中国特色社会主义现代化的总目标。中国钢铁人重任上肩。

让我们紧密团结在以习近平同志为核心的党中央周围，深入学习贯彻习近平新时代中国特色社会主义思想，践行"创新、协调、绿色、开放、共享"发展理念，接力奋斗，推动钢铁工业加快实现高质量发展，在实现"两个一百年"奋斗目标的征程上焕发新时代的钢铁荣光。

目　录

第一部分　访延安　看陕钢

第二部分　庆祝改革开放 40 周年征文

报告文学

不一样的年华

跋

第一部分　访延安　看陕钢

相约在春天

李永刚

春天说来就来了
花儿说开就开了
像炉火映红日子
像铁水漫过岁月
我们在春天相约
这实在是一件
无比美好的事情

穿越冬天幽长的隧道
漫山遍野的花儿
在等候
走出风如针刺的长夜
炉台上的阳光
在等候
我们带着花香

与豪情万丈的炉火
在春天里相约
这是无比美好的事情

只怀揣钢铁
只想念和钢铁终生厮守的
哥们儿姐们儿
只品味和钢铁有关的情节
情感的行李包中
离不开矿石铁水和焦炭
带上花儿和微笑
现在就出发
沿着《诗经》梦幻般的句子
去踏一片汉唐圣地
我们围坐在《史记》周围
让久远的故事
拍打我们的心魄
这实在是一件
无比美好的事情

古老的声音
有钢铁的回响
大河之水
就在钢铁的身后流淌
沉睡已久的农具和器皿

在春天里苏醒
不只是石头的跃动
和陶器的腼腆
还有钢铁淬火的声响
一同穿过厚厚的史书
站立在我们面前
喜笑颜开
我们唯有抚摸和感动
此刻，春天遍地都是
花儿随处可见

我们一路向南
在南山之南
油菜花开的地方
汉水在迎候
从三国而来的钢铁
一路征尘
依然光亮无比
与我们会面
话说沧桑
竹子青翠
稻子清香
我们谈论钢铁
谈论逝去的戈矛戟钺
历史的满腹惆怅

都有钢铁的影子

在闪亮

炉火已经熊熊燃烧了好久

幽远的声音

回荡成这个春天里的

鸟语花香

我们一路向北

北国之北

沿着那条饮过无数战马的延河

踏上一片圣地

再一次品读

初心的模样

听淳朴的小米

解读革命的营养

听庄严的窑洞

讲述满天繁星

和一轮太阳

我们还原过去的

雨水和雪花

让团结紧张的脚步

在耳旁回荡

把严肃活泼的笑声

在灵魂的深处

收藏

我们静静地用心
再掂一下
"为人民服务"
五个字的
重量

像炉火映红日子
像铁水漫过岁月
春天说来就来了
花儿说开就开了
遍地都是春天
到处都是花儿
我们相约在春天
这实在是一件
无比美好的事情

陕钢三题

董宏量

钢铁行鼓

把大鼓系在腰上
挂起一轮浑圆的朝阳
屈腿龙蹲，昂首虎坐
出征的战士正策马奔腾
当令旗挥舞，鼓槌翻飞
便有惊雷滚滚而来
马蹄嗒嗒，敲响了黄土高原
人与鼓，天与地
都在马背上颠簸跳跃

这是秦王点兵的韩城行鼓
宛如兵马俑突然复活
冲出两千年尘封的厚土

使你感到战士可以化为雕塑
而鼓声从来不曾淹埋
这隆隆的出征之声、进军之声
如同黄河的呼唤与轰鸣
一直回荡在好汉的血管里
随时都会呼啸而出

这是来自炉台的陕钢行鼓
敲鼓的汉子都穿着工装
时光飞逝，进军的节拍
仍是如此急促，如此雄壮
敲得人热血沸腾
想大声呐喊，想仰天长啸
想抓住烈焰飞扬的赤鬃
跳跃奔腾，呼唤出铁出钢

鼓声嗒嗒，鼓声嗒嗒
敲响大地，敲响心房
英雄之梦，就这样被鼓声唤醒
使你浩叹男儿心中
都有一面金戈铁马的行鼓
都想把朝阳和霜月系在腰上
一路敲响，驰骋万水千山

龙钢公司

在韩城，在司马迁的故乡
在黄河边的高炉上
我眺望龙门，让目光
穿越岁月的苍茫
大禹的传说，李白的豪唱
都在耳边隐隐回荡
不由想象那些腾空的鲤鱼
是怎样飞跃毕生的梦想

然而，只见山岭逶迤
只见黄河如带，静静地流淌
只见"龙门"两个大字
悬挂在高高的厂门上
身边的汉子，都用一口秦腔
对我自豪地笑说"龙钢"

说起司马迁的祖父
就是秦国的铁官
这片热土有钢铁的基因
龙钢的血脉源远流长

说起龙钢曾是县办小厂
却脱胎换骨，渐成气象

就像鲤鱼跃上龙门

"禹龙"钢材已驰名四方

哦，龙门很远很远

远得只能眺望，只能想象

龙门又很近很近

近得可以触摸，可以听到

那激流的呼啸，涛声的回响

登上黄河边的高炉

你就像鲤鱼跃上了龙门

每片金鳞，都闪烁着阳光

从此，你就不会忘记

这座化鱼为龙的钢厂

在古老的韩城

在司马迁的故里

壶口瀑布

曾遥想你的壮观

有无数野马奔腾而来

把沉雷隆隆踏响

曾梦见你的神奇

可煮沸滔滔云水
也可冰雕瀑布万丈

终于走近你，才发现
你像一个巨大的出钢口
日夜倾吐着金瀑红浪

啊，壶口，壶口
不要笑我如此多情
走近你，就会一吐衷肠

啊，壶口，壶口
煮沸的是铁，凝固的是钢
你是我钢铁情怀，炉台气象！

三秦大地的陕钢气质

蒋殊

3月底，正是浅春时节。离开太原的时候，春风这把剪刀正细致而耐心地在柳枝上劳作着，精心裁剪着一条条嫩绿。

一入西安，春已先一步到了深处。也不由分说，将人裹入花红柳绿处。

更浓的，还有陕钢人迎过来的一张张笑脸。

"访延安，看陕钢"就此拉开帷幕。

陕北，红色大地的延安春风

陕钢工会主席陈敏锋说："亲近钢铁之前，一定要先访延安，这样就会知道陕西钢铁的力量从何而来。"

这个建议，彰显了陕钢人的自信与大气。

延安，是中华民族始祖黄帝陵寝所在地。这是《史记》中记载的唯一一座黄帝陵，号称"天下第一陵"。但更多人对延安的印象，还是革命圣地。延安因其特殊的地理位置与地形，被称为"塞上咽喉""军事重镇",更被誉为"三秦锁钥,五路襟喉"。也因此,当中央红军艰难翻过雪山,穿过岷山,越过六盘山,于1935年10月抵达吴起镇与陕北红军胜利会师后,延安就注定成为一个伟大的地方,屹立在国人心里。艰苦卓绝的革命战争年代,一大批伟人扎根此地13年,用过人的才智与胆识,培育出一种独特而卓越的精神,便是永恒而响亮的延安精神。

杨家岭的风,也透出一种非凡的气质。那是因为,一群开启了新中国的领路人,长期与这里同呼吸共命运。抗日战争,解放战争,一个个伟大的号令从这里发出,穿山越岭,抵达四面八方,换回胜利的捷报。今天走进,拨开遗落的硝烟,还能看到当年谱写的南泥湾开荒之美、党的七大之魅。更有对新文学发展有着重大而深远影响的延安文艺座谈会余音,嘹亮在耳边。

杨家岭的窑洞,是陕北最简单的土窑洞,依山而挖,土里土气。可这简陋的窑洞又非同凡响,就是在这里,毛泽东与美国记者安娜·路易斯·斯特朗会面;还是在这里,他发出"一切反动派都是纸老虎"的惊世宣言!

充满战争硝烟的杨家岭,并不全是冰冷的刀锋,也有浪漫涌动。邓小平和卓琳,孔原和许明,双双在这里喜结连理。他们的婚礼进行曲中,点缀着别致的音符,那就是远方送来的炮声与枪声。

那样艰苦、复杂、困难的处境中,得一个志同道合的爱人,身边日日有温情流动,战斗的力量必然会与众不同。

有人说,与杨家岭相比,枣园更田园。确实,这座园林中不仅走出刘少奇与王光美这对情侣,光阴中至今镌刻着刀光与柔情携手走过的印记。追悼张思德的哀乐在上空时隐时现,为人民服务的呐喊回荡耳边。

据说，蒋介石于1947年曾来延安，特意到了枣园。他紧锁的眉头里，卷着太多疑虑：这样不起眼的窑洞中，毛泽东非凡的谋略与卓绝的斗志从何而来？

枣园的墙上，两张照片异常动人。一张是毛泽东、江青和女儿李讷，另一张是周恩来和邓颖超。那根本不像叱咤风云的伟人，而是你侬我侬的平凡爱人，是烟火味十足的红尘百姓。若不是时代大潮的强力推动，他们会不会更乐意安坐阳光下的柴米油盐中？

延安的惊艳，不仅仅在它的红，比如清凉山。走进之前的想象里，它仅仅是一座山。那几天气温一直很高，没想到一到清凉山脚下，迎来的竟是呼啦啦一股清凉的风。既是清凉山，人们便笑着接受了这一独特的迎客方式，纷纷打开行李箱添加衣服。

一脚踏入万佛洞，绚丽与圣洁的气息扑面而来，一颗心抑制不住怦怦跳动。那一瞬竟然忘记是身处红色延安。前面，后面；上面，下面；左面，右面。眼神及处，全是佛。大的，小的；站的，卧的；思考的，含笑的……不一而足。导游说共有10014尊，故称万佛洞。天然的石壁，天然的佛。自唐以来，相携相偎，一路走到今天。

更让人惊奇的，是从1937年初到1947年，中央印刷厂印刷车间就设在万佛洞及周边大小寺庙里。延安的红色风，以这样的方式吹上清凉山，长达十多年。

遥想那时，中央党报委员会、新华通讯社、解放日报社、延安新华广播电台、中央印刷厂、新华书店等众多大咖级新闻出版单位齐聚清凉山，共谱抗战事。一道道红色的电波，一串串振奋的捷报，一份份绝密的消息，一声声战斗的号角，拨开弥漫的烽火，前赴后继，飞出清凉山，越过凤凰山，翻过宝塔山，蹚过延河水，传向急切盼望它们的远方。

有远方，就会有诗。陈毅元帅挥毫自问自答：

> 试问九州谁作主，
> 万众瞩目清凉山。

万佛洞啊，无论是初建的唐代，后来的五代，还是宋元明的鼎盛时代，都承诺着营建者对佛的祈愿，护佑着延安这座古老的城池。清代后尽管慢慢衰落下来，但依然不忘初心，张开佛的博大胸怀，护佑着一群执着坚守信仰的人走出困境，开创了新中国。

带着满心喷薄而出的恢宏气魄，下山。山门处，却发现导游图上万佛洞之上竟还有卧佛寺、琉璃塔等多个去处。问随行的导游。她一笑：咱此行走的是红色路线，其他地方就不去了。

如此，便替我许下与延安的下一次约会。

陕西行结束后回家，正是清明。陕钢朋友特意发来2018清明公祭轩辕黄帝典礼电视直播视频。这个此行未能去往的地方，以这种方式，暂了了心愿。

关中，司马故里的龙门传承

路途是颠簸的困顿，车中人沉沉睡去，偶有几声窃窃私语，在耳边忽明忽暗充满暖意。不知道多久后突然醒来，想换个姿势再睡，却被车窗外一片景色迷了眼。是哪里？车依然在高速路上，以它的速度行进。可是，那一片一片的绿，不同的绿，以及一树一树的花，不同的花，挑逗着惺忪的眼。

完全醒来。玉兰、桃花，刚刚认识的紫荆，还有一些不识名字的花在眼前此起彼伏。忽儿，几处房屋随花飘过。该是一个村庄吧？想记下来，可是没有名字。遗憾中前行，"司马故里"四个字却透过车窗跳进来。才恍然，原来，不觉间已踏入司马迁的故乡。

司马迁啊，两千多年以后，我竟来到你的故乡。这是你少年时代耕读放牧的地方。尽管，已经完全不是当年的模样。可它终究是你的故乡，那一草一木里，依旧含了豪气、倔强与隐忍的力量。

韩城，韩城。

一下车，来不及进店，急急问门外的主人，院中的树叫什么名字。

紫叶李。于我而言，这是一个全新的名字，花却已是引领了我半路的老朋友。

韩城无处不飞花。即便是偶尔无花的路上，也要从哪里缥缈出一阵歌声，把漂移的一颗心抓回，任由那个叫兰花花的女子揉碎。

龙门，是韩城的别名之一。

一条鲤鱼，一跃而起，成为龙。多年以后，一个钢厂以鱼的姿态低调进入这龙兴之地。陕钢集团龙钢公司，就处在北依龙门、东临黄河的好地段。来到龙钢，传说中的"鲤鱼跳龙门"

处就在视线里。龙门精神，黄河精华，相继注入这家名为龙的钢厂。如今，60年过去了，他们在这里喷薄而起，从无到有，由铁到钢，步步升华。

升华至钢铁里，升华至生活里，升华至人心里，升华至鼓声里。

那一天，陕钢集团龙钢公司门口，韩城行鼓响彻云霄。那一刻，我似乎听到西汉战场上激烈昂扬的鼓声，影像里交替叠加的是李陵与司马迁痛苦的脸庞与身影，一个是回不去，一个是盼不归。

一阵"嗨——嗨——嗨——"，喊回恍惚的我，才知我处身龙钢味道的韩城行鼓里。眼前是钢铁般的豪情，是溢满龙钢味道的笑脸。

一直觉得，激情四射的笑脸必然来自心底的热爱与自信。这些行鼓表演者以霸气与豪迈，轻易便将我们这些外来者打动。

这是一群内心燃了火的人。那火从心底升腾着，升腾着，扩散到身体的每个角落，喷涌、喷涌，蒸发、蒸发，最后汇成一个点，尖锐地凝在鼓里。听吧，那沸腾鼓声里充满黄河的咆哮与怒吼，交织着鲤鱼跳龙门的豪迈与气势。

大河浩荡。周围的花都屏了呼吸，侧耳，不语。连杨花也豪迈地入境，纷飞在空中，随鼓点以从未有过的妖娆姿态翻动。

这鼓声，以惊人的力量与渗透力发散到周遭每一个生物的细胞里。这动人的春色，顷刻间布满律动的音符，一串一串，无所顾忌地洒在这春光里。

上午的阳光也受到感染，以最豪情的温度洒下来。那个男子，那个在队伍中不停飘移的男子，内心仿佛喷涌着黄河的力量，释放着大河的气势。他激情似火地吼着，纯净豪迈地笑着。鼓声在他手里大气磅礴地热烈着、曲折迂回地翻滚着。指挥者也忍不住双脚腾空而起。整个队伍便飞起来，唱起来，笑起来，舞起来。

那远古时期擂响战鼓的士兵啊，是不是也如这般把浑身力量撕裂在鼓声里，激励着队伍奋勇行进？

眼前的人们，集体沦陷，热泪盈眶。我大声喊出一个好，掩饰着眼里湿润的冲动。

坐进会议室，内心久久无法平息。龙钢人又趁胜出击，将一个又一个故事端出来。那个在几千摄氏度高温炉前拎着一桶油喊着"让我上"的男子，那个为了让同事多休息一分钟坚持汗流浃背在炙热前烤了15分钟的汉子，让我再一次泪眼蒙眬。这些普普通通的钢铁工人，以坚韧、刚强、善良、担当将人们心头的柔软触碰得一塌糊涂。

由此明白，这个处于独特位置的钢铁公司，正在不断吸纳、积聚来自远古的力量，化为实际行动填充、融化着员工的心；员工则像那奔腾不息的黄河水，奔腾着回报企业以浩瀚的激情。

是夜，收起沸腾的心，进入韩城老城。静谧的文庙，散发着元代的气息。寂静的建筑中，遇到一位女性工作人员。问她是下班了才不收门票吗，她说去年8月就统一取消了。这座陕西省现存13世纪以来较有代表性的古建筑群，于是敞着胸怀，接纳四方宾朋。如此安静的古建群内，灯光下的女性工作人员，安静地整理着书籍。问她怎么还不下班，她说要到晚上10点。一个人，怕吗？她笑：好多神。

出来，路遇秦腔，就在老街上。四位演员已化好妆，乐队也就了位。剧场就是文庙出来的小巷，铺一块红毯便是戏台。简单的布景，简单的灯光，却是精致的妆容。趁着未开场，小心询问演员可不可以合个影，三位不忙的演员很大方，起身。拍完时，旁边的花脸笑着走过来：怎不跟我合影？喜悦地与他同框。后来才知道，戏是《二进宫》，花脸是徐延昭。

小小场地，唱的动情，拉的动容。身边来来往往，行人在戏中随意穿行，大胆游客也可自由入镜。我小心走到他们身后远远拍下一张，身边拉二胡的老者看到后几次提醒：站得太远，再近点。众多游客面前，我还是没好意思再次闯入他们的戏中。

一出毕，票友登场补位。演员如在无人之境，紧张地换妆更衣。韩城的老城还有长长的距离没有走完，于是离开，从戏中回到人生。

一行人徜徉在老城。白日这个辛劳者早已进入深睡眠，夜却越来越欢喜。韩城的夜，真让人留恋。窄窄的巷道，或朦胧或明艳的灯光。羊肉饸饹、辣子蒜羊血、羊肉页面、搅团，一瓶啤酒，即可醉人。扭身，再从路边老板手里接过一瓶花椒酸奶，边走边品。间或，耳边隐约又袭入一阵《兰花花》，声声撩人。

不得不感叹韩城这座小城丰富的文化内容，也由衷想长久置身这样明灭的夜，这样鲜活的街巷、这样悠闲的人流中。

韩城虽小，底蕴厚重。犹记白日在城南，跨过芝水上的石拱桥，一步步迈向岁月悠久的司马坡。那深深浅浅、斑斑驳驳的痕迹里，既镌刻着高山仰止的旷世雄才，又布满司马迁的屈辱人生。

历史都已远去，韩城却精心保存着这些曾经的风云。人们咀嚼、翻拣、消化、珍存，将这些宝贵的精神代代传承。

陕南，油菜花中的汉钢性情

一进汉中，换了天地，也修改了阅读模式。

汉中在陕西最南端，是中国最美的"汉人老家"，处于长江第一大支流汉水的源头。这个最早的天府之国，有与陕北、关中完全不一样的江南风情。行走至此，将三秦大地之美延伸到了极致。

之前，司机师傅就说，此时正是油菜花最美季节。若是到了清明遇一场雨，便是落花遍地。然而担心的事还是发生了，次日一早，风把我吹醒。

拉开窗帘，汉中笼罩在阴雨中。似乎吹了一夜的风、落了一夜的雨。冷些不怕，只担心那娇嫩的油菜花，被风雨吹落。

出门急问当地人，油菜花可被夜风吹落？他们笑：远客还未欣赏，它们不敢太脆弱。

果然，路上依旧铺满如前一日浓烈的黄，滚滚而来。在风中，在雨中，摇曳着风华正茂的好姿容。

这是一个被油菜花装点的时节，也是一处被油菜花缠绕的城市。

我是穿着与油菜花同色的毛衫进入片片花海的，是为纪念经历一夜风一夜雨之后的这些花的坚强。油菜本是一种油料，经济作物，但随经济的发展，随着人们闲情逸致的增加，其观赏价值一路飙升。季节一到，人们便从四面八方蜂拥而来，跑入丛中随花绽放，心情与那些被无边的黄吸引而来争相授粉的昆虫一样欢愉。那一刻，所有进入的人都成了花，包括男士，也是笑颜如花。那一刻，突然想到我家乡的荞麦花、土豆花，甚至苹果花，它们一年年默默花开、一岁岁黯然凋谢。它们的花，只为秋天的果实积蓄力量，无人关注它们的绽放。

油菜花是幸运的，于是它们极尽所能，在一年一季里喷薄着娇媚柔弱的力量与光芒。远处的梯田，映照着近处夺目的黄。层层叠叠，参参差差，起起伏伏，相互回应、相互怒放成对方的背景。

一路看不到一位农民，他们勤劳的身影却无处不在。前一个冷秋，他们在精心整好、用心施好肥的田野中扬起一双双手，撒下粒粒花籽。

那扬籽的手，几个月后便化为金黄的花。

汉中的土地，片片肥沃，因此油菜花是不择场地、不由分说的。一路走，一路有。甚至牛圈边，甚至屋檐下，甚至钢铁厂。

定军山的微风，轻拂着我满身的油菜花香。时隔多年，定军山早已没了当年战斗的锋芒，但那份逼人的壮阔、凛然与空灵还在，静守着这方水土。

"得定军山则得汉中，得汉中则定天下"，可见定军山这处三国时期的古战场，处于多么重要的位置。今天进入，似乎还回荡着当年刘备大将黄忠斩杀曹操大将夏侯渊的余味和余威。

想当年，那是怎样的一场英雄杀。那个时候，山下一定没有油菜花。

19年之后，出师未捷身先死的诸葛亮，魂断五丈原。然而因汉中这个蜀国门户未收复，"北定中原，兴复汉室"的大业未实现，一代人杰悲壮地留下遗嘱，葬定军山下，"死犹护蜀"。

今天，诸葛亮的墓地除了千年古柏，还有罕见的珊瑚朴与凌霄花伴随，以及一对丹桂忠诚护卫。祠外更有紫荆樱花片片飞。

夜深人静，这些守护的花儿树儿草儿，一定会与先生窃窃私语，安抚先生忍不住的声声叹息。

定军山，这座见证了刘备崛起与辉煌的大山，留下诸葛先生的千古遗恨，还埋葬了多少如夏侯渊一样的好汉。风过了，雨停了，岁月淡了。它今天默然伫立于此，回味着从前的风起，静观着未来的云涌。

就在这现代的柔情与古老的壮阔中，走进陕钢集团汉钢公司。没错，这家铁骨铮铮的钢铁公司，也处在油菜花的包围圈中。

从来没有想过，这柔媚的花香可以注入坚硬的钢铁。那一刻的感觉，似刚强的男儿与似水的女子完美融合。钢铁不再冰冷，从此走千山跨万水，一路散发着油菜花的香味。

汉钢是一家新公司，也是一家令人惊讶的公司，当年建设当年出钢次年达产的速度惊艳了所有人。与龙钢处在厚重的黄河与龙门之地一样，汉钢北临汉江，南依巍巍古战场定军山。独特的地理位置，特殊的人文环境，无形中培育着汉钢精神，塑造着汉钢性情。那天座谈时，听汉钢领导谈当年一无所有之际倾注所有力量在这不毛之地建设起一座崭新的钢厂；听女职工回忆当年深夜一个半小时走不出1公里路的恐惧与荒凉；听工会副主席兰茹讲春节之际将家属从500公里外的龙钢接来，只为看一眼长久勤勉于这里的亲人们是否平安健康。丈夫与妻子，父亲与儿女……那是怎样的一场相见，有多么壮观多么深情的拥抱与凝望。

飞花时节走三秦，读三秦，品三秦，来自陕钢的馈赠。全过程中，感受到文化这个魂已深深渗透进企业内心。在龙钢，在汉钢，组织者宁可舍弃那些推动经济效益的工艺流程，也要迫不及待地将远方来的老师们推到一拨拨文学爱好者身旁。火热的生产面前，他们竟肯拨出大把时间，给这些钢铁战线上的中坚力量留出追逐文字的空档。他们没有将来之不易的远方来客禁锢于自己的企业中，而是毫不吝啬地将三月的三秦，飞花的三秦，历史的三秦，沉重的三秦，绽放的三秦，如数家珍般一一捧到这些热爱文字喜欢文化的人面前。正如他们最初所言，只有充分了解到三秦更多的历史与文化，才能全面感受到扎根于这片大地上的陕钢力量。

有一股力量，气度非同凡响。

三秦大地陕钢情

崔美兰

三秦物华人情厚，百川沃土侠骨香。细数近代的文学作品，从柳青的《创业史》开始，到路遥的《平凡的世界》，陈忠实的《白鹿原》，贾平凹的《废都》《秦腔》等，这些著名作家写出的优秀作品，都出自陕西这片厚重的热土。这在中国是少有的，这片土地何以承载着这么厚重的文化？连续几年我踏上这片亲切的土地，如游子回到家乡，不为游历，只为寻找⋯⋯

文化陕钢

和陕西的缘分，不仅仅是秀美的山水、深厚的文化，更是钢铁的情怀。几次到陕钢开会，我开始认识底蕴厚重的陕西。每一次到陕钢，都和文化有着密不可分的联系。第一次踏上这片土地是2015年底，陕钢承办了冶金文协的年会。那一年，全国的钢企都在经受行业寒冬，在冶金行业逐渐走向冰冻期的时候，陕钢仍然愿意将一些文化名人邀请到西安，共同探讨去产能、去库存的最佳途径，希望能通过提升文化附加值，聚集走向春天的力量。印象最深的是年会之后的书画笔会，整个会场气氛热烈，情绪高昂。挥毫泼墨者飞舞豪情，请字索画者排队云集。每次下厂参观考察之后，都要回到书画笔会现场，笔墨纸砚时时伺候，高手跃跃欲试，学者谦虚请教。只要有时间，相关领导及工作人员就在那里等候。对于陕钢的盛情，各大钢的文化名人觉得不留下墨宝都不好意思离开，陕钢的每一个人无不是内心深处积极接纳，虚心学习。

这次到陕钢是随"访延安　看陕钢"采风团而来，作家笔下的陕钢或浓墨或重彩都是一种呈现。作为中国西北三大钢铁企业之一的陕钢集团，已经是全国螺纹钢的 A 级生产企业，地域涉及西安、渭南、汉中、商洛、宝鸡五个地区，是一家集钢铁冶炼、钢材加工、矿山开发、物流运输、装备制造、金融贸易、酒店餐饮等为一体的大型钢铁企业集团，具备1000万吨钢的综合产能，年营业收入突破500亿元。陕钢经过多年技术改造，形成了以西安集团本部为战略经营决策中心，以龙钢公司、汉钢公司为两翼，"南北两翼，比翼齐飞"的发展格局。在做强做优钢铁主业的同时，以韩城钢铁公司的贸易板块为支撑，以龙钢集团的非钢产业为抓手，形成多元协同的战略格局，发展成为中国西部最大的精品建材生产基地，是我国西部最具竞争力的高端钢铁材料服务商。

宏伟蓝图已经描就，我们期待在中国的北方，中国的西部，又一个最美企业蒸蒸日上。

红色圣地

到了陕西，陕北延安是个不能错过的地方。

"几回回梦里回延安，双手搂定宝塔山"，从中学时背诵贺敬之的这首诗开始，巍巍宝塔山，涓涓延河水，就成为我魂牵梦萦的渴望。

记得那一年，为完成父亲"有生之年，一定要回一趟延安"的夙愿，父女一同来拜谒中国的革命圣地，寻找共和国的红色基因。幽静肃穆的枣园、树木繁茂的杨家岭、窑洞成群的凤凰山、巍峨耸立的宝塔山……每到一处，父亲都沉浸在激动和兴奋之中。一路走得非常慢，仿佛延安的土地带有磁性；一路看得特别细，仿佛每一处风景都充满回忆；每一个地方都久久不愿离去。走进庄严雄伟的七大会议中央礼堂时，父亲异常兴奋，情绪异常高涨，他说舞台上毛主席和朱总司令的画像完好如初，会场里的木桌木凳依然保持着昔日的模样，舞台正前方墙壁上"同心同德"四个大字依然熠熠生辉……说着说着，他情不自禁地放声高唱起《东方红》，全然不顾礼堂里还有众多的参观者。所有的目光齐刷刷指向父亲，他却没有丝毫的不好意思，我又不忍心阻止他难得的抑制不住的激动……毕竟七十多岁的人了，如此激动的状态也不多。一会儿，独唱变成了大合唱，那些素不相识的参观者被父亲纯真质朴的情绪所感染，纷纷加入同声歌唱，激情洋溢的歌声在中央礼堂上空久久回荡……五湖四海素不相识的人都因唱着同一首歌而相互致意，相互挥手，相互拥抱……走出中央礼堂，父亲热泪盈眶。"百年积弱叹华夏，八载干戈仗延安。试问九州谁作主，万众瞩目清凉山。"陈毅的《咏"七大"开幕》道出了多少中华儿女的心声啊。

　　作为文字工作者，我更惊叹于清凉山的万佛寺，可以说那里是中共媒体事业的发祥地，从1937年1月到1947年3月27日，中央印刷厂印刷车间一直设在清凉山上。这里被称为红色延安的"新闻山"，为中国革命做出了不可磨灭的功绩。清凉山东侧是延安时期的新华广播电台、新华通讯总社、解放日报社。万佛洞石窟群是中央印刷厂、纸币厂、卫生所和新华书店等革命旧址。清凉山的万佛洞开凿于隋代以前，唐、宋、金、元、明、清历代皆有造像或维修。万佛洞主要有四个石窟，规模宏大，借山势而凿。窟内石柱上和四壁雕有形态各异的万尊石佛，其石刻艺术鬼斧神工，是珍贵的历史文化遗产，大文学家、政治家范仲淹曾写《清凉漫兴》四首，赞其为"凿山成石宇，镂佛一万尊。人世亦稀有，神功岂无存"。陈毅《赴延安留别华中诸同志》诗云："众星何灿烂，北斗驻延安。大海有波涛，飞上清凉山。"清凉山是革命圣地延安的象征之一，站在清凉山最高处俯瞰延安，三山鼎立，二水合流。曾经贫瘠的土地，承载了中国共产党的初心，最伟大的使命！这座被誉为"三秦锁钥，五路襟喉"的"塞上咽喉""军事重镇"成了名副其实的革命圣地。

　　我找到了为什么要"不忘"，理解了全民族要"牢记"！

黄河壶口

　　一直想象着"黄河在咆哮"的景象！

　　虽住在黄河岸边，但去黄河壶口，听黄河咆哮，一直是我的愿望。

黄河流经包头时，河道逐渐变宽，水流逐渐变小，每到流凌季节，我会久久地站在黄河岸上，看翻飞的挤挤挨挨的流凌。遇晴天，阳光直射下来，流凌上会反射出一束束刺眼的光芒，仿佛百川归海，虽浩浩荡荡，却没有巨浪澎湃。

站在黄河壶口，黄河的另一种形象赫然绽放，真正领略了"水底有龙掀巨浪，岸旁无雨挂彩虹"的壮丽景象。"风在吼，马在叫，黄河在咆哮，黄河在咆哮……"歌声随瀑布回响在陕北上空。聆听黄河怒吼，感受中华民族的力量！

黄河发源于青藏高原，汇集了千山万川之水的黄河，一路奔腾而来，割石为床，切山为路，激情澎湃，汪洋恣肆。在壶口，400多米的河床水流，突然被约50米的十里龙槽截住，万里黄河，百丈飞瀑，拍岸扬雪，击石溅珠，漩涡湍急着，水雾弥漫着……

"飞湍瀑流争喧豗，砯崖转石万壑雷。"李白在《蜀道难》里描绘的景色，在壶口仿佛亦然。滚滚泥浆泄入龙槽，犹如万马奔腾向前振鬃奋蹄，踏破惊涛骇浪，如进军擂鼓，气势恢宏，铿锵回荡峡谷……

离开壶口时，那摄人心魄的壮观，那咆哮的涛声，一直震撼着我。自然界的力量积蓄起来，就可以开山劈石，浩荡前行……一路上，那贫瘠的黄土高坡好似沉淀着陕北铿锵的力量，当年红军十三年的相守，铸就了伟大的延安精神——一个人的力量是微不足道的，把集体的力量积聚起来，就能够撼天地、泣鬼神！

幽静柞水

与柞水这个小县城亲密邂逅，是参加冶金文协五年一届的文学作品评奖。

评奖由陕钢集团承办。凡是关乎企业文化的活动，陕钢集团都很重视，积极配合。接站的陕钢工会人员早已等候多时，一行人驱车前往柞水县，一路上抬头是崇山峻岭，放眼是郁郁葱葱，低眉是秀水潺潺。陕钢工会的陪同人员介绍着柞水的情况。柞水县地处秦岭南麓，属于森林保护区，是一个"九山半水半分田"的土石山区县。全县植被覆盖率高达78%、森林覆盖率达65%，负氧离子含量比西安高出四倍，素有"天然氧吧、城市之肺"之称，融"名山名镇名洞"于一体，目前已发现的溶洞有115个，被誉为"终南首邑，山水画廊"。

下榻禹龙晨昇酒店后，举目四望，四面环山，依山傍水，幽静典雅的庭院式风格，给了我世外桃源的感觉。简单休整之后，与中国冶金报、冶金文协、武钢、马钢及陕钢等单位的各位老师共同完成一项浩大的文学评奖任务。参与评奖的作品共有200余篇，分诗歌、散文、小说、报告文学，每一位评委都看了110万字之多的作品。幸亏大家在汇评之前做足了阅稿工作，以至于汇评意见集中而统一。正如中国冶金报社社长陆闻言所言："每一次冶金系统的文学评奖都是一次文学水平的梳理和检阅，在钢铁的沃土上仍然要有文学之花的绽放，让钢铁文化充满人文的魅力。"

在紧张的文学作品评选完成后，陕钢集团龙钢公司安排了评委与文学爱好者及相关人员的座谈会，他们提出了许多企业文化、职工文化、文学创作、新闻写作、报社用稿等方面的困惑和想法，各大钢的评委老师根据自己的经验及体会，深入浅出地传经送宝，点燃了文学爱好者坚持下去的热情。评委老师们深谙书法艺术，陕钢同人也是每晚必摆上笔墨纸砚，让他们留下笔墨。徐禾老师题写"身无半亩　心忧天下"，董宏量老师题写"秦岭雄奇　钢啸铁鸣"，郭启林老师题录了《陋室铭》全篇，张欣民老师题写"博览精学"等，高山流水，雅趣横生。

史记韩城

　　去韩城的高速公路上，有关韩城的广告语醒目而特别："风追司马　史记韩城""有故事的韩城　有味道的旅行""华夏史笔唯司马　关中文物最韩城"。韩城依托文化，打造城市形象，已多次进入央视的视野。

　　《史记》和韩城，已经不可分割，不如放在一起。史记韩城蕴含了深邃的历史眼光。从古至今，有些名字已经成为国人永恒的记忆：孔子、屈原、司马迁……他们在浩瀚的历史长河中，寂寞而倔强的灵魂，与璀璨的日月星辰同在。用司马迁和《史记》这样的文化名片打造城市的未来，一定有高瞻远瞩的魄力。

　　走在司马古道上，风浸雨蚀的石板古道，蜿蜒成历史的轨迹，那些修筑于春秋战国时的石头，经过了三千多年的风雨，已经被历史的脚印踩踏出深深的痕迹，这些坑坑洼洼斑驳嶙峋的古道，沉淀着岁月的烽烟，见证了历史的变迁。这里，韩信出兵走过、李世民微服走过、李自成寻道走过……司马迁"史笔昭世"。司马迁"高山仰止"，达到了不可超越的巅峰。"刚直

不阿，留得正气凌霄汉。幽愁发愤，著成信史照尘寰。"郭沫若
颂扬司马迁曰："功业追尼父，千秋太史公。"司马迁以其"究
天人之际，通古今之变，成一家之言"的史识，对后世史学和
文学的发展都产生了深远影响。鲁迅先生称《史记》为"史家
之绝唱，无韵之离骚"。

沉淀的是历史，传承的是文化。重重叠叠的史诗，在泼墨
挥毫中延成深深浅浅的印迹，踏着生命的节奏，任千年岁月在
繁华与苍凉的更替中，将追忆与思索风干成景仰与向往……

每年清明，韩城最隆重的莫过于祭拜先祖史圣。在我国，
祭黄帝属于国祭，是中华民族的探源；祭孔子属于公祭，是对
文脉的追踪；而祭司马迁属于民祭，更是心祭，且延续了两千
多年，是人们对司马迁伟大人格的缅怀，是对《史记》这部巨
著的景仰。在地方政府的重视下，越来越多的海内外文化学者、
社会人士以及数以万计的民众前来参加清明节民祭司马迁。拜
谒世界历史文化名人司马迁，成为海内外华夏子孙寻根追梦的
精神仪式。现在，司马迁祠周围又兴建了国家文史公园，打造
了三个人工湖。其工程之大，眼光之远，展示着文化韩城闪亮
的未来。

风雨春秋，韩城积淀了厚重的历史和文化，是全国保存最
为完整的六大古城之一，至今保留着五街七十二巷的格局。行
走于古城老巷，举目皆是明清乃至元代的楼阁，一个又一个故
事与传说，在心里浮现成一朵又一朵花开。透过历史沧桑，能
清晰地感受到一种自然的、返璞归真的美。明清时期的四合院
星罗棋布，街头店铺鳞次栉比，九座不同风格的庙宇璀璨生辉，
是韩城这座国家历史文化名城的缩影。尤其是文庙、东营庙、

城隍庙、北营庙、庆善寺等古建筑群更显肃穆、醇厚。古城的精华，在岁月长河里愈发流淌得生机盎然，将宣纸上晕开的墨色渲染出芬芳的气息。

走出古城，我用安静从容的思念，将这座小城拥揽入怀，根植于心。期待让世界了解韩城，让韩城走向世界。

龙钢——"禹龙"精品之家

龙钢地处韩城，龙钢的产品为什么叫"禹龙"？我们下榻的宾馆为什么叫"禹龙宾馆"？带着这些疑问我们走进了龙钢。

厂区内的道路上，一张张英俊、微笑的脸庞，迎风而立，一闪而过；一张张劳模、先进人物的明星照镶嵌于宣传栏内，立于道路两侧，像一面面旗帜，笑容可掬，亲切可人。这种职工风采的靓丽呈现，这样接地气地展示企业风貌的方式，倾注了弘扬工匠精神的人文关怀，这样的宣传"置"地有声！

来到龙钢办公楼前，特殊的欢迎仪式震撼了我们每一个人。年轻的龙钢职工身着工作服，激情演绎着韩城行鼓。

激昂的锣鼓声愈响愈烈，一种少有的八面威风和群情激昂的热烈气氛。他们如蒙古骑士呈骑马蹲裆式，击鼓时酣畅淋漓，令旗挥舞，鼓阵排开，一时间百鼓齐鸣，强劲刚烈的鼓点似黄河咆哮，如万马飞奔。鼓阵周围，几十位姑娘手执彩绸束扎的花杆，在鼓手旁摇曳舞动。在青铜与皮革的原始撞击中，加入婀娜的舞姿和翻飞的花杆，阳刚与阴柔相济，气势恢宏。敲到得意处，鼓手们如醉如痴，狂跳狂舞。韩城行鼓历史悠久，曾上过央视荧屏，有"中华第一鼓"的美誉。

站在龙钢5号高炉旁的观景台上，一边是巍巍高炉，一边是浩荡黄河，陕钢集团党委副书记、工会主席陈敏锋指着前方说："不远处就是禹门口。"噢！放眼望去，黄河两岸峭壁林立，如同刀砍斧劈，相对如门，故称禹门口。黄河龙门为大禹治水所凿，为纪念大禹之功绩而命名。传说此地曾集大鱼数千，上者为龙，下者为鱼。神龙可跃，百炼成钢。龙钢之"龙"就是因此得名吧！

大禹，姒姓夏后氏，后人也称他为夏禹。他三过家门而不入，让水的清凉穿透火的渴望，让奔跑跳跃的滔天洪水跃过"龙门"见"龙钢"，回望那些鬼斧神工的山壁，似乎都诠释着不屈的追求与理想！大禹治水延伸着中华民族坚韧不拔的精神之魂，"禹龙"之禹，就是如此而来的吧！我领悟了"禹龙"之意，我为"禹龙"高呼！

从火热的炉台下来，走进龙钢公司办公楼的会议室，龙钢公司各岗位的职工代表已正襟危坐，龙钢公司领导在庆祝建厂60年之际，邀请创业初期的老职工，一同畅谈60年来的发展历程。他们中有厂长、经理、后勤部长、绿化处长、财务总监、技术骨干等。座谈会上，老同志们非常激动，艰苦的岁月成为他们难忘的记忆。

那时候，"一年一场风，从春刮到冬"，"刮风石头跑，大树跟着倒"。他们在这样的环境下，从风沙蔽野的荒原勘探开始，从第一条通往龙钢的道路开始，从茫茫的黄河岸边竖起第一排工棚开始，从第一炉铁水映红他们的脸庞开始，斗黄沙战酷暑，不畏一切艰难险阻，在黄河岸边建起了龙钢。他们经历了龙钢最艰难的创业时期，体验了"半碗米饭半碗沙，哪有窑洞哪安家"的艰苦而火热的生活。老一辈创业者的"龙钢精神"蕴含在每一次行动中，每一次实践中……许许多多的老前辈对龙钢有着血浓于水的感情，这种感情就是一种精神、一种信仰，烙在他们的血液里。从那时起，"龙钢精神"就深深扎根在龙钢人心中。

没有发自肺腑的热爱，就没有倾尽全力的付出！如今，龙门钢铁有限责任公司风风雨雨峥嵘六十年，六十年沧海变桑田，一甲子日新又月异，龙钢四度上马下马，从无到有，从小到大，从弱到强，发展成为集采矿、选矿、烧结、炼铁、炼钢、轧钢为一体的中型钢铁企业。龙钢的发展凝结着几代龙钢人的心血和希望。一代又一代龙钢人不忘初心、艰苦奋斗、爱岗敬业、爱厂如家……六十年发展历程中，积淀了深厚的"禹龙精神"，这种精神就是一个品牌，印在每个龙钢人的心里，龙钢人为之骄傲、为之奋斗，"禹龙"品牌蕴含文化之深厚由此可见！

龙钢的年轻一代秉承了老一辈的光荣传统，他们的事迹更是可歌可泣。连铸维修钳工班的赵超，抢修时在60多摄氏度的高温下进行加油作业，为了让工友少待一分钟，他足足坚持了1分25秒；转五工段段长焦建设带着夜班的同志到24.5米平台进行设备点检，一直忙到凌晨5点，一回到操作室就瘫坐在地，他已经在岗位上坚守了整整11个日日夜夜；提起侯增栋谁都知道，他总结出的"高温快补、速成焊补"的"侯氏焊接法"已成为焊接烟罩、炉口的作业标准，年创效益150余万元；技能大师冯建斌在6号转炉投产前夕，从设备安装调试、系统试车，一直到投产，他和他的团队就没有离开过现场……他们就是龙钢公司的当代大禹啊！

六十年来，"龙钢精神"像扬帆鼓劲的一面旗帜，鼓舞着龙钢人，激励着龙钢人。2009年，以龙钢为龙头，组建了陕钢集团，龙钢公司成为陕钢旗下四个重要子公司之一。"禹龙"牌钢材先后被评为陕西省名牌产品、全国用户满意产品、中国建材质量信得过知名品牌、全国冶金产品实物质量"金杯奖"。产品被广泛应用于三峡工程、郑西铁路、西安地铁等国家、省级重点项目，畅销陕西及周边省区。

醉美村落

党家村低调而奢华，散发着古朴的美。

俯瞰党家村，青砖灰瓦的四合院连成一片，挺拔的文星阁、神秘的瞭望塔、高大的节孝碑跃入眼帘，整个村落如一张烙满文化符号的名片，呈现出中国历史文化名村的原生态。仿佛摊开了的时光卷轴，从瓦片漏下的阳光都辉映着曾经精雕细刻的影子。

走进村子，没有皇家的雍容恢宏，却有着仰俯于天地之间的淡然从容和博大精深，那便是沉浸于青砖灰瓦中的文化意蕴。党家村成形于清代康熙、乾隆年间。几百年之久的党家村，浓郁儒雅的文化气息，滋养着朴实淳厚的民风。庄严的祠堂，古老的石砌巷道，千姿百态的门楼，考究的门墩、上马石，布局合理的四合院，无不向世人彰显着党家村昔日的兴盛。村中125座四合院，11座祠堂，25座哨门，建筑古色古香，每一座建筑都藏着丰富的文化内涵。更为奇怪的是村里晴天无尘，雨天无泥，绝妙的地理环境是上天对这个村子的厚爱。村中有一"福"字，传为慈禧所书，字由一只仰头鹤、一只低头鹤及田字组成，表达了福多寿长、物质富裕的寓义。整个村子弥漫着居家的温暖和闲散的情致。随处可以触摸传统文化的诸多细节，每户人家都很注重自家的修养和家风的传承，从门楼上的题字能够感受村里家风的传承，如，"忠厚""耕读""笃敬"；"和为贵""孝悌慈""积善堂"，"祥和恭谨""安详恭敬""陋室清馨"等，让人觉得这个村子里的人个个皆谦谦君子，人人都知书达理。前国家领导人李瑞环为其题词"民居瑰宝"。党家村也被建筑学者称为东方古代人类传统居住村寨的活化石。

一个村子如此，何况陕西这片饱含激情的热土呢？这是精神文明的传承，又是历史文脉的延伸……

老家汉中

权且我也回一趟老家——汉中。

"我是汉族，我讲汉语，我写汉字，这是因为我们曾经有过一个伟大的王朝——汉朝。而汉朝一个非常重要的重镇，就是汉中。来到汉中，我最大的感受就是，这儿的山水全都成了历史，而且这些历史已经成为我们全民族的故事。所以汉中这样的地方不能不来，不来就非常遗憾了。因此，我有个建议，让全体中国人都把汉中当作自己的老家，每次来汉中当作回一次老家。"余秋雨老师的这段话我读过多遍，一直期望着到汉中看一看。这次，有幸与陕钢的同人一起回了一趟汉中老家。

汉钢的亲戚们去接站，一路上细数家珍：历史上著名的倾国倾城的美女褒姒生在汉中，这里养育了开拓"丝绸之路"的张骞，这里长眠着造纸术鼻祖蔡伦，这里留下了李白、杜甫、陆游等伟大诗人的诗篇，历史上建造最早的武侯祠在勉县，诸葛亮的墓在勉县定军山下……我听得入迷，亲戚们说得尽兴。

汉中位居中国版图的地理中，被公认为是地球上同纬度生态最好的地方之一。山富灵气，水蕴诗情。北依秦岭，南偎巴山。古人月宜秦岭宿，今人巴山夜雨时。汉水穿城而过，中部是美丽而富饶的汉中盆地。自公元前312年秦惠文王设置汉中郡，迄今已有2300多年的历史。公元前206年汉高祖刘邦以汉中为基，用韩信计，明修栈道，暗度陈仓，逐鹿中原，完成统一大业，特以"汉"为号，建立大汉王朝。自此汉中便与汉朝、汉人、汉语、汉文化密不可分，成为汉文化的发祥地。

三国文化遗迹处处可寻，汉中所辖区县都有着特别的华彩。汉台区是刘邦驻跸汉中的大本营，褒斜栈道以其摩崖石刻、古汉台、石门栈道、拜将台、饮马池为世人神往；南郑县的龙岗寺、圣水寺、大佛洞等吸引着各方游客；城固县是张骞故里，五门堰、道教圣地洞阳宫、五郎关地母庙、十万亩橘园景色奇特；勉县以三国文化为底蕴的历史遗迹众多，定军山古战场遗址、武侯祠、马超墓、刘备设坛处、古平关遗址、诸葛古镇等久负盛名；西乡县有"中国最美茶乡"的美誉，西乡樱桃沟风光无限，美不胜收；镇巴县被誉为巴山深处的明珠，更是民歌之乡、红军之乡、苗民之乡，原始竹林远近闻名；留坝县素有"天然基因库"和"天然氧吧"之称，张良庙、风云寺、紫柏山引人入胜；佛坪县是国宝大熊猫的故乡，是朱鹮守望的净土，熊猫谷与中国栈道水世界遥相呼应。汉中的每一座县城都有着特别的诱惑。

时间把岁月拉长，大地把古迹深藏，汉中历经秦汉唐宋三筑两迁，从来都是卧虎藏龙的热土。这里的每块砖石，都记录着历史的沧桑巨变；这里的每段故事，都印证着中华民族源远流长的勃勃生机。

"江春不肯留行客，草色青青送马蹄。"尽管许多地方都是我梦中的桃源，还是留些遗憾吧。等闲暇之时，我一定会走遍故乡的每一寸土地，与乡亲们促膝而坐，让家乡的清酒小菜成为我永不忘却的乡愁……

花海勉县

远山含黛，流水含情，古朴的村庄，漫山遍野的油菜花金黄夺目，仿佛消溶了太阳的光芒。嫩黄的花朵爬满柔韧的枝头，朵朵密集，簇簇相拥，层层叠叠，连成片，汇成海，热烈奔放，汪洋恣肆，犹如铺在大地上的一帧巨幅油画！

飘入油菜花的深处，沉醉不想归路。同行的美女们——温文尔雅的冶金文协郑洁，清雅俊秀的陕钢兰茹，妩媚飘逸的太钢蒋殊，娇小玲珑的重钢何鸿，活泼秀丽的中冶汤晖，她们挥舞着各色纱巾，微风里飘扬起童年的欢乐，勾勒出一道道绚丽的风景。她们犹如翻飞在花海里的蝴蝶，翩翩跹跹，妩媚之至。尤其是陕钢工会副主席兰茹，一路行程事无巨细，安排得妥帖温暖，感觉她每时每刻都在想着下一件事。有一次由于赶路，午饭稍微晚了一点，她就让司机准备好酸奶和富有地方特色的面点并分袋包装，放在各人座位上，细致入微的关怀使我们一路感受着陕钢的温暖。如今，在一望无际的油菜花田里，兰茹彻底放松下来，如自由的蝴蝶，挥舞着手中玫瑰色的丝巾，放飞着童年。万花丛中，我们一起翻看手机里的照片，兰茹用浓重的陕西口音说"美滴很！""又回到了十八九！"一个多么奢侈而浪漫的春天啊！真想枕着花香，静静一眠，做着不愿醒的梦，回归没有谎言的童话世界。

从油菜花的金色海洋中醒来，到武侯祠欣赏珍贵的会开花的树——古旱莲。这棵旱莲树龄400余年，是明朝时期人们为纪念诸葛亮而栽种的。这座武侯祠始建于蜀汉景耀六年(263年)，是全国众多武侯造中建祠最早且唯一由皇帝(蜀后主刘禅)下诏修建的祠庙，现以明、清风格建筑为主。院内有迄今世界上发现的唯一一株古旱莲，被誉为"植物熊猫"。旱莲每逢三月花满枝头，初开时呈红色，盛开后红白相间。其树先花后叶，花蕾要在树上孕育十个多月，历经夏、秋、冬来年绽放，俗称"十月怀胎"，每年的3月8日旱莲如期盛开，绽放出难得一见的灼灼芳华，成为独特的风景，所以被称为"女人花"。一如诸葛亮儒雅洒脱的品质，虽400年之久，仍花开花落，伴着武侯祠的冬去春来。遥望古旱莲，明白了汉中市的市花的深刻内涵。

带着"女人花"的馨香，到了中外闻名的定军山下。三国因定军山之战形成鼎立局面，定军山因三国风流而誉冠古今。定军山有12连山自西向东逶迤10多公里，宛如游龙戏珠，故有"十二连山一颗珠"之美誉。蜀汉丞相诸葛亮在汉中屯兵八年，六出祁山，鞠躬尽瘁，遗命归葬定军山下。"生为兴刘尊汉室，死犹护蜀葬军山"，死后也要守望着蜀汉这片土地。武侯墓冢很特别，呈覆斗形，一如守望的瞭望台，寄托着永远的哀思。高风亮节与天齐，蜀汉遗骨万年香。

汉钢——一朵"钢铁美丽花"

钢铁美丽花，钢铁里饱含柔美的情愫。

钢铁美丽花，柔情里充满侠骨的馨香。

"钢铁美丽花"，总觉得这是诗歌里的句子，作为一种钢铁企业转型时期的战略规划，还真让我有点好奇。

走进汉钢，就遇到了一群年轻人。武钢的董宏量老师、太钢的蒋殊老师和我一起去参加一个文学青年的座谈会。在座的年轻人英俊而富有朝气，脸上的微笑如花般美丽，他们谦虚地要求我们三人讲讲文学创作的经验和方法。

董老师、蒋老师分享了各自的创作感悟。我和大家分享了六个字：读书、勤奋、打磨。看似简单的几个字，持之以恒做起来却不是一件容易的事。关于文学，我也一直怀揣着梦想，年轻的时候也渴盼通过某个文学讲座获得某种独门秘籍，或听几位作家的体验得到"听君一席话，胜读十年书"的顿悟，找到哈利·波特手中可以点石成金的"魔棒"，学会讨巧的方法，获得阿里巴巴式的咒语，找到通往文学圣殿的捷径……

有位哲人说过："应该把作家想象成在一个有镜子的长廊中迷路的人，哪里没有自己哪里就是出口，就是世界。"所以文学爱好者首先要读书。巧妇难为无米之炊，读书是精神的旅行。阅读好的文学作品，就会在自己的精神园地里长出新苗，感受阅读带来的阳光。读书，可以获得丰富的生命经验。许多名家在年少时就有很多生活经历储备，这些储备为他们日后成为著名作家积累了厚实的底蕴。比如生长在陕西这片土地上的作家路遥、陈忠实、贾平凹等，许多关于环境的、地域的、风俗的、外在的东西给他们带来历史性的甚至是使命性的思考，为他们增加了许多成为名家的原始材料。当然这并不是成为名家的唯一理由。如果文学总是被贴上功利的标签，那么写作所传出的价值是否值得信赖？如果写作的价值不被自己由衷信赖，并竭力坚持，这样的写作会有多少内在的真挚？没有内心的真挚，又何来诚实的写作与真切的表达？

其次是勤奋。写作从来就没有成品的模式，也没有完美的典范，更没有标准答案。写作应该是一种自愿承受的长途旅行，并且是一种跋山涉水的旅行。对于执着的文学爱好者来说，勤奋是重要的。包括手勤、眼勤、腿勤、脑勤、心勤，总而言之都要勤快些。其过程中索要的昂贵代价是惊人的，是要从轻微的折磨到痛苦的挣扎，从短暂的自得到长久的自嘲，从自傲的标榜到自我的蔑视，所有这些都是文学成长道路上必须经过的风景。事实上，一个人如果没有"十年功"的修炼，永远得不到"一句话"的顿悟。都说"文无第一，武无第二"，写作不是擂台，写作首先是一种文字爱好，其次是一种精神事业，层次再高一点就是文学责任和社会使命了。

第三是打磨，也就是修改。不要潦草地处理自己的文字，不要冲动地决定某篇文章的命运。每篇文字，都需要酝酿、沉淀和重新处理的过程。好的文学作品都是修改出来的，一遍一遍打磨中才能不断折射出质的光华。

文学青年座谈会余兴未尽，又参加了干部职工座谈会。刚坐好，就有职工的学习感悟发到了群里，真是惊讶于这些年轻人的快捷。其实汉钢就是一个年轻的雷厉风行的团队，在岗职工3400人，平均年龄30多岁，他们用青春朝气和蓬勃热情创造了"汉钢速度"。

2008年，四川汶川爆发特大地震，汉中钢铁企业无法避免地遭受巨大损失。按照国家汶川地震救灾后恢复重建的相关政策，2010年，来自全国各地的4000余名建设者汇聚定军山下，他们积极发扬了"5+2""白＋黑"的奉献精神，夜以继日、不懈奋战，抢工期、赶进度……2012年12月23日，汉钢公司1号高炉炼出了第一炉铁水；12月29日，1号转炉成功出钢。从此，定军山下开始发生令人炫目的变化。在企业投产不久，正满怀信心，做大做强的时候，遭遇了席卷全国的"钢铁寒冬"。面对何去何从，汉钢公司快速华丽转身，依托勉县四季如春的环境，依托汉中便利的交通，汉钢倾心打造"工业体验游"，使企业快速转型升级，绽放成一朵柔情的"钢铁美丽花"，成为渭南平原亮丽的风景。

离开汉钢时，年轻的职工们和我们挥手告别，一个人，几个人，一群人向我们挥手，仿佛每一位职工都是一朵"钢铁美丽花"，微笑着，昂扬着，散发着新时代铿锵的旋律。渐行渐远，回头再看，那些纷呈的旋律汇成了钢铁的交响，一时间，有一种力量喷薄而出……

陕西真是一片神奇的土地，南部是汉中，被称为北方的南方，南方的北方，堪比天府之国。中部是渭河平原，沃野千里，诞生了自西周开始以西安为国都的十三个王朝。北部是以延安为中心的贫瘠的黄土高原，俗称陕北。从陕北到关中，从关中到渭南，三秦大地，百川情怀真正深入陕西腹地。那里的山脉，挺拔刚毅之上氤氲着隐隐灵光；那里的土地，峻秀飘逸之中浸润着柔骨侠肠；那里的人们，饱含着历史厚重的华彩；那里的故事，珍藏着民族深邃的思想：不愧是"八百里秦川物华天宝，五千年历史人杰地灵"。

延安精神影响下的陕钢驻村干部郭爱国

梁建华

一直想写点什么，一直又不知从何下笔。还记得在那个春暖花开的三月，我们迎来一批尊贵的客人，他们由中国冶金文协组织而来，他们因"访延安 看陕钢"从全国四面八方而来。

有幸和他们一起感触延安，一同感知陕钢。他们都是大家，与他们的交流就是一种思想的迸发和升华，和蔼可亲严谨宽容的张欣民老师、儒雅文静才华横溢的郑洁老师、静若处子动如脱兔的蒋殊老师、笑语盈盈内心丰富的崔美兰老师、风趣幽默腼腆细致的崔立民老师……还有其他老师都给我留下了深刻的印象。

而今天的主人公，与我们这次访延安有关，与杨家岭、枣园、宝塔山、清凉山蕴含的伟大精神有关，他的身上体现了全心全意为人民服务、自力更生艰苦奋斗的延安精神，也体现了我们陕钢现代版的长征精神（众志成城、勇往直前、攻坚克难、忠诚担当、改革创新、追赶超越），他就是郭爱国。

见到郭爱国之前，他在绥德县西直沟村已小有名气。

"您好，您好。您来了！"正在忙碌的我听到隔壁的云招呼着来人。大中午的，是谁呢？心里正犯嘀咕，就见门口走进来一个人，中等个头，戴着眼镜，皮肤黝黑，身挎有点儿陈旧、起了毛边的咖啡色挎包。虽然风尘仆仆，却一脸笑容，满腔热情。"我是来参加集团的助力脱贫攻坚工作推进会的。"我一听是这个"名人"，赶紧起身迎接，早想和这个能干的驻村干部好好聊聊，恰巧此时见到他，说实话，内心特别喜悦。

说着话，他把眼镜取下来擦了一把汗。快入暑了，一大早坐火车从绥德到西安，最少也需要五个多小时，热、累在所难免。"你咋不坐飞机来？"我随口问道。绥德属于榆林，榆林到西安有飞机可坐，只需俩小时就能到西安。他笑呵呵地说："能节约就节约，咱是去给老百姓解决问题的，不是去享福的。"给他倒了杯水，他很客气地双手接住，连连说："麻烦了，谢谢，谢谢！"朴素、文质彬彬、有涵养，是我对他的第一印象。

我要回报家乡，我去扶贫

第一次听到"郭爱国"这个名字，脑海泛起的一个词是"正气凛然"，听他主动报名到艰苦的西直沟村去扶贫，心中的敬佩之意油然升起。

"这个人，真不简单！放弃了作业长这么个好岗位，死心塌地地回家乡扶贫。佩服他！"这是工友对他的评价。

"敢于吃苦，勇于担当，善于奉献！"这是单位领导对他的认可。

他却淡淡地说："我是佳县的，绥德也算是我的家乡。上天眷顾我，让我有了回报家乡的机会，我一定要回去扶贫！"

2017年6月，郭爱国成为陕钢集团龙钢公司扶贫包联村庄绥德县西直沟村的驻村干部。

地处黄土高原的西直沟村，沟壑纵横，梁峁交错。由于自然条件限制，村子长期处于贫穷落后状态。全村总人口686人，241户，仅登记在册的贫困户就有54户100余人。郭爱国第一次出现在西直沟村时，围观村民除了新奇之外还不由得在心里泛起嘀咕："西直沟村真的能脱贫吗？"

看着村民的期望和疑虑，郭爱国并未当场承诺，只是微微一笑。和乡亲们打了招呼，就和村干部一起逐家走访贫困户了。在与贫困户的交谈中，他对西直沟村有了更加全面的了解，也对自己肩负的担子有了更深刻的认识：由于自然环境及历史原因，西直沟村发展状况极不均衡，产业分散、落后，没有优势、没有主导产业成为该村长期积贫积弱的关键因素。为重树村民共奔小康的信心，郭爱国经过与村干部的科学论证，决定建设集学习、休闲、办公、福利为一体的"西直沟村便民服务中心"，丰富村民文化生活的同时，为西直沟村带去现代农业发展理念及技术。

服务中心开工后，郭爱国非常认真，天天都能看到他在工地转。项目进展到哪儿了、质量怎么样、乡亲们的建议有没有体现出来等一系列问题，都是郭爱国"转"的动力和目的。几个月下来，所有施工人员都知道这里有一个较真、难缠的驻村干部。

"乡亲们把我当自家人，我当然要设身处地为乡亲们想。下一步我计划利用当地资源，培育特色农产品加工产业，打造优势品牌，让好产品卖上好价钱，最终带领大家一同发展、稳定脱贫。"谈到工作，郭爱国信心满满。

"我是你叔，也是你伙计"

村里有个贫困户叫王晓丽，丈夫去世后，本就家徒四壁的窑洞更显凄凉。为了维持一家三口的生计，王晓丽只得摆摊卖碗托。也许是因为没有足够的时间管理孩子，王晓丽上初中的二儿子刘宇航不爱念书，辍学在家，且不与人交流，医生说其有自闭症倾向。这可愁坏了王晓丽，一时不知如何是好。想着孩子未卜的未来，王晓丽以泪洗面，苦不堪言。

得知消息后，郭爱国不顾事务繁忙，多次入户给王晓丽和刘宇航做思想工作。孩子不愿在镇中学上学，他就帮助联系转学到绥德县城实验中学，并跑前跑后给孩子办理了贫困户子女转学等相关手续，以便刘宇航在新学校可及时享受对贫困家庭子女的帮扶政策。手续办好后，郭爱国开车送刘宇航到学校，与校长和班主任老师进行交流，还到宿舍帮他把床铺收拾好。思来想去还不放心，他又跑到教室叮嘱同学们与刘宇航交朋友，多交流多沟通多照顾。

那段时间，郭爱国怕孩子在学校有差池，隔三岔五地给刘宇航的班主任打电话。"他就像孩子的亲生父亲，生怕孩子在学校没被照顾好。你就放一万个心，好好地卖碗托。你们家真是遇到好人了！"刘宇航的班主任对王晓丽说道。

对自己要求严格的郭爱国，总喜欢事事尽善尽美。周末到了，他想起孩子在家比较孤单，就抽空与刘宇航一起玩电脑、打游戏、做农活，以增进感情。但对于一个有问题的学生来说，完全改变得靠时间，刘宇航有时还是会出现不想去上学的情况，郭爱国不怕麻烦，耐心劝导，并开车将其送到学校。路上，他经常给刘宇航讲自己小时候的事情，讲着讲着，就说起了心里话："我是你叔，也是你伙计，你心里有啥，就直接说，不要藏着掖着……"

又是一个开学季，这次，刘宇航自觉地去了学校，而且精神状态特别好，话也比以前多了。郭爱国非常高兴，感觉就像是自己的孩子正常上学了一样。

咱也来"爱心超市"秀一把爱心

"姑娘，给我兑换一下，看看这几天我积了多少分，让我再秀一把爱心。"西直沟村民王金海笑着问道，心里琢磨着自己想要兑换的商品。"王大伯，您又来兑换物品了？您等下。我看下，您目前的积分是21分。不少呀，王大伯，可以兑换一袋10斤的生态米了。"村会计兼"爱心超市"服务员白艳细心地把米递到王大伯手里，王大伯拿着米开心地笑了。

如今，这一幕在西直沟村最普通不过了。"爱心超市"可以说是郭爱国扶贫帮困的副产品。说起这个副产品，他嘴角扬起微微笑容，娓娓道来："自去年我来西直沟村当上这个驻村干部，就和以前的同事分开了。大家觉得我是来干好事的，有几个同事也想出点力，支持我的工作。可思来想去，几个人也不知如何帮衬，最后从韩城一家服装店买了5大包衣服。衣服寄来之后我打开一看，全都没有拆吊牌。我就想呀，把这些衣服直接发给群众也可以，但也可以通过其他方式，最好是能够激发村民脱贫致富的干劲。"

就这样，经过精心谋划之后，西直沟村的"爱心超市"运作起来了。运作初期，确实出现了一些纰漏，比如干什么得多少积分合适，劳动是否要分等级进行积分，多少积分换多少价值的物品。"这个搞不好，村民就会有意见。有意见的话，不仅调动不了大伙的积极性，还会有负面影响。"老郭把存在的问题摆出来，和第一书记刘江商量。刘江也是个雷厉风行的干部，经过他们多次探讨和实地调研，制定出了《爱心超市积分管理办法（试行）》《爱心超市管理制度》《爱心超市物品价格积分兑换表》。其中，《爱心超市积分管理办法（试行）》由两部分组成，即积分说明和积分规则。主要分为六项积分，即环境卫生积分、公益事业积分、善行义举积分、道德评议积分、表彰奖励积分和产业发展积分，每种都有详细的积分细则。

制度规定村里的"三委"不能参与积分，这是村干部对自己的严格要求，由此可见为村民办实事的赤子之心。

"以前村子里有一些人老是偷懒，自从有了'爱心超市'，大家都变得积极主动起来。"郭爱国看着村民的又一变化，开心地笑了。

当干部，就得毫不犹豫地往前冲

2017年7月26日凌晨，绥德县遭遇特大洪灾，来势汹汹的洪水瞬间将全县变成汪洋。绥德告急！受灾地区的每一次险情，都牵动人心。一幕幕夜战暴雨的场景，一个个惊心动魄的瞬间，一支支冲锋在前的队伍，构成了绥德大地抗洪抢险的壮丽风景。

面对突如其来的洪灾，绥德县临危不乱，迅速启动防汛应急预案，连夜冒雨转移群众。在灾难面前，军民团结，干群一心，全力以赴抗洪救灾抢险，演绎了无数可歌可泣的感人故事。

郭爱国所在的西直沟村并未受灾，不是党员的他却以"每一名党员都是一面旗"的标准要求自己。"当时，虽然组织没有叫我，但这都是群众的事，不管是哪里的群众，我这个驻村干部就得往前冲！"郭爱国事后说。他的这番话很让我感动，我想起焦裕禄，想起那些为群众跑腿干事的好干部。

2018年8月7日凌晨，绥德县义合镇突发暴雨，这里正是郭爱国所帮扶的村镇。镇子街道被淹，多部车辆被冲走。郭爱国发现河水猛涨，已漫过桥面，他立即组织河道两侧的住户撤离。村民全部搬离后，他才发现自己的车已被洪水卷走。他没有停歇，又来到公司捐建的三个扶贫项目现场，查看受灾情况。而后马不停蹄地入户走访、统计灾情，协助村委会组织村民自救……

连续奋战了三天，救灾工作进展顺利，全村无一人伤亡。洪水退了，看着一年的工作成果付诸东流，郭爱国没有泄气，他干劲十足地带领乡亲们着手灾后重建，组织养殖场消毒，重新搭建香菇大棚，制定保证羊肉供应的方案，开展金秋助学活动。

如今乡亲们遇到困难时，总会第一时间想起郭爱国和他的扶贫办。村民也会把豆角、辣椒、茄子等蔬菜挂在他住处的门上，郭爱国每每看到这些东西，总是腼腆地笑着说："你看，乡亲们太厚爱我了。开始我不要，他们老以为我嫌弃他们的东西，后来我就接受了。这是他们对我的厚爱，我不能让他们伤心。"踏踏实实为村民干好每一件事，郭爱国已经成为群众眼中信得过的自家人。

谈起未来，郭爱国拿出了自己的工作计划，"对照标准奋力冲刺，确保按期完成脱贫目标"。他的措施是："1.进一步探索增收新模式，充分发挥国企优势，通过多种方式扶持相关产业发展，拓展就业岗位，促进贫困村民稳定增收，确保如期实现脱贫目标。2.严格对照脱贫标准和要求，抓紧补足脱贫摘帽工作短板，重视技能培训，做好产业发展，拓宽村民增收渠道，构建稳定脱贫长效机制，切实全面完成脱贫攻坚目标。"

感谢郭爱国，祝福西直沟村。

钢之龙

张欣民

龙门在哪儿

到龙钢，不能不说鲤鱼跳龙门的故事。相传，很早很早以前，居住在黄河里的鲤鱼听说龙门风光好，而且过了龙门就可以变鱼为龙，都跃跃欲试。但龙门无路，高且险。鱼群正畏惧不前时，一条红色鲤鱼自告奋勇要跳龙门。只见它奋力而起，直冲云霄，不惧雷电追杀，虽是伤痕累累，但仍忍痛飞跃，跃过龙门后变成了腾飞的龙。

到龙钢，不能不想起史圣司马迁。司马迁，韩城龙门人，他编撰的《史记》记载了长达3000多年的历史，让今人"一书阅古今"。《史记》被誉为"史家之绝唱，无韵之离骚"。司马迁因触怒汉武帝而被判死刑，为完成《史记》他含垢忍辱受"腐刑"。他的后人为躲避灾难，改姓，司加一竖为"同"，或马加两点为"冯"。同、冯两姓同祖，骨子里仍秉承司马迁之志。在司马迁墓前，我深深三鞠躬，表敬仰之情。

这两则故事，都是悲壮的。而龙钢的发展史，也是一首催人泪下的悲壮之歌。

时光倒转，六十年前的1958年。这里东临黄河，北依龙门，还是一片蛮荒之地，天苍苍，野茫茫。年轻的共和国一声呼唤：钢铁元帅快升帐呀！把钢铁尊称为元帅，可见其在国民经济中的地位。呼啦啦来了600多人要建钢铁厂。厂的名字叫地方国营韩城县龙门炼铁厂。地窨子、土窑洞成了建设者的栖身之所，冬天漏风夏天泥泞，阴冷潮湿。缺吃少穿困扰着所有人，流透汗水的工人中午只吃"五分钱四两粮"的面汤。可大家以苦为乐，以厂为家，干得热火朝天。运输工具有马车、驴车、手推车，那可是现代化工具，少得可怜，更多的是肩扛，肩膀磨出血泡不换人。一座2.5立方米的高炉是全厂的宝贝。用现在的眼光看，那叫高炉吗？土得掉渣，一脚能踹塌。土法采矿、土法炼焦，用手推车为高炉上料。一天只出2吨铁。2吨通红通红的铁，改写了陕西这个曾经的大秦帝国"手无寸铁"的历史；2吨铁饱含着龙钢人对建设社会主义的深情；2吨铁也让共和国感到一丝丝欣慰。

跳过龙门，跳过龙门。就是这座小得不能再小的高炉带着龙钢人的热血与希冀开始了钢铁腾飞的梦想。

龙钢的第一代建设者，其霜染鬓发与布满沟壑的脸上，眼神多半是忧郁的。然而，谈起龙钢的创业之初，谈起当年，他们的眼神里却闪烁出兴奋的光芒，仿佛又回到了激情燃烧的青春岁月。

龙门之险

在沸腾的激情中，他们又建起了一座28立方米的"大高炉"，日产生铁节节攀升。当两座高炉生产了400吨铁的时候，如马车驭手呼出长长一声,吁——，喧嚣的风机戛然而止，奔腾的铁水瞬间凝固。1961年，面对共和国成立以来前所未有的严重经济困难，国家对国民经济进行了大调整，心血来潮的"大炼钢铁"被制止了。于是，上是大拨轰，下是一刀切，不管炼出的是铁水，还是铁渣。龙门炼铁厂也在调整之列。

龙门炼铁厂熄火了，停产了。一停就是8年。厂里荒草没人，鸟儿在炉顶搭窝，野兔在高炉里生活。龙钢人只有声声叹息，双拳攥得嘎嘎响。

跳过龙门，跳过龙门。龙钢人呼唤着，高炉熄火并没有熄灭龙钢人心中的火。龙钢人，有没有姓同的、姓冯的，司马迁的后人？没有？有！是的，司马迁不屈不挠的精神已经深深浸透到龙钢人的骨子里。他们在积蓄力量，跳过龙门。

龙门之高

龙门山高路险，龙门水急浪涌，龙钢已遍体鳞伤。

这里有煤炭，有铁矿，有黄河水，有建钢铁厂的先天优势；这里有不畏困难、坚忍不拔的龙钢精神；这里更有不惧艰险勇跳龙门的龙钢人。机会总是留给有准备的人，企业的命运也是如此。1969年5月，正是黄河涨水、花开似锦的时节，停产多年的工厂更名为韩城县铁厂，高炉起死回生。在龙钢人的坚持、坚守和坚忍下，炉火又燃起来了。

憋了8年欲跳龙门的精力、气力释放出来了。在很短的时间里，龙钢就形成了集采矿、烧焦、炼铁及供电、供水为一体的五脏俱全的"五小"炼铁厂。炉火熊熊照天地，红星闪闪乱紫烟。

龙钢人雄心勃勃，决心奋力一跃过龙门。然而，因为它小，翅膀还很稚嫩，经不起雷电风暴轰击。1981年4月，龙钢从半空中又摔落下来，再次停产。这一停就是三年半。1984年10月，龙钢又睁开了蛰伏的双眼，高炉炉火重又燃烧起来。

此间，有荣誉与悲伤，有抱怨与绝望，有坚韧与抗争，有灵魂与激情。不向命运低头，一次次抗争，一次次呼喊，跳过龙门，跳过龙门！跳不过龙门就处在风雨飘摇中，不堪雷电轰击；跳不过龙门，蝴蝶展翅也会变成飓风袭来；跳不过龙门，风吹草动也会惊出一身冷汗。跳过龙门，才能化为真正的龙，才能化为昂首挺胸的龙，才能化为腾飞的龙，才能化为呼风唤雨的龙。

上马，下马；上马，下马；再上马——企业"三上两下"；企业名字改了又改，"六易其名"。更名改姓，甚至隐姓埋名也要上，为了那份对钢铁的挚爱、执着与坚守。龙钢人的骨子里有司马迁的血脉和跳龙门的勇气，不管怎么改，名字里毕竟还含有"铁"的分子。

龙钢的跌宕起伏，勇跳龙门，这在中国钢铁企业中即便不是唯一，肯定也是少有的。

龙门之景

改革开放的大潮汹涌澎湃，西部大开发的战鼓激越昂扬，龙钢敏锐地抓住了时机。正是天时地利人和时，企业发展进入快车道：一座座高炉拔地而起，产量翻番令人欣喜；炼钢工程相继投产，"有铁无钢"成了历史；企业成功改制，跨入全国500强之林；2012年5月，龙钢划归陕钢集团，成为集团昂首的龙头；100万吨精品板带项目建成，弥补了产品单一的短板，企业的竞争力和综合实力稳步提升。

六十年的追求，六十年的奋斗，六十年的钢铁情怀，龙钢从一个只有2.5立方米的小高炉，发展到如今，有3座1800立方米的高炉，2座1280立方米的高炉，年产生铁650万吨。一些数据在我们眼前跳跃：占地5400亩的龙钢，在岗职工8567人，具备年产1132万吨烧结矿、700万吨连铸坯、510万吨优质钢材的综合生产能力，是一家集采矿、选矿、烧结、炼铁、炼钢、轧钢为一体的大型钢铁联合企业。产品应用于三峡工程、郑西铁路、西安地铁等国家及省级重点工程，畅销陕西及周边省区，"禹龙"牌钢材还捧回了国家金杯。

数字是枯燥的，但又是鲜活的，灵动的，直观的。龙钢，一家原本名不见经传的普通小企业，没有得到政策的倾斜，没有得到国家重点扶持，完全靠自我积累，自我完善，滚动发展，一跃成为大型钢铁联合企业。让人动容，让人感慨，让人刮目相看的同时又让人沉思。

今天，耄耋之年的老职工行走在厂区大道上，脚步虽然有些蹒跚，但抚摸着现代化的设备却挺直了腰板；眼神虽然有些蒙眬，但看到天蓝、花红、树绿的环境却睁大了眼睛；抚今追昔，霄壤之别，眼中又是激动的泪花。85岁的老厂长樊殿臣说："变化这么大让我惊讶！"2004年退休的孙清斌老人说："我们龙钢真的成龙了。"

跳过龙门，跳过龙门。龙钢终于跳过龙门，化为钢之龙。

龙门之美

2018年3月28日，冶金文协、冶金作协采风活动来到龙钢。跨进厂区，锣鼓齐鸣，红缨翻飞，龙钢行鼓队摆开阵势。鼓挎胸前，没有丈鼓那般威风，没有腰鼓那般花哨，但与黄河呼应，与龙门共鸣，如歌如诉龙之神，似醒似醉黄河魂。它时而如黄河之源，涓涓细语；时而如壶口之烈，倒海翻江；时而如龙门之险，激流澎湃；时而如流淌在华夏大地上的宽广之躯，浩浩荡荡。铿锵的锣鼓，高扬的长鞭，催人奋进，昭示跳过龙门的钢之龙的腾飞。

一张张笑脸，一幅幅画图，一面面奖牌锦旗，一处处令人激动的场景，聚焦在会议室。老职工在说，青年人在说，劳动模范在说，诉说着龙钢的过去，描绘着龙钢的未来。龙钢当然要化为真正腾飞的龙，公司领导的话掷地有声。完成结构调整，打造千亿新装备产业群；深化企业改革，全面提升管理运行效率；绿色钢铁、智能钢铁，企业成为绿色环保的花园；产品多元化、高端化，延伸产业链，续写陕钢现代版长征史。再创龙钢历史新奇迹，建设美丽幸福新陕钢。这是龙钢人的梦。

站在高炉旁，遥望刀劈斧凿两山开的龙门，黄河水从缝隙般的龙门喷涌而出，咆哮奔腾震天撼地；跃过龙门的黄河，河床陡然变宽到十几公里，滚滚奔流，激情昂扬。

站在高炉旁，铁水映红黄河水，现代化钢城迎接从远古走来的黄河，沉淀下不屈的奋斗精神与拼搏的力量，以及灿烂的华夏文化与创新胆略，又送走雄浑深沉的黄河奔向远方，带上歌声，带上笑脸，带上美好的梦想。

是的，这是陕钢龙钢。

龙钢赋

解敏锋

禹凿龙门，泽惠九州；英雄气概，万古流芳；鱼跃龙门，壮志飞扬；同心协力，精神永恒。千年古渡，山川秀美；中华名胜，风光无限。人杰地灵，人才辈出；物华天宝，百业俱兴。

一方水土，造福万代；发展冶金，得天独厚。秦朝兴起，即为基地，汉唐发展，北宋鼎盛，疏于管理，清代亏亡。

共和国成立，数次勘查，时势不济，未能中兴。大炼钢铁时，成立韩城龙门炼铁厂，小土炉三座，工人二百余，人拉肩扛，热火朝天。一九六○年十二月，炼出第一炉铁。后遇波折，中道停办，未成大势。

奕奕梁山，维禹甸之。熠熠钢城，万民飨之。一九六九年，东山再起，更名韩城县铁厂。战天斗地，顽强拼搏，建国二十周年之际，开炉出铁，光耀龙门。时有小高炉两座，焦炉一组两座。一九七二年更名渭南地区韩城钢铁厂，建焦炉，增高炉，热闹繁忙，景象万千。后因经济调整，管理不善，一九八○年被迫下马。一分为二，分设渭南地区韩城焦化厂和渭南地区韩城钢铁厂留守处，贫弱相望，各守一端，仅留焦炉生产，职工回乡务农，急盼政策春风。

龙门毓灵秀，承前启后，敢展千秋宏图；钢花舞风流，继往开来，铸就一代伟业。一九八四年，扬帆，三次上马，合二为一，统称陕西省韩城铁厂，划归陕西省冶金厅管辖，恢复生产，主营炼铁。一九九二年，更名陕西龙门钢铁总厂，量力而行，滚动发展，发挥优势，稳步增长。陆续兴建高炉三座，大胆启动炼钢工程。历时三年，艰难困苦，卧薪尝胆，风雨磨难。一九九五年十二月二十八日，炼钢一期工程建成投产，钢花飞舞，灿若星河，三秦欢腾，彪炳史册。一九九八年九月三十日，西安轧线竣工投运，火龙飞奔，辉映长河，钢铁联合企业梦想实现，陕西冶金事业空白填补。忍辱负重，志存高远，发挥优势，长驱发展。涉足陕南矿山，建设企业粮仓。一九九八年七月，收购洛南木龙沟铁矿；一九九九年十二月，兼并柞水大西沟铁矿。如虎添翼，规模增大，实力增强，三十万吨规模形成，四千职工队伍铸就，名声渐起，伟业初成。

龙门开，黄河之水天上来；改革兴，龙钢大地放异彩。世纪更新，岁月轮回。二〇〇二年四月十八日企业成功改制，组建陕西龙门钢铁（集团）有限责任公司，启动百万吨炼钢二期工程，乘西部开发之东风，重整陕西冶金，打造支柱产业。国企民营联手，共创冶金未来。栽下梧桐树，引来金凤凰。先后与韩城、西安、北京、江苏民营企业合资组建燕龙炼铁、兴龙钢铁、昌龙运输公司，众星捧月，共谋发展。继而于同年十月，十一家企业组建陕西龙门钢铁集团，提出战略目标，践行章程宗旨，实现资源优化配置，提升企业竞争能力。工程项目夜以继日，生产经营突飞猛进，跨越式发展，跳跃式前进。半年建成四百五十立方米高炉，创全国冶金高炉建设之奇迹；八个月建成陕西首座百万吨钢铁企业，创陕西工程建设之"龙钢速度"。实现几代冶金人之梦想，跨入全国大型企业之行列。

海阔凭鱼跃，天高任鸟飞。登高望远，目标远大，壮志凌云，脚踏实地。阳光满大地，希望在龙钢。要在三到五年内把龙钢发展成为三百万吨规模的钢铁联合企业，大力建设以龙钢为中心的龙门冶金工业园区，牢记省市领导的关怀和期望，承载三秦父老乡亲的关心和希望，龙钢儿女豪情满怀，钢铁工人热情激昂，发扬"5+2"，传承"白＋黑"，风餐露宿，砥砺磨炼，自我加压，负重奋进。一年一大步，三年大跨越。二〇〇三年五月十八日3号炼钢转炉竣工投运，标志着二百万吨钢产能的初步形成；二〇〇四年四月4号炼钢转炉竣工投运，标志着三百万吨钢规模形成。龙钢儿女多奇志，敢教日月换新天。还是在二〇〇三年，龙钢年产首次突破百万吨，跨入全国大型工业五百强，用实际行动，谱写龙钢发展新篇章；用钢铁巨笔，描绘陕西冶金新蓝图。

不积跬步，无以至千里；不思改革，无以促发展。新人新事新景象，创新创效创奇迹。资本股份化，融资社会化，产业规模化，效益最佳化，"龙钢模式"的光芒和风采，吸引了千万双热切关注的眼睛；整合资源，融资发展，联手合作，实现共赢，"三秦钢魂"的光辉和荣耀，汇集天下热情支持的臂膀。把握时代脉搏，紧跟改革步伐，追求卓越，做大做强，抢抓机遇，加快发展。东进华山，涉足设备制造；西入宝鸡，建设钢铁基地；南及商州，开展矿山建设；北至首都，发展国际贸易；中路突围，抢占西安市场。初步形成以西安为中心，以韩城、宝鸡为两翼之战略格局和众星捧月之发展态势。雄心铸就千秋业，百炼钢化绕指柔。声名鹊起，誉满三秦。

山外有山是大山，楼外有楼是高楼。欲穷千里目，更上一层楼。胸怀龙钢，立足陕西，走向全国，放眼全球。装备水平升级、产品结构调整、大西沟矿开发"三大任务"，是龙钢"十一五"可持续发展的目标和要求，是龙钢屹立于钢铁丛林的基础和保障。二〇〇六年三月，陕西大西沟低品位难处理菱铁矿技术研究通过鉴定审核，专家称颂"国内首创，国际领先"。当年十二月，宝鸡轧钢带改线工程竣工投产，填补陕西高速线材之空白，开创陕西冶金技改之先河。二〇〇七年，与美国通用钢铁成功实现战略合作，打通海外融资渠道，吹响装备水平提升之号角。抢抓机遇，再鼓干劲，是年五月组建陕西龙门钢铁有限责任公司，启动大高炉大烧结机建设，开启龙钢二次创业之大幕，掀起龙钢技术改造之高潮。二〇〇七年，龙钢销售收入首次突破一百亿元；国际钢铁企业榜上有名，排名一百零六位；跨入中国黑色冶金及压延加工企业五十强，名列四十二位。奠定龙钢装本升级之里程碑，开启龙钢产品结构之新纪元。

有志者事竟成，苦心人天不负。历经艰辛挑战，以创新精神应对经济危机；坚定必胜信念，不断增强企业抗风险能力。大高炉撑起龙钢不屈脊梁，新设备开启龙钢崭新篇章。二〇〇八年十一月十八日2号千立方米高炉点火开炉，二〇〇九年元月十日1号千立方米高炉点火投运。花开两朵，各表一枝。钢花飞舞，热血沸腾；铁流奔涌，映红夜空。在大高炉建设之时，完成炼钢四座六十吨转炉之技术改造；在大烧结机竣工之

际，完十一万伏高压变电站之项目建设。改革中发展，创新中
壮大，危机中突围，奋进中崛起。历时八年，步履坎坷，何其
艰难，二〇〇九年产量突破三百万吨，形成四百万吨钢铁联合
企业。读万卷书，行万里路。事非经过不知难，历尽千山知路遥。

改革改制促发展，龙钢大地花烂漫。巨龙一日乘风起，扶
摇直上九万里。度过危机四伏的二〇〇八年，迎来机遇挑战的
二〇〇九年，新起点，新征程，新跨越。按照陕西省"大集团
引领、大项目支撑、集群化推进、园区化承载"之工业发展战
略，遵照《陕西省钢铁产业调整和振兴规划实施方案》之政策
指导，再次成功改制重组，实现资源优化配置。二〇〇九年九
月，陕西钢铁集团有限责任公司揭牌成立，立即启动钢铁系统
改造扩建项目，新建大转炉大连铸机，再建大高炉大烧结机，
力争一年左右建成，实现六百万吨规模。保增长，保民生，保
稳定，促发展。针对生产经营，抢抓机遇，开足马力，再掀生
产经营新高潮；面对项目建设，统筹兼顾，齐头并进，誓夺项
目建设新胜利。以改革创新应对危机，在危机中不断发展壮大。
二〇一〇年五月二十六日，炼钢工程竣工投产。"120吨大转炉
奠定陕西钢铁发展伟业，700万吨产能形成激发钢铁健儿豪情壮
志。"对联抒写豪情，庆典激发壮志。当时庆典之对联，如今建
设之明证。时年七月，新建四百平方米烧结机竣工，满足生产
用料；至十二月，新建炼铁大高炉出铁，保证系统稳定；炼钢
八机八流连铸机投产，装备升级换代。当年，钢铁产量首次突
破四百万吨，销售收入首次超过二百亿元，连续六年蝉联中国
企业五百强……光荣与梦想，成功与喜悦，那年，我们一起参
与；那年，我们共同经历；那年，我们携手走过；那年，我们

并肩奋进。

　　黄河西来决昆仑，咆哮万里触龙门。一业为主，多元协同。历经千般苦，一心谋发展。"十二五"期间，按照"一业多元，跨越发展"思路，围绕钢铁主业，发展非钢产业。经过多年积累，实现成功转型。矿山开发、对外贸易、物流服务、装备制造、钢材加工、酒店餐饮，形成六大板块；贸易龙头、融资平台、资源基地、物流中心，构建四大格局。十年磨一剑，砺得梅花香。二〇一二年，非钢产业突破百亿大关，铺就多元发展康庄大道。

　　兵马未动，粮草先行；运筹帷幄，决胜千里。企业要发展，原料是保障。一年一小步，开发大西沟。二〇〇四年九月八日，陕西大西沟矿业有限公司成功改制，开启龙钢矿山开发之新征程。利用外部资源，联合长沙矿冶研究院，组织菱铁矿工业化试验；加大矿山建设，实施东部矿体硐室爆破，建成两条九十万吨菱铁生产线。开展技术研发，攻破菱铁焙烧回转窑结圈难关，菱铁矿采选荣获中国钢铁工业协会冶金科学技术一等奖，并获国家发明专利。八载春秋山野中，只为建设大粮仓。二〇一二年，铁矿石开采超过三百万吨，铁精粉生产突破一百万吨，工业产值和销售收入双双超过十亿元。精神物质双文明，企业文化大发展。生产建设过程中，缔造了"敢为人先，勇于创新，艰苦奋斗，无私奉献"之大西沟精神；区域经济发展中，建设了"利税超亿，人员过千，环境友好，资源节约"之龙头式企业。百年粮仓始建成，大山飞出金凤凰。

　　质优企兴，质劣企亡。追求卓越品质，奉献优质产品。钢的誓言，铁的承诺。顾客满意是龙钢人永远的追求，热情服务是钢铁人永恒的誓言。改制之前，企业通过国际质量体系认证；

改制之后，多次顺利通过换证复审。提升装备水平，强化过程控制，引进先进检测设备，细化内部管理流程。从原料入厂到产品上市，实施全方位管理；从入库化验到出厂检测，实现全过程监督。"禹龙"牌系列钢材连续荣获"陕西省名牌产品""国家免检产品""中国建材质量信得过知名品牌"，三级钢荣获全国冶金产品实物质量"金杯奖"。出口日本、韩国、越南等国家，名扬海外；用于高速、高铁、地铁等工程，用于城镇、乡村、园区之楼堂馆所，用于三峡水电工程、酒泉卫星发射基地、咸阳国际机场等重点工程，誉满三秦。"禹龙"展现风采，品牌成就未来。

企业发展，文化制胜。"问渠那得清如许？为有源头活水来。"创新是企业发展的不竭动力，文化是企业生存的永续支柱。传承先进文化，紧跟时代步伐，不断开拓创新，历经多年提炼，以"每一年、每一天，我们都要进步"的企业精神为统领，以"进步""创新""亲和力""信心"核心要素为基点，以"安全、环保、质量、品牌、廉洁"五大子文化为支撑，以基层单位百花齐放、各具特色的团队文化为映衬的独具龙钢特色企业文化体系。多策并举，贯彻落实，践行实施，使之内化于心、固化于制、外化于行，成为自觉，成为习惯。

一花独放不是春，百花齐放春满园。结合行业实际，凸显龙钢特色，宛如满园春色，竞相争奇斗艳。炼钢之"奋进文化"：炉内炼钢，炉炉是精品；炉外练人，个个是精英。炼铁之"火文化"：铮铮铁骨，火热情怀。烧结之"聚力文化"：集智、集力、集心、集爱。轧钢之"精品文化"：人人做精英，根根求精品。昌龙之"家文化"：家训、家规、家风。西钢之"忠诚文化"：

我的工作无差错，我的岗位请放心。特色各异，不一而足。

每一年，每一天，我们都要进步；每一时，每一刻，我们都在发展。真情回报员工，真诚奉献社会。认认真真工作，快快乐乐生活。让每位员工都能进入最佳工作状态，给每位员工都能提供平等发展机会。让龙钢之歌在渭北高原久久回荡，让龙钢之旗在三秦大地高高飘扬。

打造百年龙钢，携手共奔小康。一业为主，多元发展。打造中国西部最具竞争力的高端钢铁材料服务商，建成美丽幸福新陕钢，是龙钢儿女努力奋斗之目标；落实"十三五"规划，实施竞争力追赶工程，创建健康陕钢、美丽陕钢、活力陕钢，是龙钢儿女勤奋工作之动力。多少事，从来急，天地转，光阴迫，一万年太久，只争朝夕。改革兴，国运昌，数风流人物，还看今朝！

踏八百里秦川
赴传承红色基因的钢铁文学之约

郑洁

2018年3月25日一早，把当期的《中国冶金报》副刊电子版图片发到"访延安　看陕钢"工作交流微信群后，便起程去赶9点钟从北京开往西安的高铁。正如这期副刊上刊登的中国冶金作协副主席、陕煤化集团总政工师李永刚创作的长诗《相约在春天》中所写的那样，去延安、去陕钢，赴一场传承红色基因的钢铁文学之约。

出发，"钢铁红色文艺轻骑兵"

这场相约起于2017年7月。当时，冶金文协、冶金作协在陕钢进行了为期三天的第三届中国冶金文学奖评选工作。评选前，中国钢铁工业协会副秘书长、冶金文协主席、冶金作协名誉主席、中国冶金报社社长陆闻言提出，在新的历史条件下，冶金行业广大作家和文学工作者应自觉认真重温《在延安文艺座谈会上的讲话》，深入学习贯彻习近平总书记的文艺思想，坚持以反映冶金行业发展成果为中心的创作导向，与冶金企业、职工建立深厚真挚的情感。评选过程中，各位评委也深感，冶金作家要牢记责任和使命，不忘初心，把冶金文学创作理想融入党和人民的事业之中，立足冶金行业，推出更多反映时代呼声、展现钢铁精神的优秀作品，为实现中华民族伟大复兴的中国梦、钢铁强国梦提供强大精神力量。

评选结束后，一则兄弟行业作协开展"重走长征路"采风活动的消息在中国冶金作协微信群里引发热议："咱们中国冶金作协也可以组织这样的活动。"陕钢的作家留言："2018年是改革开放40周年，也是陕钢集团的前身龙钢建厂60周年，冶金作协可以组织冶金行业作家搞一个'访延安 看陕钢'的采风活动。"经过一番筹备，这次相约定在了2018年的春天。

"'访延安 看陕钢'采风第一站要去访延安。在革命圣地延安，触摸每一片厚重沉实的黄土，穿越革命先驱们的旧居和窑洞，然后沉思，感悟到精神上的升华，一定会激发采风作家强烈的创作激情。相信采风作家们一定会用自己的慧眼认识陕钢、发现陕钢，挖掘陕钢的文化、生产、生活的精髓，用饱蘸激情的笔书写踏上新征程的陕钢人，歌颂延安精神，讲好陕钢故事，为陕钢创作出一批有筋骨、有道德、有温度的精品力作。"冶金文协常务副主席、中国冶金报社党委书记陈洪飞在此次活动启动会上的一番话语，开启了这支由河钢、中国宝武、中冶集团、首钢、太钢、包钢、重钢等16位冶金作家组成的"红色文艺轻骑兵"的钢铁之旅。

红色热土上浇灌出"绿色奇迹"

"去年12月，陕钢集团党委书记、董事长杨海峰带领班子成员、机关各部门负责人、子公司党政主要领导和部分基层党组织负责人到延安、梁家河，开展了'不忘初心，牢记使命'主题党日活动。延安来过多次，每来一次都是一次精神洗礼。"从西安去往延安的火车上，陕钢集团党委副书记、工会主席陈敏锋与冶金作家交谈着。"心口呀莫要这么厉害地跳，灰尘呀莫把我眼睛挡住了……手抓黄土我不放，紧紧儿贴在心窝上。几回回梦里回延安，双手搂定宝塔山。千声万声呼唤你，——母亲延安就在这里！"不约而同，董宏量、张钟涛等几位60多岁的钢铁诗人饱含深情地朗诵起《回延安》。

下了火车，我第二次踏上延安的土地，一下被震惊了：没有挡眼的灰尘，而是满眼的绿色，美丽的延安呈现在眼前。首钢作家甄斌老师问当地的领队小高："路两边山坡上的窑洞好像没人住呀！"小高说："这些年，延安实施了退耕还林（草）、居民下'山'的政策。过去我婆婆家住在山上，要自己打井取水。井越打越深，可水越来越少，用水泵都抽不上来时，只能再换个地方打。以前山上尽是没水的干井。后来，政府实施居民下'山'政策，给补贴，老百姓从山上的窑洞搬到山下的新区，都用上了自来水，生活方便多了。山上的窑洞翻修后搞旅游，种树种草搞绿化。延安这地方旱，下雨天数少，加上总刮风，栽种的树木能活挺难的，给树浇水只能靠人背或肩挑。现在你们看到的这满山绿树，都是延安人用汗水浇出来的哟。"从曾经的"风起黄尘蔽天日，雨落泥沙遍地流"，到如今的"三季有花，四季有绿；城在山中，山在绿中，人在山水中"的宜居城市，中国冶金作协副主席、秘书长张欣民老师感叹道："这是全心全意为人民服务、自力更生、艰苦奋斗的延安精神在这片红色热土上浇灌出的'绿色奇迹'。"

寻着红色根脉的精神洗礼

这片热土上的红色根脉同样滋养了鲜活的革命文学。

在枣园，有当时中央五大书记（毛泽东、周恩来、刘少奇、朱德、任弼时）在一起昂首阔步的铜像，他们意气风发的样子，透出即将建立新中国的喜悦。我们拉开"访延安　看陕钢"采风横幅，拍下这次活动的第一张大合影。太钢作家蒋殊在毛泽东居住过的窑洞前摇起了纺车，仿佛在跟边区纺线竞赛中的"纺线能手"周恩来同志比赛。在延安革命纪念馆里，宝钢作家郭凯站在冼星海指挥百余人首次公演《黄河大合唱》的照片前，说："我听到了中国人民为民族求解放的咆哮声。"杨家岭中央办公厅所在的楼里传来《东方红》的合唱声，我们闻声进入展室。中冶集团作家汤晖凝望着墙上丁玲的照片陷入了沉思，丁玲那朝气蓬勃的神态，展露出延安文艺座谈会后，广大文艺工作者纷纷奔向抗战前线，深入工厂、农村、部队，接触群众，体验生活，创作出《白毛女》《兄妹开荒》《夫妻识字》《太阳照在桑干上》《暴风骤雨》《王贵与李香香》等一大批反映现实生活、群众喜闻乐见好作品的盛况。

到清凉山时，我和重钢作家、《重钢报》记者何鸿因为穿得少，即刻感受到这里天气的"清凉"，但我们与全体采风作家一样，内心是火热的。这里是人民新闻事业的发源地，这次来采风的作家或者曾经是新闻人，或者一直是新闻人，这座"红色新闻山"是革命新闻人的根。依着山势而建的新闻纪念馆，真实还原了新华通讯社、广播电台等新闻机构当时的状况。几孔窑洞、几台油印机，加上一部周恩来同志从苏联带回来的发报机，构成了延安时期新闻机构的主要设施。那时的新闻工作者就是在这样的条件下守望着自己的精神家园，向外界发出革命者的声音，让处于黑暗中的国人不断看到一缕缕光明。

攀登清凉山对面的宝塔山时，陕钢集团工会副主席、女职委主任兰茹说："去年冬天我们来延安，天特别冷。我们到梁家河，了解了习总书记当时住窑洞、睡土炕、过'五关'与村民同吃同住的艰难生活，感觉到了一种信仰的力量。"

望着宝塔山下钢筋铁骨的延河新桥和成片的高楼新区，望着身边耸立的巍巍宝塔，我们找到了中国革命从胜利走向胜利的答案。

做为人民书写、为钢铁讴歌的参与者

在延安短短的两天时间里，采风作家们已深切地感受到冶金文协、冶金作协和陕钢共同组织这次采风活动的意义所在。包钢作家崔美兰说："这次活动的主题'访延安　看陕钢'这六个字，把访延安放在前面，访太重要了，那是我们红色文化的根基所在。"中国冶金作协副主席李永刚说："访延安后看陕钢，会让大家更真切地感知陕钢续写现代版长征史的精神内涵。这次活动在全国冶金行业这么多大钢中选择到陕钢来，这么多冶金行业优秀作家到黄河边的龙钢，穿过秦岭到汉钢，把陕钢从北看到南，行八百里秦川，最终铸造出好的作品，是推动陕钢走出陕西、走向全国，推进陕钢竞争力追赶工程，打造中国西部最具竞争力高端钢铁材料服务商的重要力量。虽然我离开了陕钢，但我一开口仍离不开钢铁。因为我感激钢铁。从行业的角度，在钢铁行业发展关键期，全行业需要理念的东西。党中央国务院提出供给侧结构性改革，行业需要解读，冶金文协、冶金作协、《中国冶金报》这些传递正确舆论导向的平台就是宣传者、引领者，就是全行业的指路者。优秀的文学艺术在精神上的引领和支撑，不仅让钢铁行业数以千计、万计的文学艺术爱好者有一种归属感，更重要的是把这种归属感带到了本单位，化为一种精神力量，让行业所有的职工感受到钢铁行业的精气神。从个人角度讲，我搞诗歌创作几十年，在煤炭行业近30年、在钢铁行业6年，在我一生中钢铁对我的心灵触动最大，写的钢铁诗也最多、最动情。我毫不讳言，钢铁是让我最骄傲的。"

在返回西安的路上，一张张参观照片发到"访延安　看陕钢"微信群里。在举起相机对准别人的时候，不经意间也成为别人镜头中的风景。这次延安之旅，我们是体验者、是朝圣者，体验和感受精神洗礼；更是为了做一个合格的时代记录者，做一个为人民书写、为钢铁讴歌的参与者。

下一站，陕钢见！

"永"跳龙门

王绍君

序

韩城龙门镇是个有很多神话传说的地方。

流传最广的首推大禹治水，留下了"三过家门而不入"的千古佳话。后有"鲤鱼跳龙门"，说的是小鲤鱼不畏艰险，纷纷争跳龙门的故事。《埤雅·释鱼》中言："俗说鱼跃龙门，过而为龙，唯鲤或然。"清李元《蠕范·物体》云："鲤……黄者每岁季春逆流登龙门山，天火自后烧其尾，则化为龙。"千百年来，"鲤鱼跳龙门"的传说不知激励了多少不屈不挠的豪杰。飞跃龙门，成为众多有志之士一生奋斗的终极目标。

鲤鱼所跳的龙门，传说是大禹治水时所开，所以现在又称为"禹门口"。巧得很，这里正是陕钢集团龙钢公司所在地，站在公司高炉的平台上向东一望，就能看到不远处滚滚的黄河水紧贴着钢厂的胸襟奔涌而过，隆隆的水声与出钢的钟声交相辉映，演奏着一段又一段创新发展的钢铁交响。

显然，这里是非常神奇的地方。陕钢集团龙钢公司不满足于只听传说，龙钢人正一天天将神话变成现实：转炉钢铁料消耗、耐材综合成本指标进入全国同行业前列；炉龄在全国最长；三天零八小时就砌成了一座120T转炉，令全国同行惊叹……

在这些神话般的指标背后，我看到一个人——薛小永，1995年还是农民轮换工的他，在2015年走进北京人民大会堂，成为陕钢集团第一位受到国家表彰的全国劳动模范。从地头上小心翼翼摘取大红袍花椒的朴实农民，成长为能够掌控炼钢炉中鲜红火焰的憨厚钢铁汉子，这个龙门的跨度之大早已超出神话所能覆盖的范围。薛小永，这样的龙门你也敢跳？

家住塬上

在薛小永心里，1993年的冬天绝对是个难得的暖冬。阳光离头顶很近，不只屋外温暖，心里更暖。塬上南英村的薛小永娶了塬下贺龙村的王琴芳。这事可不小，不仅牵扯到两家人，更牵扯到两村人。

塬上、塬下是一样的土地，区别只有一样，就是水。塬上的村庄缺水，就算有最优良的种子，就算你小心翼翼伺候着种下，就算你不分白天黑夜地盯着盼着，如果感动不了老天爷的铁石心肠，不给下几场雨，你全家人就只能等着喝西北风。塬下村庄的水源则非常充足，一阵风随便吹来一粒草籽，见土就生根，那是种啥有啥，黄的红的香的辣的，一年的收成让人看着就眼红。至于生活条件就更不必细说，只有塬上人家的女儿拼命往塬下嫁，却很少有姑娘从塬下嫁到塬上的。

　　很显然，薛小永的婚事让南英村很是扬眉吐气了一回，就差请戏班子美美地唱上两天秦腔了。是不是太张扬了？薛小永生在塬上长在塬上，事事低调，生活环境让他养成了良好的习惯，虽然上面有一哥一姐，自己在家里排行老小，他却没有把自己当宝贝，该下地时下地，该管蔬果就管蔬果，该摘花椒时就果断地走向那满枝条坚刺的花椒树。娶媳妇是大事，但不能忘本，老爹说过："咱们祖辈都是农民，做人要本分，不要与人攀比……"

　　王琴芳从塬下嫁到塬上，一家人憋了不止一口气。气在哪儿？王琴芳在家排行老六，上有两个哥，三个姐，她是家里的亲疙瘩，每天被左一个亲、右一个疼，完全是在蜜罐里泡大的。嫁到塬上，她可怎么受得了那个苦？听说，他们两个是中学同学，牵线的事大概用不着旁人，至于是男同学追求女同学，还是女同学比男同学更主动，他们自己怕也说不清楚。感情这种事，唉，认准了，就算是刀山，也照样往上闯。母亲的不满意中，更多的成分是担心，尤其看到新郎家空落落的木顶老房，心里更是涌上一股酸涩。但拗不过老闺女，只好把养得胖嘟嘟的女儿嫁到塬上。不指望女儿再胖，只愿女儿还能保持原样。

　　不满意归不满意，生活还得继续。两年后，薛小永家双喜临门：一喜是他们的女儿降生了，薛小永给女儿取名薛颖；二喜是薛小永要离开塬上了。这一去的结果，却让王琴芳做梦也想不到……

学艺

　　1995年3月，龙门镇的铁厂建起了第一座炼钢炉，即将彻底告别有铁无钢的历史。对于一个企业，有了钢，说起话来才能更加硬气，在市场上才能掌握更多主动权。招工考试，薛小永以第一名的成绩被正式录用，一个每天围绕土地看天吃饭的农民，正式成为每月挣工资的工人。

招工完成，企业最迫在眉睫的任务，就是把他们训练成会炼钢、能炼钢、想炼钢的高手。薛小永非常想炼钢，自小起，他就非常痴迷和崇拜5元人民币上的那位戴护目镜的炼钢工人，甚至生出很多疑问：什么是钢？什么是铁？钢和铁究竟有什么不同？读中学时，在一堂化学课上，他问老师，依然没个满意的答案。炼钢，对于一个农民，完全就是另一个全新而陌生的世界。他想要快速进入这个世界，领略这个世界的风光，欣赏这个世界的精彩。

安阳钢厂成了他们学习炼钢的基地。他一步不落地跟在炼钢师傅身后，师傅走一步，他走一步；师傅盯着炉口往里面看，他也盯着炉口往里面看……只是，看不了两分钟，高温火辣辣地裹满全身，汗水还没等流出皮肤，就已经被烤干。一个班没完，工装上已布满一道道雪白的汗碱。

他给师傅递一杯水，指着炉膛问："师傅，您总往那里面看，是看啥呢？"

师傅看看他，喝一口水，说："看火。"

他赶紧问："看火的啥呢？"

师傅硬生生地吼一嗓子："你就看火！"

他有些蒙，心里一直在打鼓，委屈地看着师傅。

师傅从薛小永的眼神中看出了疑问，就拍拍他的肩，说："你就看火有些啥变化。"

薛小永又一次往炼钢炉里张望，鲜红的火焰气势汹汹，并没有什么不同。他又想起了5元人民币上的那位炼钢工人，画面上最醒目的装备就是那副护目镜。看来，想学会炼钢，必须先学会看火。

然而，火焰还是那么鲜红，炉膛的温度还是那样灼人。

耳朵里好似是师傅的声音："想炼钢，哪就那么容易呢。"

薛小永也发现，有些东西你是感觉到了，就是说不出来。"感觉"这东西真是奇妙。比如说火焰，师傅说让看火，看火的变化，可除了能看到火大火小，还会有什么变化呢？

师傅说，看火的颜色……

师傅说，看火的形状……

师傅说，看火的软硬……

一切都需要慢慢积累。想把菜炒好，得拿捏住火候。想当炼钢工，先好好看火吧，什么时候把火焰看成一朵灿烂盛开的鲜花，钢，就炼成了。

薛小永开始了自己的积累，站在炉口盯着火焰，一看就是半个小时。笨鸟先飞，他只能靠一股韧劲，一点点用眼看，用心记，把数据认认真真记在小本子上，再标注上火焰的颜色、形状……渐渐地，他已经能听到火焰呼呼作响的声音。在他眼中，炉膛中的火焰比七十二变的孙猴子还变化多端：忽而像一把钢刀，在炉膛中上劈下砍；忽而像剪碎的一片片丝绸，柔软飘逸，在炉膛中飞舞。

薛小永看出了火焰的颜色，感觉到了火焰形状的变化，还真的感觉到这无形的火焰，说软就软，想硬就硬。炼钢真是一种神奇的劳动。此时此刻，他发现自己再也离不开炼钢了。

半年的培训学习一眨眼就过去了。薛小永舍不得走，他还有很多技术没有学到。但是，龙钢公司的第一炉钢正等着他们，龙钢公司的炼钢史正等着他们去谱写振奋人心的第一页。

女汉子

王琴芳没有想到，丈夫自当了炼钢工，就好比又一个大禹，几乎不着家了。

龙门公司位于韩城东北23公里的龙门镇，而薛小永家所在的芝阳镇，从韩城往南，还得走20多公里。从家到公司，就算自己开车，单程也得走一小时。

时间不等人，关键是炼钢炉，一旦有事，就算飞起来也赶不上。为了保险，薛小永选择了守护，在单位守护，在炼钢炉旁守护。不是不相信别人，而是不相信自己，怕有不周到的地方，怕有不安全的环节。为了炼好钢，他把家中的一切事务全交给了妻子王琴芳。

王琴芳，1972年出生，比薛小永小一岁，长这么大，只有别人为她考虑着想的份儿，哪里能操持起这么一大家子的家务事呢？但现实不允许你选择，更不给你留一点退却的余地。家不能不管，老人不能不照顾，孩子不能不教育……她为自己设计了一个周密的计划并付诸实施。

让孩子好好读书是最紧要的。韩城是司马迁的故里，生活在这片土地上如果不读书，会让人骂死，会让人把脊梁骨戳断。孩子的优秀一靠家风，二靠教育，她决定在韩城租房，让一双儿女在韩城读书。

从周一到周五，王琴芳忙着打理儿女的伙食起居，送他们到学校，然后自己去打零工，到放学时间再接孩子回家。周六、周日休息，就带着孩子们去赶韩城到芝阳镇的火车，从芝阳镇再搭乘去往南英村的汽车。既然做了薛小永的囚子（韩城方言读作 Xiuzi，音同袖子，妻子的意思），丈夫做不到的，自己就得及时挺身补上去。公公、婆婆年龄大了，他们身边需要有人帮着干些家务农活。晚上还有一趟芝阳回韩城的火车，手脚利索点，时间抓点紧，什么也不耽误。

住在韩城还有一个好处，就是丈夫回家，王琴芳至少可以少走一半的路呢。已经记不清，他有多长时间没有回过南英村了。也许是母亲想儿子了，又或者是婆婆心疼儿媳，看媳妇忙得可怜，就说："我和你去韩城住吧，省得你来回跑。"

王琴芳把婆婆接到韩城住，婆婆就是母亲，王琴芳事事尽心，不劳老人家操一点心。然而，没出一个月，婆婆终于忍不住了，说："我还是回村里吧，反正小永是不粘家。"

婆母的话让王琴芳听出些意思，丈夫能不能按时回家，和路远路近，其实没多大关系。

学校的期末考试结束，马上要放暑假了。女儿的学校通知，要召开家长会，家长必须参加；儿子的学校也通知，召开家长会，家长必须参加。两个学校商量好似的，家长会在不同的地点，却选择了同一个时间。

王琴芳给丈夫打电话，说："两个家长会，你是参加姑娘的还是儿子的？让你先挑。"

薛小永在电话那头沉默片刻，回了四个字：真顾不上。

王琴芳不懂炼钢，但听丈夫嘴里反复唠叨的几个词儿，补炉呀，化渣呀，取样呀，听起来真难伺候，很无奈，谁让自己嫁给一个炼钢工呢，谁让自己嫁给了爱炼钢胜过爱家的薛小永呢。

没有分身术，但家长会必须去开。看来，只能找人帮忙代替一下了。给嫂子打个电话，嫂子很爽快，满口答应，但还是忍不住抱怨道："就你有能耐。"

房东是个心地善良的大嫂，看着王琴芳一天从早忙到晚，从周一忙到周日，没一时空闲，不由得佩服，热情中就多了几分关切，一把拉住王琴芳的手说："你真能干！"又故意眨眨眼睛，放出一丝丝意味深长的光芒，问："你这么忙，怎么不见你掌柜呢？"

王琴芳似乎明白了房东的意思，生怕房东误会下去，索性还给房东一个爽朗的笑，边笑边说："等我老公哪天回来，我一定介绍你们认识呀，哈哈哈哈……"

第一炉钢

在湖南长沙杨家山春秋晚期的墓葬中，出土了一把铜格"铁剑"，通过金相检验，证明是钢制的。这是迄今为止我们见到的中国最早的钢制实物，说明从春秋晚期开始，中国就已经有了炼钢技术。

龙门铁厂建于1958年，但是直到1995年才有自己的炼钢炉。龙钢公司有铁无钢的历史，将在1995年12月28日戛然而止。陕钢集团龙钢公司的第一炉钢，将在这一天隆重出炉，公司的钢铁冶炼史将从此时全新启动。

安全区域站满了人，眼睛紧紧盯着五位炼钢工。他们熟练地操作着转炉，加焦炭，烘炉，兑铁，冶炼……当钢水顺利浇注出炉时，现场的每一个人都没能忍住泪水。既然是第一炉钢，那就让激情再奔放一些，请记住五位炼钢工的名字：

炉长　孙百安
摇炉工　闫林、鱼常军
合金工　张社宁
炉前工　薛小永

这五位炼钢工，是陕钢集团龙钢公司的第一代炼钢工。在随后的二十多年中，他们迅速成长起来，不仅培养了更多年轻有为的炼钢工，自己也依然奋战在生产第一线。就如本篇的主人公，大家见了面，都会亲切地喊一声：薛哥！背着他，人们对这位钢厂的第一代炼钢人，依然会敬畏地称一声：老汉。

儿子的一封信

中考结束后，薛宇给父亲薛小永郑重地写了一封信。信是用文言文写的。

笔者曾问询薛小永，想看一下那封信，但薛小永说找不到了。这是儿子写给父亲的第一封信，所以我坚信这封信一定还在，信里一定充满了智慧，一定散发着薛宇青春的激情，一定洋溢着一个中学生对人生充满叛逆的解读，一定有薛宇发泄给父亲的不满。只是薛小永不想让我去触碰那根敏感的神经罢了。

倒是王琴芳没有多想，和我讲了信的大致内容，包括三个方面吧，列在下面：

其一，父亲总是不回家，也从来不带家人去旅游。生在韩城，居然没去过西安。当父亲的很不合格。

其二，父亲总是把自己没实现的理想，强加在儿女身上，用自己未能完成的目标去要求子女。做父亲的太自私。

其三，自上学以来，暑假就没有开心地玩过。同学们都是走天下，去夏令营，四处看世界，而我们只会摘花椒。

最后提出个问题：我是您的亲生儿子吗？

顺便做了一个决定：不准备再上学了，我要去打工。

我是你亲生的

儿子薛宇以优异的成绩，考入韩城市重点高中——象山中学。薛小永很欣慰：儿子是优秀的，他凭借自己的努力，敲开了重点高中的大门。但同时，读过儿子用文言文写的那封信之后，薛小永又倍感失落。

学校就要开学了，薛小永决定去参加儿子的家长会。这是做父亲的第一次参加儿子的家长会。从老师赞叹的话语里，在同学们艳羡的目光中，薛小永感到了自豪，感到了骄傲。既然读书，就要读深，读透，读到最好。在这一点上，一定是带着些遗传基因呢。只可惜呀……

薛小永感慨自己没多少文化，只读了个高中就下学了，春天为苹果树疏花、疏果，等满树的苹果成形了，再给它们一个个套上塑料袋。秋天最难受，也最难熬：花椒熟了，家里的一百多棵花椒树上，成熟的花椒穿着一身红灿灿的大红袍，就如燃烧的火焰。对，就是火焰，就是炉膛里灿烂盛开的火焰。火焰是如此招人爱，爱就爱在她像人的生命，她也确实给人的生命带来酸甜，带来乐趣；但火焰又是如此地招人烦，烦就烦在她不时地会给人带来辛辣，带来痛苦。

暑假终于到了，孩子们欢快地飞奔出教室，飞奔出校园，飞奔向名山大川。而此时，花椒也熟透了。

暑假，正是摘花椒的最佳时间，薛小永及时把薛颖、薛宇带回芝阳镇的南英村，把他们投进了满山花椒树的火焰中，看着他们被花椒的火焰紧紧地包围着，看着他们被花椒的火焰灼烤着，咬咬牙转过身，独自又返回了龙门镇，返回了钢厂。钢厂的炼钢炉里，有另一股熊熊火焰在等着他。

摘花椒不难，难的是不被刺伤。那些躲在花椒背后的锋利的坚刺时时盯着孩子们柔嫩的手指，左划一下，右扎一下，上挂一下，下刺一下，躲都躲不及。摘一天花椒下来，孩子们拿筷子的手有些不听话；一周过去，孩子们想写写暑假作业，拿笔的手却抖个不停，把字写得歪歪扭扭；一个月下来，孩子们的手上布满大大小小的针眼。花椒摘完了，花椒树上的火焰完全熄灭了，孩子们的整个暑假也结束了。

说真的，他还从来没有带儿子、女儿出去游玩过。女儿薛颖不止一次央求父亲带自己去党家村看看，也未能如愿。这个历经元明清三朝的古村落，被列入世界文化遗产预备名单，是陕西省最具代表性的民居瑰宝。同学们都去过不止一次，他们每说起这个古村落的建筑特色，说起村里的祠堂、碉楼，说起四合院的砖雕、木雕以及精美石刻，都滔滔不绝，好像那里就是他们家。这让薛颖看着眼馋，却也不能吭声，只能羡慕同学们，只能安安静静地倾听，只能任由同学们在自己面前显摆。其实薛颖也知道地址，党家村距离自己住的地方还不到十里路，非常……非常……非常近。

薛小永突然间明白，如果不是儿子写了这封信，他又怎么会想起去读一读孩子们的世界呢？也许，父子之间的壕沟太深了，而制造这条沟的人又是谁呢？

他想通了，责任不在儿子，他们应该坐下来，手拉着手，大手握着小手，小手拉着大手，好好用心去交流，去沟通，去理解。

薛宇长这么大，还是第一次和父亲这样近距离、长时间地畅谈。薛小永其实并不是个爱说话的人，这一次说的话比他一整年说的话都多。薛小永自己也奇怪，怎么突然间自己这么能说了？他从文化说到花椒，从历史说到钢铁，从爷爷奶奶说到姥姥舅舅，又从司马迁身受宫刑说到他历尽艰辛写出《史记》这部千古绝唱。

薛小永给儿子讲着，越来越握紧一双小手；薛宇听父亲给自己讲着，越来越攥紧了一双大手。

儿子突然发现，父亲的小指伸不直，最末一个指节有个向内的弧度，明显是弯曲的。赶紧抓过父亲的另一只手，也完全一样。他忍不住把自己同样伸不直的小指伸到父亲眼前，说："爸爸，爸爸，看来我是你亲生的……"

考验

发展的路从来不会一帆风顺，龙钢公司前行的路上也同样布满种种危机：炉子小，产量低，质量差，成本高……

一句话，大家忙活半天，公司却不挣钱。公司挣不到钱，大家就领不到工资。

危机危机，在危险中才能有更大的机遇。

班前会上，薛小永对全体职工说："请大家回答我一个问题：如果三个月不开资，我们还干不干？"

他的话音如一柄沉重的铁锤，咣当一声砸在地上，会场上立刻鸦雀无声。停顿了五秒，大家排着队，向炼钢炉走去，向合金料区走去，向各自的岗位走去。薛小永的耳朵里只听到齐刷刷整齐的步伐，向着炉膛行进。

班后会上，薛小永对全体职工说："如果三个月不开资，我们还干不干？"

现场照样是鸦雀无声。

安全会上，薛小永对全体职工说："如果三个月不开资，我们还干不干？"

一连三天，无论大会小会，薛小永都在问同一个问题，而他得到的答案却惊人地相似。

他决定出一趟远门，去延安。约好几个工友，带上妻子和孩子。自结婚以来，这还是全家人的第一次集体"旅游"，也是截至目前唯一的一次远行。

延安，自古就是兵家必争之地，有"三秦锁钥，五路襟喉"之称。这里是红军长征的终点，中国革命的圣地，更是爱国、爱党、爱企业的红色教育基地。

作为炼钢人，作为陕钢集团龙钢公司的第一代炼钢人，作为共产党员，登上宝塔山的薛小永给自己提了一个问题：有哪个企业不会在发展中遇到这样那样的难题？问题再大，能比当年红军的二万五千里长征难吗？

陕钢集团龙钢公司炼钢厂旧区的老转炉在一步步走出困境，陕钢集团龙钢公司炼钢厂新区的新转炉已经在做达产达效的最后冲刺。龙钢，就得有龙的气质，有龙的精神，有飞跃龙门的勇气和信心。

薛小永更忙了……

生病还得挑日子呢

自从薛小永去钢厂当了炼钢工，当爹的就很少见到儿子。好在儿媳妇还不错，能常回家看看，帮助做些活儿。说真的，其实家里也没有啥需要干的，老爹虽然已经81岁了，但身体硬朗，就是耳朵有些背。过80岁生日的时候，孙子薛宇送的生日礼物是自己做的助听器，小小年纪不简单，是不是响亮倒不重要，重要的是孙子的这份心。

有孙女孙子陪着也好呀。孩子们的假期，好像是专门为老人设计的：快过年了，寒假到了，孙女孙子就一起回来，陪爷爷奶奶说说话，听爷爷讲讲部队上的逸事，听奶奶聊聊塬上的神话。爷爷曾经在西藏当兵，如果没人陪，会独自盯着墙上的一组军人老照片看。那些照片一定是勾起了很多往事，想起了自己作为军人的荣光，也很值得让自己的思绪走回1958年时的西藏。

暑假就更有意思了，塬上的花椒树全红了，远远看去，每个村子都像是一座火山。孙女、孙子会回来帮爷爷奶奶一起劳作，先摘花椒，再铺到房顶上晾晒。奶奶常常会为他们改善伙食，用花椒叶子做出各种香酥可口的饼子、点心，让他们被花椒的坚刺扎得伤痕累累的手指，迅速恢复如初。这花椒，真是让他们又恨又爱，放不下，更离不了。

开学了，孙女孙子回了学校。宽敞的院子顿时空落落的，显得很是冷清。突然间特别想儿子，就拿起电话打过去。

薛小永在电话那头问："爸，有啥事呢？"

老爸嗫嚅半天，却想不出个理由，只能说："没事。"

薛小永又问一句："爸，你没事吧？我炼钢呢。"

老爸就压掉电话，无奈地"唉"一声。两年前因患腰椎间盘突出症，老人不得不住院治疗，儿子也没有回来。老爸知道，儿子忙，儿子正支援汉钢建设呢，不能怪儿子。

回过身，老爸自言自语道："想生病也得挑日子呢。"

亲兄弟明算账

这一次，作业长薛小永是真的火了，一边训人，一边屈起食指，用突起的关节狠劲敲击着桌面。咚咚咚的敲击声一会儿紧，一会儿缓，如同在演奏一曲《十面埋伏》，揪扯着每个参会者的心。人们怎么也想不到，不善言谈不爱说话的薛哥，居然和他最要好的朋友敲桌子瞪眼。事件主要由两件小事引起，用薛小永的观点来解释，很容易理解：炼钢炉前没小事！

第一件事是由合金工引起的。合金工不仅把合金比例搞错了，还不承认错误，硬是让炉前工帮着，把600多公斤的合金料拉到了炉前。如果不是及时制止了，就又是一炉废钢。

　　从合金区的料场到转炉，至少有60米的距离。一辆手推车装了600多公斤的合金料，一个人肯定推不动。薛小永用食指敲击一下桌面，警告合金工："你再不长记性，就罚你一个人推车，谁也不帮你。"

　　合金工立刻服了软，说："我的薛哥，我的领导，我错了，下不为例，下不为例，我一定改。"

　　第二件事本以为要平淡很多，却不想火药味更足。作业长薛小永几乎是把拳头擂在了桌子上，大声喊道："G君，你给我站起来！"

　　G君一下子愣了。真是奇了怪了，对别人，从没见他这样吼过，对兄弟怎么总是这么大的火？想当初，两人一起从塬上考进龙钢，又一起去安钢学习炼钢，有时候一起跑到街头去吃一碗安阳的饺子，也是兴奋异常。半年时间同吃同住同学习，就如把铁水倒进了炼钢炉，你中有我，我中有你，早已分不出个兄和弟了。学习结束回到龙钢，又在一起，一边学，一边争，一边探讨，两个人摽着膀子拼技术、比能力，友谊也越来越稳固。

　　当然，再好的关系，那是私下里，必须和工作分开。工作就是工作，绝不能将就。这一点G君不糊涂。他清楚地记得，有一天，看着就到下班时间了，薛小永突然打来电话，让去1号炉的平台。G君不由得在心里嘀咕："马上就下班了，还能有啥事？"G君很不情愿地上了炉台，问薛小永："领导，什么事？"

　　薛小永头也没抬，淡淡地说："和我一起补炉，补完再下班。"

　　G君心里颇不痛快，嘀咕道："我一个管安全的，补什么炉呀？"

　　薛小永看着他不情愿的样子，拍一拍他的肩头，在他耳朵边低声说："我相信你的技术。补吧，补不完炉子，咱俩都不要走。"

那就补吧。炉里的温度至少有1300℃，人距离炉口仅仅三四米远，两人推举着12米长的大铲，一次次运送补炉砖。眼看着大铲管被烤红了，连挂在胸前的胸牌也要被烤化了。在两人默契配合下，一次性补炉成功。薛小永看看表，时针已经超过21点。喊一声 G 君："走，咱俩回吧。"

G 君瞪一眼作业长，硬邦邦地顶一句："你回吧，我干事业呢。"

薛小永就笑着说："走吧，事业已经干完了，我得坐你的车回家呢……"

类似的事情不计其数。但今天的作业长薛小永，他的怒气从何而来呢？因为涉及生产技术和生产工艺，本文得为他们保密。欲知真相，还请读者去问问他们本人吧。

全家福

在薛小永父亲八十岁生日的时候，一家人坐在院子正中照了张相。这是一家子的第一张全家福。

照片就存放在薛小永的手机里，而且被他设置成了手机桌面图像。每天在厂里食堂吃过午饭，是他难得的一点空闲时间。拿出手机，点亮屏幕，第一时间跃入眼帘的是全家人灿烂的笑脸：照片正中的父母亲明显老了，二老脸上的皱纹更深了。囚子王琴芳越来越苗条，刚出嫁那时候还120斤呢，现在才90来斤。想起她嫂子曾经质问自己："你看看，你看看，我家小妹嫁给你是图个啥呢？"当时，孩子还小，家务确实全在她一个人身上，面对质问他无言以对。

好在孩子已经长大，儿子的个头已经超过了自己，姑娘的身高也追上妈妈了。在学习上都非常争气，女儿正读大学，儿子已经考上上海交大的研究生……

只可惜自己不能经常回家，不能和家人们多待一会儿。工作和生活，永远不可能两全其美。自己牺牲一点儿，同事们就能多一些方便。就算过大年，也得让同事们先回家。既然是作业长，就得有担当，就得能坚守，这是一份责任。

上班二十多年了，大年初一不回家，父亲很理解，知道儿子在做正事呢；大年初二不串亲，岳母也学会了理解，知道女婿炼的钢好着呢。全家人都知道，薛小永回家过年一定是在初五以后。

手机打开，薛小永每看一次，就幸福一回，谁说自己不想家？谁不愿意守在亲人身边？幸福，就是一种无法言说的温暖。

转炉之歌

薛小永目前担任的职务挺多：陕钢集团工会兼职副主席，陕钢集团龙钢公司转炉一党支部书记，转炉一作业区作业长。他获得的荣誉更多：全国劳动模范，陕煤化集团劳动模范，陕西省首届职工职业道德建设标兵，陕钢集团形象代言人。能支撑起这些荣誉的，必定是在全国同行业领先的炼钢技术指标，本文不再赘述。在与薛小永同事们的闲聊中，无意中听到他们在唱一支歌，是炼钢工自己创作的《转炉之歌》，现引录如下：

我们站在炉台上，

意气风发斗志昂扬，

学习精神深入人心，

精心管理奔向前方。

向前进，向前进，

炉前气势不可阻挡；

向前进，向前进，

朝着强大的方向。

我们工作多么绚丽，

我们前程无比辉煌，

我们献身着壮丽的事业，

无限幸福无上荣光。

歌词源自生产一线的龙钢人，歌声来自普普通通的炼钢人，他们的歌声充满自信，能听到歌声中他们的脚步更加坚定。就如我所看到的，在炼钢炉的两侧立着两幅巨大的标语，一边是"百年伟业"，一边是"禹龙品牌"，标语的红底非常醒目，标语的白字极具穿透力，把龙钢人的决心和胆识，展现得淋漓尽致。

由此看，在陕钢集团，又岂止一个薛小永。

后记

第一次见到薛小永时，我曾非常后悔，不该贸然心动跨过黄河去写一个完全陌生的人。第二次走进陕钢集团龙钢公司之时，却感觉对面不是一个薛小永，而是一群训练有素、技能高超、亲切质朴的薛小永，无数感人的细节让我不敢触碰。陕钢集团龙钢公司工会主席赵春堂说："公司走过的六十年历程，一路充满艰辛，就如走钢丝。"当年的龙钢，一年只刮一场风，从大年初一刮到年三十，风起处，狼哭鬼嚎、飞沙走石。龙钢人的"五加二"是习惯，龙钢人的"白加黑"是常态，龙钢人的坚持，龙钢人的执着，龙钢人的打拼，让满炉膛的火焰为高质量的"禹龙"牌产品激情舞蹈，让龙钢飞跃龙门的神话和愿景变成了实实在在的成果。

与薛小永握手告别。突然发现，如果一个薛小永跳龙门叫"永"跳龙门，那一群薛小永跳龙门，必定是陕钢集团的又一次腾飞。

陕西印象（组诗）

丁鼎

西安印象

发芽时节　我们来到西安

柳丝已经摇曳过新鲜　有点

无动于衷的淡漠　樱花

倒是正开在兴头上　玉兰

有点耐不住性子　正在破萼

花花草草热闹得大明宫

一点都不像遗址　沧桑

好像洗净了铅华　美过容的

历史不太像历史了　真实

有时候就是这样备受质疑

丝袜和短裙很有说服力

很明显　西安的春天来了

柳条已经过倒春寒褪去鹅黄

绿是发自内心的　嫩嫩的
慵懒又从容　好像轻松的弦
不用弹拨　只要清风来抚弄
这个时节的西安　才有汉唐的
含蓄　风和韵才露出端倪

在陕钢我终于明白了一件事

在陕钢我终于明白了　一个钢铁厂
它的起步、腾飞不光是靠产量
也不光是靠质量　那些挖空心思
把自己扩张成钢铁大鳄的企业
他们有产量有质量有人才　他们
一样过得捉襟见肘举步维艰
产量跃升质量提升说了几十年
企业的日子一点儿都不舒坦　市场
让人们谈论累了　怪怨和埋怨
都没有用　有人想出了"寒冬"这个词
这个词好啊　好到似乎能掩盖一些事
这个近十年被好多人引用过的词
现在还在引用还在说　说了也白说
寒冬和春天隔着一段距离　一段
现实的距离　这段距离总是过不去
有人就想出减员增效的办法　这办法

让人才流失不少　人才流失有点儿像
落花　好不容易开了的花落了
这在传统上是煞风景的事　这是
令人伤心的事　就在我们盼着春天时

龙钢这个名字真好

龙钢这个名字真好　简单
不用做任何注释　龙
就是龙　什么都不能替代
事实上也替代不了　龙钢就是这样
开头是2.5立方米的小高炉
在新生共和国的火热年代
一步脚印一艰辛　风风雨雨
脚印浅浅深深　有了现在的
现代化的五座高炉六座转炉
有了现在的龙钢的模样　有了
享誉中华大地的"禹龙"牌建材钢
禹是大禹的禹　龙是龙门的龙
禹的精神是一种智慧　龙的风采
是一种感召　龙钢人既有禹的精神
也有龙的风采　难怪他们生产的钢材
"禹龙"牌建材能叫响三秦大地享誉中华
要说文化传承有点牵强　但从

禹龙这个响当当的名字里　能看到
龙钢人的品牌意识　禹龙品牌
禹龙品质　其实就是龙钢人的
一种不屈不挠的创造精神

龙门是一个美好的情结

这个在我手里熟润的　方方正正
上方有翘檐和高高的门坊　下面
是浪花翻滚的浪花　能裂岸的浪花
鱼一跃出水一飞冲天　冲过惊涛骇浪
冲上龙门一跃而过　这就是鲤鱼跳龙门
故事太传奇也很精彩　这块质感的牌子
吉祥的牌子　蕴含了那么多美好愿望的
牌子　这个玉质温润色泽中和的牌子
在我手上好多年的牌子　让人羡慕的
牌子　就如现在的龙门钢铁公司
背靠着司马故里依在大河的臂弯里
仰望着龙门的浪花　从一座2.5立方米的小高炉
如一条黄河里的小鱼　一跃而成
拥有"禹龙"牌优质建材钢产品
现代化的龙钢　把鱼跃龙门的传说
变成一个蒸蒸日上钢铁企业的现实
看着生机勃勃的龙钢　我终于

解开了龙门这个美好的情结

在汉钢我才知道什么是"钢铁美丽花"

天有点儿阴　我的心里是晴朗的
要参观汉钢的厂区了　这个
伴随着汶川灾后重建立项的
投产才几年的新型钢铁厂
这个　当年建设当年出钢
第二年就达产的钢铁厂
这个钢铁行业举步维艰时
建成的钢铁厂　一个低排放
低能耗的环保型企业　一个
号称"钢铁美丽花"的钢铁厂
在他们的工厂　你会看到
乔木掩隐着高炉　灌木
簇拥着道路　夭桃刚刚出叶
樱花开得正红　红叶石楠
装饰的路春意盎然　红红的
挨挨挤挤的椭圆形叶子　有点儿
像烈焰一样召唤着客人　叫你
看仔细了　这就是汉中钢铁厂
一座典型的花园式工厂　一座
不像工厂的工厂　这才是汉钢

这才是陕钢的钢铁厂　也是
陕西省创新方法应用标杆企业
是共和国的钢铁厂　是"钢铁美丽花"

初"回"延安

何鸿

"几回回梦里回延安，双手搂定宝塔山……"

列车员播报 D5085次列车进入延安站，车身还没有完全停稳，我们"访延安　看陕钢"采风团聚集在准备下车的人群中，身着深蓝色西装的董宏量老师忍不住诵起贺敬之的信天游《回延安》。

眼前就是延安？就是那点燃并孕育了中华民族复兴希望的红色土地？我随着出站的人潮往外走，内心平静得自己都难以置信，仿佛不是来到这片耳熟能详的革命圣地。行李箱的滚轮在站台的防滑地面上发出隆隆声响，我的心跳也在怦怦加速。我努力克制着嗓子眼里开始翻涌的气息，偏离了队伍，对准钢架屋梁上高高悬挂的站牌，举起手机抓拍那让我眼热的"延安"两个字。

唉，谁让她是延安呢？！我安慰自己。"心口呀莫要这么厉害地跳，灰尘呀莫把我眼睛挡住了……手抓黄土我不放，紧紧儿贴在心窝上。"想不到以前认为过于浅显直白的诗句，此时是那么扣人心弦。

历史如是记载：1935年10月至1947年3月，延安是中共中央所在地，毛泽东等老一辈革命家在这里领导全国人民夺取了抗日战争、解放战争的伟大胜利，建立了人民当家做主的共和国，培育了自力更生、艰苦奋斗的延安精神，在中国历史上留下了灿烂辉煌的一页。

延安是中华民族五千年文明的发祥地之一，轩辕黄帝的陵寝就安卧在延安境内的桥山之巅，被炎黄子孙尊称为"人文始祖"。在漫漫历史长河中，延安素有"边陲之郡""五路襟喉"的特殊战略地位，吴起、蒙恬、范仲淹、沈括等许多名将在此大展文韬武略，上演了一幕幕金戈铁马的悲壮史剧。

车沿延河走，三秦才女兰茹说："只有登上了宝塔山，才算是真正到了延安。"位于延安市区中心的宝塔山，是延安的标志和象征。1937年1月，毛泽东等中央领导进驻延安，使这座古塔重焕青春，成为引领中国革命走向胜利的熊熊火炬和航标灯。

"几回回梦里回延安，双手搂定宝塔山……杜甫川唱来柳林铺笑，红旗飘飘把手招。白羊肚手巾红腰带，亲人们迎过延河来。"贺敬之老先生真是妙笔生花，字字真情流露，尤其是那一个"回"字！要不怎么隔了半个多世纪的我第一次来到宝塔山，也同样涌上那"回"的激动热泪呢？

唉，谁让她是圣地延安呢！

我们从西安乘坐火车来到陕北，沿途黄土坡坳间一丛丛浅粉色的野桃花、金灿灿的报春花、浅白色的杏花，洛河河畔抽出新绿的树、树间的鸟巢，田野里麦苗相间的绿色条纹，和灰褐色的黄土草丛依存在一起，昔日苍凉的黄土高原处处显出浑厚而内敛的春的生机。

宝塔山上的游人不是很多，天性懒散的我素来不愿跟着导游走，溜出人群去拍摄塔下的一匹石马，不经意间看到一位戴着回族小白帽的老伯。他下巴上留着山羊胡，独自一人靠在石栏处，笑眯眯地眺望着宝塔山下的延河远景。我好奇这老伯年老不便，又是孤单一人，却一副怡然自得的神情，便问他从哪里来。他答，宁夏银川。我又问，您高寿？他答，72岁了。我看他与人交谈起来很是愉快，于是接着问，您老贵姓？姓马。他的回答倒也在意料之中。或许是兴之所至，我接着随意地聊了一句：为啥跑这么远来这里玩啊？老伯看着我，轻声说，我家孩子说，到陕西，延安一定得去看看，所以我就来了。

我正一脸疑惑，没想到老伯主动说道：是毛主席当年从延安开始，给我们带来这么好的中国，而且现在习总书记带领我们生活得多幸福啊！望着老人满是皱褶的脸，我赞同地点着头，想对他说点什么，一时又什么也说不出来。老伯望着山下的延安城，笑得眼睛眯眯成了缝。看着老伯开心的样子，我很受感染，也朝着他笑。

告别马老伯，我跟随采风团来到杨家岭。杨家岭是中共中央驻地旧址，1942年在此建成中央大礼堂。1945年4月23日至6月11日在中央大礼堂隆重召开了党的第七次代表大会。走进中央大礼堂，我刻意避开人群，安静地躲在这红色圣殿的一角，在那光影重重的长排木椅间小心坐下，打量着中央大礼堂的屋梁与墙面。七十多年前的那个春天，这片贫瘠的黄土高坡上，想必也有同样明媚的高原阳光，从长方形的玻璃窗棂间透射进来，折射成一缕缕不凡的光束，烙印在一副副瘦削而坚定的肩膀上……而今主席台上党旗依然鲜艳，斑驳的朱漆木椅间恍然还能感受到端坐在位置上的出席七大的代表们均匀的呼吸，中央大礼堂中仿佛还回响着那段振聋发聩的宣言："没有中国共产党的努力，没有中国共产党人做中国人民的中流砥柱，中国的独立和解放是不可能的，中国的工业化和农业近代化也是不可能的。"可以想象，在1945年春夏之际，在中国共产党历史上具有重大转折意义的大会上，在"关系全中国四亿五千万人民命运"的大会上，那些全心全意为人民服务的赤子之心是怎样地无私而激烈地跳动着，选举出毛泽东、刘少奇、周恩来、朱德、任弼时为中央书记处书记，毛泽东为中央委员会主席、中央政治局主席、中央书记处主席……一个民主的、充满生机和力量的政府由此诞生。

正如一位外国记者所评价的："他们不是一般的中国人，他们是新中国的人。"我轻抚着礼堂内的写字板，眼前不由浮现出那熟悉的诗句来："心口呀莫要这么厉害地跳，灰尘呀莫把我眼睛挡住了……"

陕钢，我来看你

张钟涛

这个春天
我背着春光
从包克图　有鹿的地方
穿越了那么多的山水和村庄
陕钢　我来看你

眼前总是晃动着你的模样
黄土地上的钢城呀
应该有着怎样的沧桑
心中总是有着无限的幻想
出钢的地方
除了火焰的升腾
铁花以金葵的形式绽放
钢铁的旋律
是否也交织着信天游的悠扬

啊　陕钢
当我走近你的身旁
我突然发现
你让我有了迷醉般的向往

是黄土高原的孕育
给了你如此坚强的臂膀
是黄河水的喂养
才有了你蓬勃向上的形象
是因为有了红色基因的传承
你总是在不停地冶炼着太阳
是因为永不磨灭的长征精神
你不停地走在春天的路上

你是一条铁骨钢魂铸成的长龙
龙头　昂扬在大禹治水的地方
那是一个民族世代向往图腾的天门
龙尾　舞动于定军山的脚下
那是一代圣贤
曾经挥师万千兵马的战场

一条龙呀
腾跃于八百里秦川
像起伏的黄土高坡　黄河长江
除了血液是红的

你的龙骨和皮肤
都是炎黄留下的底色

一条龙呀
腾跃在古老而文明的大地上
你的身上
驮着汉唐的明月　大秦的西风

那天　当我的耳边响起
气势磅礴的行鼓
我的心呀　像壶口翻卷的巨浪
这些冶炼太阳的青春方阵
多像草原上
搏克手威武出征的形象

那天　当我倾听老人们
热泪盈眶的讲述
那段难忘的时光
我的眼前　仿如又出现了
父亲慈祥的脸庞
他们多像一棵棵历经风雨的树呀
岁月老去了
可钢铁的记忆
还是那么鲜亮

当我漫步于花红草绿　水清天蓝的厂区
我露出了惊愕的目光
这分明就是一座
五彩缤纷的花园

当我看到
我们的钢铁兄弟
把那么多的笑意写在了脸上
钢城啊　你的每一天
都在抒写幸福的篇章

啊　陕钢
几十年 几代人的跋涉与向往
抚平了多少余悸与忧伤
破茧重生　羽翼正丰
追求　超越　思想上的解放
为你插上了飞翔的翅膀

啊　陕钢
一条大河的奔涌
需要汇入多少涓涓的细流
你的胸中
因为有长歌飞扬　史卷浩荡
才让你有了
如此的和谐　豪迈与庄重

啊　陕钢
这个阳光明媚的时代
你敞开火热的胸膛
盛装你的信仰　意志和思想
因为你的血是热的风是绿的
你的每一天
在岁月的敲击声里
都有着钢铁般的重量

我在想啊　我在想
你站在大地的原点　金字塔的东方
肥沃的土地上
总会长出金黄的梦想
心中总是装着一份敬仰
红色的　黄色的　绿色的
像一条彩色的河
在我的胸中流淌
眼前总是跳跃着你的身影
热烈的　豪爽的　粗犷的
这些温暖的词语
在这个春天的早上
以火焰的形式
擦亮了我的诗行

跃过龙门的龙钢公司

甄斌

　　黄河在陕西与山西交界处日夜奔流不息地汹涌而下，经过千百万年的冲刷形成了令人心潮澎湃的壶口瀑布。黄河上有一座龙门，据说鲤鱼跳过龙门就成了龙。而龙门附近的一座钢厂就是跃过龙门的鱼，经过黄河的洗礼，经过壶口的跌宕冲刷，一举跃过龙门，成长为一条腾飞的龙。这是陕钢集团龙门钢铁公司。

　　"访延安　看陕钢"采风团进入陕钢集团龙门钢铁公司时，迎接我们的是龙钢行鼓。行鼓是韩城当地的一种鼓乐舞蹈，与陕北的威风锣鼓齐名。表演者腰上绑着一面大鼓，边跳舞边击鼓，一些年轻女性手持绑满红花的高杆随着鼓点翩翩起舞，行鼓声激越，铙钹声飞扬，花杆合着鼓点在鼓手上空上下翻飞，犹如黄河之水奔流不息。锣鼓越敲越起劲越神气，观者目不暇接，心情激荡。雄壮美丽的行鼓舞蹈让人们感受到龙钢人所具有的英雄气势。这气势是一种企业精神，也是一种无往而不胜、不被困难吓倒的奋斗精神。

西周初年，周武王之子封于韩，食采于韩原一带，称韩侯国，韩城因此而得名。韩城亦是司马迁的故乡。司马迁，西汉时期史学家、文学家、思想家，"亦欲以究天人之际，通古今之变，成一家之言"，终著成《史记》，被鲁迅誉为"史家之绝唱，无韵之离骚"。而司马迁的为人更为人所称道，他如实地叙写历史，敢于直言，直到今天都是中国人的榜样，他的刚正不阿到现在还鼓舞着韩城人民。

站在高炉平台上看着平静流过的黄河，它已没有了壶口瀑布那般的狂野，呈现在我们面前的黄河像是成熟稳重的中年人，安静而有力量。龙钢就像此刻的黄河一样，成熟了。谁能想到1958年刚成立时的龙钢只有一座2.5立方米的高炉，只能生产铁，没有产钢能力，更没有轧钢能力，说它是用土窑炉生产的农村钢厂一点儿也不为过。也因此龙钢公司两下三上，停产、复产，国家一旦遇到困难它就命悬一线。任正非说："磨难是一笔财富。""什么叫成功？是像日本那些企业那样，经九死一生还能好好地活着，这才是真正的成功。"我想这话用在龙钢公司是合适的。它活了下来，改革开放给了它机会，让它跃过了龙门，从一个小铁厂变成陕西最大的钢铁企业。在钢铁业最困难的时期，它站稳了脚跟，用自己坚定的信念支撑起企业发展的基础。2016年开始赢利，龙钢走上发展快车道。看到龙钢公司的发展，我想起了吴晓波先生说过的话："这个时代从不辜负人，它只是磨炼我们，磨炼每一个试图改变自己命运的平凡人。"

现在的龙钢公司是拥有三座1800立方米和两座1280立方米高炉，年产730万吨钢的大型钢铁公司，生产的建材和中小型钢、优特钢广泛应用于三峡工程、郑西铁路、西安地铁等重点项目工程，畅销陕西省和周边省区并且出口到韩国和日本。在此基础上，龙钢人对自己提出了更高的要求，要成为西部地区最具竞争力的绿色精品建材基地，要成为"绿色龙钢、精品龙钢、文化龙钢、幸福龙钢"的"四维"龙钢，为了这一目标龙钢人正在努力奋斗。

站在龙钢公司现代化的高炉炉台上，出铁水时已看不到那激动人心的四溅火花，只能看到映照在四周的明亮的铁水泛起的红光。时代进步了，技术进步了，计算机控制的现代化冶炼，已经完全改变了人们对钢铁冶炼的认识。正是这现代化的发展让我们看到了中国钢铁人的奋斗脚印，看到了人们从手推车运入炉焦炭到现在完全的自动化生产。已经退休的老职工告诉我们，在最苦最困难的时候，工人们每天在厂内吃饭只是"5分钱，4两粮票"买一碗汤面，一个冬天在高炉上干活烧坏两三套棉袄棉裤。龙钢人就是这样一步步走了过来。当地的环境也不好，过去这里的风特别大，据说一年就刮一场风，从春天一直刮到冬天。他们的宿舍是厂旁边的窑洞。在过去的岁月中龙钢人就是在这么艰苦的环境中，苦干实干、以苦为乐打下了坚实的发展基础。

很多老职工还记得自己建电厂，土法上马，自己做鼓风机，结果因为产品质量不过关，一天之内最多停电36次。他们就是这么摸索着干，终于建成了自己的生产体系，实现了自己的理想。龙钢人有一个理念：事在人为，相信只要努力就能成功。他们用75天时间建起75立方米的高炉，用150天时间建起150立方米的高炉。

没有艰苦奋斗的精神是不可能取得成功的，炼钢厂的摇炉工薛小永在一次外出学习中，发现自己引以为傲的钢铁料消耗指标竟远远落后于别人，巨大的差距让他感到羞愧，他暗暗下定决心，一定要赶上先进指标，为龙钢争口气。回来后，他总结经验，开展攻关。为此，他每天都冒着高温仔细观察炉况，下班后还要查找资料，制定方案。经过反复试验，各项指标大幅优化，最后实现了钢铁料消耗水平名列全国前列，石灰单耗、耐材综合成本、氧气消耗等都进入国内先进行列。转炉新区实现负能炼钢、工序能耗达到最好控制水平。在此期间他还成功开发了6个新品种钢。为了提高炉龄，他总是冲在最前面去补炉，在高温下他的胸牌都被烤化了。补炉过程中他总结经验、分析规律，不断调整操作，找到了渣料结构优化的最佳方案，实现了转炉零维护，不仅降低了耐材消耗成本，更提高了炉龄。他创新提出了转炉生产工段的"3321"管理思路并推广应用，解决了制约生产的工艺瓶颈，为龙钢提高效益做出了贡献。

龙钢在技术创新上有一批骨干力量，为了龙钢的发展他们吃苦在前，用自己的聪明才智做了很多事。炼钢厂维修段段长、炼钢自动化小组组长冯建斌，在历次设备改造和升级中都走在前面。他参与主持了2006年1号连铸机电气及自动化系统升级改造；2008年主持1、2号转炉扩容改造电气自动化施工调试；2010年参加炼钢厂所有的技术改造项目，他连续十多天吃住在现场，坚持工作在第一线。

这样优秀的职工在龙钢还有很多，如完成了龙钢多项自动化改造的王军，轧钢自动化创新工作室的薛立宏等。正是有一批这样的职工，龙钢才取得了如此大的成绩，改变了企业的面貌。

虽然龙钢取得了很大成绩，但陕钢集团的领导清醒地认识到企业要发展就不能停步，还要继续努力。陕钢集团董事长、党委书记杨海峰说："钢铁企业要生存，有三条生命线：一是环保；二是竞争力；三是产品适应市场的能力。"他要求职工坚持"创新、协调、绿色、开放、共享"的发展理念，团结一心，只争朝夕，紧抓机制改革和产品转型两大关键因素不放，落实好"125448"战略和五大抓手，全系统筹划实施提质增效、全方位统筹推进追赶超越，付出超出别人百倍的努力，才会在未来钢铁行业中占据一席之地。

龙钢经历过艰苦岁月，正如司马迁在《报任安书》中所说："盖文王拘而演《周易》；仲尼厄而做《春秋》；屈原放逐，乃赋《离骚》；左丘失明，厥有《国语》；孙子膑脚，《兵法》修列；不韦迁蜀，世传《吕览》；韩非囚秦，《说难》《孤愤》；《诗》三百篇，大抵圣贤发愤之所为作也。"

龙钢的艰苦奋斗史是其最大的财富，作为跳过龙门的佼佼者，必会像龙一样腾飞。

让更多青年成为钢铁文学接棒人

郑洁

与陕钢集团青年文学爱好者座谈，是冶金文协、冶金作家协会、陕钢集团共同主办的"访延安　看陕钢"采风活动的重头戏之一。这也让宝武作家董宏量、太钢作家蒋殊、包钢作家崔美兰在春末8天的采风行程中，有了与"大部队"暂别的两次分头行动，一次在龙钢，一次在汉钢。

"这种流动文学讲堂，通过钢铁行业知名作家与青年文学爱好者面对面交流，推升了钢城青年对于冶金文学创作的热情。这既是对改革开放40年中国冶金文学成果的梳理，更是为新时代冶金文学创作勇攀高峰传承前进火炬，值得推广。"对于陕钢集团工会在此次采风活动中特别安排文学对话的意义，冶金文协常务副主席、中国冶金报社党委书记陈洪飞给予了热情评价。

怎样才能写出美好的东西？

"企业文学爱好者不见得一定要成为专业作家、专业诗人，但我们心中要有用文学表达钢铁行业、钢铁企业美好东西的愿望。现在微信对提升人们的文化素质非常有好处。每个人在写微信时，都会把自己的语言写得很美。文学是语言的艺术。用美好的文字，准确地说出心里想说的话，帮助人们理解中国钢铁工业迅猛发展的时代风貌，这就是新时代钢铁文学的作用、钢铁文学的意义，也是钢铁文学的美好。"中国冶金作协常务副主席、宝武作家董宏量（《武钢文艺》原主编）的一番话，从钢城青年文学爱好者的文学关切进入，使这两场文学对话充满钢铁浓情。

陕钢集团龙钢公司党委副书记、总经理刘安民说："在冶金行业有句话，'冶金专家好找，冶金作家不好找'。我们年轻时都曾是'文青'。《中国冶金报》、企业报上有自己的文章，别提多高兴了。"董宏量从这个话题引发开来，对陕钢的文学青年说："坚持写下去，说不定你们中间若干年以后就会'冒'出几位知名的作家。大家热爱文学，就要丰富自己的内心，写出钢铁的真实和它流动在自己生命中的痕迹。这是冶金作家的使命，是钢铁书写者人生最大的快乐。"随后，董宏量用自己的创作体会，讲述了他与钢铁文学的美好遇见：

一天，董宏量在厂区乘坐通勤车，看到前排的一个女孩子睡着了。也许是累了，女孩的头慢慢靠向坐在她旁边的男职工肩头。那位男职工很细心地用手托着她的头，生怕车颠醒她。刚下夜班的钢厂女孩，是这个早晨的一朵睡莲。男工那肩膀承受的重量，是一种朴实的情感。董宏量在通勤车上创作了《睡莲》一诗，后来在中央人民广播电台播发。董宏量说："我相信，钢城里有很多这样的美好，等着你去发现。用真情把这些美好写出来，我们的生活会更丰富、更有意义。"

董宏量说，在钢铁企业搞文学创作的人，很多是在单位里做宣传工作的，都是多面手。但即使是写材料、写通讯，也要用真情，而不是用大话套话做宏大叙事。董宏量曾采访武钢的一位全国劳模。他是高炉总技师，每次高炉出了解决不了的技术难题，他一到难题就迎刃而解。这位劳模不愿多谈自己，董宏量虽然很着急，但他知道想要真正走进这位劳模的内心，就必须走进他工作和生活的现场。于是董宏量就跟他聊家常，聊天中了解到，劳模的女儿结婚那天他没有在场。那天，正巧高炉出现了解决不了的技术难题，必须他去处理。当他解决了难题赶回时，婚礼已经结束。没有亲自把女儿的手交到女婿手中，是他人生中最大的遗憾。董宏量把这个故事写成剧本，拍成微电影《非你不可》。这个美好的故事，感动了很多人。

"这次来到龙钢，与一批龙钢退休的老领导座谈。他们像老树一样坐在那里，从他们的脸上可以看到年轮。虽然他们讲的当地话让我这个南方人听不懂，但从他们的表情、语调，能深刻地感受到龙钢的前世今生。这些东西，就是我们寻找的最美好的东西。看了陕钢集团编印的《三八书香 一封家书》一书，那里面的家信都很朴实，很让人感动。每篇都是很美的散文。美好的作品不一定要用很多形容词，心里怎么想的就怎么写。其实，写作技巧并不重要，最重要的是要用真情发现美好。"董宏量将自己的创作体会倾囊分享。

写作时怎么下笔？

太原市作协副主席、太钢作家蒋殊说："用自己的真心，从自己身边的生活写起。"

她举例说："有人可能会说，每天的生活有什么可写的，要写就写远方的、厚重的、宏大的东西。但我觉得，还应从身边细小的生活入手，因为生活是写作最好的养分。很多知名作家常说，写作是从生活中来的，是为人民书写、为人民歌唱。从十几年的写作体验中我感到，这是很实实在在的大实话。如果没有身边的生活，就没有写作的源泉。大家身边就有非常优秀的人物，包括今天你们左手边坐的、右手边坐的工友、文友，他们都有与众不同的东西。大家写作时，还是要从身边的人写起，从关注身边的小事写起，把背后深层次的、精神层面的东西挖掘出来，就能写出感人的作品。这次在陕钢采风，作家们看到很多这样的人和事，他们工作的点滴小事，都是很好的写作素材。"

2017年，蒋殊的散文集《阳光下的蜀葵》获得赵树理文学奖。她用自己关注身边最普通的一种花——蜀葵的写作，与钢城文学青年交流了自己的创作感受。她特别强调，在开始写作的时候，要重视身边微小的东西，发挥文字的力量。

出生在山西农村的蒋殊，在城市生活十几年后回到农村时突然发现，原来的村庄跟小时候不一样了。很多年轻人到城里打工，孩子们也跟着走了。村子里只剩下一些老人。过去那种炊烟袅袅的乡村不见了，只有那些以前从不在意，开在漫山遍野、一家一户院子里的蜀葵，还在坚守，还在绽放。关注了它以后，她去研究它，发现它可以吃，可以泡茶，可以入药，可以做高级化妆品的原料。知道它全身都是宝后，蒋殊更关注它的精神——坚守、坚韧、坚强，坚持。"我突然想到，这种花就跟我们身边的亲人一模一样，不管你关注不关注它、欣赏不欣赏它，它就在那里绽放。"有人说蜀葵很幸运遇到蒋殊，让更多人关注它。蒋殊却说："我特别感谢蜀葵，因为写了它，因为靠近它，从它身上学到很多东西，丰富了自己。大家关注蜀葵，其实更多的是关注蜀葵的精神。这种花很普通，但很值得敬重。这就是我们写作者赋予它的新生命、赋予它的灵魂。我们写作时要深入思考，而不是随便写写了事。"

见面会上，蒋殊说："在交流前，看到你们不少文学创作写得很不错，特别是报告文学，因为有鲜活的生活。在龙钢看到职工们表演的韩城行鼓时，我不禁流下了眼泪。那粗犷、豪放、朴实、热烈的黄河黄土雄风，展现了龙钢60年曲折的发展历史。在汉钢，这个新型、年轻、充满朝气的钢铁企业，用10年时间打造出一座现代化绿色钢城。这种艰苦奋斗、勇于创新的精神，是陕钢禹龙精神、现代版长征精神的崭新书写。看硬件，谈软件，龙钢与汉钢是整个陕钢精神的总体呈现，也是陕钢故事的精神内涵。因此我要说，只要你挖掘出所写人或物的生命、灵魂、精神，身边每个微小的事物都能写出光彩。"

怎样写出内心想说的话？

中国冶金作协副主席、包钢作家崔美兰用"多看、多练、多改"来阐述自己的写作观。崔老师说："我在写作之初也遇到有话写不出的问题。我采访过很多劳模、一线工人，现在正在撰写《殷瑞钰传》。一路写下来，最开始是因为爱看书。你喜欢看什么作家的作品、什么类型的书，就多看。看的书多了，你就有了表达的愿望，那就写下来。"

崔美兰是从基层通讯员成长为作家的，她认为，要想写出别人喜欢看的作品，在多看书的同时，还要多观察，这是另一种"多看"。"我接到写稿任务后，首先是深入采访，在采访中认真观察，抓住采访对象与众不同的东西。比如采写一位优秀炉前工时，看到别人穿得都很厚，捂得特别严实，而他穿的并不很厚。他说穿得太厚，工作不方便。"崔美兰说，"抓住这些细节，即便写出来的稿子只有千把字，但把一线最真实的东西写出来了。文字有血有肉，每个字都能打动人。"

蒋殊说："我以前请教过一位著名散文家，怎样写好散文。那位老师说，写多了就写好了。当时，我对他有看法，后来发现，自己是自己最好的老师，不停地写就是最好的老师。"蒋殊又说，"如果谁能给你一个写作模式的话，那成为作家就简单了。事实上，别人把自己的写作经验告诉你，但你要有体会，要变成自己的东西，只能不停地写。写得多了、熟练了，就一定能写好。阅读、听别人讲，会触动你，触动后就是自己去写。一直写，不停地写，你一定能写好。"

董宏量说："一开始写，可能没有把想说的话写出来，但一定不要放弃。不要把它当成写文章，就当成说话聊天一样，把最真诚的东西呈现出来就好。谁都是从写不好到写得好的。这次写得不好，让周围的人看看，哪里写得不好，再改。好文章都是修改出来的。"武钢文学圈经常举办作品品评会，董宏量说："作品品评，看别人写的，再看自己写的，比较什么东西没有表达出来，再加进去。不要着急，不要放弃。"

蒋殊表示："我最大的愉悦不是写的过程，是修改的过程。

我在《太钢日报》做记者时，一篇小消息刊发前，每一个词语都要再斟酌。你写的稿子不一定有多少人看到，但从自己手里出来的东西都要很认真地对待，不能应付一下了事。因为每篇文章出来都署着自己的名字，代表自己的水平，有你的标志。我现在就特别希望尽快把'访延安 看陕钢'的初稿写完，一遍遍地改。这个过程很愉快，很享受。"

后记

陕钢集团工会副主席兰茹将多篇陕钢文学爱好者听了这两场文学对话后的感受文章，发到"访延安 看陕钢"微信群后，立即在群里掀起热浪。龙钢、汉钢的文学爱好者，用一篇篇感受文章表明，他们不仅是文学爱好者，更是钢铁文学的在场者。

陕钢集团汉钢公司党委书记、董事长武军强对采风作家说："一个企业，没有文化就没有血液，没有文化的企业没有生命。冶金作协在陕钢开展文学对话活动，对钢城的青年人来说是件快乐、幸福的事。陕钢高度重视企业文化建设，这体现了钢铁企业在钢铁强国进程中的文化使命感。我们钢铁行业有很多优秀精神要大力弘扬。在中国冶金作家协会主办的《中国冶金文学》杂志、《中国冶金报》副刊以及各大钢企的文学阵地上，我们看到包括陕钢在内越来越多的年轻作者的作品。这让我们感到，年轻钢铁人正在成为冶金文学重要的书写者和接棒人。"

微信群里的采风作家纷纷留言表示，新时代的钢铁行业面临着改革发展的大好形势，迫切需要一批优秀文学精品提供文化支撑、凝聚精神动力、鼓舞信心士气。钢铁行业文学爱好者特别是青年文学爱好者要以此为契机，积极投身火热实践，潜心文学创作，努力推出更多优秀作品，为时代放歌、为改革鼓劲，为行业喝彩、为优秀钢铁人礼赞。

定军山下的钢铁花园

张欣民

陕西汉中定军山上。

站在大型青铜雕塑前，敬畏之情由然而生。群雕上的将士，身着铠甲，或挥大刀，或舞长矛，或搭弓射箭，跨下战马嘶鸣。1800年前（公元219年）的定军山下，刘备、曹操两军对垒，金戈铁马闪耀沙场，鼓角争鸣群山雷动。定军山一战，奠定了蜀汉基业，开辟了三国鼎立局面，这是中国历史上具有划时代意义的一次战役。

2010年11月，又一群神兵从天而降，来自陕钢龙钢和五湖四海的冶金建设者汇聚定军山下，塔吊林立，焊花飞溅，风云雷电轰鸣。在不到一年的时间里，建设者苦干、巧干、实干，建成了陕钢汉钢，年产300万吨钢的现代化钢铁企业拔地而起。这一组"汉钢速度"雕塑记忆在共和国冶金建设史里。它的建成，为"5·12"汶川大地震后的恢复重建送去了源源不断的钢材。

2018年3月30日，冶金文协、冶金作协组织冶金作家来到陕钢、汉钢采风。我们没有看到那如火如荼的建设场面，看到的是另一种雕塑——定军山下的钢铁花园。

汉中，位于汉江上游，北倚秦岭，南屏巴山，中国的北方之南，南方之北，南北气候相融，自然风光独特秀丽，犹如一座绚烂的花园。陕钢汉钢公司则是汉中花园中的一朵奇葩。

清晨，定军山下的陕钢汉钢公司披上了薄薄的晨雾。

走进厂区，抬头是高炉，低头有花草，转身是建筑，侧身有树木。分明走在钢厂里，人却步入花园中。一路上，绿树鲜花伴随。樱花粉红，桃花胭红，梨花雪白。大多数花我是叫不上名字的，但有一种植物我却记得，它叫石楠，不开花，春天里，她用红的叶子增色；秋天时，又用绿色的叶子添彩，与春绿秋红的枫叶变化正好相反。此时，石楠正红得像蓬蓬的火苗，彰显着旺盛的生命。你轻轻呼吸，就会有淡淡的花香和草香。

特殊的地理环境，使这里植物繁多。厂里既种植了南方的芭蕉、翠竹、香樟，也有北方的龙柏、洋槐、桃树、红花槐、金叶女贞、广玉兰、葱兰、法国冬青、三叶草遍布其中。各种各样的植物争奇斗艳，有的高大，有的矮小，有的叶阔，有的叶细，有的一簇簇，有的一片片，看着舒服养眼，让人怦然心动。不远的树上，几只小鸟蹦跳着正比赛歌喉。

我对树、对绿色植物有特殊的情感。20世纪70年代，我在北方农村插队。冬天，生产队组织社员上山砍柴为来年红薯育苗烧火炕用。山是荒山，岩石裸露，砍柴实际上就是砍那些艰难生长出来的小树。收工了，我背着捆好的"柴"翻山，一阵狂风袭来，连人带"柴"滚下山去。幸好，一株未被砍的小树用它稚嫩的手臂抱住了我。到现在我也不知道救我的那株树的名字，惊恐中我没多看它一眼，我只知道它是树。因此，我感恩所有的树。在汉钢绿树成荫的花园里，看看绿得透亮的树叶，抚摸一株株树，拍拍树干，与它们交流，传递我的感恩之情。树是有灵性的，它们兴奋地摇动枝叶，似乎在告诉我它们在这里生活的快乐。

陪同我们采风的陕钢工会副主席兰茹，人如名字一样漂亮，亭亭玉立，脸上总是挂着灿烂的笑容。她指着不远处的树林，自豪地说："那里还有橘园、枇杷园、李子园。秋天，橘子、枇杷、李子熟了，工人们休息时，边散步，边欣赏，还可以尝鲜。"她这么一说，激起了我们的兴趣。那我们秋天再来吧，也来尝尝这丰收的喜悦。"来吧，管够！"

绿色象征着生命。哪里有绿树、鲜花，哪里就充满生机。汉钢在3700余亩的厂区里，栽种乔木1.6万棵，灌木300多万株，绿化面积超过25.4万平方米。这是绿树环抱钢厂的景象啊。

我们在绿树中行走，在花丛中驻足流连，看蝶飞蜂舞，听虫吟鸟鸣，感动和惊喜定格在镜头里，连同对播种绿、爱护绿、保护绿的汉钢人的敬仰。

我们正沉浸在花园景色中，突然手机一阵振动，一条信息跳了出来，"汉中市落后产能淘汰工作不到位问题"黑色标题下，是赫然红字"陕西汉中钢铁集团"。我们对这条消息感到吃惊。兰茹却不急不慌，笑眯眯地说："我们是陕钢汉钢公司，微信说的是另外一个企业，这是两个企业。"

那么陕钢汉钢是怎样的企业呢？

我们沿着林荫大道来到水处理中心。中心有半个足球场大，外表看是个两层建筑，树木环抱，鲜花簇拥。我们随一名工作人员进入"一楼"的一个房间，他打开水龙头用玻璃杯接了半杯水。看着清冽的水，有人问：“这是自来水吧，能喝吗？”工作人员摇摇头，说：“这是经过处理后的污水，不能饮用，要回到生产上循环用。”

哈，这样的观看路线是文学创作上的倒插笔写法，先看结果，引起大家的兴趣，再刨根问底求过程。好作品的过程叙述是最吸引人的。果然，工作人员带我们从扶梯攀上，来到一个巨大的水池旁。水池中，浑水、杂物、油污翻滚着，卷起一个个深褐色的漩涡，令人眩晕。工作人员说：“这是收集的全厂产生的污水和雨水。污水也是宝贵的资源。这个中央水处理中心装备了国内先进的生活水、生产废水、生活污水以及污泥处理系统。经过生化处理后，部分用来浇灌花草树木，大部分输送生产管道，二次循环利用。”他无比骄傲地说，“我们汉钢吨钢耗新水0.9吨，在全国同行中是比较先进的。”

从水处理中心出来，我们登上了高炉。高炉正在出铁，出铁口泛出几朵铁花后，铁水便沿着密闭的铁沟流入铁水包，没有那种铁水奔流烟火弥漫的“壮观”景象。

我们来到炼钢厂，炉台上，铁水包往转炉里兑完铁水后，两扇大铁门迅速关闭，将转炉紧紧关在里面，只能到操作室里通过屏幕看“钢铁是怎样炼成的”：在计算机控制下，吹氧管缓缓沉入炉膛，钢水沸腾了，经过30多分钟的吹炼，钢水即将出炉。

我们来到连铸机旁，大包回转台正将一包钢水旋转到位，八流连铸机上通红透亮的方坯缓缓向前移动，厂房里一片光明灿烂。

高速线材生产车间，则是时间与速度的竞争，粗壮的红钢坯在四条数百米长的生产线上奔跑着，欢唱着，通过一道道轧制后，变身成只有手指粗细的线材，打捆机使它们紧紧拥抱在一起。最后，天车伸出手臂，将一捆捆线材轻揉地放在火车车厢里，舒心地看着自己的孩子昂首阔步奔向祖国和世界需要的地方。

这是钢铁产品的生产流程，这是现代化钢铁企业的流程。汉钢集烧结、炼铁、炼钢、轧钢为一体。多年来，钢铁生产给人们留下了傻大黑粗、污染严重的印象。现在，许多人对钢铁生产的看法依然未变。在陕钢汉钢之所以能看到天蓝、水清、花红、树绿，其实是我们不曾注意，不曾看到那些深藏不露的环保设施，是它们在保驾护航。要像对待生命一样对待生存环境，不走先污染后治理的老路。陕钢汉钢还是图纸的时候，就以最新环保法规、政策要求为起点，做足"节能减排，循环发展"这篇大文章：建厂与环保同时进行，采用行业节能环保先进技术对各污染环节全部配套建设治理设施。烧结余热回收发电、高炉煤气压差发电、煤气回收综合利用发电，烧结脱硫、中央水处理废水零排放、高炉富氧喷煤技术，各种布袋除尘、电除尘等设备，在投入生产的时候已各司其职，忠诚地坚守岗位，一丝不苟地履行职责。汉钢在节能环保、资源综合利用上投资超过13亿元。

汉钢的建筑物以蓝、红、绿、白为主色调。有的建筑配以造型，使其活起来、动起来。一座高高的新颖建筑分外抢眼，绿色叶子造型上托着一个圆圆的球。汉钢人告诉我，这是以旱莲为造型建造的炼钢厂安全水塔。汉中市勉县武侯祠院内有一株落叶乔木——旱莲，已有四百余年的历史，因其生于旱地，花开之时花朵酷似莲花，故有旱地莲花之美誉。旱莲，也是汉中市市花。

设备与建筑被赋予生命与希望，就有了灵魂和灵气。

吃饭的时候，我们又将微信上传播的落后产能问题抛向陕钢汉钢董事长武军强。他笑呵呵地说："两个企业简称都是"汉钢"，我们是陕钢汉钢，与那个汉钢只隔一堵墙。不要说你们没来过的人，就是当地百姓有时也闹不清，一看出现污染问题了就报警，有时还把厂门口堵住。堵不如疏。我们敞开大门，让他们进来看看。"

堵不如疏，陕钢汉钢的工业旅游应运而生，创建了陕南首家工业旅游 AAA 景区，开启了陕西"工业旅游"的先河。当地的老百姓来了，学校的老师带着学生来了，老师说："陕钢汉钢能把环保工作做得如此到位，真是难能可贵。"学生游览后，看到大工业生产的雄浑场面，萌生了长大后到陕钢汉钢工作的念头。

我们到陕钢采风，不仅是参观学习，还有一项重要活动是与厂里的青年文学爱好者交流。在汉钢参加交流的董宏量、崔美兰、蒋殊三位作家都是中国作协会员，有丰富的创作经验。作家深入浅出地讲述了自己的创作经验和体会。与青年文学爱好者交流后，时间不长，他们的感受便纷纷飞到微信群。孙雪莉说："与三位作家面对面交流，心脏激动得快要蹦出来了！现场聆听偶像们从各自的经历娓娓道来，他们渊博的学识、对文学创作的独到见解、深厚的造诣以及饱满的写作激情深深地折服了我的内心。"杨莎莎听了作家的授课后，说："获益良多，让大家茅塞顿开，豁然开朗，享受了一场丰盛的精神食粮。"崔美兰、蒋殊在陕钢龙钢也与青年文学爱好者进行了交流，龙钢的吉飞鹏用诗表达了自己的心情："莺飞草长／春色无边／为有佳人／顾我陕钢"。他说："近身听取名师触及心灵的文学讨论，确实对我有很大的启发。"作家与企业的青年文学爱好者交流，反响竟如此强烈。

显然，武军强董事长看到或听到了这些反馈，他为这些文学青年的高兴而高兴。他说："这么多作家来了，并与爱好文学的青年们交流，这是一个多好的机会。我真诚地希望，有作家梦的青年，通过交流促进自己的学习和创作，成长为作家。年轻人有梦想是好事，梦想越宏大越好。我们提倡年轻人要设计好自己的职业生涯。企业不仅仅出产品，还要出人才，要为青年搭建圆梦的平台。"武董事长的男中音，低沉而有磁性。

年轻的钢厂，年轻的员工，汉钢工人中90%以上是年轻人。青年员工如含苞待放的花朵，盼着阳光，盼着雨露。朝气勃发的青年都有美好的梦想，要给他们提供圆梦的机会。于是，汉钢为青年员工搭建了各种圆梦平台。汉钢与陕西广播电视大学合办冶金技术大专班，既提升了员工的技能素质，为企业发展提供人才支撑，也为年轻人在岗位建功立业创造了条件，还打通了升华自我的通道。根据年轻人的特点，企业员工活动中心设有图书室、电子阅览室、乒乓球室、桌球室，厂里组建有足球队、篮球队、锣鼓队，以及美术、书法、摄影等各种协会。丰富多彩的业余生活，新的钢厂新的气象，求知求学蔚然成风。

"青年们爱学习，不管是专业的学习还是其他方面的学习，我们都支持。"武军强董事长满怀深情地说，"学成以后，希望他们在我们的企业里，实现人生梦想，建功立业，也不阻拦他们在其他领域实现梦想。不管哪方面做出成绩，都是对国家的贡献。"

于是，33岁的肖玉庆参加陕西省科协举办的创新工程师培训班学习后，运用所学知识，积极实施技术创新，不断解决设备难题。几年来，通过引进新技术及自行创新完成设备改造30余项，获国家专利4项，先后获得集团"优秀科技工作者"和省级"创新好青年"称号。

于是，31岁的张小帅，通过孜孜不倦的学习、钻研，10年时间从学徒到工长，从工长成长为高炉副炉长。

于是，36岁的成小刚，通过学习和苦练，炼就了"火眼金睛"，1650℃的出钢温度，他的目测误差不会超过5℃。在全国钢铁行业职业技能竞赛中，被授予"全国钢铁行业技术能手"称号。当炉长后，为了让年轻员工尽快成长，他利用业余时间编写出工作心得。如今，他培养的徒弟已经成为岗位上的技术骨干，有的还成长为炉长。

于是，28岁的谭强，脚踏实地地做好自动化仪表维护，确保烧结自控系统稳定运行。

于是，28岁的赵航，面对炼铁仪表自动化的难关难点，燃起对仪表自动化强烈的学习兴趣，与同事一起攻关，实现大小成果60余项。

于是，田亚峰老师傅来到汉钢后，带领350名新员工去外地学习，并将自己的经验毫不保留地传授给新员工，让大家少走弯路，为汉钢公司培养出了新一代轧钢人。

于是，一批批、一群群年轻人成长起来……

花园中的花园别有洞天，景色更旖旎美丽。看着年轻人那一张张充满自信与自豪的笑脸，我看到花园深处的花园，那是员工的心园啊。心底的花绽放了，钢铁花园会更加璀璨。

定军山下，钢铁与柔美，雄浑与妩媚，交相辉映，流淌在云水间。

建在花海中的汉钢公司

甄斌

"访延安 看陕钢"采风团到达汉中时，正是当地油菜花盛开的季节。漫山遍野的黄花让大地披上了美丽的春装，从平原到山冈，起伏的花海让人心旷神怡、流连忘返。汉钢人说这里是南方的最北边。确实是这样，汉中的环境与气候明显和韩城不同，韩城还只是树芽新绿，这里已经是油菜花开，满目苍翠了。

汉中是中国历史文化名城。秦末楚汉相争，被封为汉王的刘邦，从这里出发，最终开创了汉朝，于是就有了汉人、汉族等称谓。三国时期诸葛亮在这里屯兵八年，六出祁山北伐中原没有成功，最后死在了五丈原，埋在了汉中定军山下，现在这里有诸葛亮的墓和纪念他的祠堂。汉中被人们美誉为"汉家发祥地，中华聚宝盆"，这里有丰富的矿产资源，非常适合发展工业。

我们采访的汉钢坐落在汉中市的勉县，一进入汉钢厂区我就被这里公园化的厂容厂貌所吸引，整个厂区就是一座大花园。

正是樱花、桃花盛开时节，满树花朵竞相怒放，深红、桃红色使一个高温产业的冰冷的产品在这里有了生命中最温暖的记忆。

这是一个设计紧凑的企业，3700亩地上建设了两座高炉、两座转炉、两台烧结机、四条轧钢生产线，还有制氧机、发电厂、变电站、水处理中心等配套设施，年产300万吨钢，年销售收入120亿元。听公司领导介绍才知道，汉钢是2008年汶川大地震后，为了扶持灾区尽快重建家园，恢复灾区工业设施，国家拨款支持陕南钢铁行业整合技术升级进行的建设。该公司于2010年11月8日在勉县挂牌营运，12月26日第一座高炉开工奠基。

一座钢厂的建设从图纸到建成需要多少努力啊。人们记得那段艰苦奋斗的日子，没有人要求怎么做，但大家都是5+2、白+黑地奋战在工地上。汉中气候湿润，经常下雨，在施工过程中雨连续下了几十天，挖土不到1米就是水。道路泥泞，有一次女工张亚琴从工地到厂西北门，不到1公里的路走了1个小时，鞋都粘掉了。在这么艰苦的环境中工作，劳累、潮湿，许多人患了重感冒，但大家坚持施工，安装、调试设备。工会主席屈海涛当时负责技术工作，他说，计划年底出钢，可是到了5月份还没拆迁完，7月份钢厂才立了几根柱子。这样的施工进度到年底能实现目标吗？这时龙钢基建指挥部整体过来负责施工，他们对施工比较有经验，把工程承包到人，承包给社会力量，进度按小时算，工期提前有奖励，拖后要罚款。很多人就住在工地上，公司给买了折叠床，累了就在床上休息一会儿。经过不懈努力，2011年12月23日1号高炉成功出铁。当时大家的心情是何等激动啊，这是每一位汉钢人艰苦奋斗的结果。他们创造了一项奇迹，一年时间建起了一座钢铁厂。

汉钢投产后，汉中人对企业污染有疑虑，在人们的印象中钢铁厂就是一个巨大的污染源。汉钢公司本着对历史、对人民负责任的态度，绿化厂区，种植了大量花木。春天来了，厂内鲜花盛开，就像一座大花园。他们还把废水循环利用，不外排一吨水。我们参观了汉钢公司的水处理中心，污水进入处理中心后，经过几道工序的处理后变成了干净的水进入系统再利用。汉钢的领导说："保证汉江水的干净是保证南水北调的重要大事，绝不能出现问题，汉钢公司要对人民负责，对国家负责。"为了消除当地人民对钢铁厂污染的疑虑，2013年他们开展了工业旅游，让汉中人民到厂里来看看这个现代化的工厂是个什么样子，看看工厂像不像一座公园。通过参观，当地人了解了汉钢的生产情况，再也不怀疑钢铁企业治理污染的能力。

汉钢投产后，他们还对企业进行了改革，将原来的30个部门减少到18个，在岗人数也由原来计划的3700人减少到3400人。并且在降成本上狠下功夫，实现了高炉煤气和转炉煤气的回收利用，转炉负能炼钢等，企业蒸蒸日上，2016年实现盈利。未来他们还有更加宏伟的目标，要成为我国西部地区首屈一指的钢铁企业。

他们能在一年时间实现奠基到投产，那么他们还有什么梦想不能实现呢？最后，用汉钢职工常晓瑾的诗作结尾，这几句诗写出了汉钢职工的气概。

从金汤地浴出，脱骨换胎，烈烈剑气，迸出艳美的花团。

冷淬，入灰，钢性仍在，定格为永恒。

龙门磅礴

何鸿

火车进站的鸣笛声打破了黑夜的宁静。睁开眼的那一刻，我意识到一个新的黎明的到来，身在大气磅礴的关中大地，这里是富含时代气息的美丽韩城。我想象着不远处的黄河之滨，巍巍高炉喷薄而出的洁白蒸汽，滚烫的推焦车与火红的铁罐车隆隆地交错行驶，身着工装的龙钢公司职工们已经精神抖擞地走在宽阔整洁的厂区路上，开始了新一天的忙碌。

探头窗外，东方的朝霞与星辰同在，黄河岸边大工业的火热场面，对于任何一位写作者来说，都具有一定的吸引力。更何况，龙钢地处"黄河之水天上来""鱼跃龙门"的龙门镇啊！

然而仍没料到，我们走向龙钢公司办公大楼的那一刻，红杆舞动，鼓锣齐鸣，身着蓝色工装的龙钢员工排开鼓阵，腰扎大鼓的小伙，手舞彩杆的姑娘，个个神采飞扬、喜笑颜开，仿若黄河咆哮，又如骏马齐奔，以隆重的鼓乐仪式欢迎冶金作协采风团的到来。或许是日益年长的缘故，对于喧闹的场合，我越来越本能地回避与远离。可今天在如此近距离、面对面的鼓乐间行走，一张张朝气蓬勃的笑脸，一个个昂扬希望的生命，我竟看得呆了。那春雷般的鼓声，似乎走过了漫漫严冬正在唤醒沉睡的大地，天、地、人都为之振作起来。

我总是习惯去观察庞大群体中独立具象的人，于是注意到队伍中的鼓手们，神情喜悦，动作舒展，一气呵成。尤其是那领舞的年轻人留着瓦盖头，每一次旋转进退，俯仰敲击，都如痴如醉、浑然天成。随着鼓点节奏，他每次仰面朝天都显出庄严敬畏的气场……我猛然一阵眼热，真为眼前的鼓乐展现出来的神秘力量震撼到了。

出于某种世俗的冷静，我又本能地对于这样专业的表演产生了排斥，心里揣度着他们恐怕是钢厂特意请来的专业演员吧。我问身旁的龙钢人："这不是龙钢自己的职工吧？""是厂里的员工！领舞的朱健，今年30岁，是炼铁厂的炉前工！指挥者，是我们工会文体科科长卫大伟。""他们表演的是什么舞？""韩城行鼓！"

哦，这就是三秦民俗文化大戏——历史悠久的韩城行鼓。龙钢工会薛主任告诉我，今天的表演还是昨晚8点才临时决定准备的。他们都是龙钢鼓舞艺术团成员。龙钢鼓舞艺术团于2015年10月成立，前身是2013年成立的龙钢行鼓队。2015年底，龙钢行鼓队以《古渡龙吟》的鼓舞节目参加中国"司马迁杯"全国锣鼓大赛，赢得"王中王"奖；2016年参与央视公祭司马迁、春节联欢晚会（西安）分会场开场节目《盛世鼓舞》录制；节目《奋进》在革命圣地延安参加喜迎十九大全国优秀鼓队展演获人气最高奖；节目《龙啸九天》受邀韩城国际灯光艺术节和金帧国际短片电影节开幕式演出……龙钢鼓舞气势磅礴的场面，充分展示出现代钢铁工人的风采。龙钢鼓舞已成为龙钢公司的靓丽名片。

我还听说，在参加央视春节联欢晚会西安分会场节目排练和录制时，是西安近几十年少有的寒冬，近百名队员在零下十几度，没有遮风挡雨设施的南门瓮城外场连续排演28天，每天回来都接近凌晨，却没有一个员工请假缺席。鼓手朱健（小组长）在接到演出通知的时候，恰逢女儿满月，给亲朋好友的请柬已发出，他悄悄给双方家长做工作推后了日期，随队奔赴西安。行鼓队指挥卫大伟在反复彩排转体跪地动作时，由于超负荷的苦练导致膝盖红肿，走路都抬不起腿，但他还是以顽强的意志力咬牙坚持，最后精彩而圆满地完成了演出任务……

一路走过，看过，感受到这支钢铁队伍的品质风采与兄弟姐妹般的温暖情谊，怎不为之而感动？采风团参观龙钢5号高炉平台时，我注意到一幅醒目的标语：一切为了陕钢发展，一切为了员工幸福。在现代化的炼钢平台前，我注意到他们悬挂的安全目标是"零伤害"。是啊，在三秦大地，在黄河龙门，在魅力龙钢工作的人是幸福的，他们脸上洋溢的自信与微笑就足以证明。

炼钢厂出口处两位女员工满脸微笑，带引来宾走上安全通道。她俩身着普蓝色棉布工作服，胸前佩戴着党徽和工牌。我走近她们，看着她们的工牌轻轻念着："陕钢集团龙钢公司贾婵霞，炼钢厂，18538……""哦，你就是'空姐'贾婵霞！"我脱口而出。

来之前我在相关资料中看过这位岗位标兵的事迹材料：2010年进厂参加工作的她，从担任天车工的那一刻起，在离地面35米、空间不足2平方米的天车操作室里，默默坚守了7年。天车工是炼钢厂特种岗位之一，责任重大，危险系数高，工作环境艰苦，对职工的集中力和耐力都有很高要求。工作中要求稳、准、快，每一次作业必须集中精力，不容有任何闪失。寒冷的冬天，常常冻得手脚冰冷；炎热的夏季，操作室温度高达五六十摄氏度，酷暑难耐。但就是在这样的条件下，她始终坚持做到"精心、细心、恒心"，7年来从未发生一起安全事故。面对严峻的市场竞争形势，她积极投身降本增效中，提出将天车吊具由原来的袋装吊运改成框式集合吊运，以及调整吊运合金天车的使用时间等合理化建议，累计创效100余万元。

站在龙钢炼铁平台的最高处，可以看到黄河上游数十里外形如斧劈的禹门口（也称龙门），最狭窄处宽仅80米。古代传说中，鲤鱼在此跳过龙门就会变化成龙。远眺势扼黄河咽喉的龙门隘口，怒涛拍岸、气壮山河，我突然想到，卫大伟、朱健、贾婵霞等当代龙钢人不正具有这种不屈不挠、奋勇逐梦的精神吗？正是这群坚忍朴实的钢铁人，跻身新时代的洪流激浪之中，一路不惧艰险、奋勇争先、创新开拓，方有今天龙钢幸福的基业与未来磅礴的梦想。

最美的季节　赴一场最美的约会

何红林

3月，春暖花开的季节。不过，塞外承德的大部分人还不敢脱去冬装，花红柳绿的美好要稍晚一些。但于我，却有不同。在这个最美的季节，将赴一场最美的约会。"访延安　看陕钢"，去访那最纯正的红，去看那最清新的绿。

一

一大早，脱去臃肿的冬装，换上单薄的春装，背起简单的行囊出发。原以为将会与塞外清晨的寒气做一番激烈斗争，其实还好，因心中有一团炽热的火，可抵御这不懂事的寒。

第一站，承德至北京，四个小时的车程。本打算补回前一天晚上因为兴奋而大打折扣的睡眠，可车上有三位年轻的妈妈和她们各自的小孩。三个女人一台戏，若再加上三个小孩呢？不言而喻，那绝对是一台精彩绝伦的大戏。看着手机听着戏，来到了京城。

可不承想，到了北京六里桥地铁站，在茫茫人海中再一次遇到这三大三小六个人。自然，这也算是小小的奇遇了。一聊起来更是惊出一身冷汗，我们几人不但大巴同车，接下来的高铁也是同车。不光如此，我们还住在同一个小区，真是无巧不成书，只能感慨世界太奇妙。这一小小的奇遇，为这次陕钢之行增添了奇妙的色彩。

二

高铁一路向南，短短四个半小时就到了古城西安。

西安，是举世闻名的古都之一，是中国历史上影响力最大的都城之一，更是享誉海内外的世界历史文化名城，厚重的文化气息充斥着这座城市的每一个角落。但这里对我而言，却有更深层的意义。到了这里，就意味着到了家，这里有我至亲的亲人们，更是离那片朝思暮想、生我养我的黄土地只有短短两个小时的车程。出了地铁站，真想大吼一声——我回来了！

第二天一早下楼，到处是春意盎然的景象，仿佛一夜间从冬天到了春天。顾不得其他，赶紧拿出手机，将这浓浓的春意与更北一些的朋友们分享。在享受了半天其乐融融的亲情后，背起简单的行装，揣着忐忑的心情，赴这场春天里最美的约会。会议、合影、晚宴，"访延安 看陕钢"活动正式拉开帷幕。

三

第一站，访革命圣地延安。走出延安火车站，映入眼帘的便是一座座窑洞。其实并不是真正的窑洞，而是延安火车站的构造中融入了窑洞元素。窑洞，是延安独特的标签，更是共和国的摇篮。

延安的故事，一件件、一桩桩，只是在书本中、在屏幕中、在脑海中。不走近它，就不能理解它的坚韧、它的广阔、它的情怀、他的伟大……

在延安历史博物馆，看着先辈们的"小米"和"步枪"，听着他们的故事，追溯着历史的足迹，回到了那个战火纷飞、缺吃少穿的年代。总会时不时地将自己穿越回去，想象着自己就是一个小红军，在那个环境中会不会害怕、会不会流泪、会不会退缩……也许会，也许不会，答案不得而知。站在先辈们的塑像、画卷面前，对一个假想中的情景都不敢给出斩钉截铁的答案，顿觉惭愧、渺小……

我是一个喜欢遐想的人，也是一个有家国情怀的人。1.4公里长的展馆长廊，边看边想，革命前辈们的伟大、不朽、坚忍不拔……想着想着，心里就会有一种热热的感觉，也许这就是所谓的热血沸腾吧！

当然，作为一个业余的新闻人，会更多关注与之有关的东西。看到被称为"新闻山"的清凉山上那一排排狭小的窑洞、简陋的设备，和那一张张充满斗志、载着信念的报纸，更加理解了什么是艰苦奋斗。虽说现在的新闻人早已没有了所谓的艰苦，可就怕"没了艰苦，也忘记了奋斗"，所以我们才要不忘初心，才要牢记使命。

四

去壶口的途中，时值正午，采风团的老师们因为奔波了大半天，已是人困马乏，大部分人昏昏欲睡。我坐在司机师傅旁边，热心又善言谈的司机师傅一路上不停地跟我讲韩城、龙钢还有黄河的故事。司机师傅说，我们走的这条路叫黄河观光路，是去年刚修好通车的。的确，我们是幸运的，因为最好的风景往往是在去看风景的路上。黄河两岸连绵不断贫瘠荒凉的大山，给人一种压抑感和绝望感，再看看那条安静缓缓东流的黄河，感觉就像是这群看不到出口的大山中的一个孤独的行者。黄河于它两边的大山而言，是孤独而渺小的。但正是这样一条孤独而渺小的河流，却给予这让人绝望的重重大山以生命力和希望。当年的中国不正像是这庞大但贫瘠又让人绝望的大山吗？不正是红军用坚韧和信念给水深火热中的老百姓带来了希望吗？

壶口瀑布，将黄河气势磅礴的另一面展现了出来。震天响的轰隆声，似千军呐喊，似万马奔腾，气势恢宏。一条孤独而渺小的河流，只要给了它出口，给了可以让它腾飞的平台，它一定能够咆哮一声、腾空而起，将胸中积压的情与感喷发而出。忆岁月峥嵘，铁骨铮铮，黄河咆哮国人振奋。

离开壶口时，采风团的老师们早已没了来时的困顿，个个神采飞扬，谈古论今话壶口。其中一个话题是关于张思源老师所拍的一张壶口瀑布照，这张照片绝对可以称得上是专业水准中的上等之作。当然，好景也需要有发现它的慧眼。那张壶口瀑布照被我暂时盗用，分享到了微信群里，一下子便炸开了，各种表扬蜂拥而至。我在偷着乐的同时，也将所有夸奖之词全部替张老师收下，只是没有悉数转给张老师，确实有点儿不厚道。当然，最后还是在微信群里说出了真相，不然可真有点盗窃之嫌了。

五

龙钢，另一个神话。说来惭愧，鲤鱼跳龙门的故事，当我还是个孩子的时候就听过，后来又为另外一个孩子讲过，但仅仅只当作一个神话故事来听、来讲，从未想过、也未查证过是否真有龙门这个地方。直到参加这次采风活动前夕，阅览相关资料的时候才注意到，陕钢集团下属的两个钢铁公司一个叫龙钢，一个叫汉钢。为什么叫龙钢而不叫韩钢呢？在国内几乎所有的大型国有钢铁公司的名称，都是以所在地方的名称命名。因有此疑问，查阅后才知这里就是那个"奋力一跃便成龙"的地方。

站在龙钢高炉炉台上，顺着讲解员手指的方向看过去，雾气蒙蒙中，隐约可见不远处的黄河，泛着白光犹如一条腾飞的白龙。神龙在腾飞，钢龙也在腾飞！

参观高炉的时候，我作为"土生土长"的炼铁人，没有拍照的兴趣，也没有留影的想法，关注点却跑到了利用系数、焦比、煤比……

"指标很好。""还行。"……

点头，发自内心的肯定；微笑，自信谦虚的神采。在不到一分钟的时间里，两个炼铁人短短的几句话，用最简便最直接的数字，去了解这条钢铁之龙的另一面。一个生产企业，文化是底蕴，指标是根基。有"鱼跃龙门"的文化和精神，有处于国内先进行列的生产指标，文化厚重，根基扎实，龙钢是条腾飞的真龙。

座谈会上，龙钢公司的领导为我们详细介绍了龙钢的发展历程，一个县办企业，"三下三上"，很少得到国家的支持，在重重困难中，跌跌撞撞发展成现如今西北地区最大的精品建材生产基地，年产能700万吨钢，已然成长为一家大型钢铁联合企业。它的不易，着实让人震惊。很难想象，像过去的龙钢这样的小微型钢铁企业，在中国的钢铁巨浪中没被淹没，反而在不断成长、不断壮大。这不正是一个钢铁版的"鱼跃龙门"吗！排除万难、逆流而上，最终奋力一跃成了钢铁之龙。

六

龙钢会议室座谈会上，播放了纪录片《最可爱的人》，一个又一个"最可爱的人"一次又一次冲击着在场的每一位有着钢铁般坚强内心的钢铁人。讲到一位工人连着好几个昼夜坚守在攻关一线上，攻关成功的好消息没等来，一个坏消息却率先传来——他的孩子被开水烫伤了。看着大屏幕上那位蹲在地上，眼中闪着泪花，眼神无助的父亲，那一刻，我的心紧紧地收在了一起，鼻子一酸，眼泪在眼眶中开始打转。赶紧抬起手挡在额头上，极力控制着自己。

那天，我有幸坐在离演说人最近的地方。当我稍作调整，收拾好情绪，再次抬起头的时候，看到那位演说人眼中也闪着泪花。我久久地盯着他的眼睛，从他的眼中能够看到他一定也是一个父亲，一个好父亲。思绪回到了三年前。那年，我和大屏中的那位父亲一样，也是在生产现场没日没夜地工作，只为生产指标能好一点再好一点，哪怕只有一个点的提升，再苦再累我们也觉得值，不会喊苦也不会喊累。可那个时候，我不到三岁的小儿需要做手术。面对手术，勇敢的小家伙没有表现出一点儿害怕，唯一的要求是手术那天一定要我陪着他。手术那天我全程陪伴，从术前检查到送入手术室，再到推出手术室。

下午，麻醉药的时间过了，问他疼吗，他说有一点，不过能忍住。接着有说有笑地继续玩弄手里的玩具。再一次被他的勇敢所折服。可到了第二天晚上，我告诉他我该去上班了，不能一直陪着他。他听后就哇哇地哭了起来。因为身上有刀口，是不能哭的，我赶紧改口并安抚他。一边是工作一边是孩子，两边都放不下，那种两难境地，难以用文字形容，没有亲历无法体会它的难。最后经过多次商量，并以两套玩具作筹码，最终白天去单位，晚上去医院，算是做到了两全。那段时间，每一次听到电话中小儿说"爸爸我想你""爸爸早点来"，我的眼泪就会涌出来。总觉得这样做，是父亲对儿子的亏欠。

三年后，在三秦大地上的另外一家钢厂，我看到了另外两个"铁人"父亲眼中的泪花。那一刻，三个流血流汗不流泪的钢铁战士碰撞出了泪花。有了这泪花，滚热的钢水就不再那么灼人体肤，冰冷的螺纹也有了柔情和温度。

七

汉钢，美丽的钢铁花园。钢铁——冰冷、坚硬。花园——温馨、柔美。两个不搭边的概念，在这里却实现了最完美的结合。那天，这座花园里的"花匠"告诉我们，他们在建设初期，当地老百姓很不支持，认为这里将会是一家黑烟滚滚、脏水乱流、又粗又笨的钢厂。可汉钢人的做法是，"我说的你不信，那就请你来看"。于是，汉钢主打的工业旅游项目便应运而生，美丽的钢铁花园向人们敞开了宽大的胸怀。

我们一进入汉钢厂区，便被眼前的美景给惊呆了，遍地是花朵，处处是绿树。不禁要问，这到底是将花园建在了钢厂里，还是将钢厂建在了花园里？走在汉钢厂区的公路上，作为土生土长的北方人，道路两旁各种漂亮的花草和树木都叫不上名字。但这不是重点，重点是这里真的很美，尤其是其和一条条生产线交织在一起的时候，更显得美艳动人。汉钢人实在是幸福，上着班也可以看风景，下了班就可以逛公园，心情舒畅，生活惬意。

我们沿着旅游线路参观到水处理系统的时候，负责人随手拿起一个烧杯，拧开阀门接了一杯水，高高地举起来，很自豪地说："看看这杯水多么清澈！"的确，那杯水非常清澈明亮，跟我们平时喝的水，用肉眼看是没有什么区别的。有人好奇地问："这水能喝吗？"回答："这是工业用水，不能喝。"一个钢铁厂的生产污水，处理到能让人问这水能不能喝的时候，可见它已经干净到足以"以假乱真"了。不知当地老百姓看到这杯水的时候，会是怎么样的一种心情。

其实，汉钢不只有美丽的花、干净的水，更有汉钢的速度和年轻的朝气。那天座谈时，汉钢公司的领导介绍了汉钢速度：当年建设、当年出钢、次年达产。世界有中国速度，中国有汉钢速度。汉钢速度一定会在中国钢铁史上留下惊艳的一笔。"汉钢百分之九十的职工都是年轻人"，别人讲的是悠久的历史，汉钢讲的是年轻的力量。年轻就是资本，年轻的朝气、年轻的活力，年轻的敢闯敢做能拼能打！

八

陕西，这片神奇的沃土上，有读不尽的历史，有品不完的文化。陕西，北边有跃过龙门腾空而起的钢铁真龙，南边有如神兵天降拔地而起的汉家钢铁新军。陕钢，为这块厚重的大地增添了另一种厚与重！

这个春天，走三秦，看陕钢，沐浴着别样的春光。迟几日，回到塞外承德，天渐暖，花将开，春暖花开正当时。

百花深处

张思源

北京西城区护国寺东巷往西，有一条古老的胡同，名字充满诗情画意，叫"百花深处"。每次路过那里都生出许多遐想，产生"侵阶草色迷朝雨，满地梨花逐晓风"的意境。

相传，明朝万历年间，有张姓夫妇在此购买20亩地，建成私家花园。因其四季花木扶疏，景色各异，渐渐在京城颇有盛誉，文人墨客送了个"百花深处"的雅号。可惜后来人世沧桑，这里演变成了普通的民居街巷，再无当年的盛况，只留下"百花深处"的名字延续至今。

什么样的居所能配上"百花深处"这个富有诗意的名字呢？

今年春季参加"访延安 看陕钢"采风活动，来到定军山下的汉钢公司。一进厂区，"百花深处"这个名字就从我的脑海深处蹦了出来。

厂区马路两边的绿植围墙郁郁葱葱，有的深绿，有的火红。深绿是由法国冬青砌成的绿篱，构成了厂区的主色调；火红的灌木是红叶石楠，其树冠呈圆球形，新长出的嫩叶是火红的颜色，立于道旁犹如火把。白色的小花点缀在红叶上，分外醒目。叶片浓密的三叶草，铺在地上像厚厚的绿毯，上面开着奶白色、粉红色的小花，令人不忍践踏。龙柏那崎岖盘旋的虬枝，宛若穿行在绿林中的游龙。广玉兰又称荷花玉兰，树形不大，花朵形似荷花，芳香馥郁。普通玉兰只是含苞欲放时娇艳无比，盛开了则如败柳残花，不堪入目。广玉兰从花蕾开始，一直美到花落，而且兼具玉兰与荷花的双重优势，既娇艳又高雅。正是樱花盛开时节，一树树洁白如雪的樱花怒放在汉钢厂区，大概是菊樱，一嘟噜一嘟噜的，开得酣畅淋漓。

清风徐来，饱含着花香，沁人心脾，不禁让人想起陆游的诗句"花气袭人知骤暖"。原来是不远处的一簇簇丁香散发出的馨香，淡雅的白色、紫色小花，如无数彩色小星星闪烁在绿色枝叶上。

春天的钢城，草木繁盛，百花争艳。"草树知春不久归，百般红紫斗芳菲"，说的大概就是这种万木峥嵘的景色吧。只有在这种景色中才能领会"春深似海"的意境。若不是掩隐在花木丛中的蓝色厂房和巍峨挺立的高炉，谁能想到这座姹紫嫣红的大花园，竟是一座现代化的钢铁厂呢？

厂区里最夺人眼目的建筑，是一座巨大的花蕾造型，足有几十米高。蓝色的花茎直插云霄，顶端是一朵含苞待放的莲花，娇艳欲滴。听汉钢人讲，这是炼钢厂的安全水塔，设计采用汉中市市花——旱莲的造型，是汉钢厂区一道亮丽的景观。

说起旱莲，外地人知之甚少，汉中本地人则会滔滔不绝，如数家珍。旱莲属木兰科乔冠植物，每年三月中旬开花，所以又叫"应春树"。花开时，鲜花满枝，片叶无存；花落后枝叶茂盛。花色红白相间，酷似莲花，故有旱地莲花之喻。旱莲稀少，汉中市勉县武侯祠内有一株世界珍稀的古旱莲，高4丈有余，据专家考证，这是迄今发现的全世界唯一的一株古旱莲，已有400多年树龄。旱莲以珍奇、独特、秀丽及年代久远被汉中市定为市花。

旱莲每年五月始长花蕾，经过夏、秋、冬三个季节，第二年三月才开花。其生长是个漫长艰难的过程，寓意不言自明：凡美好的事物、崇高的目标，都不可能一蹴而就，均需经过艰苦劳作和心血付出，才能获得。

透过汉钢厂区的满园春色，我仿佛看到这片北临汉江、南依定军山的曾经的荒地上，汉钢早期的建设者们辛勤劳作的身影。他们晴天一身土，雨天一身泥，加班错过了班车，只能步行十几里回家。在一场连续下了几十天的雨中，人们摸爬滚打在泥泞中，不喊苦、不叫累。可以说，汉钢的创业史，也是汉钢人的血汗史。

最可贵的是，在建厂伊始，汉钢就注重经济效益和社会效益的统一，坚持环境美好、绿色生态型发展之路。建设阶段就设计出花园式企业的雏形，在投产后的经营生产中更是按国家3A景区的标准来完善、建设。他们在占地3700余亩的厂区，栽种乔木1.6万棵、灌木300万棵，栽种了数不清的花草，绿化面积达25.4万平方米。

陕钢汉钢，这座花园式的钢厂，使职工们不出厂门而获山水之怡，身居厂区而得林泉之趣。这是"创建美丽陕钢，持续改善职工生产生活环境"的长期工程，也是倾心打造"钢铁美丽花"的成果。

陕钢集团汉中钢铁有限责任公司——一朵冶金行业绚丽多彩的"钢铁美丽花"。

如画陕钢

汤晖

春风剪剪,陌上花开。正是一年春好处,"访延安 看陕钢"采风团一行相聚三秦大地,用脚步丈量、用心品读这块古老大地上的新故事。

人杰地灵,历史厚重。在这块热土上,有一家致力打造中国西部最大精品建材生产基地的企业——陕西钢铁集团有限公司,旗下有位于西安的集团总部,以及陕西龙门钢铁(集团)有限责任公司、陕西龙门钢铁有限责任公司、陕钢集团汉中钢铁有限责任公司、陕钢集团韩城钢铁有限责任公司4家子公司。在改革发展的征程中,陕钢集团一路披荆斩棘,砥砺奋进。

相约春天,我们走近现场,聆听钢铁讲述那火红的故事。

龙门史诗

治国如治水,善治国者必先治水。纵观历史,有水的地方,易有城市的兴旺、经济的发展和崛起。

　　我们抵达的第一站是龙钢公司，它位于司马故里——陕西省韩城市。厂区北依龙门，东临黄河。站在5号高炉主控室的平台上眺望，母亲河安静地流淌着，不似壶口瀑布般壮观，没有奔腾的咆哮，没有跌宕的冲击。它静静陪伴并见证着龙钢的蝶变。

　　龙钢公司前身是1958年大炼钢铁时建立的小铁厂，历经60年的变迁，龙钢已成为总资产165亿元，集采矿、选矿、烧结、炼铁、炼钢、轧钢为一体，具备年产1000余万吨烧结矿、650万吨生铁、700万吨连铸钢坯、510万吨优质钢材、100万吨精品板带综合生产能力的大型钢铁联合企业，是陕西省国有重点钢铁企业。

　　进入生产车间，出铁口正流出火红的铁水，几条轧辊上缓缓运送着通红灼热的钢条。现场一角的"钢铁美丽花专业示范点"展示牌吸引了我的注意力，展示牌上有专业名称、监督单位、实施单位及专业特点的详细介绍。控制室内，工作人员紧盯着电脑屏幕，实时监控着生产情况，现代化生产工艺已与当年不可同日而语。龙钢公司地处韩城市龙门镇，即"鱼跃龙门"之地，在中国古代神话传说中鲤鱼跳过龙门，就会变化成龙。龙门，又名禹门。如今，龙钢公司生产的"禹龙"牌钢材已成为陕西省知名品牌。

　　对于钢厂我是不陌生的，耸立的高炉、逶迤的管道、尘雾升腾的烟囱等，这些工业元素充满了刚性与坚硬的特质。但我没想到的是，抵达龙钢公司办公楼，先撞上的是热烈欢腾的韩城行鼓。四十余名身着蓝色工装的队员敲着锣、打着鼓，举着扎有红缨的长杆，整齐有力地舞动着、跳跃着，热烈的鼓点踏着铿锵的节奏，将周围的空气搅动得一同沸腾起来。队员们一张张喜悦热情的笑脸颇有感染力，我不禁冲他们仰起笑脸，对方回赠给我的是更开怀自信的笑容。身旁的龙钢公司工会主席赵春棠说，前一晚才临时通知大家过来表演，都是公司的年轻职工。这支企业职工组成的行鼓队已然声名赫赫，参加了2016年春节联欢晚会西安分会场表演，荣获中国"司马迁杯"第三届锣鼓大赛"王中王"称号。龙钢行鼓队展示了职工风采，彰显了企业形象，是陕钢集团一张靓丽的名片。

是的，今天的龙钢不再是当年的小铁厂，更加充满活力与希望。创业艰难百战多。在龙钢公司会议室，退休老职工回顾当年创业时期，地理环境恶劣，人烟罕至，豺狼出没，"一年四季一场风，从春一直刮到冬"，职工们住窑洞，用毛驴车、牛车和人拉肩扛的方式，将钢厂从无到有、从小到大建设而成。技术落后，就采取"先土后洋、土洋结合"的办法进行升级改造。当时物质匮乏，花五分钱、四两粮票买一碗汤面，就是美味佳肴。一天又一天，钢厂就像自己的孩子在长大，变得更加喜人。龙钢一位退休老领导对新上任的领导说，我只有一个心愿，陪我再看一次炉台。

听着这些令人动容的故事，看着墙上"贵在坚持　赢在速度　细在谋划　重在执行"的标语，我明白了正是有着如此的情怀，才成就了龙钢"鱼跃龙门"式的发展，百折不挠，精彩重生。

古有司马迁实录著史，今有龙钢人铸铁炼钢，以赤诚求实的态度，谱写出新时代的钢铁史诗。

花样钢城

巍巍定军山，乃三国时期的古战场，有"得定军山者得汉中，得汉中者定天下"之称，今属汉中市勉县。定军山下，一座钢厂百炼成钢，它就是汉钢公司。

2008年，受汶川特大地震影响，汉中地区灾情严重，需要大量钢材进行灾后重建。根据国家有关重建规划，依托专项资金，以及西部大开发的拉动，2010年11月，根据陕西省人民政府推进汉中钢铁产业整合重组的政策，汉钢公司应运而生，挂牌运营。公司当年建设，当年出钢，次年达产。

"汉钢的前身就是龙钢公司。"一位职工说。第一批援建人员都是龙钢人，来汉中建设汉钢，因为时间紧任务重，所有参建人员"五加二""白加黑"奋战在一线。从龙钢调入汉钢的女工张雅琴激动地回忆道，一次她连续三天两夜坚守现场，时值11月，天气寒冷，雨水不断，第三晚回家时，因天黑路滑，又因受寒感冒，一公里的路竟走了一个半小时，身体的不适、连日的疲乏、恶劣的气候，当时很想哭。但大家最终坚持了下来，用顽强拼搏、团结奋战的精神催生了一座钢厂。铿锵玫瑰有着怎样的韧性，又是如何鲜艳开放的，张雅琴们就是最好的代言人。

钢铁生产对国民经济的重要性不言而喻，而钢厂对环境的污染也有目共睹。

钢铁生产，不应该只有高炉、烟尘、废水等。发展与环境，也并非不可兼得。走进汉钢，陪同人员说他们打造了一个工业旅游项目。工业与旅游？这个组合貌似不搭呀，采风团一行的兴趣与疑惑顿时大增。

　　春天的花开起来是没有节制的，似一种铺张的浪费，我竟然在汉钢体会了一把。沿着旅游通道，紫叶李的娇羞、桃花的妖灼、樱花的绚烂，以及多种叫不出名字的绿植，火红的、粉紫的、嫩绿的、鹅黄的，将钢厂打扮得似一座春意盎然的花园。

　　据说，建钢厂初始，当地人颇有抵触和疑虑，担心造成环境污染。因此，汉钢动力能源中心强化"钢铁美丽花"理念，将中央水处理站打造成公司工业旅游的一道亮丽风景线。工业旅游项目成了汉钢"秀肌肉"的舞台之一。在水处理中心，我们目睹污浊的工业废水经过管道、沉淀池等多种工艺处理，竟然变成清澈的水体进行循环使用。

　　春天的汉中，油菜花海惊艳迷人，三国时期的智者诸葛亮就葬于此地。来汉中，赏油菜花，拜谒武侯祠，看汉钢，成了游客的"保留节目"。从建钢厂到护生态，汉钢人的角色转换彰显了对"绿水青山就是金山银山"发展理念的认同与实践。正是沿着这样的思路和理念，汉钢人在做好"钢铁饭"的同时，肩负起了更大的社会责任。

　　如今的汉钢，拥有一座1280立方米高炉、一座2280立方米高炉、两台265平方米烧结机、两座120吨转炉等设施，年产钢达300万吨。

　　汉钢实现了钢厂"颜值＋功能"双提升，相当于按下了绿色发展的"快进键"。

　　"幸福都是奋斗出来的。"这是习近平总书记在2018年新年贺词中所言，揭示了新时代创造美好生活的基本路径。陕煤集团党委书记、董事长杨照乾在2018年工作会上指出："回顾陕钢

这么多年来攻坚克难的艰辛历程，可以说是从一路泥泞走到了
今天的宽阔大道，犹如一部现代版的长征史。"是的，陕钢人正
以深厚的历史人文积淀为纸，以生态、环保为墨，以"陕钢现
代版长征精神"为笔，一幅美丽幸福新陕钢的画卷，已在中国
西北的大地上徐徐铺展……

龙钢赞

郭凯

红旗漫卷山沟里，
钢花飞溅黄河边。
实干情怀风云动，
铁笔描摹凌云烟。
大禹治水三不入，
龙钢传承经久年。
铁水奔腾钢花舞，
龙门鱼跃在深渊。

龙钢赋

张思源

渭南梁国，古之夏阳，
司马故里，文史之乡。
放眼量，平畴万顷，八百里秦川举世无双；
西南望，巍巍梁山，有禹庙神柏郁郁苍苍。
北依龙门，雄奇耸峙；
东临黄河，浩浩汤汤。
铁水奔流，钢花欢唱，
龙钢公司，雄起一方。
厚重文化的孕育，现代远古的交融；
十一年沧桑巨变，六十载风雨兼程。
遥想当年，举步维艰。
两下三上，排除万难。
独领风骚于韩城，三秦重点。
赖文化底蕴丰厚，借重先贤。
禹王精神——不受羁绊，

公而忘私，创新发展。
鱼跃龙门——一往无前，
逆流而上，不避艰险。

附近有丰富的煤电水资源，
更兼不远处的三大铁矿山。
交通便捷，铁路高速国道布满，
得天独厚，发展钢铁优势明显。
质量效益、诚信共赢、创新超越的价值理念，
细在谋划、重在执行、贵在坚持的企业经验，
让一座现代化的钢铁联合企业，
崛起于三秦大地，旧貌换新颜。
三大战略，稳步实现。
禹龙钢材，荣获免检。
精品之路，多元扩展。
科学管理，谱写新篇。
循环经济，坚持可持续发展，
节能减排，生态钢城展新颜。
现代装备，现代思维，
现代理念，现代精神。
诚信敬业，务实创新，
今日龙钢，业绩骄人。
陕钢集团的坚强领导，深化改革的强劲东风，
几代人的心血和智慧，换来今日的虎跃龙腾。

回首征程，心潮澎湃；

展望未来，豪情满怀。

一切为了陕钢发展，一切为了员工幸福，

是龙钢人始终坚持的核心理念。

中国梦铸就中国复兴之路，

大禹精神锻造龙钢强盛之途。

打造中国西部最具竞争力现代企业，

实现区域引领龙钢腾飞的宏伟愿景。

大禹治水，

鱼跃龙门，

追风司马，

龙钢精神。

用智慧、辛劳与情怀，

直挂云帆，驶向沧海。

绿色龙钢、精品龙钢、文化龙钢、幸福龙钢，

必将在龙钢人矢志不渝的奋斗中如鲜花怒放。

西行散记

崔立民

陕钢之行

宏量兄问我，想不想去参加冶金作协的活动，我有点儿犹豫。我这个人好静，怕热闹，还怯场。当宏量兄说此行的主体是"访延安　看陕钢"时，我的心怦然而动。延安，这个红色符号，浸染了我人生的全过程；延安，这个神圣之地，是我魂牵梦萦的地方。我决定与宏量兄一起去朝圣。

跟宏量兄约好9点30分在武汉站东门碰头，9点未到我就到了。知道自己出门少，缺乏江湖历练，早点出门心里踏实。大约半个小时后，茫茫人海中，走出了洒脱的宏量兄。毕竟是老江湖了，时间掐得恰到好处。取票后，俩人不慌不忙地进站，安检，登车。列车启动后，坐在宏量兄身边，我心里踏实了。有宏量兄在，我还怯什么场，跟着他走就是了。

列车到达西安北站，走出高铁华丽精美的金属壳，站在西安北站的站台上，向南眺望，千山万水之隔，南北之遥，眨眼工夫就到了。我惊叹，今天的交通速度，竟然把我一生的盼望和思念压缩在了四个小时的时间里。我默默地问我脚下的这片土地，接下来，你想让我怎样用双脚去丈量我们之间的距离？你想让我以怎么样的心情去溶解我们之间几十年的想盼和相思？空气里，淡淡的黄馍馍的味道，慰藉着我这个初来乍到的游人饥饿的肠胃；微风中，隐隐约约的信天游，诱惑了我这个初来乍到的访客神奇的向往。走出车站，面向突然开阔的天空和天空下一片欣欣向荣的景象，我情不自禁地大喊了一声：西安，我来了！

我们下榻于西安禹龙酒店，陕煤集团领导及陕钢公司领导百忙之中来酒店看望我们，并举行了座谈会，安排了晚餐，热情地欢迎我们的到来。进餐过程中，大家举杯交盏，相互问候祝愿，其乐融融，天下的钢铁人都是一家人。我向当地领导敬酒致谢，还特意拜见了冶金作协主席张新民和包钢的张忠涛前辈，以及美女作家崔美兰。前年我们在太钢有过一面之交，没想到张新民主席和张忠涛老兄握着我的手，拍着我的肩膀，一声声"立民老弟"，唤得我心里热浪阵阵，不得不把酒一盅一盅往肚里灌。餐后回房休息。折腾了一天，安静下来，不知是乏了，还是酒喝多了，洗都没洗，和衣倒在沙发上便迷糊了。天亮醒来，发现房间摆设和床上一切如初，心想，酒店服务员不怀疑这间客房的客人有毛病才怪。

接下来的行程，被安排得满满的，收获也是满满的。静下来梳理这次活动的经历时，大脑有点混，不捋捋，难有个头绪，但捋着捋着，便捋出一个个美丽的场景，一群群可亲的人，一次次奇妙的际遇。哦，它们原本就是一粒粒被时间穿起来的宝珠，挂在我的记忆里，装饰着我的心。

访延安

　　前往延安的路上，我坐在靠后的座位上，时而让车窗外的景色充实自己的空寂，时而静心聆听他人的人生经验和逸事趣闻以弥补人生经历的欠缺。参观行程中，我不遗漏一景一物，今天到此一游，不知今生还能来否。

　　革命历史博物馆，枣园，杨家岭……一路下来，我的精神世界像一个饥饿的觅食者饱餐了一顿。我知道了，中华人民共和国的摇篮是怎样形成的；我知道了，我的梦为什么一直都是红色的……一天的行程，活动安排得很满，很充实。宏量兄是这个圈子里的红人，我不能总跟在他身边像鼻涕一样影响他。好在闲暇之余，缘分让我结识了《太钢文苑》掌门王绍君，香烟让我跟承钢青年作家何红林对上了火，他俩让我在接下来的行程中不再那么尴尬和孤寂。

　　让我尴尬的是天气。这次出门，犯了个常识性错误，以为陕西是北方，气温肯定比南方低，没有想到此地气温比武汉还高。28℃的气温下，我穿着冬装游走在陕西明媚的春光里。更难堪的是，我的行李箱里竟然没有一套春装和夏装……好歹扛了过来，武汉人已经习惯了"捂汗"。真正让人受不了的热，是陕钢人的热情。这次活动中，无论是陕钢领导还是陪同我们的陕钢人，他们待人接物的态度，他们一路的精心照顾和路途中的百般呵护，总之，他们的热情既让你盛情难却，又让你受之有愧。记不全他们的名子，只晓得他们是和蔼可亲的梁子，美丽的小燕子，欢乐少年海建、超超……

跟大家混熟了，分手的时间也快到了。

感谢这次活动让我的生命中有了他们：冶金报党委书记陈洪飞、主任编辑郑洁，冶金作协主席张新民，太钢的王绍君和蒋殊，承钢的何红林，首钢的甄斌和张思源，宝钢的郭凯，包钢的张忠涛、崔美兰和云丁鼎，重钢的何鸿，一冶的汤晖，以及陕煤集团的领导和陕钢的朋友们。

这次活动中，我跟王绍君一见如故，形影相随，印证了蒋殊的那句话：有缘同行。

初见王绍君，就觉得面熟，误以为他是我往年的一个朋友。俩人一接触，彼此之间很有感觉，很投缘，自然也很融洽，仿佛上辈子相互欠着对方什么似的，老想往一块凑，但他身边有个蒋殊，我偶尔得规避一下。王绍君和蒋殊是一个单位的，俩人常在一块，想走近王绍君，却怵蒋殊。因为蒋殊比较特殊，常在人们的视线中挂着，而我本性惧怕接触陌生女性，特别是才俊美女和美女领导。这或许就是这次活动中，我没有跟郑洁、崔美兰等人过多接触的原因吧。

越胆小谨慎的人越容易有事。

参观汉钢轧钢工段现场，短短一个小时的时间，却跟现场陪同的汉钢女工王萍一见如故。分手的时候，出于礼貌，俩人合了影，也加了微信。之后听给我们拍照的汉钢同志说，王萍是他们单位的政工科科长，我有点儿后悔我的行为了。但当时，我的确没有多想，只是身临其境，一路同行，两人相互交流着对钢厂的感情和感觉，仿佛自己不是在汉钢轧钢工段现场，而是在武钢的冷轧轧机旁，跟同班的姐妹在畅想钢铁人的希望和梦想。

出于礼貌，晚上我给王萍发了条微信，答谢她的热情和友好。第二天查看昨晚我发的信息，顿时汗颜。几句话，二十来个字，不是别字，就是语句有漏字，好在人家没有见怪，别字残句间，读懂了我的意思，友善巧妙地回复了我的胡言乱语。我感叹，毕竟都是钢铁人，默契着呢。就这样，我们成了一面之交再难相见的朋友。从此，中国南北两个钢厂之间，多了一份钢铁人之间的问候和牵挂。

这是不是一个意外收获呢？如是，接下来的另一个意外收获，更是让人受宠若惊。

在大家匆匆前往油菜花海的途中，我和重钢的何鸿不知不觉落在了后面。两人在两条阡陌的交叉点相遇，生分之间，以小说创作为话题，走在了一起，边走边聊，忽略时间和身边的景物，让等着我们检票入场的人心急火燎。听到召唤，看见招手，两人连忙小跑归队。大家没有责怪我们，但奖励了我一个"绯闻"，实在是受之有愧。知道大家是在开心逗乐，我也就乐呵呵地一头扎进那片金黄色的花海中没了自己。在浩瀚的花海中，你们还能不能找到我"绯闻"的色彩？比花海更出彩的是同行的美女和爱美的俊男，一片金黄的花海上，纱巾抖动出天蓝和云白，红衣衫映着骄阳的殷红，还有那张张洋溢着甜蜜的笑脸和阵阵的笑声，把这片平静的花海搅动得让人眼花缭乱。

我困惑，我到底是在天上，还是在人间？

结束

祭过司马，拜过孔明，定军山下的晚餐，标志着这次活动即将结束。

混熟了，散席了。第二天早晨，我们赶往汉中车站，准备乘车前往西安大本营。这时候，有人开始道别，我这才想起我也应该跟大家道别了。我们三个来自武汉的人，要在西安北站换乘 G640 次列车返回武汉，不能随大家回西安禹龙酒店了。列车启动了。在车厢里看见张新民主席，想起有件事要跟他汇报，于是停在他的座位旁。还没说上几句话，就听见车厢里有人唤我，迫不及待的样子，她们是郑洁、崔美兰、小燕子、汤晖，还有兰茹。我不敢怠慢，匆匆告别新民主席，赶到她们跟前，询问何事，如此火急火燎的。她们一致要求我要好好谢谢兰茹，我云里雾里，找不到她们让我好好感谢的理由。见大家不像是跟我逗乐的样子，我想，难道有什么事我忽视了？我希望她们说明缘由。她们让我看车票上面的座位号，我说不用看，只要看到宏量兄，我就知道坐在哪里了。整个活动中，乘坐了数次车，我都与宏量兄坐在一起。当我看见宏量兄身旁坐着的王绍君时，觉得这也没什么奇怪的。但当我查明我的座位在蒋殊身边时，联想到"绯闻"事件，我顿时警觉起来，为什么总在一个老实人身上找乐子呢？她们却说，我能够与蒋殊坐在一起，结束这趟美好的行程，是陕钢特别安排的。我想这大概是一个小意外，她们只是拿来热闹一下而已，如果我较真了，窘迫的是我，干脆我也大方一点。于是嘴里说着谢谢，做出想要拥抱兰茹的样子。兰茹镇定自若，笑脸相迎，我却败退下来。玩笑过后，我看了一眼脸颊桃红明眸含笑的兰茹，那个在会场上讲话的工会副主席不见了，那个在旅途中指点江山的女掌门不见了，眼前的人，是如此和蔼可亲，又是如此貌美动人。

　　回到座位，大大方方地与蒋殊打了声招呼，她安然自若地接纳我坐在她身旁。这次活动中，因为王绍君，我走近了蒋殊，但彼此之间不过是点头之交。在这最后的旅程里彼此如果能够增进一些了解，也不枉她们的一番好意。丑人多怪，坐在蒋殊身边，怎么都不得劲。想跟她聊聊吧，找不到合适的话题；跟他人换位子吧，太失礼。最终救我于窘迫的是蒋殊身边的《阳光下的蜀葵》，这本书的首篇和二篇描写的是亲情和乡愁，这两篇文章让我一步步了解了这位外秀慧中的陌生人，于是心中突然产生了想跟这个陌生人对话的欲望。合上书，想跟她拉拉话的时候，列车上的广播阻止了我：本次列车，即将到达西安北站……

　　下车，出站，跟大家挥手告别，远处传来了信天游：拉不上话来，咱们招一招手……

第二部分　庆祝改革开放 40 周年征文

报告文学

不一样的年华
——老胡的幸福生活

陈明　詹汉英

"我要给您当导游"

5月21日清晨，胡昇在镜子前整理衣服准备出门。已有颇高知名度的他，当天要和几位从中冶集团中国一冶和其他单位退休的文化爱好者在东湖绿道相聚。

见到伙伴们，胡昇激动地向大家介绍，2018年4月26日上午，习近平总书记来到青山区工人村街青和居社区党群服务中心，听取武汉市棚户区改造整体情况介绍。胡昇，一位风雨无阻30年在湖北省博物馆义务讲解的"武汉市最美志愿者"、中冶集团中国一冶退休干部，作为7位市民代表之一，参加了交流，并向习近平总书记汇报青山区生态变迁情况。

近距离为习近平总书记讲述戴家湖60年变迁，胡昇最大的感受是"亲切"。"总书记和我们——握手时，我们有点儿着急，都表示'有话想跟总书记说'。总书记特地转过头来，和蔼地跟大家说，'不着急，等我——握完手，就来和你们说'。"胡昇动情地说，"等到我开口时，习近平总书记特地询问我姓名里的'昇'该怎么写。我用手在掌心上比画'上面一个曰，下面一个升'。当时，总书记说，是毕昇的昇。总书记对生态环境建设特别关心，认真听着我的讲解，并不时点头。总书记表示，社区的生态建设要做好，村是农村的基本单位，社区则是城市的基本单位，只有基础夯实了，共和国的大厦才会牢固。总书记临走前，我向总书记发出邀请，'等您下一次再来武汉时，我要给您当导游，那时的戴家湖公园会更加美丽！'"

4月27日，中印两国领导人在东湖亲水平台（楚亭）会晤，让这里成为一张超高颜值的武汉名片。

5月21日这天，细雨中的东湖别样美丽。胡昇这位优秀讲解员向大家介绍说，在建设完成东湖绿道一期工程后，中国一冶集团除了作为东湖绿道二期工程的社会资本方牵头人，还承建了白马道和白马洲、森林公园南门、团山三处驿站，及白马洲、森林公园南门两处大型停车场。总长达到101.98公里的东湖绿道，分为听涛道、湖中道、白马道、郊野道、森林道、磨山道和湖山道7段主题景观。"以前，东湖风景虽美，但环湖路狭窄，往来车辆多，是出名的'堵点'。现如今，东湖这个亚洲最大自然城中湖，有了一条世界级环湖绿道。绿道串联多处景点，已成为国内最长城市核心区环湖绿道。"胡昇感慨地说。

"草根教授"的情缘

交流中，大伙不时地会叫胡昇"教授"。这源于胡昇与湖北省博物馆的不解之缘。

1978年全国科学大会的召开，掀起全国学科学、爱科学的热潮。也正是那年夏天，随州出土的曾侯乙墓文物运抵武汉，在湖北省博物馆展出。"那个年代省博的馆藏稀少，有这么好的文物当然要第一时间来看。"胡昇得知消息后赶到博物馆，看到那些大漆美器，看到九鼎八簋，他被震撼了。

那时，胡昇在中国一冶机械厂任职，经常接待来自全国各地的同行，每次他都力荐客人到湖北省博物馆去参观，并亲自当讲解员。一次，一位广州的朋友来，胡昇推荐朋友去湖北省博物馆参观。可刚参观到一半，博物馆突然停电了，胡昇和朋友只能结束参观。让他没有想到的是，第二天，那位朋友主动提出去博物馆看完剩下的展品。这让他意识到，不是别人不喜欢看文物，而是要讲解得引人入胜才行。

从那以后，胡昇产生了一个想法，如果仅仅指着展柜里的一件文物，告诉参观者这个东西叫什么名字，什么年代出土，用什么材料做的，用途是什么，有什么特点……这样空洞乏味的讲解难以提起观众的兴趣。他认为讲解更要注重语言的生动活泼，于是他将每件文物和其背后的历史故事相结合，从斑驳陆离的青铜器讲到当时整个大的时代背景和文化发展方向，还有很多典故、成语的由来，民俗民风的起源……那时，几乎每周都带客人去湖北省博物馆的胡昇，让湖北省博物馆对这个"编外讲解员"刮目相看。当湖北省博物馆组建志愿者团队时，胡昇以专业知识过硬、讲解自成一派的扎实功底，成了湖北省博物馆"001号志愿讲解员"。退休后，胡昇更是全身心投入义务讲解中。

近几年，湖北省博物馆免收门票，他每周要去三四次。他的每一场讲解结束，安静的展馆内都会响起阵阵掌声……如今，他有一系列荣誉：2009年度湖北省博物馆志愿者之星、2010年度"牵手历史——第二届中国博物馆十佳志愿者之星"、湖北省博物馆"001号讲解员"、2010年度"湖北省优秀志愿者"、2011年度湖北省博物馆"最佳贡献奖"获得者、2018年湖北省"荆楚楷模"等，观众更给了他"镇馆之宝"的雅称。

胡昇的讲解之所以吸引大家，跟他爱看书有非常大的关系。讲解时，他只讲正史，绝无一些导游口中司空见惯的"传说"野史。他总能在讲解的最后引出人生哲理与时代精神，这种讲解风格和其中透出的正能量，让观众对胡昇产生了信任感。胡昇说："我经常会从现代荆楚人的身上发现楚文化的特点，充分展现楚人的担当、血性和责任。"

"红房子"的钢铁记忆

胡昇爱博物馆中的历史，也爱自己工作过的工厂厂史，更爱一直生活其中的青山区历史。作为原一冶机械厂文艺宣传队的一员，胡昇和同事们曾经一起奔波在一线建设工地。一本印有他和当年的"文艺战友"们在各个建设工地合影的定制挂历，印证着他们绚丽的青春年华。

胡昇曾经居住的武汉市青山区"红房子"，作为钢铁工业辉煌时期的见证者，承载着武钢几代人的记忆，昔日的"小八栋"已被改造为颇具特色的"红坊里"商业街。胡昇每每流连于此，都会寻找往日的痕迹。也正因为曾是"红房子"的建设者，对于大家称他"教授"，他都会自谦地亮出自己的身份："我不是教授，我是草根。"

5月21日，一天的小雨让武汉的空气更加清新。胡昇和已从工作岗位退休的文化爱好者们在中国一冶人参与建设的东湖绿道移步观景、吟诗。胡昇说："虽然岁月流逝，容颜在变，但生活得充实、丰富、快乐、惬意。"

胡昇，这位改革开放以来杰出的代表人物，让不一样的年华依然美好、幸福！

一座"山"的延伸广度

蒋殊

习近平总书记指出，中国人民在长期奋斗中培育、继承、发展起来的伟大民族精神，为中国发展和人类文明进步提供了强大精神动力。

"当代愚公"李双良的治渣壮举，不仅从根本上解决了太钢的倒渣难题，更走出了一条"以渣养渣、以渣治渣、自我积累、自我发展、综合治理、变废为宝"的治渣新路子，为改革开放以来钢铁行业治理污染、改善环境、发展循环经济、实现绿色发展做出了贡献，对全国乃至世界都产生着巨大影响。治渣过程中孕育出的"李双良精神"，体现出了信念的能量、大爱的胸怀、忘我的精神和进取的锐气，是我们民族精神的最好写照，是我们民族的脊梁。

党的十九大提出到2020年全面建成小康社会，到2035年基本实现社会主义现代化，到21世纪中叶把我国建成富强、民主、文明、和谐、美丽的社会主义现代化强国。这是全国各族人民的共同任务，更是我国钢铁行业的历史使命。

完成党的十九大提出的任务目标，必须充分发挥工人阶级主力军的作用。今天，我们回顾李双良的事迹，弘扬"拼搏进取，追求卓越"的李双良精神，意在激励广大钢铁职工牢牢把握为实现中国梦而奋斗的时代主题，把自身的前途命运同国家和民族的前途命运紧紧联系在一起，把个人梦同中国梦紧密联系在一起，把实现党和国家确立的发展目标变成自己的自觉行动、爱岗敬业、争创一流，以不懈奋斗书写新时代华章，共同创造幸福生活和美好未来，为中国钢铁行业深化改革、加快转型升级、实现高质量发展做出更大贡献。

95岁的李双良老人老了，甚至不记得生命中最辉煌的那座"山"。

那一座，他亲手搬掉的"山"。

山峰面前

这座"山"，高高矗立在都市。

太钢，是山西省最大的钢铁企业，是山西省工业企业的排头兵，驻扎在省会太原市。当时，这个日后全球最大的不锈钢企业，每天除了生产夺目的产品，还会产生大量垃圾。不同的是，这些垃圾里有钢，也有铁，且数量巨大。从1934年建厂到20世纪80年代初，这里50年间排放的废钢渣，在太原市大同路的一片广阔的土地上，形成一座体积达1000万立方米、最高处达23米的大渣山。

23米，相当于七八层楼房的高度吧？1000万立方米又是什么概念呢？我从百度里搜出一条信息："开封西湖，北起连霍高速，南至宋城路，西至一大街，东至开封护城大堤，南北长5.6公里，东西最宽处1.2公里，水域面积达6000余亩，总库容1000万立方米。"

站在户边，我尝试用眼神在远处画出这样一片区域。相对于一座城，它没有多大，但如果将这么大一片空间还原为一座尘土飞扬、无法近身的钢渣堆，瞬间便有窒息感袭来，觉得不可想象。

太原这座城的风，大多从西北方向呼啦啦而来。彼时，渣山浅处深处带着钢味与硬度的尘埃铁屑，便争先恐后地拥向太原市中心，让迎面而来的人们一个个变得灰头土脸。

那个年代，整个太原，都渗进一种特殊的"钢"味。

改革开放以后，太钢钢铁产量迅速增长，随之而增的还有排渣量。据说，当时太钢这个厂区面积为8.4平方公里的企业，渣山就占去2.3平方公里。这是近三分之一个太钢啊！

高高耸立的这座钢铁之"山"，影响的不仅是太钢的生产，更主要是太原市的天空。要命的是，由于渣山的坡度不断增大，运送废渣过程中时有翻车事故发生。

在逼人的形势下，太钢提出两种设想：

一是将渣子用提升机再往上推，继续提升渣山高度。但这样做既繁重，还会加重污染。况且，那继续提高的高度，何时是尽头呢？

二是开辟第二渣场。这当然不是个好办法。彼时，太钢的钢、铁年产量均已突破100万吨，排渣量日渐增大，即便批了新渣场，汽车运送难度也极大。专门修铁道，必须横穿一段市区，所需投资更大。更重要的是，源源不断的污染，何日到尽头？

搬掉渣山，迫在眉睫！

万众瞩目下，即将退休的李双良站了出来。

无数次想象，那个瞬间，他在太钢人心中，在太原市民心中，是一个什么样的形象？渣山如战场，他就是英雄啊！危难之中挺身而出，比钢铁还挺拔！

人们不知道，这位有着一手绝妙爆破技术的劳模，已经沉寂了13年。"四清"期间因一件小事莫名受冤，随后的"文革"中被打成"黑劳模""走资派"。13年的含冤岁月，他默默不语，在岗位上奉献着自己的智慧。

他觉得，治理渣山是上天赋予他弥补13年光阴的最好机缘。面对无比艰难的使命，他觉得光荣至极。于是，他果断推掉那些找上门的高薪聘请，头也不回地走上了漫漫治渣路。

1983年，农历大年初三下午。无数人裹在温暖的天伦中，或者奔跑在欢叫的鞭炮里。迎着呼呼的西北风，他豪迈地走出家门。远处渣山上空旋转的尘屑，那一刻在他眼里倒突然"可爱"起来。

咚咚咚——太钢公司总调度李洪保的家门，被他敲开。

两人坐在年味里。对方递过一根烟，他递过一份材料。

"好方案！好方案！"看过之后，李洪保拍案叫绝，拍疼了大腿，也拍出一地烟灰。这份方案，不仅能根治渣山，更重要的是不要一分钱投资。

不要国家一分钱？无数疑惑疑虑的眼神，齐刷刷地袭来。

李双良当众拍了胸脯："不要国家一分钱，只要一个治渣

179

权！"

太钢领导被震动了！太钢上下被震动了！

1983年3月，太钢同李双良所在的加工厂签署了治渣承包合同。这是太钢走改革之路后的第一个专业承包合同，也是山西省国有企业的第一个经济承包责任制方案。

李双良，正式扛起治理渣山的大旗。

他豪迈地只要一个治渣权，是因为心中有数。之前，他就利用每个星期天，带着儿子一次次丈量渣山。初步估算，整座渣山大约有1840万吨废渣可开采，预计有36万吨废钢可回收，按当时市场价可收益7000万元以上，足够支付治理渣山的费用。

尽管不要一分钱，外界还是有不同的声音，比如"李双良想发财""纯粹是想出风头"，等等。

李双良的回应，掷地有声，也是那个年代的人特有的声音："即便退休了，我仍然是共产党员，照样要为党干！"

抛开闲言碎语，李双良一头扎入治渣中。废渣排放、运输工具、人工等是必须解决的问题。

废渣的去处是大事。到哪里，给它们安一个合适的家呢？

他发动身边的人四处奔走，终于在太原市东山找到一条大沟。经协商，对方同意将废渣倒入沟里，之后再覆盖厚厚的黄土，把大沟变成良田。运输工具不到位，他多次跑到太原市交通局北城管理站向运输四公司求援。对方最终被他执着且一心营造碧水蓝天的心愿打动，很快帮他组织了郊区农民等人力和汽车、手扶拖拉机、平车等工具。

1983年5月1日，无论对李双良、对太钢，还是太原市来说，都是一个非同寻常的国际劳动节。这一天，以李双良为首的承包治渣队伍浩浩荡荡开进渣场，震天动地的排炮声拉开治理渣山的序幕。

太原的北城，要换天空。

这一天，离他推开太钢公司总调度李洪保的家门，仅仅过去75天。

这一天，堵在太钢人心头的阴云，即将拨开。

这一天，太钢建厂50年来天天上升的渣山，开始缓缓下降。

第一个月下来，太钢人奔走相告：运走废渣8万多吨，回收废钢近40万吨，赢利11万元。

人群是沸腾的，唯有李双良是沉静的。只有他，知道心中的远方是什么样子。

他早发现，废渣运往东山大沟，速度慢，费用高。

暑天，一晃就到了。一顶旧草帽，一辆破自行车，他跟着垃圾车满城转。转来转去，最后转到滨河路。他发现，这里正在加固汾河坝堰，需要大量的填充物。他兴奋极了，立即找到工地负责人。对方提出要先看样品。他汗都顾不上擦，转身返回渣场，背来满满一挎包废渣。

这一挎包废渣，换来又一份合同。此后的近100万吨废渣，仅运费一项就节约47万元。

李双良紧盯每一个细处，搞创收。起初，每天装车雇铲车花费的1820元让他无比心疼。偶然的一次，他在一家发电厂发现，存在储煤仓中的煤是通过漏斗装上卡车的。

回来后，他立即组织职工开始奋战。一个月后，他们用废料做成4个装车漏斗。这4个不起眼的漏斗，竟然可以边装车边选出废钢。4个"宝贝"开始工作后，效率比过去提高了9倍，每年节约装车费36万元。

"垃圾是放错地方的资源!"这是李双良对眼前这座人人避之不及的渣山的评价。

灵感与思路,永远在路上。他一日日奔走。一次在北京一家钢渣水泥厂,他看到一种磁选机。这种设备筛选中小块废钢铁的效率很高。他当时就想买几台回去用,但每台十几万元的费用让他望而却步。细细琢磨之后,他扭身到市场上买回几个大磁鼓,回到太钢后开始凭着印象"照葫芦画瓢"。

几番钻研试制,他和职工成功地鼓捣出4台磁选机。4台亲手做成的"宝贝"齐刷刷上阵后,从已经拣出大块废钢铁准备倒掉的废钢渣中,又回收小块废钢铁6000多吨,增加收入90多万元。

革新,让李双良与他的团队一次次尝到甜头,也上了瘾。紧接着,他自制安装了手携式磁选棒,只要往废渣中一插,就能把粉末状铁屑呼啦啦吸上来;还制作成功砸渣机,能把一些大渣块砸碎,将渣子和废钢铁分离;又安装了小化铁炉,把不能直接送进炼钢炉的粉粒状废铁冶炼后铸成铁条……

1989年,在市场上不锈钢原料紧缺、贵金属镍价一路攀升之际,他发动职工从废钢中拣选出不锈钢渣8179吨。

没念过多少书的李双良,却执着地相信科学。在他眼里,废渣潜藏着自己发现不了的价值。他特意跑到一所大学,找到两位从事建筑材料研究的老教授,诚恳地拿出随身带的几块废渣样品请教。老教授仔细观察研究后,高兴地对他说:"这些都是好东西,高炉炉渣可以做矿棉制品的原料,转炉渣和平炉渣都能当水泥原料,生产出钢渣水泥。"

　　李双良激动不已。回来后，他便撸起袖子开始搞综合利用：首先安装破碎机，将高炉渣破碎后再加工筛选，用来代替石子铺路，仅一条19000平方米的柏油路就节约石子费用近20万元；再用钢渣制成四方和六方水泥砖200多万块，以每块2元的价格提供给太钢渣场的新建工程；加工破碎了35万吨高炉渣，为山西省7个矿棉厂生产矿棉制品提供原料……被判了"死刑"的废渣，源源不断地被他制作的"宝贝"们打造成一件又一件新"宝贝"。

　　那时候，一边搬运旧废渣，一边产生新废渣。站在渣场仰望，冲天而起的渣尘仿佛一个个无形的影子在追逐他，搅得他吃不下饭、睡不稳觉。

　　1986年一个大风天的早晨，他像以往一样早早来到渣场，正赶上一列拉渣火车在渣线倒渣。随风扬起的渣尘把太原市整个北部天空搅得灰蒙蒙的，也把他呛得喘不过气来。躲到工棚后避风的间隙，他看着天空猛然悟出一个道理。于是，他跑出来像孩子一样兴奋地弯腰抓起一把渣土，扬向天空。果真，废渣荡起的尘土达到一定高度后，很快便安安稳稳落下来。

　　他跑回办公室，抓住党支部书记李允宪的手急切地问："甚样的墙最高？"

　　"城墙。"

　　"有多高？"

　　"三丈六。"李允宪丈二和尚摸不着头脑，"问这做甚？"

　　"那我们就修个三丈九的城墙，把渣尘挡住。"

　　"这么高的墙，地基能吃得消？"

　　"把整个渣场围起来，需要多少钱啊！"有些人摇头，有些人吃惊。

很快，李双良精细、独到的方案就赢得了职工的赞成和领导的支持。他像大寨人做梯田那样，将防尘护坡分为三层，这样就解决了地基问题。护坡所需120万吨土方，全部用废渣代替。这些废渣，外运每吨需支付运费4.08元，用来做护坡每吨只需1.58元处理成本，120万吨就可节省运费300万元。围墙护坡需用20万块水泥砖，李双良发动大家用废渣、水泥制砖。300万元减去生产水泥砖的全部费用272万元，一座高13米、宽20米、长2500米的防尘墙建成了，不仅没花一分钱，还净赚28万元。

昔日无法近身的渣山，竟然变成一条长长的漂亮护坡。李双良与他的团队，又开始精心打扮这道亲手缔造的风景，在上面修建了假山、喷泉、亭榭与长廊，又在梯田状的护坡腰间栽下树、种了花。

太原的北城，换了模样。

英雄李双良，有什么要求？他说，有两句话，要刻在护坡两侧，一边是"团结就是力量"，另一边是"群众是真正英雄"。

1988年夏天，一位联邦德国炼钢专家路经这里，被眼前威武壮观的城墙与花香吸引，连忙叫司机停车，拿着照相机快步登上护坡。他怎么也没想到，这座钢铁企业中竟有一座别致的花园，而这座美妙的花园里，竟是一个排渣场。此情此景，让他忍不住站在高处大喊："中国人，了不起！了不起！"

花园内外

小时候学习《愚公移山》，总会想到一双神奇的手。李双良，何尝不是有着一双神奇的手？1983年至1990年，7年风霜雨雪，7年风雨兼程，在他这双手的挥动下，一双又一双手加入进来，最终变成一支浩荡的大军，一层层绕渣山而上。那些顽固、坚硬的钢渣，最终在搏斗中败下阵来，挪开沉重的步伐，离开这座本就不属于它们的城市。

渣山走了，不仅变成一座占地0.52平方公里的花园，还拣出宝贝1.4亿元。

李双良一次次站上这片土地上，百感交集，热泪盈眶。

在腾出的1.48平方公里沃土上，太钢盖起22栋职工宿舍，建起一所小学，以及一所当时山西省设施第一流的中学，即著名的太钢五中（现在的太原市五十五中）。这所中学2007年被太原市教委特别命名为"双良中学"。太钢还在此建起可安置几百名残疾人就业的福利厂房及一座福利大厦，以及太原市第一流的职工文体活动中心、一批办公场所及库房。两条平展展、油亮亮的厂区公路干线，也在这片土地上延伸出去。

一片完全与这座省会城市融为一体的都市片区，曾经真的是那座渣山吗？那些参与过渣山搬运的人，总要忍不住前来看一看、瞅一瞅、走一走、找一找，可左瞅右瞅、左踩右踩，无论如何都找不见曾经的影子与痕迹。

曾经的庞然大物，灰飞烟灭；渣山，成了历史。

1988年，冶金工业部部长的戚元靖在考察渣场后留下一句话："太钢的渣山，已经成为山西的又一名胜。"

1986年5月12日，《人民日报》以《当代愚公搬山记——记太原钢铁公司共产党员李双良》为题，报道了他的感人事迹。从此，"当代愚公"成为李双良的代名词，传遍大江南北。

　　1988年6月5日，李双良被联合国环境规划署授予"为人类生存环境做出贡献的全球500佳"称号，一枚金光闪闪的"全球500佳"金质奖章随后颁发给他。

　　中国大地上，李双良成为获此殊荣的第一人。

　　太钢，太原，跟着这枚奖章闪亮进入全球视野。

　　1990年1月22日，中共中央总书记江泽民视察太钢渣场后亲笔题词："学习李双良同志一心为公、艰苦创业的工人阶级主人翁精神，把太钢办成第一流的社会主义企业。"

　　李双良精神，从此成为太钢的魂。1993年，李双良半身铜像迎风而立；2003年，门前的路被正式命名为"双良路"，而渣场的大门被命名为"双良门"。

　　李双良这三个字，从此深深地嵌进太钢这片土地，印进太钢每一位职工心中。

　　渣山变成花园后，先后被命名为"爱国主义教育基地""环境教育基地""青少年教育基地"，并先后创建了李双良档案馆、展览馆、接见亭、题词碑廊等十多处景点。一个个青春的身影奔上城墙，俯瞰周边、尽享园林之美时，不会想到这里曾经是治渣战场；更不会想到，那时候滚滚渣尘，犹如战场上燃烧不尽的烽火。

　　英雄李双良一遍遍走上自己亲自缔造的城墙，丈量着脚下这片熟悉又陌生的土地。蓝天下，他的笑脸分外灿烂，那一条条纹路里因凝结着曾经的诸多不易与智慧，而充满动人的温度。

　　2009年夏天的一个中午，我走近已86岁的老人。他还是平时媒体各种照片中熟悉的微笑，白色衬衣，深蓝裤子，头发灰白，一副普通得不能再普通的老人形象。像治理渣山时一样，每天上午8点、下午2点，他都按时走进办公室。他的司机兼助手费师傅说："到办公室已经成为双良老人雷打不动的习惯，可以说风雨无阻。"那天气温很高，不到下午2点，双良老人准时踏进渣场大门。一进办公楼，老人便活跃了，他高兴地与我们一一握手，笑呵呵地接受我们称呼他"李师傅"。站在办公室门口，他迫不及待地叫刚刚停好车的费师傅过来开门。坐在他坐了多年的办公桌前，老人一下安稳了。他拉开抽屉，拿出报纸杂志，细细翻读。《太钢日报》《关心下一代》……老人一页页翻看，一行行读着，脸上不时漾出开心的笑。激动处，他会停下，招呼我们看。

李双良为企业分忧的一个举动，成为循环经济在太钢的开端。此后，双良精神便在太钢深深扎了根，开始蔓延、开花。

他的家人，继承了双良精神，特别是儿子李虎森。东山水泥厂的前身是太钢东山矿的一个车间，当年由于连续亏损面临被取消的境地。就在这个时候，李双良在北京发现了一项新技术，是中国京冶集团建筑研究总院刚刚研发出的"用钢铁废渣代替原生资源"的全新技术。一向胆大果断的李双良将此项技术买回来。儿子理解父亲的苦心，将这个水泥车间接手。有了这项新技术，他们生产水泥的原料就换成炼钢后剩下的钢渣铁渣。

随着太钢的改制，东山水泥厂从太钢分离。李虎森干脆将厂名改为"双良水泥股份有限公司"。这不仅仅是取了父亲的名字，更重要的是取"质量、服务"双优良之意。

双良精神，迅速在太钢铺开。

太钢人意识到，要想彻底改变环保工作局面，必须下决心对钢铁冶炼全流程基础设施进行更新换代，做好产业升级。

2004年9月，太钢新建150万吨不锈钢工程拉开帷幕。两年后，太钢一跃成为全球不锈钢老大，形成年产300万吨不锈钢的生产能力。新的产能面前，太钢人没有一味追求产量与经济效益，依然把环保作为头等大事来抓。一项又一项新技术，被用在产品结构调整、升级装备水平以及淘汰落后产能的项目中。

受益最多的、感受最深的还是太钢人。钢屑满地、尘土飞扬的车间，逐渐像不锈钢一样闪亮起来。一些老工人站在光洁的厂房内、车间里，常常有恍若隔世的感觉。曾经火光四溅的钢花烫破过路职工衣服、烫伤皮肤的现象，没有了；曾经一经过就蒙上一头一身粉尘的日子，渐渐走远了。

太钢职工，能端着一杯水站在车间里痛快地喝下去了。

2007年8月15日，一批人带着深深的情感，挥手作别在太钢服役达55年之久的6座20吨电炉，迎进一座日本先进清洁生产技术的90吨超高功率炼钢电炉。同年9月7日，炼铁厂两座330立方米小高炉也正式退出太钢这座舞台。

那几年，太钢大手笔投入30多亿元，耗能高、污染重的110多万吨落后产能轰隆隆下岗，冶炼废水处理、焦炉除尘、发电锅炉除尘等30多项重点环保项目携手登场。

2002年，一个崭新的部门——太钢能源环保部悄然出现在太钢职能部门名单中。这一年，太钢率先在国内钢铁行业引入膜法水处理技术；2006年，在新技术支持下，每天帮市政回收利用5万吨城市污水，经过深度处理再为太钢"捞出"3.3万吨干净水供生产使用。

太钢供水厂纵横交叉的管道内，静静流淌着一条条水的秘密，以及钢铁与城市交融的故事。

"十五"期间，两座国际最先进的节能环保型7.63米焦炉立足太钢后，太钢实现了"闻不见、看不见、听不见"的环保目标。

2006年12月24日，一项新荣耀落在太钢的头上，那就是"中国首届最具社会责任感企业"。

2008年，太原二级以上天气达302天，实现了大气环境保护的历史性突破，其间，渗透着强劲的太钢力量。

第十一个"五年计划"期间，太钢环保累计投入82亿元，实施87项节能减排、循环经济项目。

2010年7月，太钢带着美丽而骄傲的笑容打开大门，开门纳客。人们听到消息后纷纷涌向这位76岁的钢铁巨子。人们惊讶无比，这个被煤、焦、铁、烟包围的"粗糙汉子"的面孔，竟是这般清秀儒雅；一座在人们印象里震耳欲聋的钢铁工厂，竟然可以无烟、无味、无声。

李双良老人站上渣场高处，看着进入太钢的人流。他被一拨拨游人围绕，回味渣山的当初。不知他有没有想到过，有一天，太钢会成为太原市工业旅游示范点！但老人在治理渣山时一定设想过，太钢要向"绿色工厂"挺进。

是的，产品绿了，一批尖端产品登上神舟系列飞船、东风系列火箭，太钢牌不锈钢以绝对的"绿色优势"占领了国内不锈钢市场近半壁江山；废物绿了，太钢用粉煤灰制作的新型墙体砖上了世博山西馆外墙，声名大振。

2010年，太钢又捧回一项绿色大奖，那就是"全国绿化模范单位"。

2011年以后的5年，太钢的环保大旗更加招展，以新的定位累计完成节能量15.09万吨标煤，再一次在山西省、太原市下达的节能目标中拔得头筹。

2016年10月18日，《中国冶金报》刊发了一条近乎爆炸式新闻：《"8年攒出7个西湖"——太钢全面改善环境质量、与城市共融发展纪实》，全面报道太钢自中水回用处理工程投产以来，吨钢新水消耗从3.27吨下降到2.34吨。8年时间共节约新水9546万吨，相当于近7个西湖的蓄水量。

西湖在国人眼里是神圣的，像海一样望不到边际。可是，7个西湖有多大？想起当初渣山的体积，1000万立方米已足够惊人，而一个西湖的蓄水量就有1400万立方米。

只能叹一声，太钢力量啊！

之后，"国际水平"几个字，常常与太钢并肩现身。

2018年，太钢又传来消息，那就是投资2.4亿元启动实施了工业废水源头分质处理和综合深度处理减排项目。经此项目处理后的水质，在行业内将率先达到特别排放限值水平。

太钢人，踩着双良步伐，以极其自律的精神，践行着循环经济的理念。"烟熏火燎"的钢铁工厂，与渣山一样早已成为历史。蓝天碧水间，太钢正以昂扬的身姿，绿色的妆容，不遮不掩，素颜向世人展示。

滨河城，龙城之北，碧水之滨……

龙康苑，市政大型安居社区，紧邻太钢，环境优美，交通便利……

没错，"紧邻太钢，环境优美"已经成为今天太原市房地产开发商吸引人的广告词。如今的太原市城北，已经成为房地产开发商手中的黄金宝地，立起广厦千万间。

外人不知道，早年，这里曾是被一座渣山滋养的垃圾场地。

95岁的李双良老人说，改革开放40年他做过三件事，一是带头践行治理渣山的"承包责任制"；二是以渣场为教育基地亲身教育青少年；三是坚持为循环经济、绿色发展做了贡献。

老人没说第四件事，那就是他用一座辉煌的渣山铸就的"双良精神"，在全球最大的不锈钢企业——太钢，这片他耕耘过的土地上不断拓展、延伸。

今天，老人已很少出门。但在渣场这座大花园，一缕缕阳光透过林立的广厦，洒在他的铜像上，每一天都熠熠生辉。

开山炮隆隆响过60年
——马钢"粮仓"南山矿风雨前行路寄情

杨子江　章利军　李先发

开山炮，隆隆响，十里矿区摆战场。马钢"粮仓"南山矿一路风雨，一路歌，陪伴马钢成长、发展已走过60年。60年，记录着几代矿山人艰苦创业、不懈奋斗的追求。特别是改革开放40年来，南山人在共和国钢铁发展史上、在马钢发展历程中，写下了不朽的篇章。

第一功

南山矿，因得天独厚铁矿石资源的赋存与开发，成为马鞍山的钢铁之母、工业之魂！

相传，女娲补天时不慎将五色石洒落在这里，久而久之演变成了地下丰富的矿藏。大自然经亿万年的地壳运动，吸日月之精华，孕育出一条宁芜矿脉带，并在凹山这个地方大量集结，聚集成硕大无朋的铁矿山，给这里带来巨大的矿石资源和财富。中华人民共和国成立后，党中央指示，利用马鞍山丰富资源，以少量投资，在短期内建设好铁厂，以此形成华东地区的重工业生产基地。从1953年初开始，历经6个半月的奋战，6座71～74立方米高炉改建完成。1953年9月16日18时5分，改建后的2号高炉流出华东地区第一炉铁水，由此结束了华东地区有矿无铁的历史。当时的重工业部立即将这一重大喜讯报告党中央。一家中型钢铁联合企业——马钢，一座钢铁城市从这里崛起。

马钢骏蹄驰日月，南山当记第一功。

为国家多采矿、多炼钢，成了新中国第一代矿工的梦想！

在那激情燃烧的岁月，来自全国十多个省、直辖市、自治区的建设大军汇集到这里，天当被，地当床，用铁锤、钢钎、丁字镐、五齿耙、铁簸箕等简单的劳动工具打下了矿山生产的坚实根基，也铺就了共和国钢铁工业最初的背景和底色，并逐步将南山矿建设成为集采、运、选于一体的露天铁矿，跻身全国八大冶金矿山之列，号称华东第一矿。

如果说，矿石有温度，创业者就是尘封于其中的灼热——南山人依托马钢，开发矿业，建设南山，生产经营屡创新高，不断开采出两个文明的"富矿"。

生产和发展是南山梦飞翔的翅膀。伴随着马钢发展壮大，南山矿由最初的年采铁矿石5000吨到后来的500万吨，直至现在1200万吨的规模。2013年，在马鞍山市、马钢组织的两次"百日会战"推动下，和尚桥铁矿建设成功。和尚桥选矿厂建成并试生产，标志着南山人千万吨级大矿的梦想成真，并探索出"自营+外委"这一全新建矿模式。人们或许不曾想到，从梅子山第一堆篝火的星火闪亮，到铁路线上车轮滚滚的欢畅；从凹山揭顶第一炮的惊天炸响，到高村飞流直下的振动放矿；从南山采场打下第一根钢钎的叮当作响，到和尚桥选厂气贯长虹的皮带通廊；从创业之初的原始开采到今天的大型机械化、自动化采运选联合生产，南山人在生产、管理、技术、装备等方面不断学习、消化、吸收、创新，形成了独特的经验与体系。

60年来，南山人共采矿25863万吨，生产铁精矿8608万吨。同时，托起了数万人的矿山小镇、数十万人的马钢乃至马鞍山市的快速崛起。

一枝花

60年来，特别是改革开放40年来，南山人依托马钢，开发矿业，建设了独特的精神文化。

南山矿历届党委十分重视精神文明和企业文化建设，致力培养"四有"职工队伍，倾力打造幸福家园。南山职工来自全国各地。如何将这些有着诸多"不同"的职工聚拢在南山这个"大家庭、大团结、大和谐、大发展"的共同愿景下？只有靠长期坚持建设富有南山特色的精神文明，将精神文明建设和企业文化建设深深融入南山发展的每个环节、每个细节，让大家形成共同的信念、理念和行为方式。

韩呈兵，南山矿检修车间普通职工，用自己的骨髓挽救了一名素不相识的浙江女孩的生命。也正是因为这个举动，人们知道了他已累计义务献血6800毫升。

卜维平，从普通电铲司机成长为技能大师、全国劳模。还有杨道通、岳振芳……他们是南山"爱矿敬业，开拓奉献"精神的忠实践行者，他们是诚实守信、忠诚企业、孝老爱亲、助人为乐、见义勇为的奉献者，他们是撒下爱与善的种子、筑起南山人"精神高地"的培育者。

精神文明，传播为要。南山矿在精神文明传播载体建设上积极探索。从最初的小广播、小喇叭，到后来的电视差转台，从早先的《矿山通讯》《南山周讯》到后来的《南山周报》、南山有线电视台和南山宣传网。2012年，南山电视台进行数字化改造，频道数量由过去的30个增加到127个，收视质量大幅提高，极大地丰富了矿区职工及家属的精神文化生活。

精神文明，育人为本。从20世纪60年代倡导的马钢"江南一枝花"精神开始，伴随着马钢的发展壮大，南山矿党委大力倡导"胸怀马钢全局，心系职工利益，维护南山声誉"的企业理念，大力加强精神文明建设。南山人的纯朴厚实、真诚奉献、爱国爱矿爱马钢的炽热情怀和不懈追求，使南山矿成长为全国文明单位、国家级生态示范区、全国十佳冶金矿山。

一片绿

60年脚踏实地，60年艰苦奋斗，60年转型升级。南山人依托马钢，开发矿业，建设南山，回馈自然，他们正在为建设优美的生态环境而努力。

面对采空后裸露的土地、流失的水土、漫溢的酸水，南山人曾经迷茫过、无助过，但更多的是探索，是坚持，是不屈的奋斗和收获的喜悦。

早在建矿初期，南山人生活尚处温饱阶段，就开始了栽树育林等绿化工作，并以此为起点，开启了南山人建设生态文明、回馈和报偿大自然的征程。

这里是向山之肺——石山公园。这里松涛阵阵，鸟语花香。40年前，面对山石嶙峋的荒山，南山人把"绿化祖国"的号召落实到镐头锹柄上。矿党委发出号召，上下齐动员，凿岩为坑，担土为壤，让这片不毛之地焕发了绿色生机。

生态矿山建设是综合性社会系统工程，土地绿化自然重要，但精神绿化更是强基之本。

20世纪60年代末，南山人对生态环境的保护意识，催生了一场经年累月、锲而不舍的酸水治理攻坚战。

改革开放以来，为了治理酸水污染，南山人攻关、攻关再攻关，终于将酸水污染治理这一环境治理大难题踩在了脚下。现在的南山矿酸水库区一池碧水，中和处理过的酸水清洁无害，随风荡漾。

时下，"绿水青山就是金山银山"的生态文明理念更加深入人心，南山矿将生态保护举措纳入新矿山开发建设的总体方案，把生态和谐、绿色发展理念进行全程注入。

高村采场成为国家级绿色矿山试点单位，建设了自动喷淋系统洒水除尘；和尚桥采场建设了绿化隔离篱，对耕植土加以保存、预留；实行开采半连续工艺，南山人把资源的开发利用紧紧系在南山永续发展的柱石上。在南山的矿业开发中，南山人始终怀有一个梦想，即建设生态矿区，让后人享有良好的生活环境。

随着生态文明建设的不断深入和南山融入城市发展步伐的不断加快，南山将天更蓝、地更绿、水更清、空气更清新、环境更优美，南山人与大自然必将相处得更加和谐。这，就是新时代的南山梦！

"钢铁摇篮"里走出的创业人

郭达清　郭小燕

2017年全国"大众创业，万众创新"活动周期间，从教育部传出消息，我国大学毕业生创业率已达3%，超过发达国家1.6%的水平。针对清华大学等一些大学允许学生休学创业的做法，教育部表示，将进一步推广这些创新模式，鼓励大学生创新创业。教育部高等教育司司长吴岩指出，这种情况将会成为常态。大学允许学生休学创业的做法跟高等教育在人的一生中的重要作用是非常契合的，因此，教育部将鼓励这种做法，并进一步推广这种做法。

这标志着"大众创新，万众创业"将在高等学府得到更有效的推进，有助于各行业利用新思路，推动转型升级。可以预见，在不久的将来，会有更多大学生走上创业的道路。

我国诸多钢铁冶金相关院校，一直被誉为"钢铁摇篮"，数十年来不但为祖国钢铁工业输送了数以百万计的优秀专业人才，更涌现出众多优秀的创业者。特别是近年来，这些"钢铁创业人"用前所未有的方式，付出常人难以想象的努力，在钢铁、智能制造、工业互联网等领域开拓着属于自己的天地。

那么，我们身边有哪些来自钢铁院校的双创人才？他们为何选择创业？他们经历了什么？他们成功了吗？带着这些问题，《中国冶金报》记者走访了多位近年来从钢铁冶金相关院校走出来的创业者，探寻他们的故事。

展现自我还是"逼上梁山"
——他们为什么创业？

《中国冶金报》记者随机采访了近百名北京科技大学（以下简称北科大）、武汉科技大学、中南大学、东北大学的大三、大四或研究生二年级的学生，了解他们对于创业和求职的看法。

"肯定创业好，创业才能更好地体现自身价值。"

"能创业就创业吧，现在这么多创业的，自己也应当试一把。"

"创业吧，我们几个同学现在已经有了比较明确的想法，准备搞个电商平台。"

…………

通过简单的采访，记者发现约70%的受访男生表示有创业的想法，受访的女生有创业想法的不到十分之一。在多数即将走入职场的大学毕业生眼里，当老板比给人打工要风光。

诸多20多岁的年轻人，认为创业是展现自我的机会，不应错过。他们渴求通过创业来释放活力，抑或显得不落人后。

而三四十岁的中年创业者，创业的原因并不都那么美好，有的甚至透着苦涩。

50岁的郑宇克毕业于武汉科技大学（原武汉钢铁学院），曾是某国有钢铁企业的化工厂厂长。工作中，他发现厂里人才队伍的技术水平完全能够支撑很多过去没有接触过的项目。

为帮企业扩展业务，也为给厂里职工提供展现才能的机会，顺便增加些收入，郑宇克牵头组建了技术团队，对外承包项目，并与总公司商定，项目收入70%上交公司，30%留给项目组作为奖金分配，以激励团队成员。

带着施展拳脚的激情和对项目奖金的期望，郑宇克带领的技术团队干劲很足，接连承包并保质保量地完成了几个项目。这一年，他带领化工厂全体干部职工，年实现利润近3000万元，开展技术贸易创收逾2000万元。不仅如此，他还主持实施了负压蒸氨改造、负压蒸苯改造和负压脱硫改造等技改项目，帮助企业形成了行业领先优势……

按照分配方案，项目组的奖金应当有数百万元。然而，该公司却找各种理由，始终未发放这30%的奖励金。

满怀期望的郑宇克失望了。2016年，他离开了工作20多年的企业，扔掉了"铁饭碗"，成立了一家焦化技术公司。不少他曾经的老部下慕名而来，继续他们未完成的梦想。

说起创业，郑宇克很是感慨："我们做的这些，在原来的单位里一样可以做。当初，被逼无奈做出的决定，反而成就了我们今天的成绩。"

同样，36岁的赵宏博选择创业，也有自己的苦衷。1999年，赵宏博进入北科大冶金工程专业学习，从硕士到博士，再到留校任教，赵宏博的经历可谓一帆风顺，足以让众多同学艳羡。

走上三尺讲台，赵宏博才发现，现今的大学和院所在人才评价上"唯论文"现象仍然很普遍。学习期间已在企业一线摸爬滚打的他，清楚钢铁企业各工序环节，特别是炼铁技术存在的弊端。而他更清楚，自己追求的是通过实践推动行业生产水平的提高，真正为行业做点实事。

怀揣着这份理想，赵宏博离开了学习、工作多年的母校，和几位伙伴成立了一家公司——北京北科亿力科技有限公司（北科亿力），同东北大学钢铁冶金专业的博士生导师、博士等高端人才构成了核心技术团队，致力于钢铁冶金行业数字化、信息化、智能化技术的发展。

"博士就干这个？"
——想创业，请先吃苦

采访过程中，赵宏博给记者留下的印象很深刻。这主要是因为他朴实无华、特别能吃苦的风格。

行内人都知道，过去的高炉冶炼过程就像个"黑箱"：装好入炉原料、铺好炉衬，高炉就要封上，等冶炼完成再开铁口，其间无人知晓炉内发生着什么，各种操作全凭炉前工的经验。

赵宏博想改变这种状况。他的思路是，实时监控—数据汇总分析—最终实现炉况的动态调整。

想着容易，做着难。要分析数据，自然需要大量的数据样本做支撑。刚开始创业的时候，公司资源少，人手也少。赵宏博一座高炉接着一座高炉去做试验，经常是早上8点进厂，在充满粉尘和水汽的环境里，一直工作到夜里一两点才出厂，经常顾不上吃饭。高炉工干活，他也干活；高炉工下班，他继续干活。

几年前的一个深冬，北科亿力在某钢企推进一个项目。那天冷得刺骨，赵宏博依然来到钢铁厂，坚守在炉前。突然一条水管破裂，大量冷却水喷涌而出。环顾左右没找到称手工具的赵宏博来不及多想，直接用胸口堵住了喷出的水流。事后，他才把湿透的衣服挂在高炉风口烘干……看到这一幕，赶来维修的工人师傅很是不解：

"你不是博士吗？"

"嗯。"

"博士就干这个？"

"……"

在钢铁行业创业，伴随赵宏博成长的，不只有艰苦，还有危险。

据赵宏博回忆，几年前，为更进一步了解高炉内部情况，积累数据，他和他的团队去山东某钢企给一座熄火的高炉做解剖。当时，高炉虽然已经熄火，但炉内温度还是很高。赵宏博带领团队冒着高温从出铁口钻进高炉调研，走着走着，炉内一块渣皮脱落，差一点砸中赵宏博。"那块渣皮落下来，离我只有半米，地面被砸了个大坑。"回忆当时的情景，赵宏博依然感到后怕。

谈起创业的艰辛，赵宏博坦言曾想放弃。"苦是真苦，可如果放弃了，对不住自己那么多年的努力。"于是，不管别人怎么说，赵宏博就这样一直坚持了下来。那几年，他每年都有300天以上在高炉边工作。

赵宏博是记者采访的创业者中的一个典型。对于这些创业者来说，条件有限，资金有限，不能讲究，必须将就。

郑宇克每年有200天以上在出差，虽然已是50多岁的人，但微信、滴滴等"时髦"工具用得十分溜，出差到哪里，不用车接车送，自己坐公交，或者"滴滴一下"全部搞定，为公司节约了不少成本。他说，学习和适应能力是创业者必备的素质。

同样，亿欧网初创时，办公地点是北京市东城区炒豆胡同一处20平方米的简陋民居，7个人围在一张办公桌前，房子只有一个天窗，也没有空调。王彬和他的创业伙伴出行一律公交，完全自费，目的就是要给公司节约成本。

工作条件艰苦时吃苦，工作条件改善了，不停地搬迁也是众多创业公司都要经历的难事：

曾在北科大校机器人队效力多年的杜普毕业后和志同道合的队友组建了一家机器人公司。随着公司的发展和业务的铺开，公司规模从四五个人发展到二三十号人。作为机器人硬件创业公司，杜普和同伴们为了方便加工制作，添置了小型机床、天车，办公场所也几经搬迁，从20平方米扩大到500平方米，再到1000平方米。"大公司搬迁有条件找成熟的搬迁公司，我们这样的小公司只能靠肩扛背驮。"

在最近一次也是规模最大的一次搬迁中，为了节约成本，杜普和他的同伴们充分发挥专业特长，1000平方米办公室的装修、采购、电器智能化……统统由自己人动手设计、亲自监工。搬迁当天，杜普和同事们从早上6点一直忙到晚上10点，硬是一天就把数吨重的办公和加工设备都搬到了新的办公地点。

"设计能力强，动手能力强，不铺张浪费，北科大机器人队就拥有这样的传统。我们把创业资金用在刀刃上。"虽然苦，但在杜普眼里，首先看到的还是团队的优秀品质。

"开疆""安内"缺一不可
——创业不容易，失败很容易

采访中，年轻学生表示出对创业浓厚兴趣的同时，也对创业风险有所顾虑：

"听说现在融资环境不好，不容易拉到投资。"

"我是想创业，但没有足够的经验和资源，至少先工作几年积累一些经验，再自己干吧。"

采访中，融资难和资源少，是"准创业者"最关注的两方面困难。实际上，阻碍创业成功的，远不止这些因素。

亿欧网联合创始人王彬，也是北科大冶金专业博士。他的创业经历，可以用从"不务正业"到"不误正业"来概括。

没有如愿考上计算机专业，而就读于北科大钢铁冶金专业的王彬，作为创始成员加入了北科大 IT 协会，将北科大的互联网精英聚集在一起，每天痴迷于跟一帮技术高手在科技园地下室机房里泡着，从网站外包、电子竞技比赛、技术研讨到 IT 培训，到写计算机软件教程，什么都干。"荒废学业""不务正业"等批评随之而来，科科挂红灯，学业危机严重。也正是那个时候，王彬学会了并行任务管理，在肩负社团管理工作的同时，兼顾学业，压缩休息时间，在别人打牌、玩游戏的时候，他通宵自习，最终所挂学科都补修通过，并考上了冶金专业关注计算机技术的刘青教授的硕士生。

读研后，不安分的王彬开始了创业。为了建奥运场馆，北科大拆掉了农贸市场，王彬和他的小伙伴趁机创立了"北科大网上农贸"，在校园里轰动一时。后来，他又在同校大师兄的带领下完成了校园电商到垂直电商的转型。2011年，王彬开始发力做独立 B2C 电商平台"零食团购"，最高时年收入2600万元。后来，京东做大，日益严峻的外部竞争环境加上自身几次决策失误，王彬的这个创业项目以失败告终。彼时的王彬虽说赚了一些钱，但已经身心俱疲。在电商领域看不到东山再起的希望，王彬婉拒了大师兄共同创业的邀请，决定一心读博。随后，他在钢铁企业的流程优化、精细调度等工程项目上迅速成长起来，崭露头角。

王彬笑谈，钢铁行业在跟自己开玩笑，本科、硕士和博士，每当他面临从业选择时，都是这个行业处于下行的时候，加上每家钢铁企业都是"巨无霸"，自己也不具备内部创业的条件，而且改造成本、试错成本较大，所以最终他还是忍痛割爱，离开了这个学习工作了12年的传统行业。

王彬经历的几次失败，可以说主要是自身决策和外部环境所致。有的时候，创业公司内部的问题，同样可以让你败得无可奈何。

鲁直，和杜普一样毕业于北科大，并曾在校机器人队共事。毕业后，鲁直和同学小 B 合伙创立了一家机器人公司。刚开始，公司规模很小，启动资金需要几十万元，鲁直和小 B 商定，各出一半。小 B 说，我没钱，你借给我，以后还你。

经过几年努力，他们创办的公司步入正轨，人员队伍也壮大了。鲁直整天外出奔忙，也觉得挺值得。直到有一天，同事告诉他，小 B 瞒着他成立了一家新公司，并且把老公司的资金都转到了新公司，他们共同创立的公司只剩下一个"壳"。最终，鲁直几乎是"净身出户"，连最初借给小 B 的几十万元也因为没有有效凭据，没能要回来。

谈起这次失败，鲁直坦言，当时很生气、很迷茫，但后来觉得这是好事，"至少收获了经验教训，明白了'开疆拓土'和安定内部同样重要，以后可以避免重蹈覆辙"。

采访过程中，很多创业者都分享了自己的失败经历。在他们看来，失败是成功之母，没有这些"试错"过程，就不可能得到宝贵经验，更不可能取得后来的成就。

"忙过这阵，接着忙下一阵"
——成功永远在前方

忍受了痛苦，经历了失败，这些从"钢铁摇篮"里走出来的创业者，在吸取经验教训的同时，选择了坚持，也收获了成就。

王彬做电商时，认识了现在亿欧的创始人，两人对互联网的看法不谋而合。此后，他们一起创办了亿欧网。"我们很幸运，在资本市场趋好的时候开始创业，无意间赶上了风口。"王彬说，"2015年，我们强烈感受到了线下企业对科技互联网的需求。这坚定了我们把新科技、新理念引入线下产业的理念。"2016年下半年，新一波的科技、理念变革来临，产业创新和升级的需求正在迸发。基于这样的形势，亿欧做了品牌升级。

据王彬介绍，品牌全新升级后的亿欧，主要业务围绕科技和产业的融合，由亿欧网、视也、天窗、企服盒子四部分构成。过去两年多，亿欧专注做内容，通过内容连接了数十万科技和产业创新公司，现在已经到了由内容平台升级为服务平台的发展阶段。

从2014年2月的3个人到如今的百人团队，亿欧在不断注入新鲜血液的同时，也在不断进行人才升级。近期，他们聘请搜狐财经副主编出任亿欧的内容主编，借此进一步提升内容的含金量。如今，亿欧网已经历几轮融资，搬进三元桥附近的中电发展大厦办公，办公室扩充到600平方米。王彬说，下一步会更加专注于产品打磨，打造亿欧的2.0、3.0版本。

以赵宏博为首的创业团队常年在高炉上的坚守也没有白费，北科亿力迎来了高速发展——凭借在全国各大高炉上铺设的上百万个传感器，成功实现了高炉"黑箱"的实时可视化，并且"由点及面"地形成了钢铁行业工业互联网的架构。该公司的数字化炼铁项目帮助某钢铁企业实现了吨铁降焦30千克的降本成效，荣获该企业所在省份2013年重大科技成果。

他们的业绩引来资本市场的关注。2013年北科亿力成为某上市公司的全资子公司，有了一个更大的发展平台，税后净利润突破1500万元。

如今，赵宏博和他的创业伙伴们都成了身家千万的富翁。但他还保持着朴素、勤奋的本色，平时穿着普通的 T 恤、仔裤，坐公交车上下班。按照他的话说："有的是事情要做，没有工夫花钱。"

前文提到的创业者，大多取得了不错的成果：郑宇克的焦化技术企业，在技术团队支撑下，目前已初具规模，承揽了诸多项目，效益不错。鲁直加入了杜普的机器人公司，公司成功实现转型，在研发工业机器人产品的同时，也承揽了大公司的机器人零件设计业务，为数目可观的订单忙碌着。和以前不同的是，如今他们更加注重增强法律意识和公司制度建设……

套用现在流行的一句话：忙过这一阵，就可以忙下一阵了。

在这些创业者眼里，永远有做不完的事、过不完的难关。"迈过这个坎儿，还有下一个。"只有不断创新、不断适应，克服困难，企业才能不断升级，发展壮大，才能把事情做得更好。

这些从"钢铁摇篮"里走出来的创业者，正用自己的智慧、汗水，改变着这个世界。

（文中部分人物为化名）

精准施策，"杠杆效应"惠及更多百姓

——中国宝武援滇定点扶贫工作产业扶贫项目见闻

吴永中　冯茂芬

俗话说"授人以鱼不如授人以渔"，发展产业，实现可持续创收，是让脱贫群众不返贫的坚实基础。

好钢要用在刀刃上，如何找准着力点，让有限的扶贫资金造福更多百姓，是中国宝武对口援滇产业扶贫重点考量的工作之一。中国宝武的援滇干部们深入基层加强调研，结合当地经济的实际积极探索，精准施策，以点带面，力求实现产业扶贫的辐射效应。

文化，咖啡的绝佳"添加剂"

国产咖啡首推云南，而普洱又是云南咖啡的最大产地之一。如果你想了解咖啡的起源、传播，咖啡文化的形成，推荐你到普洱市宁洱县宁洱镇的咖啡文化博物馆寻找答案。咖啡文化博物馆是中国宝武援滇产业扶持的重点项目，自2017年4月开馆以来，因其展示了该地区独有的咖啡文化内涵，吸引着越来越多的游客驻足流连。

2017年一个冬日的下午，普洱当地阳光明媚。在中国宝武援滇干部、普洱市扶贫办副主任鲁巍，中国宝武援滇干部、宁洱县副县长王荣军带领下，笔者来到位于宁洱镇太达村老凤寨的咖啡文化博物馆，在讲解员引导下，咖啡文化的厚重内涵，通过图像、文献、实物、仿制品及模型等一一呈现在眼前。那些颇有温度的实物与图片，向人们展示了咖啡从欧洲走向亚洲、走向中国、走向彩云之南的历史足迹。20多年来，普洱市把发展咖啡产业作为调整产业结构、农民增收致富的优势骨干产业加以培育，形成了"公司＋基地＋农户＋标准"的农业产业化经营模式。普洱得天独厚的气候条件，孕育了云南小粒种咖啡与众不同的口感。

"咖啡文化博物馆每天都要接待好几批客人，我们的'漫崖咖啡'通过游客口口相传，品牌知名度越来越高。正是有了中国宝武的资金扶持，咖啡文化博物馆得以快速建成，我们公司和当地百姓因此从中受益。"普洱漫崖咖啡实业有限公司董事长杨琼告诉笔者。2015年，该公司在筹建咖啡文化博物馆时遭遇资金瓶颈，中国宝武启动了相关产业扶持项目，咖啡文化博物馆建起来了，咖啡种苗圃有了，这两个平台在咖啡文化交流传播、种植技术推广方面发挥了积极作用，促进了产业的发展，一定程度上带动了产区百姓通过种植优质咖啡而脱贫致富。2016年，中国宝武又援助漫崖咖啡实业有限公司建成一条精制烘焙咖啡豆生产线。"原先要10炉才能烘焙完成的咖啡豆，如今只需烘1炉，大大节约了生产成本。"杨琼一边说，一边指向咖啡博物馆后面的一幢建筑，那里就是烘焙咖啡豆生产线。笔者了解到，当地咖啡品牌的形成和产能的提升，可以促进咖啡种植规模扩大，带动更多的当地百姓种植咖啡，使其有了稳定的经济收入。

王荣军告诉笔者，漫崖咖啡实业有限公司自身的发展以及带动产区百姓发展的良好势头，为中国宝武开展援滇产业扶持项目拓宽了思路。2017 年，中国宝武专门举办了宁洱县扶贫龙头企业负责人培训班，帮助宁洱县的企业家拓展管理理念，创新管理思路。"中国宝武的援滇干部个个干实事，总是为我们这些地方企业的发展想办法、出点子，我们深深受益，深受感动。"杨琼的话语满是真诚。

冷库，为火龙果园增收

漫山遍野的"仙人掌"，一行行整齐地排列在山坡上，颇为壮观。这是笔者在江城县宝藏镇良马河村三泉谷庄园火龙果种植基地内看到的景象。中国宝武定点帮扶项目——"宝藏镇冷冻储存库和火龙果种植"项目在这里落地。

2017 年，中国宝武援助资金 84 万元，用于宝藏镇良马河村岔河组和老苏寨组火龙果种植扶持项目建设，其中建设冷冻储存库 500 立方米，种植火龙果 160 亩。中国宝武援滇干部、江城县副县长王法治向笔者介绍了该项目的三个特点：一是项目建设采用股权量化固定分红模式，即要求企业按扶持资金的 8%（每年）固定分红给建档立卡贫困户，每年分红 6.72 万元，连续分红 5 年，援助资金的杠杆作用进一步放大；分红资金由镇政府兑付给建档立卡贫困户（无劳动能力或弱劳动能力的贫困家庭优先），每户分配0.1万元至0.3万元。二是采用"企业＋基地＋农户"的开发模式聘20户建档立卡贫困户管理160亩火龙果田，户均8亩，每亩每年支付给农户管理费2000元，每户年收入管理费1.6万元。三是企业用工优先使用建档立卡的贫困农户，根据工作量农民日均可收入100~300元，"整个产业项目的实施，带动了至少50户、200人以上建档立卡贫困人口脱贫出列，实现了企业和农户共赢"。

在三泉谷庄园有限公司总经理吴爱军带领下，笔者走进冷冻存储库，他指着库房里的箱子说："这是先前留存的部分鲜果，不久以后就可以卖个好价钱。以前没有冷库的时候，鲜果保存不方便，果实一摘下来，不管量多量少，都要马上送到山外去，不仅运输成本高，也未必能赶上好的市场价。有了冷库就不同了，火龙果的保鲜周期至少延长一个月以上，企业可以根据市场情况择机销售，销售价格提高20%以上。今年我们又多种植了160亩，效益非常可观。多亏了中国宝武对我们的扶持，让我们更有信心更有干劲带动贫困农户增收致富。"吴爱军的喜悦之情溢于言表。

冷库的一侧就是一片火龙果种植地，农户李少强正在地里修枝。他告诉笔者，他负责火龙果管理已经四五年了，平时有空还打小工，每年收入有2万多元。"吴老板对我们村民很好，一家大小都能来打工，生活慢慢就好起来了。"据李少强介绍，良马河村以前大多数人家住的房子都是石棉瓦、空心砖结构，还有不少是土坯房。这几年，农户收入增加了，日子好过了，家家都盖起了混凝土结构的砖房。"我们家的新房子也立了起来，马上就能搬进去了。"

乡愁，请远方的客人来旅游

打造具有乡愁韵味的原生态山水田园风光旅游特色村，是广南县旧莫乡板茂村派听自然村的一个梦。但村里基础设施简陋、集体经济薄弱，这让派听村的66户318位村民觉得，梦是那么遥远。

2017年，中国宝武的帮扶，让村民们看到了希望。板茂村党支部书记陆忠贤说："原先，进村都是泥巴路，群众的出行和生产生活都很困难。如今，村里的道路硬化了，还建起了文化广场、休闲广场，方便了群众。中国宝武整合资金实施的派听村人居环境提升行动项目共改路5616平方米，新建道路及活动场地挡墙430立方米、活动场地2块共2300平方米、科技活动室1间、卫生公厕1个、垃圾处理池1个，村内绿化种植树木160棵，亮化工程新安装太阳能路灯30盏，购买石桌石凳2套，编织进村路和村内路两侧竹篱笆3000米。

除了基础设施建设，中国宝武还积极扶持派听村民组的集体经济。"这一片是樱桃树，已经长高了不少，马上就可以结果了。""那边是稻田养鱼区，现在每市斤稻花鱼可以卖到15元呢。""蒜头果种植园的情况咋样？"……中国宝武援滇干部、广南县副县长李国宗与乡、村干部边走边交谈，了解产业扶持的配套项目——生态稻田养鱼50亩、养殖本地土猪200头、种植果树20亩等项目当前的情形。

派听村文化广场的告示栏上，有一张派听村的乡村产业分布图，紧挨村子周边的是小片的樱桃种植区、果园种植区、菜园种植区。这些小片种植区外，是更大的产业林：村子的南面和东北面，总计有1000多亩的生态公益林保护区；东面分别是超过100亩的果园种植规划区、蒜头果种植规划区，再往前是240亩的农作物种植区；北面是120亩的水稻种植和鸭、鱼养殖规划区，还有46亩石斛种植区。

村寨环境的改善和产业经济的发展，激发了村民追求美好生活的内生动力。村里原先有4户贫困户，现在已经全部脱贫。村民们通过保护村子周边森林、实施村内基础设施改造、制定村规民约、建立卫生保洁制度和卫生监督制度、发放流动红旗等措施，保证了村子的干净整洁。许多村民告别了吊脚楼，住进了三层小楼。"美丽庭院"行动，通过妇女带动，使每家每户庭院整洁，客厅厨房整整齐齐。生态环境的优化，使村后山上的猴子、穿山甲、野鸡等野生动物重现身影。

"这里空气好，庭院美，我们要通过稻田养鱼、养鸡养鸭养猪养鹅、种蔬菜等方式，形成农家乐的品牌，让外面的人进来休闲、娱乐。"旧莫乡乡长马群体描绘了一幅乡村旅游的美景。下一步，他们将继续组织群众，落实人居环境提升行动，实施片区水源保护，提高植被覆盖率，发展可持续性农业，把派听村打造成独具特色的宜居、宜业、宜游的新型乡村生态文化旅游景点。

乡村旅游业，将让派听村村民在脱贫致富的道路上越走越欢。

二十载品牌创新辉煌路

鲁阳文 魏锐波

在今年5月举办的第一届中国品牌博览会暨中国品牌发展国际论坛上，河北龙凤山铸业有限公司（以下简称龙凤山）作为河北省自主品牌企业参加了此次活动。龙凤山最新研制的铸造用超高纯生铁精彩亮相，赢得国内外专家和用户的好评。

国庆节前，笔者走进龙凤山，龙凤山董事长白居秉高兴地说："多年来，龙凤山超高纯生铁在实用领域取得突破性进展，同时企业也凭借产品质量和品牌效应以强劲势头开辟出了一条属于自己的中国品牌建设之路。"

绝地求生

龙凤山前身是河北省武安市崇义乡一家名不见经传的小铁厂。1999年，白居秉接手这家濒临倒闭的小铁厂时，龙凤山以生产球墨铸铁件用生铁及灰铸铁产品为主，走的是"低价＋走量"营销模式。当时，生产球墨生铁和灰铸铁产品的企业众多，市场趋于同质化。"要打造出属于自己的品牌，让国内外市场认可龙凤山、选择龙凤山，必须打造拳头产品。"白居秉果断提出，以武安市丰富的铁矿资源为优质原材料，实施转型升级。

2008年，严峻的市场形势让众多铸造企业受到重创。此时，龙凤山也面临着如何发展的问题。经过反复思考，白居秉敏锐地发现，随着铸造业的快速发展，我国铸件产量连续10年居世界领先位置。但由于铸件质量和稳定性方面存在缺陷，与发达国家制造业之间存有巨大差距，主要原因是没有优质生铁，特别是高纯净度生铁作为材料保障。随着航天航空、高铁、军工、核电、风电、海洋工程、汽车等高端铸造行业的崛起，高端铸件主要依赖于国外进口的局面，让国内制造业响起急盼国产高端铸造原材料的呼声。

当时国内铸造件生产企业只注重产量的做法，让白居秉更加认识到龙凤山改革创新、转型升级的必要性。他提出，龙凤山要全面转型升级，创新的重点是研制和生产属于中国的高端铸造材料，打造自己的品牌形象。2008年，龙凤山邀请业界专家，聘请铸造人才，调整产品结构，依托其独有的三大优势，开始研发高纯生铁。龙凤山的三大优势，一是原料优势。河北武安铁矿资源丰富，其较高的品质在全国乃至全世界都属罕见。二是装备优势。龙凤山拥有两座全自动控制的800立方米高炉，适用于冶炼生产低硅、低锰、低硫、低磷、低微量元素的高纯生铁。三是技术优势。龙凤山拥有一批懂技术、善管理、勇于创新的综合型人才。

2009年，龙凤山成功冶炼出风电铸件专用生铁；2010年4月，在中国铸造协会指导下龙凤山制定出中国第一个《铸造用高纯生铁》企业标准，按照此标准，在国内率先成功研制并生产出铸造用高纯生铁，在同年5月举办的中国国际铸造博览会上首次亮相。业内众多专家对此啧啧称赞："太好了，中国终于有了属于自己的高纯生铁！"

随后，龙凤山参与制定的《铸造用高纯生铁》团体标准成功入选工业和信息化团体标准应用示范项目，中国一重、中国二重、中国重汽、中国二汽、山推、常州华德等一大批著名企业与龙凤山建立了长期合作关系。

由此，龙凤山人发出誓言：全力打造全球高端铸造铁基新材料生产基地。

风生水起

以前，超高纯生铁的原料供应和冶炼技术始终被少数发达国家垄断，中国高端铸造业乃至整个装备制造行业对高端铸造新材料的需求越来越迫切。面对新的机遇和挑战，白居秉深刻认识到，要打造全球高端铸造铁基新材料生产基地，必须坚持技术创新，制造出纯净度更高的生铁。于是，龙凤山开始了新一轮创新，研发纯净度更高的铸造用超高纯生铁。

2016年，龙凤山在原有生产高纯生铁技术基础上，投资1亿多元建造了1000平方米的技术中心大楼，配备了先进仪器设备，实施新一轮技术改造。2017年3月，经无数次实验，以铁、碳和硅基本元素为主，其他有害元素和杂质含量极低的高纯净度、高稳定性、高一致性超高纯生铁问世！

随后，龙凤山开始向应用领域迈进：

迈向大型核电铸件制造领域。共享集团是铸造行业（铸铁、铸钢等）特别是国内第三代核电铸件领域的主要供应商。龙凤山牌超高纯生铁常规有害元素及杂质含量极低。这些高品质为共享集团生产上述高端铸件提供了可靠保证，为国家高端装备制造提供了优质原材料，共享集团连续使用多年。

迈向超大型风机制造领域。进入21世纪，国内超大型风机行业技术水平大幅提高，某些技术已处国际领先地位。如超大型风机用球磨铸铁叶片，壁厚差异大，生产技术难度非常大。荣成兴邦铸业有限公司为国外某知名制造业客商生产大型叶片，质量要求很高，附加值也很高。之前，该企业炉料主要采用其他企业的生铁，生产出的大型叶片出现大量碎块状石墨，严重影响性能。采用龙凤山高纯生铁为主要原材料后，消除了碎块状石墨，产品物理性能及动态性能完全符合验收标准，得到用户的高度信任。

迈向超大断面球墨铸铁领域。产品广泛应用于冶金、矿山、水电、火电、核电、能源、交通、航空航天、化工、铁路、造船、环保等行业的太原重工，对材料要求极为严格。在选用生铁时太原重工发现，龙凤山超高纯生铁具有高碳、低硅、低磷、低硫、低微量元素的特点，可获得性能良好、塑性韧性优异的铸件。太原重工对此非常满意。

近20年的风雨兼程，龙凤山历久弥新。当初建厂时职工不到500人的龙凤山，如今员工已达2100多人；产品由当年的球墨铸铁和灰铁件变为如今的五大系列111个品种；当年的小铁厂如今已是工信部认定的专业生产铸造用超高纯生铁、高纯生铁和亚共晶生铁的高新技术企业，与清华大学、北京科技大学、上海大学、东北大学等20多所知名大学和科研院所形成了产学研用战略合作伙伴关系。如今的龙凤山从新产品研发中试平台着手，深度开发超高纯铁、非晶母材原料纯铁、磁性材料、铁基金属粉末、耐高温耐腐蚀铁基功能新材料等高端新材料产品，实现企业产品跨越式升级，为战略性新兴产业发展、国家重大工程建设、国防科技工业提供新材料支撑和保障。

向新材料领域挺进的同时，斥巨资投入绿色环保建设，在全厂范围内进行技改项目100余项，让龙凤山实现了生产全流程零污染；准备成立物流公司，为减少运输环节污染拟建"公转铁"项目……这一系列改革创新举措，既是龙凤山深入贯彻绿色发展理念的具体行动，更是龙凤山人肩上沉甸甸的社会责任。

感悟沙钢

陈黎明

　　笔者长期从事冶金新闻工作，从1983年开始到沙钢采访，从此与之结下不解之缘。30多年跟踪采访报道沙钢，笔者累计在《中国冶金报》刊发各类报道4000多篇、上千万字，见证了沙钢如何走出发展中国民族钢铁工业、独具特色的成功道路。

　　沙钢前身是江苏省张家港市（原沙洲县）锦丰镇棉花剥绒厂创办的一个小轧钢车间。创业初期，面对既缺资金又缺设备，更缺技术的重重困难，老一代沙钢创业者以"蚂蚁啃骨头"的精神迎难而上。当年，沈文荣（现任沙钢集团董事局主席）带领工友们睡地铺、翻三班，不辞劳苦到外地轧钢厂拜师学艺，终于轧出了沙钢第一批钢材，开创了沙钢的基业。

　　笔者在多年的采访中深切感受到，沙钢上下始终有着一股团结拼搏的骨气、砥砺奋进的勇气、自加压力的志气、争创一流的锐气，企业始终保持着蓬勃向上、开拓进取的浓厚氛围，形成了强大的凝聚力和战斗力。广大干部职工自觉弘扬"自力更生、艰苦创业，勇于创新、不断登攀"的企业精神，并不断赋予其新的时代内涵，爱岗敬业，团结进取，乐于奉献，展示了沙钢人特别能吃苦、特别能战斗、特别能创新、特别能奉献的精神风貌，彰显了具有沙钢特色的企业文化。

沙钢的发展史既是一部自力更生、艰苦奋斗的创业史，也是一部科技领航、追求卓越的创新创优史。为主动参与国内外市场竞争，沙钢紧紧抓住每一个转瞬即逝的历史机遇，不断树立新的发展目标。一个阶段目标实现后，就提出下一阶段新的目标，并坚持步步升级，不断提高目标值，把干部职工的注意力始终集中到向新的目标冲刺上，一步一个脚印地朝着既定目标不懈攀登，实现了一个又一个历史性跨越，创造出一系列的"沙钢速度"：

20 世纪 80 年代初，开发投产几何形状复杂、大厂不愿干而小厂又干不了的在建筑行业方兴未艾的新产品——窗框钢，成为该类产品国内品种规格齐全、年产量和销售量高的专业生产企业，留下了"窗框钢打天下"的佳话，为企业发展积累了第一桶金。

1988 年，率先引进建设中国第一条 75 吨超高功率电炉炼钢、连铸、连轧螺纹钢生产线，不到三年就收回项目投资，同时为下一步品种结构创新奠定了新的基础；1994 年成功引进建设 90 吨超高功率节能型竖式电炉炼钢、连铸、连轧高速线材生产线；1996 年合资兴办冷轧不锈钢公司，生产冷轧不锈钢薄板，造就了中国最大的不锈钢薄板基地。

在全国冶金行业中率先建成 CIMS（计算机／现代集成制造系统）示范工程，开辟企业管理信息化通道；率先建成县级市企业博士后工作站。

2003年，组织精兵强将通过技术创新和改造提升，在民营钢铁企业中率先兴建650万吨钢板工程，建成5米宽厚板等生产线，所用投资比同类项目降低40%以上。

建成5800立方米高炉，自主研发的从炼铁至炼钢"一包到底"和"铁水热装、热送"节能减排新工艺获得国家发明专利；在民营钢铁企业中率先上马冷轧高端板材生产线；2016年，引进实施世界领先的超薄带技术创新工程项目。

10年前，在江苏民营钢铁企业中率先垂范，跨区域联合重组了淮钢特钢、安阳永兴钢铁等企业；2017年，持股重组东北特钢，为进一步优化拓展品种结构和提高产业集中度进行了有益的探索实践……勇立改革开放潮头，以时不我待的气概，使企业工艺装备迅速与国际先进水平接轨，生产组织结构、品种质量结构、能源环保结构、国内外经贸结构和科技管理人才队伍结构全面优化提升，昂首挺进世界钢铁第一方阵。

多年来，沙钢以推进自主创新、结构调整为主线，大力培育高素质技术和管理队伍，组建了国家级企业技术中心、先进钢铁材料技术国家工程研究中心。2007年，江苏省（沙钢）钢铁研究院正式建立；与苏州大学联合创办沙钢钢铁学院，开我国民营钢铁企业与百年著名高校合办钢铁冶金专业院校之先河。一系列举措，使沙钢构建了相对独立、完整的技术创新保证体系和人才保障机制，增强了企业的自主研发能力，累计获得国家发明专利和实用技术专利160多项。

沙钢创新发展的轨迹，无不折射着改革开放以来我国民族钢铁工业创新发展的理性之光。

今年正值改革开放40周年。沙钢在习近平新时代中国特色社会主义思想引领下，按照国家行业政策导向正在认真制订和完善下一步新时代、新作为的企业创新发展规划，围绕长江经济带发展战略，进一步做精做强钢铁主业，实施好多元经营，努力为中国钢铁产业高质量发展做出应有的新贡献。

吴惠芳：做好新时代乡村振兴大文章

胡文俊

　　吴惠芳，男，1960年生，中共党员，现任江苏省张家港市南丰镇永联村党委书记，兼任中国社区发展协会副会长、中国村社发展促进会执委，第十三届全国人大代表。

　　1980年，吴惠芳考入南京炮兵学院，毕业后到驻杭部队工作。1984年参加中越边境自卫还击战，1998年率领部队赴九江抗洪抢险，2002年任驻浙某师政治部主任。2005年，吴惠芳放弃师级军官身份，自主择业回到家乡永联村做了农民。他勇于创新，将过去村委会"一元治理"模式转变为多元、立体的乡村治理结构。他恪尽职守，成立劳务公司，帮助村民就业，每年筹集捐赠1000万元帮助弱势群体。在他的带领下，永联村先后获得"全国文明村""全国先进基层党组织"荣誉称号。他先后获得"全国乡村旅游致富带头人""江苏省优秀共产党员""江苏省最美复转军人""江苏省劳动模范"等荣誉称号。

"去"与"留"：从师级干部到优秀村官

25 年的军旅生涯，使吴惠芳成长为一名优秀军人。在军校，吴惠芳学的是军事指挥专业；在部队里，他从事的是思想政治工作。脱下军装，重回"农门"的他，成了"三农"战线的"新兵"。凭借长期的政治理论学习和扎实的走访调研经验，回到永联村的第二年，吴惠芳就主导制定了《关于建设社会主义现代化新永联的决议》，启动现代化新永联建设，系统提出了新农村建设"六个化"标准，即居住方式城镇化、生产方式产业化、就业方式多元化、生活方式市民化、管理方式规范化、收入方式多样化，全面推进永联新农村建设。2013 年，为推进美丽乡村建设，吴惠芳又提出美丽乡村建设"四美"标准，从产业美、生活美、生态美、素质美四个方面全面推进永联村美丽乡村建设。他的这些理论和观点，在全国农村发展治理专家中引起了强烈反响。

现在的永联村，综合实力在全国村庄中名列前茅，展露出一幅小镇水乡、花园工厂、现代农庄、文明风尚的"农村现代画"。2015 年，在米兰世博会上，永联村作为中国唯一的农村代表登台展示。吴惠芳成了农村建设发展的行家里手，先后受邀到中央党校、浦东干部学院、美丽乡村博鳌论坛等举办讲座，讲述永联村的发展经验。

"破"与"立"：探索乡村治理新机制

农村是个大课堂，走在全国前列的永联村，则肩负起"摸着石头过河"的使命。为探索建立适合城镇化乡村的治理模式，吴惠芳用了10年时间，分四步走。

第一步：集中居住。2006年，当时的建设部在苏州推行"城乡建设用地增减挂钩"试点工作。吴惠芳与班子成员通气之后，对散居的3600户农户实施整体拆迁，将张家港市"城乡建设用地增减挂钩"的1000亩指标全部争取到永联，建设了占地600多亩的农户集中区——永联小镇，并在小镇上配套建起了农贸市场、医院、商业街、学校等现代化设施。如今的永联人，住的都是商品房，在村里就能买菜、上学、治病。

第二步：服务下沉。村民集中居住之后，村域内居住人口数量急剧上升。吴惠芳认为，农村城镇化既要有城镇化的基础设施，也要有城镇化的公共管理和公共服务。为此，他积极向上级反映情况，很快得到张家港市政府的大力支持。2009年，当地政府在永联成立了社会管理协调小组，把公安、交通、城管、工商、卫生、消防等机构和执法人员派驻到永联，实现城乡公共管理、公共服务的均等化，使永联人享受到了城里人才有的公共服务。

第三步：村企分离。1998年和2000年村办企业永钢集团转制时，永联村坚持给村集体留下25%的股份，也给村民种下了一棵"摇钱树"。为实现村企共建共享，同时确保企业市场化经营，吴惠芳将永钢集团和永联村的财务完全分开，村企两本账；管理班子分开，村企两套管理人马，两套薪酬体系。企业讲究的是效率优先，按照现代企业制度经营；村里讲究的是公正公平，按照自治组织条例治理。

第四步：政经分离。永联村除了持有永钢集团25%的股份，还有300多个门面店的集体资产、8000亩耕地的集体土地，年可支配收入达1亿多元。同时，永联村有1万村民、1万多外来人口，村委会管不了也管不好。吴惠芳决定，实施"政经分离"：一是成立城镇化社区。2011年，永合社区正式成立，并选举社区居委会，直接隶属于南丰镇政府。二是成立永联村经济合作社。2013年，村里出台经济合作社章程，对10676名社员进行确权，选举产生社员代表，由社员代表选举理事会、监事会，聘请经营管理班子成员，确保集体资产保值增值。2017年，永联村经济合作社社员人均福利分红近1万元，年人均纯收入达4.58万元。

吴惠芳深知，要打开封闭的、熟人社会的乡村格局，实施有理、有节、有序的现代化管理体制，必须依靠制度。经过10年的"破"与"立"，吴惠芳将永联村的治理体系基本构建完成，实现了党建引领、区域协同、群众参与、依法办事。

"无"与"有"：推进乡村全面振兴

随着全村基础设施问题的解决、村企关系的理顺以及城镇化公共管理服务的到位，尤其是村民集中居住后，土地统一流转，由村经济合作社规模化经营管理，农民从土地上解放了出来，再也不需要面朝黄土背朝天了。吴惠芳在思考新的问题：除了土地流转费，没有一技之长的农民如何增收？现代化农业投入大、见效慢，如何才能提高附加值？

一直以来，永联村集体经济是"一钢独大"，符合条件的村民能进厂工作，年纪大又没有什么技能的村民进不了厂，家庭生活往往比较困难。

2009年，吴惠芳提出在永联村发展乡村旅游。为此，吴惠芳组织学过旅游、农学、规划的3名大学生员工研究策划发展乡村旅游。半年之后，江南农耕文化园开门营业。为了提升人气，他在永联小镇打造了江鲜美食街，举办江鲜美食节。经过几年的快速发展，"吃江鲜，到永联"已成为周边城乡居民的共识，带动400多名村民就业，2017年游客人次达100万，销售收入1亿多元。随着人气的提升，永联小镇门面房的年租金收入达1200多万元。

发展旅游产业尝到了甜头，吴惠芳决定用旅游带动农业：构建全产业链——一、二、三产业融合发展，建成4000亩的苗木基地、3000亩的粮食基地、400亩的果蔬基地、100亩的特种水产基地，实现种植养殖基地化；投资建设腌腊制品厂、谷物加工作坊，以及传统酿酒、榨油作坊等，实现加工制作工业化；主打"长江鲜"、农家菜品牌，实现餐饮美食特色化；成立永联天天配送公司，构建销售、物流体系，实现产品可追溯，2017年"天天鲜"在新三板挂牌，实现了销售配送标准化；整合永联区域景点及张家港市东部区域的农业旅游资源，打造长三角市民喜爱的乡村旅游产品，实现旅游观光产品化。

2014年，永联小镇被评为国家4A级景区。2017年，永联小镇被江苏省确立为首批13家田园风情小镇之一。2018年，永联村全域旅游发展经验被新华社、《人民日报》、《经济日报》先后报道。

"智"与"志"："三农"问题的根本是人的素质提升

物质富裕了，但脑袋不会跟着富裕。吴惠芳带领永联人致富的同时，一直紧抓村民素质提升，补"智"又补"志"。

一是抓教育。"永联的未来在孩子。"2012年，在他主导下，永联村投资1亿元，建设了设施一流的永联小学。2015年，身为苏州市人大代表的吴惠芳，提交了关于均衡城乡教育资源的议案，引起苏州市高度重视，此举为永联小学带来了优质教育资源。2015年，引入北京荷风艺术基金会。在荷风艺术基金会指导下，永联小学成立了荷风管弦乐团，永联的孩子在家门口就能受到高雅艺术的熏陶。

二是抓文明。吴惠芳把永联的文明建设分三个层次：传统农民变职业农民，职业农民变文明市民，文明市民变合格公民。最终目的，是让农民在社区生活中发声、参与民主自治。为此，2015年，他在村里成立社会文明建设联合会，从公厕文明、祭祀文明、交通文明等一件件具体事情抓起，培养村民的公民意识。如今，永联村连续五年被评为"全国文明村"。

三是抓公益。2012年，吴惠芳在永联小镇主导建设了爱心互助街，设置学习互助、生活互助、娱乐互助、健康互助四大功能区。爱心街的标识是两颗交叉的爱心，由吴惠芳亲手设计绘制，寓意永联人只有在共建中才能共享，不能丧失勤劳致富、艰苦奋斗的意志和能力。2010年，吴惠芳申请成立永联为民基金会，每次外出讲课获得的讲课费，他都捐给基金会，累计30余万元。基金会资金用于村里困难对象帮扶。

吴惠芳从部队师职干部转身为苏南小村的普通村官，目标是致力于将永联村打造为中国新农村社会治理的样板，成为中国乡村小镇率先走向世界的标杆。转业以后，他不忘初心、继续前进，发挥听党指挥、服务人民、善打硬仗的优良作风，带领永联村乘风破浪、逐梦小康。他以生动实践书写了转业军人在平凡岗位再立新功的精彩篇章，折射出一名军人、一名党员对党和人民无限忠诚、为党的事业无私奉献的宝贵品质。

栋材老弟，你好！

董贻正

看了胡文俊撰写的《吴惠芳：做好新时代乡村振兴大文章》，由衷为永联村和永钢有这样一位好接班人而高兴，更为永联村和永钢的可持续健康发展而欣喜。

我和永钢有过几次接触，第一次是在20世纪80年代末90年代初。那时，我对当时新兴的民营企业十分关心，多次到江苏民营钢铁企业调研，发表了多篇调查报告。当时，永钢只有一条棒材生产线，没有什么特点，我走马观花地参观了一下，没有留下深刻印象。

20世纪90年代中后期，我去沙钢调研时，听说永钢有了发展，建设了3条棒材轧机，产能约为150万吨，但自己不产钢，全靠外购钢坯加工生产。那一年，钢坯供应紧缺，当时的冶金部控制国企钢坯的销售，一般不让售给民企。这种情况下，我想了解永钢如何生存，今后又怎样发展，因此我又去了永钢。当时在现场，我看到3条生产线正满负荷生产，不像原料供应短缺的样子。我还了解到生产工人是三班三运转，没有休息日。

因此我在永钢参观结束后，同当时的永钢董事长吴栋材交谈时，就提出了两个问题。

一是永钢的钢坯来源问题。我问："国家控制钢坯销售渠道，你们加工轧材的原料从哪里来？你们是不是要考虑转行？"吴栋材听后大笑，说："这种限制是你们坐在办公室里想出来的，和实际情况根本不符，也违反了客观规律。你不是看到了，我们的生产线在开足马力加油干。我们的钢坯是隶属于冶金部的东北一家国有大钢厂供给的。有的国企产品结构不均衡，钢多材少，他们要利润，总会选择有需求的下游企业。我们根本不怕没有原料供应。我为什么要转行？"这一番话说得我哑口无言。搞市场经济，就要改变那些不符合市场经济规律的规定，这样才不会被市场嘲笑。

第二个是职工劳动强度问题。我问："你们的员工是三班三运转，工人必要的休息时间能保证吗？不违反劳动保障规定吗？"对此，吴栋材胸有成竹地说："不要以为我们这样做是在剥削工人。错了！我们正是为工人着想。这是经过全体工人投票表决通过的。你想想，我们的工人都来自外地。他们来这里干活图啥？还不是想多挣些钱，回去盖房子、改善全家生活？他们在这里无亲无友，每周两天假，去干什么？弄不好，还染上一些坏毛病。所以我们这样做，合乎他们的心意。我们实行计件工资制，节假日发加班工资。工人为什么不乐意？当然，以后我们会逐步完善现行规则。"这番话说得我心服口服。只要合乎情、合乎理、合民心、利民生，有些规定应当让企业根据实际情况做出变更。这场交谈我们都感到很愉快，虽然是初次见面，但一见如故，无拘无束，坦诚相见，好像两个老朋友似的。最后他说了一段话，让我们记忆深刻。他说："你们知识分子学问多、见识广、思维周密，遇到问题，前后左右，反复考虑，力求少出错，这当然没错。但市场情况千变万化，一些机遇，瞬息即逝，真是机不可失，时不再来。有些事，往往是你们做出决策时，我们已经干上了，你们可能只赶上个尾巴。"

这次参观和交谈，永钢及其掌门人给我留下了深刻印象。我记得那一年吴栋材66岁，小我5岁。从1978年起，他担任永联村党支部书记；1984年靠60万元自筹资金起家，创建了村办轧钢企业，一路走来很不容易。他敢于面对现实，在貌似不利的市场情况下积极进取，寻求商机；他敢于打破常规，灵活机动，求得双赢；他以诚待人，坦率真诚，直言不讳，是一位值得信赖的朋友。

2006年，我又一次去了永钢。当时，见到永联村村委办公室门口新立了一块黑色石碑，上面镌刻着"华夏第一钢村"六个大字。那时，永钢已经不再是购坯轧材企业了，而是拥有500万吨规模的从铁到材的综合性大型钢铁企业。这个六字称号，可说是当之无愧。

这次参观后，我又拜访了吴栋材，我们热烈地交谈起来。那时他任董事长，永钢集团总经理由他的大儿子吴耀芳担任；从部队转业的二儿子吴惠芳接替他任永联村党委书记，并兼任永钢集团副总经理。我对吴惠芳特别感兴趣，一个军校毕业、在部队26年、上过前线有战斗经历的师政治部主任转业当村官，能安心吗？能适应吗？是"飞鸽牌"，还是"永久牌"？当时，我不无担心。现在，永联村10多年的发展情况以无可辩驳的事实证明吴惠芳不仅是"永久牌"的，而且是升级换代，成为创新型的"新能源摩托车",动力大,可持续性强,带领大部队奋勇前进!

当时,吴栋材的办公室也换了。他的办公室不大,更说不上豪华,但相当现代化。办公桌对面墙上的大屏幕上是生产现场的即时视频,可以任意切换到不同岗位;办公桌上有几部电话机,分别有不同的功能。谈话时,我问起几个数据,有的可能涉及企业秘密,但他毫不犹豫地拿起电话询问,不一会儿对方就回复了。那天晚上,我们在永钢食堂就餐,吴惠芳也参加了。由于时间关系,我们没有深入交谈。

那次我还了解到,永钢已经进行股份制改造,吴栋材带头拿出自己的一半股份,坚持为村集体保留25%的股权,让村民享受永钢的资产增值和分红。这一举动,让我更钦佩他的为人!

以后还了解到,2012年,永联村民人均年收入达28766元,成为江苏乃至全国社会主义新农村的典范。2013年,吴栋材被评为"全国敬业奉献道德模范"。他,不愧是一位值得尊敬的民营企业家!

现在,虽然距我与吴栋材那次见面已过去10多年了,但往事历历在目。我经常会想起吴栋材,期盼能有机会再次见面、再次畅谈。我想念永钢,想念吴栋材。

我要轻轻地问候一声:栋材老弟,你好!

高扬：让企业向绿而生，因绿而兴

郭增地 谢吉恒

2018年"中国时代风采·大地之光"征文表彰大会于6月17日在北京国家会议中心举行，来自全国各条战线的获奖代表近200人出席了会议。其中，"绿色发展标杆企业"——河北新金钢铁有限公司总裁、总经理高扬荣登"十佳新闻人物"榜，被授予"中国时代优秀企业家"荣誉称号。

高扬，出生于河北武安一个企业世家。祖父高云生，是20世纪90年代名扬武安的创业者，新金集团创始人。1993年，乘改革东风，高云生创建了武安第一家炼铁厂——津安铁厂。父亲高万军，将这家小炼铁厂发展成集铁、钢、材"一条龙"，钢材轧制产能达500万吨的大型民营钢企；企业连续12年跻身中国企业500强、中国制造业500强、河北省百强企业行列。祖父、父亲是改革大潮的弄潮者，长辈们磨砺拼搏的精神，在高扬心中打下深深的烙印。

80后高扬，毕业于北京大学，硕士学位。2014年2月，出任新金集团总裁、总经理。他凭借较高的文化素养和现代企业管理学识，扎根基层，走出去向行业内先进企业"拜贤取经"，探索创新。他咬定创新驱动发展观念不放松，坚持走绿色发展之路，演绎着企业"向绿而生，因绿而兴"的故事。

人才兴企　科技领先

国以才立，政以才治，业以才兴。高扬清醒地认识到，提升企业核心竞争力，人力资源创新是关键。为此，他大刀阔斧地实施人才强企战略：创新人才引进、人才评价、人才培养、人才激励、职称评定、薪酬制度、人才管理、人才稳定、人才任用机制，"九管齐下"，让人才留得住、用得上、能干事、干成事，为新金实现跨越式发展提供了强有力的人才保证和智力支撑。

高扬认识到，要加快企业转型升级步伐，走新型工业化发展道路，创新信息化管理势在必行。在其倡导下，新金投资8000万元，历经3年建成了信息化系统项目。该项目现已形成"信息在系统中共享，流程在系统中贯通，业务在系统中协同，资源在系统中利用，权力在系统中受控，知识在系统中传承"的数字化体系，增强了企业的核心竞争力。近年来，新金先后获得"中国信息化500强""河北省两化融合重点企业""两化融合示范企业"等荣誉称号。

生态环保　绿色标杆

围绕"有效管控环境风险、全面深化绿色制造，致力推进产城融合、全力打造一流绿色生态钢企"的战略目标，新金以

"创新、协调、绿色、开放、共享"五大理念为引领，开展产城融合实践，积极践行环境经营理念，主动承担社会责任。用高扬的话说，就是"四着妙棋，着着见效，盘活全局"。

妙着一：上设备

建成能源管控中心，形成能源管理可视化、信息化、一体化的集中管理系统；新上除尘设施86套；建大型原料大棚3座、中型原料大棚2座，总面积达14万平方米，同时配备相应的除尘喷雾器、喷枪、洗车台；安装在线监测设备29套，实现主体生产装备在线全覆盖；3台烧结机头均实现全烟气收集；投资5000万元将120吨转炉一次OG法（湿法）除尘改造为半干法一次除尘；投资800万元，与中科院合作建设烧结机烟气循环利用项目，可削减氮氧化物约30%，实现了超低排放、全面达标。新金烧结烟气净化工程被北京市科委评为"2017年首都蓝天行动科技示范工程"。

高扬说："新金高度重视二次能源转化，实现了工业废水零排放，蒸气、煤气全部回收利用，自发电率达到70.4%，三废利用率达到100%。企业还投资2亿元，新上了烧结机烟气净化一体化系统，实现脱硫、脱硝、脱二噁英、脱颗粒物等烟气深度治理，实现超低超净排放。废水深度净化后达到饮用水的纯净度。"

妙着二：建体系

全新的矩阵式管理体制，是新金持续改进环保管理运行模式的又一个妙着。高扬说："矩阵式管理体制包括建立健全环保管理制度及运行机制、建立环保检查监督机制、环保管理责任落实机制、环保考核奖罚机制，推动环保目标绩效考评，总体形成逐级负责、分工明确、管理有序、上下联动、齐抓共管、全员参与的长效机制。"

妙着三：搞绿化

高扬谈道，围绕"优化厂区绿色生态环境，扩大厂区生态环境容量，鼎力打造工业生态旅游基地"战略方针，2017年，新金投资4000万元实施了绿化美化工程；建有专业绿化队、环卫队和专业保洁队；采用彩色喷漆处理技术，对厂房、管网及厂区设施进行美化、亮化。漫步新金厂区，绿树鲜花环绕厂房，道路宽阔畅通，鱼池里金鱼戏游，形成了"厂在林中、林在厂中、路在绿中、人在景中"的生态格局。2017年，新金被评为"全国绿色工厂示范单位"。

妙着四：工业游

今年六一国际儿童节到来之际，高扬带领新金领导层精心策划了"童心童趣看新金，非同凡响过六一"的亲子活动。60名新金职工子女来到厂区，目睹"钢铁是怎样炼成的"。孩子们畅游绿色工厂，分享新金环保治理、绿色转型的成果。他们拿起画笔，将见闻感悟画成美丽的图画，表达自己的心声。《中国冶金报》副刊用图文并茂的形式对这次活动进行了深度报道，在全行业引起热烈反响。

叫响品牌　研发精品

高扬特别谈道，在当今"质量为王""品牌为王"的时代，实施精品战略势在必行。

实施品牌战略，高扬拍板决策"三定位"：

定位创新体制建设。新金以完善的科技创新体制为基础，以新产品研发为核心，加大科研资金投入；敞开大门，广纳科技英才，全力抓好引智工程；探索新的工艺技术，开发具有自主知识产权的生产工艺和技术；全力开发、生产高新产品，提高产品市场竞争力；大力推进以板材为主的产品结构调整。

定位实施精品战略。近年来，新金开发了 QSAE1008 热轧线材、HPB300 混凝土用热轧光圆钢筋、30C 汽车车轮用钢板、有花冷基镀锌板、无花镀锌家电板等新产品，产品畅销广东、上海、山东、河南、天津以及杭州、苏州等地市场，并出口到欧洲、南美洲以及中亚、中东、东南亚等地区。

定位打造行业品牌。新金以"智能"提升"质量"，打造新金品牌，彰显强大的品牌实力。据统计，近几年新金开发新产品18种，取得技术专利18项，热轧圆盘条、热轧宽钢带产品连续10多年荣获"河北省名牌产品"称号。2017年，新金热轧钢带产品荣获国家"冶金产品实物质量金杯奖"；2018年，新金建材产品获得"十大卓越建筑用钢生产企业品牌"殊荣。

员工幸福　回报社会

高扬提出："企业发展要与社会融合。"为此，新金努力做到"企业发展三同步"：

一是为员工谋幸福。新金坚持以人为本的发展理念，发展企业依靠职工、发展成果与职工共享。新金开办有职工大学、职工医院，建有职工活动中心，职工食堂实行半费就餐，定期组织职工和家属旅游等，职工幸福指数持续提升。

二是为顾客创造价值。新金提出"顾客的需求，就是我们的不懈追求"。高扬说："新金建立了客户终端服务网络，提供个性化产品和特色化服务。我们还建立了产、供、销、运、研快速联动机制，提高顾客的认可度和满意度。现在，新金已与太钢、天铁、格力、银龙新能源汽车、青岛奥克玛等企业建立了战略伙伴关系，实现了互利双赢。"在新金荣获"河北省诚信企业"称号的同时，高扬也获得了"河北省诚信企业建设优秀工作者"称号。

三是奉献社会。近年来，新金累计投入1.28亿元开展帮扶活动。新金利用冲渣水余热建成两座供热站，为周边农村供热，被当地人称为既环保又惠民的"双赢工程"。

今年"六五"世界环境日，《中国冶金报》发布信息，新金荣登2018年"绿色发展标杆企业"榜单。笔者在武安市钢企进行"庆祝改革开放40周年主题"征文采风活动期间，巧遇河北画家张世才。他用时半个月，特为新金创作了一幅《世外桃源》画作，祝愿新金永做绿色发展标杆。

山沟里走出来的工匠大师

杨子江　章利军　左俊　耿涛

　　与你共事的矿长说，你是外面100万元高薪请不动的人，因为你热爱马钢；与你共事的党总支书记说，让你去坐办公室或去相对轻松的岗位你会立马拒绝，因为你是专心学艺、用心做事的职业操作手；与你共事的工友说，你是电铲修理专家，对它的牵挂就像对待自己的亲人一样，因为你把企业当成了自己的家；与你共事的马钢高层领导说，你是具有远大抱负、火热情怀、高尚品格的人，因为你始终要让自己成为高品位的矿石。你，就是马钢南山矿高村铁矿电铲工段段长、党支部书记卜维平。

　　卜维平，自进入马钢技校学习开始，历经40年的磨打和锤炼，他先后获得第一届马钢首席技师、安徽省技术能手、全国技术能手、全国冶金青工技术能手、全国新长征突击手、安徽省十大能工巧匠、全国劳动模范等光荣称号，是享誉中国矿山企业的工匠大师。

上班第一天，喇叭里的故事

34年前的一天工闲之时，马钢凹山采场广播里正播放电影《甜蜜的事业》主题曲，忽然广播"哑"了，大家直犯嘀咕，咋回事？几分钟后，大喇叭又出声了："各位电铲司机注意了，415电铲大绳需要紧急更换，请迅速各就各位。"这是卜维平上班第一天发生的事。

作为电铲司机岗位的"新兵蛋子"，他跟着师傅向现场一路跑去，一边跑一边琢磨："换下大绳，有必要这么兴师动众吗？"

抢修现场人声鼎沸，号子声、加油声、打锤声不绝于耳。几位工友轮番抢锤，拼命击打，可固定在大绳根部的卡位销始终纹丝不动。血气方刚的卜维平从一位工友手中抢下大锤，奋力锤打，直至筋疲力尽，也奈何不了卡位销。但大家没有灰心，因为在场的每一个人都知道，要想卸掉卡位销只能连续不断地锤打。车轮战持续了9个多小时，第二天晨曦微露时大功告成，现场一片欢呼，卜维平心里却涌起一丝苦涩。这种落后的生产工艺必须尽快淘汰。他默默告诫自己，要好好学习本领，早日攻克这个难题。

28岁，登上全国青工技能大赛领奖台

为使自己成为合格的电铲司机，卜维平自费购买了《电工学》《电铲司机入门》《机械基础原理》等专业书籍。为让书本上的知识融入实践，平时上班，他认真领会师傅们的实际操作要领，并把师傅们处理故障的方法记录下来，逐一消化，仔细分析。

借助老师傅经验和理论知识的滋补，卜维平在实践中摸索出一套驾驭电铲的妙法。比如，选择采掘位置时，履带同爆破堆要成45°角，由外向里依次采掘，呈鱼鳞状推进，便于装车。再比如，操作电铲需要勤起铲、近挖掘，推压手柄时不能一次推到底，以避免电机堵转，影响作业效率。日积月累，他的技艺大长。操作4立方米的电铲，普通司机铲装一列机车6个车厢矿岩需要25分钟到30分钟，而他不超过20分钟就能完成，且铲装质量高，不偏重、不抛撒；一般司机遇到小故障都是求助检修人员，而他能独立解除。

凭着执着的钻劲，卜维平具备了在更高的舞台上展示风采的能力。1990年3月，全国冶金系统、团中央联合举办的第二届青工技能大赛拉开帷幕。经过层层选拔，他一路过关斩将，代表马钢参赛。在强手如林的总决赛中，他取得了第三名的好成绩，并首次获得全国新长征突击手称号。这一年，他28岁。

载誉归来，卜维平被任命为422单机机长。422单机一直是当时冶金部标杆红旗单机。为不负众望，他刻苦钻研。在岗位上，他有针对性地研究电铲故障率高、单机产量低、备品备件消耗高产生的原因，主动当好设备"大夫"。他日复一日地穿行在12台电铲之间，忙碌在机台上下。1998年至2000年，他带领工友消除设备缺陷1634次，使凹山电修设备管理工作迈上新台阶。电铲工段先后获得全国学习型班组、全国工人先锋号等荣誉。

摸爬滚打，成为电铲修理土专家

电铲是采场最常用的挖掘设备，出故障"趴窝"的事时有发生。为降低设备故障率，卜维平经常在生产一线，对每台电铲设备进行排查，找出"病根"，开出"处方"。针对高村采场有的电铲因使用时间长导致老化、劣化的问题，他果断改进工艺，将电控倍数由原来的3～3.5倍下调至2.5～3倍。此举使发动机空载电压下降10%，电动机堵转电流下降15%。这项技改使采场电铲设备故障减少到每月170小时，铲装量由原来的115万～121万吨提高到150万吨。每台电铲每年可节约维修费用15万元。针对WK-4A型电铲通风系统能耗大、通风不畅且机体大容易发生电机故障的问题，他带领大家实施技术改造，使电铲故障总台时下降60%，每台电铲节电达14万千瓦时，节约成本15万元。

2013年3月，一项艰巨的任务交给了卜维平团队。马钢要求他们对南山矿新购置的太原重工产WK-10C交流变频电铲进行组装，并在投用后立即进行技术消化、技术合成。这台大型设备的许多控制技术、技术参数、技术要领他们从未接触过，但他们依靠马钢几十年电铲使用维护的经验，并结合厂家《设备维护保养手册》要求，为新电铲量身定制了更为科学的维护操作保养制度，具有很强的操作性，得到了太原重工的充分认可。事后，太原重工借鉴卜维平工作室的制度要求，进一步完善了设备保养制度手册，并在各大矿山推广。

2018年，卜维平团队先后完成了WK-10C型电铲高压负荷开关隔离连杆创新改造、TR100矿用车排气系统改造、自制10立方米电铲后保险固定装置改造、电铲采掘工艺改造等60余项技术攻关项目，创造经济效益近1000万元。

令人折服的是，结合多年的理论学习和实践经验，卜维平精心编印了《电铲故障150例解析》和13.6万字的《电铲司机培训教材》，归纳出电铲司机操作"五字法"、电铲快速点检法、挖掘填石防陷操作法、设备保养十字作业法等技术方法，被职工称为最实用的教材。

当好铺路石，让更多人成为行家里手

卜维平的成绩令南山矿职工钦佩不已。为了让工匠精神在十里南山开花结果，2012年，南山矿党政领导决定率先成立以他的名字命名的大师创新工作室。工作室成立之初只有十来个人，多数人并不看好。为当好创新工作室的铺路石，卜维平瞄准了一项极富挑战性的攻关项目。当时，高村采场环境恶劣，采掘设备老化、劣化，设备故障率高达70%，采场产能释放受到严重制约。接受任务后，卜维平带领大家在电铲上下"捣鼓"备件，更换、调试、检测、修理，一通忙乎，却没有实质性进展。肯定是方法不对头。他立即组织大家召开技术分析会，经过不断的思想交锋，终于形成了一套比较科学的攻关方案。方案针对电铲电控系统设计了一套防控措施，将电铲电控系统磁放大倍数下调，使电控系统反馈惯性趋缓，机械部分运转平稳柔性上升，从技术上制约了电铲司机的非理性操作。打那以后，此项技改在采场所有电铲设备上进行推广，故障总台时下降了60%。

首战成功后，卜维平又带领团队人员开始了新的攻关。他们从制度入手，针对岗位操作、设备检修、班组管理等出台了113条管理考核制度，培养职工的标准化操作理念，用考核制度激励职工，用创新手段改善环境、提高效率，从而使创新工作室的员工增强成就感、获得感和幸福感。近年来，卜维平创新工作室先后获得全国冶金矿山电铲实训示范基地，安徽省、马鞍山市劳模创新工作室等称号。

在卜维平创新工作室的辐射和引领下，南山矿在采矿、运输、尾矿处理、汽修、检修、动力协作等单位相继组建了11个职工创新工作室，构建了职工创新创效的大舞台。

2018年，卜维平创新工作总室旗下的孙玉林创新工作室成功实施了凹选主厂房污水改造、超细碎高压辊给料滑动门液压站改造、高频细筛改造、5号大井加药系统改造等技改项目，李善生创新工作室先后完成数控等离子切割平台工艺优化、无噪声液压铆钉铆接系统优化、电机车棚自动化安全护栏改造等攻关项目，马钢（与马钢集团同名）创新工作室接连完成断路器控制模块修复、40号变电所故障诊断检修、41号变电所接地选线改造等攻关项目。

卜维平创新工作总室旗下11个创新工作室联合作战，一个个"金点子"闪闪发亮，解决了一个又一个技术难题，掀起了一次又一次职工创新创效热潮，构建起人人争当行家里手的浓厚氛围。目前，卜维平创新工作室已发展成拥有145名采、选、运、机械、电气等复合型人才的团队，仅今年初以来通过创新工艺、创新方法和技术攻关实现经济效益近2000万元。

如今，卜维平创新工作室成员个个是行家里手。他们正迈着矫健的步伐，从南山山沟里走出，展现出全国冶金矿山工匠大师工作室的群体风采。

做砥砺奋进的领头雁

石川

2018年11月30日，来自全国各地的300余名代表齐聚北京，参加中华大地之光·中国时代风采·名校创新联合举办的"改革开放40年征文表彰大会"。笔者撰写的反映钢铁行业绿色发展的文章的主人公孙小平，被授予"特约新闻人物"荣誉称号，以表彰他立足钢铁行业、力推环保节能新技术方面的成绩。

孙小平是江苏省常州市黑山烧结点火炉制造有限公司（以下简称黑山公司）董事长。多年来，他带领员工在钢铁、铁合金领域，咬定绿色发展理念不放松，黑山公司逐步成长为江苏省高新技术企业。引载沐浴改革开放春风，孙小平和黑山公司一串串闪光的足迹，让我非常感慨。

创新：从"跟跑者"变成"领跑者"

2014年春节前夕，我在河北邢台、石家庄的一些民营钢企调研节能减排和环保情况。一天下午，我接到一个从北京打来的电话："你是谢记者吗？我在《中国冶金报》上看到你写的多篇反映河北省相关钢铁业节能环保情况的深度报道，很受启发。我想约个时间，跟你沟通交流。"打电话者我并不认识，他自我介绍说是江苏省常州市黑山烧结点火炉公司董事长孙小平。原来，他听《中国冶金报》的编辑说，这些年我重点负责采写河北省民营钢企，对基层情况比较熟悉，于是就想约我见面。恰好第二天下午我从石家庄去唐山，在北京站换车，我们约定在北京站出站口见面。出站后按预先约定的标志——档案袋，我看到出站口对面站着一位高个儿中年人，右手高擎档案袋。我迎上前，两人在车站广场简短交谈10余分钟，一见如故。我接过装有企业情况的档案袋，急着换车，挥手告别。后来，我们多次在电话中沟通交流。

黑山公司始建于20世纪80年代后期，原是一家生产普通高温黏结剂及不定形耐火材料的村办小厂，建厂后的第一个10年主要服务南京、无锡周边的钢厂筑炉项目。由于产品技术含量低，缺乏竞争力，只能充当村办企业群中"跟跑者"的角色。

在建厂第二个10年开启时，孙小平敏锐地意识到，面对激烈的市场竞争，只有提供科技含量高、适销对路的产品，才是企业生存发展之道。当时，他经过详细市场调研分析认为，铁前烧结工序能耗约占钢铁生产总能耗的8%，烧结是节能减排的前沿阵地，开发前景好。于是他果断决定：研发单预热烧结点火炉。2014年，单项预热烧结点火保温炉在黑山公司面世。

这一科技含量高的特色产品率先在江苏钢铁企业投入使用，并出口到印度。

2014年4月初，我利用到南京参加2014年中国冶金报社年度记者会的时机，第一次踏进黑山公司采访，撰写了长篇报道《单预热烧结点火保温炉在冀"火"起来》，刊登在2014年4月18日的《中国冶金报》上，在业内产生良好反响。

机遇垂青有准备的人。黑山公司不停步、不歇脚，一鼓作气，与有关单位合作，于2014年5月上旬举办了烧结点火保温炉技术创新研讨会。会议采用"厂家＋用户＋媒体"的模式，开展了专家报告、用户现场观摩、交流研讨、媒体采风等活动。会后，孙小平带领业务、技术人员跟踪服务，开拓市场，巩固老用户，开发新用户。2014年，黑山公司的市场销售取得突破性进展，营销网络扩至全国10多个省、直辖市。

2014年夏天，我与媒体记者合作第二次采访孙小平。记者们撰写的报告文学《他们瞄准了高新技术》编入《燕赵儿女走进人民大会堂》一书，颇受行业读者欢迎，同时也表明，黑山公司的产品得到设计院和用户的广泛认可，助力黑山公司跨入冶金环保科技"领跑者"之列。

服务：真诚收获感动

孙小平常说，做事先做人。

据钢铁行业专家介绍，全国烧结生产用点火炉约有600座，每隔四五年更换一次，每年市场需求量在100座左右，市场小，竞争激烈。黑山公司营销人员说，现今竞争投标有"三难"：一是产品认可过程难。二是招标要求严格。三是钢厂烧结技改攻关难。近几年，钢厂环保达标要求严苛，技改标准提升，难度随之加大。

对此，黑山公司直面应对。孙小平认为，市场竞争首先是人才的竞争。黑山公司对内，实施"引进人才、关心人才、用好人才"一整套用人机制，激发技术人员积极性；对外，真诚服务客户。

点火炉工况条件较为复杂，黑山公司技术人员心系用户，真诚服务。2017年，黑山公司中标陕西龙钢400平方米、265平方米烧结点火炉旧炉本体更新及自动化改造工程，需将点火炉所用预热高炉煤气和预热助燃空气改为采用转炉煤气。因煤气在原管道内流速较低，无法测准流量，为确保施工质量，他们免费更新部分车间空气、煤气管网，还免费制作了两座炉子的操作平台。历经一个月的改造，这两个烧结车间管网整齐划一，加上新建的点火炉，龙钢烧结环境大变，受到龙钢好评，龙钢电视台还做了专门报道。

黑山公司把满足用户需求当成自己的追求。2016年底，黑山公司为湖北一家钢厂改造265平方米高焦混烧点火炉，顺利完工后所有指标正常。时隔三个月，突然接到用户电话，说炉内结瘤严重，影响生产。黑山公司技术人员迅速赶到现场，观察炉点火段与保温段中间隔墙一侧的炉墙，看不出任何故障。随后，他们到中控室查看煤气流量显示表，发现第二排空气阀门处于关闭状态，打开阀门后炉内处于平衡状态，结瘤停止了。该厂技术人员看到炉内情况正常了，疑惑不解。"原因是你们关了一排空气阀。"听了黑山公司技术人员的介绍，该厂一位工人师傅内疚地说："想起来了，上次检修人员停炉检修后忘了开阀，麻烦你们跑了一趟。"

淘汰落后烧结产能，大烧结机开始在国内广泛应用，这既是挑战又是机遇。烧结机面积变大、台车变宽，原有的管状换热器难以胜任，开发大型吊挂式换热器势在必行。黑山公司经过3年的努力，研发成功一种高效大型吊挂式换热器，很快获得来自永钢、兴澄特钢和高义钢厂等企业的订单。河北某钢厂先让黑山公司改造一座点火炉，取得良好效益后，不到两年时间把烧结机点火炉全部改造了一遍。

用真诚之心服务用户，使黑山公司在第三个10年间稳步发展，点火炉在全国市场的份额增至约20%。

责任：助建旅游示范村

2018年9月下旬，我应孙小平邀请第三次来到黑山公司，采访重点是黑山公司驻地——江苏省常州市武进区郑陆镇丰北村旅游景观筹建情况。欣闻丰北村已纳入申报江苏省旅游休闲观光农业精品村之列，我甚为兴奋。丰北村党支部书记徐建刚从地理、资源、开发等层面介绍了该村发展旅游业的思路和优势：交通便捷，气候宜人，自然景观优美，农业资源丰富，文化底蕴深厚，乡居特色浓。

孙小平说："我们要把丰北村打造成集生态旅游、农业观光、养老、科普休闲为一体的美丽村庄。"他说，黑山公司身为村内规模较大企业之一，要以公益之心、实力之基、创新之力，助推村里旅游业发展。

孙小平告诉笔者，他们采取了两招：一招是"眼睛向内，手心向下"，完全融入旅游村建设之中。一方面，他们努力创建绿色标杆企业，打造绿色品牌，开拓点火炉这片"净土"；另一方面，将厂区建成村内"工业游"的一个景点，投资20万元改善环境，开放生产车间，进行产品展示和品牌宣传。另一招是发挥企业资金、技术、信息、市场和管理等优势，建立村企共建合作机制。例如，帮扶村里打好"生态资源"这张牌，通过传统媒体、网媒广泛宣传，提升景区的知名度和影响力。

　　孙小平这位改革开放的参与者，正在为做好领头雁、办好企业、担起社会责任而砥砺奋进。

主角

李武强

一辈子都是坐在台下当听众，今天却成了主角登上舞台，老李还真有点儿不适应。在大家热烈的掌声和主持人的热情邀请中，老李走上舞台。

今天是公司退休职工欢送会，其中有一项互动环节，就是主持人问，嘉宾答。老李作为嘉宾登上了舞台。

主持人：李师傅，明天就要退休了，有什么话要说吗？

老李：后天我就可以美美睡一觉了。感谢党，感谢组织。

看见主持人和大伙都在笑，老李赶忙又补充一句：感谢公司领导，感谢分厂各级领导。

大伙又是一阵哄笑。

主持人微笑着让老李坐下。

主持人：李师傅，你什么时候参加工作的？

老李脱口而出：1970年10月6日。

主持人：这么说，你参加工作已有37年了。

老李纠正道：是37年2个月24天，一直在炼铁高炉干炮泥工。

看到老李逐渐放松下来，主持人继续与他攀谈。

主持人：李师傅，37年来你最自豪的事是什么？

老李：由一个农村娃变成了八级工，成了人前人后受人尊敬的技术工，享受了同龄人享受不到的待遇。我很满足，也很自豪。

主持人：李师傅，37年来你最兴奋的事是什么？

老李：1995年9月28日，炼钢转炉投产。记得那天刚好我轮休，可我没有回家，与几个工友一起来到炼钢厂外。当时厂外戒严，保卫人员不让进现场，我们就在外面等。不仅仅是我们在那里等，焦化、烧结、机动、运司的一些老工友，还有附近的一些村民也在外面等。因为大伙都没有见过炼钢，都不知道钢是怎样炼的，都想看一眼那钢花飞溅的场面。当听到里面传出"出钢了，出钢了"的喊声时，厂外的人都欢呼起来，尽管没有看到钢花飞溅的实景，但我们能想象到，和电影里放映的一样。我们忘了年龄，同年轻人一样，你拉着我的手，我搂着你的腰，跳着、闹着，疯狂了半天。晚上，几个人到外面的小饭馆庆贺了一番。不是我们发疯，确实是发自内心的高兴。因为我们厂从1958年建厂，一直是炼铁，不会炼钢，到了我们这代人实现了钢铁梦想，结束了有铁无钢的历史，让钢花飞溅韩塬大地，我们心里真是十二分高兴。至今，每每回想起来都情不自禁地为之激动，为之兴奋。

老李说着说着不由得声音高了起来。此刻，无论是主持人，还是台下的听众都沉浸在老李的讲述中。

主持人：李师傅，37年来你最幸福的事是什么？

老李：厂团委给我们举办的集体婚礼。1978年，在厂团委举办的首届青年团员春游活动中，我结识了焦化厂的"三八红旗手"——乔玲，就是我现在的妻子。当年国庆节，厂团委为我们十对新人举办了集体婚礼。那场婚礼既隆重又简朴，既热烈又时尚，我至今记忆犹新。对我们这些农村娃来说，集体婚礼既省了费用，又能让双方亲友满意，真是给我们解决了大问题。当我们在众亲友的欢呼祝贺声中接过厂领导给我们颁发的结婚证书时，那一刻别提有多幸福了。

说到此，老李眯起了双眼，似乎又沉浸在当年的喜悦之中。

接着，老李又说：从那以后，我们十对新人每年都要小聚一次，每次聚会都要邀请当年的团委书记小张参加。

主持人：李师傅，37年来你最高兴的事是什么？

老李：铁厂的变化。不，咱们龙钢厂翻天覆地的变化。就拿我们炼铁厂来说，当年只有2立方米冲天炉和28立方米小高炉一座，后来大会战65天、75天、150天，陆续竖起65立方米、75立方米、150立方米的高炉三座，整座铁厂终于有了现代化的模样。那时，站在厂西门放眼一望，四座形如铁塔的高炉依次排开，别提有多神气。2005年，国家淘汰落后产能，四座高炉一夜之间化为平地，代之而起的是1080立方米、1800立方米、2500立方米的现代化高炉五座，比之前更威风、更神气，产量由过去年产4万吨到如今年产800万吨。能够目睹这些变化，我很幸福，也很高兴。再说我们厂，过去是一块荒芜之地，巴掌大的地方两条荒沟从中穿过，炼铁厂、土焦厂就横卧其中。如今厂区占地达5平方公里，炼铁、炼钢、烧结、机动、运司、焦化等厂拔地而起，拥有职工最多时达2万余人，成了誉满三秦的现代化钢城。其间能融入自己的心血，我感到十分高兴。

主持人：李师傅，37年来你感到最尴尬或者说最可笑的事是什么？

老李：去渭南东风机械厂加工渣口套管。当时，人家问我渣口套管的口径多大，我用手一比说就是这么大。看到对方有迟疑，我又补充了一句，说来时我用手亲自测的，保证没问题。人家又问，你没用卡尺量一下？我说，用什么卡尺，我们自己的手还不顶用？弄得对方直笑。事后，我被领导美美地训了一顿。再后来，我们厂办起了夜校，我们开始学起技术知识。通过学习，我才知道当初自己是多么可笑、无知。

台下响起一阵笑声。

主持人：李师傅，37年来你感到最辛苦的事是什么？

老李：铁厂第三次上马。1984年恢复生产后，厂里提出二次创业。当时实行周六义务劳动，领导和普通工人一样。挖电缆沟、打焦炭、拆土焦炉、搬耐火砖、下地洞放电缆、爬高炉放皮带，哪里需要就往哪里走，不分你我、不分男女、不分轻重、不分脏苦、不分里外、不分节假，不要任何报酬。那时候厂里比现在热闹，一边是人欢马叫，一边是机器轰鸣。东西南北、上下左右到处是干劲冲天、你追我赶的场面。尽管感到很苦很累，但大家从不发牢骚，更没有怨言。那种场面现在已经很难看见，但只要想起来，仍让人激动不已。

主持人：李师傅，前面我们聊了这么多高兴抑或不高兴的事。那这37年来，你有没有遇到什么比较艰难的事？

老李：有。1997年至2001年这五年间，钢铁行业不景气，我们的日子真不好过，连续三个月没发工资。当地人还能从家里带点干粮贴补一下，可怜那些外地人和刚参加工作的年轻人，一个个整天为吃饭发愁。领导让上班，娃娃说，你给个馒头，我就去。不少娃离开了。我们班有个叫奋强的小伙，陕北娃，坚持了一年，最终还是离开了。说实话，娃是个好苗子，可惜了。

台下一阵沉默。

主持人：李师傅，37 年来你感到最伤痛的事是什么？

老李：1999 年的"5·12"事故。当时，高炉结料，我们不顾技术员的阻挡，用雷管去炸炉膛。尽管这种土方法已经用了多年，且积累了一定的经验，但那次出事了，三位工友被炸得血肉横飞，惨不忍睹。他们都是同我一年进厂的，其中一个一直和我同宿舍，关系非常好，直到现在我还时常梦到他。逢年过节，我既想到他家看望一番，又怕引起其家人的伤感。每到此时，我内心就十分难受。

老李流下了眼泪。台下又是一片沉默。

主持人转移话题，说："李师傅，那些事已成为历史，好在我们吸取了当年的教训，如今 18 年了再未发生过一起事故。"老李十分肯定地点了点头。

主持人：李师傅，就要离开岗位了，还有什么话要说吗？

老李：时间过得真快，一晃 37 年过去了。外面的世界我了解不多，但这里的一草一木、一砖一瓦我感到十分亲切。如今就要离开了，我真的有点儿舍不得。几天来，一下班我就到处走到处看，希望把这里的一切都记下来。只可惜随着岁月的遗失，有些地方已发生了变化，找不到当年的踪影。那天，我在西门旁废弃的窑门口发现一块铁牌，上面写着"炼铁炼人炼红心"，这是当年挂在我们高炉炉台上的宣传牌，让我感慨了半天。我识字不多，但"炼铁炼人炼红心"却刻在了我的心里，用时髦的话讲，成了我的座右铭。咱们厂由小到大，发展到今天不容易。不管别人咋认为，反正我认为厂子就是我们职工的命根子、钱袋子。我们进了它的门，就应该一生一世与它生死相依、出力流汗。最后，希望我们这些退休职工每年都能到厂里转转。

主持人：李师傅放心，到时候我亲自去接你。

掌声和呐喊声从台下响起……

关于龙钢通勤车的故事

吉飞鹏

从没想到，自己会来龙钢，成为一名钢铁工人。命运就是这么奇葩，想要的，轻易不来；不想要的，常常不请自来。当了工人，也没有想到企业会变得这么美丽，美丽得让我从当初对它不待见，到今天从心里彻底喜欢上了它，并为它感到自豪。

第一次来龙钢，是二十年前。那时，十八九岁的我即将高中毕业。课间闲聊，一个同学问我和另外一个同学，你们坐过闷罐子车没有？我问他什么是闷罐子车，他说，你俩真土，闷罐子车都没坐过！星期六跟我走，去铁厂就能坐上闷罐子车。

出于对闷罐子车的好奇，我们没多想就同意了。我已经忘记是从哪里上的车，但我依然记得，要踩着硌脚的石头，迈过窄窄的铁轨，还得一人托着一人，才能爬进高高的车厢。等到人都进了车厢，列车员便把车厢门锁住，眼前一下子黑了。幸亏门口留了道缝隙，总算没有把亮光赶尽杀绝。我开始享受这难得的待遇，也总算弄明白了闷罐子的含义。原本拉货的列车，在行驶过程中必须封闭车厢，坐车的人就给它起名叫闷罐子车。

正是暑天，铁皮车厢内闷热得很，仅有的一丝从铁门缝隙中残余的风，还在抽干着我们身上有限的水分。伴着"咔嚓……咔嚓"的响声，一路颠簸着到了终点。列车员打开车厢铁门，我们小心地下了车。接着穿过铁道，走过陡坡上窄窄的小路，总算到了铁厂。当时的铁厂很简陋，记忆中就是一个操场，有两个篮球架。同学给我们拿来篮球，说玩吧！我和另外一个同学大失所望，吵闹着要回去。第一次来龙钢的经历，就这样刻在了我的脑海里。

据说，那个年代的龙钢工人，是长住在厂里的，因为交通不便，不可能天天回家。条件好的，或者家离下峪口近一些的，会骑着自行车，天天在家、铁厂之间两边跑。有时下班天已经黑了，他们只好一手打着手电筒，一手撑着方向，不敢也不可能骑得很快，就这样行驶在坑坑洼洼的路上，说不上心惊胆战，但绝对是小心翼翼。

其实，二十世纪九十年代末，摩托车在韩城已经很普遍了。那些年，很多人骑过重庆80摩托车，很皮实耐用。摩托车耗油少，速度快，养车花不了几个钱，所以很快就成了龙钢人首选的通勤工具。不过，摩托车也有缺点。当时，韩城北片区属于工业区，加之又出产煤炭、建材，骑着摩托车，那绝对是扬尘而来、绝尘而去。不管你爱不爱干净，洗脸都是下车后的必备动作。

随着私家车时代的来临，龙钢人的通勤工具也随之更新换代。没过几年，厂区内外停放的私家车就有数千辆之多。生活区的车位已经完全不够用，因此常常看见有人开着车围着生活区转圈圈，问他在干啥，回答"找车位！"见得多了，也就见怪不怪。

其实，开车上下班既不方便，又不安全，而且还增加排放，真是既费钱又累人，但这一切都无法阻止龙钢人自驾的热情。归根结底，还是因为龙钢人从来没有真正拥有过自己的通勤车。

让人欣喜的事，总是来得这么突然。2017年冬天最冷的时候，龙钢人对通勤车的奢望终于梦想成真！

如今，乘坐通勤车出行已成为我的最佳选择，家里的车几乎快无用武之地了。我们之所以对龙钢有着这样那样的期望，是因为龙钢就是我们生活的全部，就是我们最大的靠山。虽然龙钢还有一些不完美的地方，但只要每个龙钢人爱护它、珍惜它，其所有的不完美都会变得完美。龙钢人的通勤指数一定会越来越绿色，龙钢人的幸福指数一定会越来越高，龙钢人的钢铁生活一定会越来越美！

为酒钢点燃一盏心灯

王汉杰

刚过完55岁生日，一个会议、一纸文件，我卸任了酒钢新闻中心主任、《酒钢日报》总编辑之职，离职休息不再上班，回家等待5年后正式退休。事业总是需要传承的，接力棒传到了年轻人手中，我则卸下了所有担子，有了更多时间去回眸往事。

来到酒钢，仿佛就在昨天，但屈指一算，这个昨天已是34年前。

从陕西落脚到酒钢，完全是一个巧合。1984年，21岁的我大学毕业，被分配至陕西省西安市人事局，人事局再分配到教育局，教育局将我三次分配到了中专学校。我觉得自己不太适合当老师，所以没有急于去学校报到。有一天回到大学宿舍，意外地见到已在酒钢工作的同学。同学说，酒钢可以不要人事关系，不要粮食、户籍关系，只要有大学毕业证，去了后工作岗位你自己挑，不愿意留下来回路费都报销。那个年代，离开了体制，没有人事关系、没有粮户关系是想都不敢想的事，酒钢的这种招聘于我而言就是天方夜谭。惊奇，渴望，那就去看看!

西行之路十分漫长。从西安上车，整整坐了36个小时的火车，终于到了酒钢本部所在地——甘肃省嘉峪关市。热情的主人，硕大的工厂，干净的市容，宽阔的街道，一群有着共同语言的同学，百余名脱离原体制自愿投身到酒钢的年轻大学生，这一切都让我激动，于是死心塌地地留了下来，成了经理办公室的秘书。

那年的7月，我第一次听到酒钢这个名字。那年的8月，我第一次知道酒钢的历史。1955年，祁连山中发现铁矿，对钢铁如饥似渴的共和国领导人拍板，决定在西北建设大型钢铁厂。1958年，酒钢动工建设，规模全国第四，年产钢200万吨，约为全国年总产钢量的五分之一。建设刚开了个头，国家经济出现困难，酒钢项目被迫下马。几年后，在毛泽东主席的关心下，邓小平同志率多位副总理、部长到酒钢现场办公，酒钢项目重新上马。高炉投产时，因为当时国际形势的变化，国家改变了酒钢建设规划，撤销了炼钢项目，轧钢项目被改建到辽宁本溪、河南舞阳。直到20世纪80年代，酒钢的炼钢工程才开工建设。

当时，酒钢正在开展配套建设，人才奇缺，破解的思路很大胆，可谓石破天惊：只要有文凭，只要愿意来，酒钢张臂喜迎。我正式上班后的第一项工作，就是外出招聘人才。我们在陕西设立了招聘点，虽然工程技术人员没有招来几人，却招到了数十名教师，缓解了酒钢中小学师资青黄不接的难题，在全省率先开设了小学三年级英语。后来的酒钢三中，以招聘来的教师为主要教学力量，学校成为甘肃省高考状元的连续诞生地。

我当秘书不久，酒钢有了国家批准的公开发行的报纸，在时任酒钢经理王汝林的建议下，我和另一位同学离开经理办公室到了报社，成为新闻工作者，紧接着又先后加盟《中国冶金报》记者队伍。此后，虽然我的工作有过多次变动，但《中国冶金报》记者的身份始终未变。据此，我成为中国记协命名的"连续从事新闻工作30年"的人士。

当了记者，我开始真正了解酒钢。计划经济年代，酒钢的建设发展由国家管。改革开放后，酒钢迎来又一次新生，企业喷发出惊人的创造力，"丑小鸭"翱翔在市场的天空。

酒钢的转变是从改革开始的。1983年，酒钢推行经济责任制，企业将指标分解，层层承包，与奖金挂钩，指标范围涉及产量、定员、成本、质量、安全。"经济责任"颇有力度：完成指标得全奖，完不成扣奖；主要任务完不成不得奖，甚至下浮工资；16个主要单位同公司签订了经营承包"责任状"，14名副总工程师以上的公司领导及136名处级干部，也都与公司签订了"军令状"。这家当时全国冶金行业知名的亏损大户，因为政策的改变，快速摘掉了亏损帽子。

改革的同时，企业创造机会，推动了国家批准炼钢连铸工程。炼钢工程投产的那天晚上，数千名职工、家属自发来到炼钢主厂房，当广播告知大家"转炉成功冶炼出酒钢第一炉钢水"时，掌声雷动，泪光闪烁。这一夜，我在现场，从人们的脸上，我看到了酒钢前进的力量。许多年过去了，再回想这一夜的泪光，我仍然会被深深感动。

经过30多年的建设，酒钢由产能50万吨的生铁企业，发展成为具有1200万吨钢产能的综合性钢厂，其中有着许多传奇故事。建设第一家轧钢厂时，酒钢没有钱，怎么办？决策层"无中生有"：卖青苗。就是谁借钱给我，建成后的产品优先供应给谁，以货顶钱。短缺经济时代，这条谋略很快变现，酒钢拥有了当时国内轧制速度最快的高速线材生产线。听说中蒙边境有丰富的煤炭资源，考察之后，酒钢跨省区、跨复杂的土地权，建成了国内工业企业自营的最长铁路线"嘉策铁路"。在实施供给侧结构性改革的今天，这条铁路成了酒钢的生命线。酒钢远离钢材主市场，物流成本高，所以必须提高产品附加值。广泛论证后，酒钢决定发展不锈钢，而且是冶炼、热轧、冷轧一起上。国内业界权威坚决反对：酒钢能炼得了不锈钢？让酒钢人骄傲的是，不锈钢建成近20年，依靠管理和技术，"酒钢不锈"成为市场响亮的品牌。

　　酒钢地处河西走廊，远离中心城市。在酒钢人心中，始终盘桓着这样的危机：如果哪一天钢铁不行了，10多万职工、家属靠什么生活？对此，酒钢进行了许多探索。嘉峪关昼夜温差大，光照时间长，气候干燥，有利于酿酒葡萄生长。于是，酒钢种植了5万亩葡萄，引进法国和意大利酿造技术，紫轩葡萄酒应运而生，并在上海世博会上一炮而红。酒钢建厂伊始就拥有自备电厂，周边又有着丰富的煤炭资源。扩大电厂的生产能力，通过发展高耗能高附加值产业就地消化电能，这一思路迅速转化为现实。通过兼并甘肃东兴铝业和世界先进技术引进，酒钢形成了170万吨电解铝生产能力，位居国内前五。对危机的思考，使酒钢在钢铁之外形成了多个新产业。其中，能源、电解铝与钢铁三足鼎立。

　　酒钢历史上有过多次危难，但都被成功化解。建设初期，企业被迫下马，5万多人的队伍散落全国，但有1500人留了下来，开荒种地养活自己，组队护厂看守设备，为酒钢日后恢复建设保留了火种。高炉建成之后，因为镜铁山铁矿品位偏低，炼铁成本奇高。技术人员持续攻关，摸索出强磁选矿方法，救酒钢于危难之中，该成果后来获得国家科技进步二等奖。改革开放后，酒钢出现两次亏损。第一次是亚洲金融危机后，酒钢顺势深化改革，"干部能上能下，人员能进能出，工资能升能降"的机制，在酒钢变成现实、成为常态。第二次亏损是2015年，亏损额超过90亿元。"酒钢还能不能活得下去？"在全社会的质疑面前，酒钢把生产经营权全部下放给集团的成员单位，干部招聘上岗成为常态，全力盘活各类资产，第二年就摘掉了亏损帽子。

嘉峪关已经成为著名旅游城市，在前往敦煌道路两侧，是茫茫戈壁荒滩。酒钢就是在这样荒无人烟的戈壁上建成的。住在舒适安逸的城市，工作在不断发展中的企业，酒钢人是自豪的，这群辛勤的劳动者，是他们创造了这一切。我也是自豪的，因为我是这群劳动者中的一员，我见证了酒钢在改革开放后的一路发展，目睹了企业销售收入从7000万元到1300多亿元的一路攀登。

我不再上班了，但还会有临时性的忙碌。我还住在嘉峪关，今后可能会移居其他城市。不管我干啥、不管我生活在哪儿，我心里都会为酒钢点燃一盏灯，祝福它，祈祷它，感恩它。

力铸"环保标杆"幸福多

——德龙钢铁 AAA 景区工业游有感

乐游

春色满园关不住，一枝红杏出墙来。2018年初，德龙钢铁有限公司（以下简称德龙钢铁）捷报频传：2017年，德龙钢铁吨钢利润为921元，位居河北省民营钢企前列，率先在国内建成民营钢企 AAA 级国家旅游景区，入选国家首批绿色示范工厂，在发展中实现了效益与环保并举。德龙钢铁的环保经验，吸引全国各钢企同行来此交流经验。自2017年7月该景区开园至今，已600多次接待参观、对标的钢铁同行，参观人数达1万余人。

饱览美景 感知幸福

4月10日，笔者跟随《中国冶金报》"绿色钢企万里行征文"采风团来到德龙钢铁参观学习。在德龙钢铁党群工作部负责人杨胜敏的陪同下，笔者走进德龙钢铁厂区，立刻被主干道两侧优美的景致所吸引：平整的道路、洁净的厂房、成片的绿地、有序的标识、漂亮的宣传画、3D立体画……德龙钢铁给人留下的第一印象是这里更像一处大型公园。随后，我们乘坐观光电瓶车参观厂容厂貌，观赏德龙钢铁员工绘制的巨幅牡丹图、百鸟图、太行山水图、邢台人文景观图、二十四孝图等作品，感受浓厚的文化氛围。厂区内的电子屏幕上滚动着一行标语——"抬头挺胸说环保，低头弯腰做环保"，可见环保理念已深深融入德龙钢铁的日常工作中。

笔者选择德龙钢铁独具特色的十大景点中的钢铁博物馆、水处理中心、炼铁炼钢现场、料场等景点进行了深度游。德龙钢铁博物馆是受游人青睐的首选景点。它别具特色，是国内钢企中规模罕见、内容丰富、底蕴深厚的钢铁博物馆。该馆的建设投资为1500多万元，建筑面积达1720平方米，全方位地展示了世界钢铁、中国钢铁以及德龙钢铁的发展历史，是一座融展览、爱国主义教育为一体的多功能综合博物馆。该馆采用投影和模型等形式，形象地演绎了钢铁生产的整体工艺流程，讲述了钢铁与农业、工业、军事、艺术以及人民生活的紧密关系。置身在这处展示钢铁工业发展历史的展馆中，让人尽享钢铁之美。

我们参观的水处理中心，是德龙钢铁生产污水回收、处理和再利用中心，它保证了生产过程中产生的污水零排放。水处理中心的外墙有彩绘，屋内有绿植，门口的大型鱼缸更是吸引人们的眼球：污水经处理后变成纯净水，鱼儿在清澈的水中嬉戏。据水处理中心工作人员介绍，2017年初，邢台市负责环保的相关人士在参观德龙钢铁水处理中心后表示，污水在这里经过处理后，经检测，水质优于国家一级饮用水质标准。

德龙钢铁高炉出铁区域曾经是整个厂区最脏的地方。而现在，工人常说："以前在这儿待10分钟，鼻子、脸全是黑的，如今在这儿待上一天也不会黑。"十二届全国人大常委会副委员长、全国妇联原主席沈跃跃曾多次到钢铁企业调研，她来到德龙钢铁高炉生产现场，对德龙钢铁"踏踏实实把环保做到最好"的理念给予高度评价。中国宝武的高管带队到德龙钢铁参观，看到炼钢转炉平台实施三次除尘，很是佩服。

德龙钢铁还建成了跨度大、施工工艺先进的全封闭式环保料场，实现生产原料全封闭式储存、运输，解决了物料传送和天气影响带来的扬尘问题。全封闭式料场雾炮抑尘设备的使用，进一步抑制了扬尘的产生。德龙钢铁成为继中国宝武、河钢唐钢和邯钢之后在国内率先使用全封闭式料场的钢企之一。

"无愧标杆，不虚此行。"来此参观者参观后连声说，"这哪里是钢厂，这分明是公园。""钢厂这样做真棒！""在这么优美清洁的环境中工作，德龙钢铁员工真幸福！"

承担责任　理解幸福

提起邢台，很多人会想到这里是殷商故都。坐落在太行山革命老区的德龙钢铁，历史上有过浓墨重彩的记录。20世纪90年代，德龙钢铁前身——邢台新牟钢铁公司，是山东新牟国际集团响应党和国家关于"东西合作、协调发展、共同富裕"号召实施的东西部地区合作项目，是在全国范围内率先实施的重大扶贫项目。1992年动工兴建的邢台新牟钢铁公司，1995年被列为东西部地区合作示范工程。笔者撰写的《东西部地区合作的示范工程》调查报告，刊于1996年5月5日的《中国冶金报》。当时，新牟钢铁负债接近5亿元，运营困难，德龙钢铁在这种情况下接手。

2000年，步入而立之年的德龙钢铁掌门人丁立国，带领员工艰苦奋斗，创新进取，使德龙钢铁跻身中国企业500强、世界知名钢企之列。进入新时代，德龙钢铁奋进新征程，打造"环保标杆"企业，创造了新辉煌。

德龙人认为，奋斗是艰辛的，但奋斗同样是幸福的。德龙人说："能在花园式AAA景区上班，心里感到无比自豪和骄傲，更感到幸福。"德龙钢铁工业游吸引着国内外八方来客，争相来此体验这家"环保标杆"企业彰显出的幸福感。

看点之一：德龙钢铁内塑文化、外树品牌，输出模式有魅力。"环保标杆"已成为德龙钢铁的名片。德龙钢铁是如何在国内民营钢企中率先打造AAA级景区、世界级洁净钢厂、行业内"环保标杆"企业的呢？他们是严格按照"五化"标准推进的：一是生产洁净化。即烧结、炼铁、炼钢工序标准均优于国家标准，生产现场干净整洁；对烧结、炼铁、炼钢等工序进行脱硫、除尘、全封闭等共计53项升级改造，使各工序二氧化硫、氮氧化物和颗粒物的排放量均低于国家特别排放限值；他们还将生产现场的地面、墙面、设备表面进行美化，让钢铁生产现场更干净、整洁。二是制造绿色化。德龙钢铁从原料入棚、粉灰入仓、运输入廊开始的整个过程，都要确保运输车辆清洁、路面无尘、污水回用。三是厂区园林化。德龙钢铁占地1800亩，是世界上吨钢占地面积最小的钢厂之一。德龙钢铁实施去产能工作后，拆除落后装备腾出的土地用来绿化。目前，德龙钢铁厂区绿化面积占总面积的35%以上。德龙钢铁见缝插绿，种植各种树木79万株、培育草坪18万平方米。德龙钢铁还在厂区外围租用了2000亩土地，种植可吸收重金属、改良土质的柳树20余万株，形成了200米宽的环厂绿化带，打造了一座林中花园式钢厂。四是建筑艺术化。德龙钢铁对厂区道路、管廊支架、料场四周、建筑外墙、设备外观等进行美化，并以建筑艺术化为原则，形成了独具德龙钢铁特色的十大景点，其中德龙钢铁博物馆、德龙钢铁金刚园等建筑颇具艺术特色。德龙钢铁金刚园是一个集变形金刚雕塑、球幕投影、攀岩等娱乐设施为一体的游乐园。园内陈列各类变形金刚215个，均由德龙钢铁员工自己设计，用废旧汽车零件、废旧钢材制作。五是园区 AAAA 化。德龙钢铁正按照 AAAA 景区标准，对已建成的 AAA 景区进行升级改造。

看点之二：德龙钢铁积极承担社会责任，融于社会有魅力。德龙钢铁秉承"尽社会责任，创绿色财富"的环保理念，用开阔的视野守护青山绿水，努力使钢铁企业与生态城市发展共荣。他们把做好环保工作上升到生存的高度。自2014年起，他们实施大手笔环保投资，截至2017年投入的环保资金超过10亿元，用于推进绿色发展，实现清洁生产，打造绿色花园式钢厂。多年来，德龙钢铁在水、气、渣、尘全方位无死角治理方面取得了不凡的业绩。

看点之三：德龙钢铁与时俱进，顺应新时代、奋进新征程有魅力。德龙钢铁在环保投入上不设上限。目前，钢铁业环保吨钢平均运营费用是100元，德龙钢铁环保吨钢运营费用是180元。丁立国带领德龙钢铁人，正全力打造"无烟工厂"和业内永久性标杆企业。

　　结束参观，笔者走出德龙钢铁大门时，看到了"用行动见证理念，用生命体验经典"的标语。它激励着德龙人，奋斗再奋斗，不断创造人生幸福。

古都钢城的绿色担当
——"走基层、转作风、改文风"活动侧记

郑洁 王志

2018年9月14日，中国冶金报社党委书记、副社长陈洪飞带领中国冶金报社记者团走进我国重要的优质板材和优质型棒线材生产基地——河钢邯钢，开展"走基层、转作风、改文风"活动。

"在河钢集团的坚强领导下，河钢邯钢以供给侧结构性改革为主线，坚定不移走产业升级、产品高端路线，坚持生态优先，绿色发展，从绿色制造走向制造绿色，呵护环境、回馈社会，打造与城市和谐共融型示范钢厂，引领钢铁行业成为国家经济发展的支撑，这是河钢邯钢的庄严承诺，更是河钢邯钢的社会责任。"面对40多位来河钢邯钢学习、调研的中国冶金报社的年轻记者、编辑，在当天下午举办的座谈会上，河钢邯钢党委书记、董事长郭景瑞说。

"多年来，特别是改革开放40年来，河钢邯钢经历了多次改革，企业发展之路越走越宽，效益越来越好，环保工作更是

走在同行前列，在全国率先实现超低排放，为企业发展提供了强大动力，促进了企业竞争力的全面提升。"座谈会上，陈洪飞在将"绿色发展标杆企业"奖杯授予河钢邯钢时表示，"河钢邯钢获得过很多荣誉，这些荣誉印证了河钢邯钢以超前的环保理念促进生产经营、获得可持续发展能力的经验十分宝贵。作为钢铁行业的权威媒体，中国冶金报社希望与河钢邯钢密切合作，以习近平同志新时代中国特色社会主义思想为指引，为我国钢铁工业高质量发展做出新的更大贡献。"

座谈会上，河钢邯钢党委副书记、纪委书记赵瑞祥，副总经理贾广如，以及各部门领导，向记者团介绍了河钢邯钢按照河钢集团的部署，实现整体装备大型化、智能化、现代化，产品结构精品化、绿色化、品牌化，客户结构高端化、专业化、国际化，全工序、全流程实现超低排放的具体措施。中国冶金报社副社长熊余平、总编辑陈琢等表示，将进一步加大对先进钢铁企业典型经验的宣传，坚定钢铁行业绿色发展、创新发展、高质量发展的信心。

从河钢邯钢1958年建厂区域的"钢铁印记"主题花园到邯宝炼铁厂360平方米烧结机CSCR脱硫脱硝控制中心、邯宝炼铁厂2号高炉、邯宝热轧厂、邯宝冷轧厂和第一原料场等生产现场，留下了年轻记者们的赞叹和思考。

在"钢铁印记"主题花园，一座河钢邯钢建厂时55立方米的高炉模型矗立在花丛中。记者们与它合影，感受河钢邯钢人艰苦奋斗、克难攻坚的精神传承。赵瑞祥告诉大家，这里将向邯郸市民免费开放，成为大众休闲娱乐的场所。

走进邯宝炼铁厂360平方米烧结机CSCR脱硫脱硝控制中

心，与墙面差不多大的显示屏上实时数据不断闪动，引人注目的是排放数值远远低于国家超低排放标准设定值。"这就是河钢邯钢实现超低排放的底气！"记者杨小光对身边的同事朱晓波说。"这更是河钢邯钢在环保上的责任与担当。"朱晓波回应道。

邯宝炼铁厂2号高炉生产现场，没有印象中的金花飞溅和忙碌的炉前工身影。"其实，通红的铁水正在地面下涌动着。出铁不见铁，是河钢邯钢为安全、环保生产增添的又一经验。"河钢邯钢宣传部部长徐光明说。

火红的钢坯从轧机一端"奔跑"到另一端，完成了"完美变身"；冷轧板高速卷成钢卷后，吊车让它们整齐地在仓库列队，等待发往汽车、家电制造用户。这一系列生产程序参观下来，大家并没见到几位员工。"这场景让我真切地体会出智能化钢铁生产的现实意义。"《中国冶金报》智能制造版编辑米飒说。

走进河钢邯钢第一原料场，抬眼望去，似进入银河星系。被巨大的天棚遮住的阳光，从框架的缝隙洒下，迷幻而玄妙。身在其中，记者们的相机、手机怎么也不能将这个巨大的"钢铁粮仓"完整地摄入镜头。这座最大跨度达146米、面积近14万平方米、总投资7.5亿元，2012年12月投用的全封闭机械化原料场，让河钢邯钢在做到"用矿不见矿"的同时，杜绝了原料贮存环节的粉尘外溢。

如今，河钢邯钢厂区绿化覆盖率已经超过55%。看着蓝天下绿意盎然的厂区，记者刘经纬说："在河钢邯钢，'绿色钢铁'早已不是一个概念，而是精准到包括原料储运在内的全链条、全过程。"

"两个小时的高铁，把我们从京城带到几千年都没有改过名字的古城邯郸。一处处看下来，我们感慨于河钢邯钢既要绿色制造又要制造绿色的决心，我们感慨于河钢邯钢既要技术进步也要环境质量进步的付出。同时，我们期待河钢邯钢继续在钢城融合发展方面取得新成绩，积累新经验；我们期待河钢邯钢在京津冀协同发展中符合新要求、贡献新力量；我们期待河钢邯钢在新时代的历史大潮中，继续傲立潮头，书写新的篇章。"记者陈亮平说。

乘上返京的高速列车，年轻的记者、编辑们带回的，不仅是对河钢邯钢秉持"抓环保就是保生存、树形象、塑品牌、增效益"的理念，主动承担社会责任，从产品结构、技术研发、环保治理等方面服务社会、回馈社会的感叹，更是沉甸甸的责任。

"作为一名钢铁行业媒体人，我们有责任、有义务把河钢邯钢在环保工作方面的优秀做法宣传出去，让中国钢铁企业更绿色、更具竞争力，为中国钢铁行业的高质量发展做出冶金媒体人的时代贡献。"记者何惠平说。

乘着改革东风　续写新的篇章
——深圳（宝安）新闻采访活动见闻

徐可可

2018年11月8日，共和国第十九个记者节，中国报业发展四十周年深圳（宝安）峰会暨全国社长总编看深圳（宝安）新闻采访活动进入实地采访阶段。《中国冶金报》记者与全国各地的媒体同人一起，走进这片因改革开放而兴的湾区，采访其发展成就，感受其盎然生机。

宝安位于深圳市西北部，处在珠江口东岸发展轴上，是穗深港黄金走廊的重要节点，土地面积397平方公里。宝安区是深圳的经济大区、工业大区和出口大区，产业基础雄厚，外向型特征明显，形成了以战略性新兴产业为先导、电子信息产业为龙头、装备制造业和传统优势产业为支撑的产业结构。

11月8日当天，采访团实地采访了宝安区城市规划展览馆、华讯方舟、大族激光、深圳国际会展中心建设工程项目、沙井街道后亭社区，大家对宝安区的发展变化、企业创新、基层治理惊叹不已。11月9日，采访团前往前海自贸区，深入了解该自贸区借助深圳市场化、法治化和国际化的优势与经验，集聚全球高端要素，推进深港经济融合发展，打造亚太地区重要生产性服务业中心、世界服务贸易重要基地和国际性枢纽港的情况。

领略改革开放 "排头兵"的巨变

在45米长的画卷中领略"岭南古邑"风采，在"春天传奇"里感受宝安沐浴着改革开放春风向前发展，通过"热气球"俯瞰大美宝安……在宝安区城市规划展览馆，《中国冶金报》记者深刻领略了宝安的人文历史、建设成就和未来前景。

该馆是目前深圳市最大的区级城市规划展览馆，布展面积约5300平方米，以"滨海"为设计元素，以"滨海宝安、产业名城、活力之区"为主题，分为"岭南古邑""春天传奇""山川积秀""名城华章""滨海筑梦"五大主题区域。

在"岭南古邑"，45米长的弧形画卷被誉为宝安的"清明上河图"，形象展示了宝安的历史。"全国首个农村股份制合作公司在宝安。""全国第一家'三来一补'企业在宝安。""全国第一家劳务工博物馆在宝安。"……当讲解员介绍这些"第一"时，采访团成员纷纷感叹："很厉害！"

"山川积秀"展示了宝安的自然景观。宝安向海而生、因湾而兴，延绵45公里的海岸线给采访团成员留下了"面朝大海，春暖花开"的美好印象。

在"名城华章"展区，采访团成员了解了宝安充分发挥区位、产业、政策优势，构建产业高地、打造兴业沃土的宏大格局，以及宝安的经济、产业、人才、建设和环境等发展成果。"宝安区总体规划沙盘"通过声光电数字互动的技术手段，向参观者展示了宝安的城市空间格局。

最让《中国冶金报》记者心潮澎湃的是乘坐"热气球"俯瞰大美宝安。站在状如"热气球"的高台上，通过弧形超大屏幕，短短几分钟，就以"空中视角"进行了一场宝安之旅，画面栩栩如生，声音立体环绕，让人意犹未尽。宝安"湾区核心、智创高地、共创家园"的定位也深深烙印在记者的脑海中。

宝安，作为改革开放的"排头兵"、最前方，其所发生的巨大变化——经济社会快速发展、城市面貌日新月异、人民群众共享改革红利，让《中国冶金报》记者深深感到，改革开放是决定当代中国命运的关键一步，方方面面都证明了我们选择的道路是正确的。

感受"智创高地"的魅力

宝安是改革开放的试验田、先行地，粤港澳大湾区建设提速，给地处湾区核心的宝安企业带来了巨大的历史机遇。在对华讯方舟、大族激光两家高新科技企业的采访中，采访团成员深入调研宝安智能制造业，感受"智创高地"的魅力。

华讯方舟（即华讯方舟科技有限公司）是一家专注于高频谱技术研发与应用的国家级高新技术企业。凭借强大的研发团队与自主研发平台，华讯方舟聚焦频谱资源利用，沿着微波、毫米波、太赫兹这一频谱技术发展路径，以核心技术为引擎，以光电信息超融合为目标，在新频谱、新工艺、新材料方面率先突破，进行从太赫兹源到毫米波芯片、太赫兹芯片、卫星载荷等全系列产品的系统自主研发与应用，致力于构建全要素创新生态链，成为全球光电信息超融合综合服务商。《中国冶金报》记者在华讯方舟看到该企业利用卫星构建强大的光电信息网络，深感震撼。这应该是宝安产业发展的一个典型代表，真正与宝安"智创高地"的定位相契合。

大族激光（全称为大族激光科技产业集团股份有限公司）的全球制造基地位于宝安区福海街道，是专业从事工业激光加工设备、机器人、自动化生产线等智能装备生产、研发和销售的装备制造业企业。银川市新闻传播集团总编辑卢金霞看完大族激光自主研发的国内首台高架龙门三维五轴激光加工（切割、焊接、3D打印）机床与热成型件三维五轴激光切割机后十分激动。"我集团一直想找寻国内先进的3D打印和印刷设备，大族激光代表着目前全球数控机床的最高技术水平，这次来宝安算是找对方向了！"卢金霞临走前特意带走了大族激光的资料和联系方式，表示要带回银川去，让分管印刷的经理来宝安采购优质设备。

《中国冶金报》记者了解到，宝安区高新技术产业2017年产值4155亿元，拥有规模以上工业企业2779家、"四上"企业（是指规模以上工业企业、资质等级建筑业企业、限额以上批零住餐企业、国家重点服务业企业这四类规模以上企业的统称）新入库1206家、国家高新技术企业3030家、产值1亿元以上企业1316家。智造、创新，正是基于这些因素，宝安有了发展新引擎，跑出了"加速度"。

"世界最大会客厅"所用钢结构全是中国造

位于深圳宝安国际机场以北，一期工程总建筑面积达158万平方米，南北长1.8公里，面积相当于6座鸟巢，绕行一周需要一小时以上……在深圳国际会展中心建设工地，登上参观瞭望塔，媒体同人俯瞰热火朝天的建设场景，深受鼓舞。

据现场负责人介绍，作为"世界最大会客厅"，深圳国际会展中心建成后将成为集展览、会议、旅游、购物、服务于一体的综合会展类建筑群，对推动深圳建设现代化、国际化、创新型一流城市和参与打造粤港澳大湾区具有重大意义。

500余人的管理团队、1万余名工友不停休，48台塔吊与300余台汽车吊、履带吊平行施工作业……"在这里，我看到了改革开放再出发的现实写照！"梅州日报社总经理罗金良由衷感叹。他表示，在一天的采访活动中，最打动他的是国际会展中心建设者们忙碌的身影。这些身影是宝安建设者的一个缩影，代表着宝安改革开放不停顿的拼搏精神。

让《中国冶金报》记者倍感骄傲的是，当问及工程所用材料时，现场负责人表示："深圳国际会展中心创下了全球房屋建筑领域钢结构用钢量之最——总用钢量达22万吨，相当于4座帝国大厦。所需的22万吨钢结构用钢，全部来自国内钢铁企业。中国的建筑钢材质量水平，在世界上是最先进的！"

自贸区助深圳再度腾飞

天空湛蓝，海风轻拂。11月9日上午，采访团成员来到采访活动的最后一站——前海蛇口自贸片区。前海展示厅一侧环水，周边围绕着草地和绿树，天气很好，阳光洒下来，每个人的脸上都带着微笑。

前海蛇口自贸片区于2015年4月27日挂牌成立，是中国（广东）自由贸易试验区的一部分。片区总面积28.2平方公里，分为前海区块和蛇口区块。根据产业形态，前海蛇口自贸片区分为三个功能区：一是前海金融商务区，即前海区块中除保税港区之外的其他区域，主要承接服务贸易功能，重点发展金融、信息服务、科技服务和专业服务，建设我国金融业对外开放试验示范窗口、亚太地区重要的生产性服务业中心。二是以前海湾保税港区为核心的深圳西部港区，重点发展港口物流、国际贸易、供应链管理与高端航运服务，承接货物贸易功能，努力打造国际性枢纽港。三是蛇口商务区，即蛇口区块中除西部港区之外的其他区域，重点发展网络信息、科技服务、文化创意等新兴服务业，与前海区块形成产业联动、优势互补。

《中国冶金报》记者走进展示厅，跟着解说员的脚步，详细了解前海历史及规划。"截至2018年8月，前海蛇口自贸片区持牌金融机构222家，高新技术企业436家，内地上市公司投资设立企业626家，世界500强投资设立企业351家。"看到这些数据，"特区中的特区"在创新体制机制、创新合作模式等方面的成效让记者深深感到，前海蛇口自贸片区作为发展新阵地，必将助力深圳再度腾飞。

出了展示厅，步入马路对面的前海石公园，充满生机的草坪和姹紫嫣红的鲜花令人眼前一亮。2012年12月7日，习近平总书记十八大后基层考察的第一站来到前海，强调前海要"依托香港，服务内地，面向世界"。2018年10月24日上午，习近平总书记再次来到这里考察调研。前海石见证了前海的发展，也寄托着人们对前海的期待和希冀。

采访活动在前海石公园结束，深圳特区在改革开放中发生的巨大变革和"敢为天下先"的精神让《中国冶金报》记者感触颇深。"改革开放是我们必须始终坚守的正确之路、强国之路、富民之路，坚定不移地沿着这条道路走下去，就能创造更加美好的明天。"进入新时代，乘着改革开放的东风，宝安区必将续写新的发展篇章！

"钢铁萌娃"的"发现之旅"
——新金集团举办首场学生进厂区工业游扫描

谢吉恒　刘辉　李佳

2018年5月26日下午，第69个六一国际儿童节到来前夕，两辆大巴车在河北新金集团绿色厂区中穿行，车身两边分别挂着"欢迎小朋友们到新金集团参观游览""欢乐和谐庆六一，激情飞扬看新金"的醒目标语，车内坐有60名中小学生及其家长，车里洋溢着欢声笑语，孩子们好奇地注视窗外绿色钢城的景象。

爸爸妈妈是怎样冶炼钢铁的？为了让孩子们看看爸爸妈妈的工作环境，现场了解冶炼钢铁流程，分享新金集团的新面貌和环保治理、绿色转型新成果，让孩子过一个别开生面、温馨有意义的节日，新金集团经过精心策划，举办了首场主题为"童心童趣看新金，非同凡响过六一"亲子活动。新金钢铁这次打造工业生态游的有益尝试，迎来了第一批小客人，到新金欢度六一国际儿童节。

笔者应邀参加了全程活动。据了解，新金集团打造的工业旅游已现雏形，现将这场活动的精彩花絮呈现给读者。

花絮之一：精心策划

2018年是新金集团建厂25周年。诞生于20世纪90年代的新金集团，起初是一家只有2座100立方米小高炉、单一生产20万吨生铁、职工人数不足400人的炼铁小厂。在改革开放大潮中，新金集团勇立潮头，开拓创新，追求卓越，经历三次创业、三次跨越，如今发展成为年产铁、钢、材各350万吨，工艺流程合理、装备水平精、检测设备先进、产品结构配套的大型钢铁企业。今年是改革开放40周年，为广泛宣传钢铁行业取得的辉煌成就，展示新时代"新金人"的精神面貌，激励员工的士气，新金集团特别安排了此次活动。"这次活动安排一定要细致周到，全方位保证小朋友和家属们参观有收获。"这是新金集团总裁、总经理高扬一再向六一活动策划小组强调的重点。

参加此次活动孩子的爸爸妈妈都是2015—2017年在新金集团各条战线取得优异成绩的优秀员工，其中有劳动模范、优秀标兵、优秀干部、先进生产者等。活动策划小组成员半个多月前就开始筹划，每一个环节都做了充足准备，保证万无一失。如给孩子们特别制作了大小合适的安全帽，统一制作了写着孩子姓名和联系方式的胸卡；在整个参观路线中，配备保卫人员和医护人员全程守护；饮食方面，由专人负责监督管理，做到安全、卫生。

花絮之二：参观流程

5月26日这一天的新金集团，处处彩带、气球飘扬，"欢迎小朋友参观学习"的红色条幅悬挂在醒目位置，浓浓的节日气氛洋溢在新金钢铁厂区，60位7～14岁、来自不同员工家庭的小客人拉着父母的手，用好奇的眼光打量着眼前的绿色钢铁世界。

当天14时，在员工大礼堂，新金集团执行总经理陈丹峰代表新金集团向小朋友们的到来表示热烈欢迎，希望小朋友们继承和发扬钢铁人的优秀品格精神，不畏艰苦，昂扬向上，并祝福小朋友们健康快乐成长，度过一个有意义的节日。家长代表和小朋友代表分别发言，感谢企业给了员工事业发展的平台，感谢企业以员工为中心，感谢企业对员工的关心和爱护。

简单热烈的欢迎仪式后，小朋友和爸爸妈妈一起，头戴红色安全帽，胸前挂着小小的来宾卡，变身"钢铁小达人"，登上新金集团厂内公交车，开启了有趣的"钢铁发现之旅"。

据新金集团副总经理连天良介绍，新金集团以"创新、协调、绿色、开放、共享"理念为引领，做生态钢企先锋、创花园式钢厂典范，投入巨资添置各类除尘设备86套，建设封闭原料大棚共计14万平方米，新增绿地23万平方米。他们采用彩色喷漆处理技术，对厂房及厂区设施进行美化；烧结烟气净化工程被北京市科学技术委员会评定为2017年首都蓝天行动科技示范工程；通过实施绿化、美化、亮化、净化工程，倾力打造工业生态旅游基地，现已形成厂在林中、林在厂中、路在绿中、人在景中的花园式工厂。

孩子们在新金集团厂区内生态公园，畅游在绿色海洋中，与父母拍照留影。在成品库旁边的小公园，当孩子们看到新金员工自己制作的高5米的"大黄蜂"和专为孩子们设置的卡通人偶后，开心极了，争着与其拍照合影。一位孩子的爸爸指着"大黄蜂"骄傲地说："瞧，这个变形金刚是爸爸和叔叔们一起制作的哦！"宝贝女儿用崇拜的眼神望着爸爸，骄傲地喊道："哇！爸爸，你们太了不起了！"这温馨的一幕让参观的人们发出阵阵欢笑。孩子们怀着兴奋和好奇的心情，参观了炼铁厂、炼钢厂、轧钢厂、发电厂。每到一处，所在厂区的厂长和工作人员都热情地接待这些特殊的小来宾，他们为孩子们布置出充满童趣的参观场地，员工们扮成米奇、超人、钢铁侠，用浅显易懂的语言讲解钢铁知识。孩子们感受着处处整洁、处处皆绿的工作环境，开心地说："这里可真漂亮！"

孩子们看到工人师傅们只需动动鼠标就能操纵巨大的设备进行炼铁、炼钢、发电操作时，体会到了高科技在钢铁冶炼过程中发挥的作用。在炼钢厂转炉平台，看到炽热的铁水兑入转炉，在轧钢厂看到火红的铸坯从加热炉缓缓驶向轧机，孩子们发出兴奋的惊呼，目睹了钢铁是怎么样炼成的。在解说员阿姨的讲解下，小朋友增长了知识，开阔了眼界，近距离地感受到新金钢铁的先进、环保和高效，学到了平时在书本上学不到的知识。

花絮之三：相互交流

参观结束后，孩子们走进宽敞洁净、由绿植和彩色气球装点的员工餐厅，尽情享受新金集团为孩子们特别准备的儿童营养自助晚餐。大家三三两两坐在一起，一边用餐，一边交流所见所闻，脸上绽放着开心的笑容。小朋友感叹新金钢铁厂区这么漂亮，像在公园里一样，有鲜花绿草、小桥流水，还有形态各异的小金鱼。孩子们回味着生产工艺流程的神奇，从原料到铁水再到卷板成品，全程参观下来，就像看科幻大片一样震撼。

花絮之四：殷切期盼

结束快乐的晚餐，新金集团领导为小朋友们送上了成长礼物——《中国四大名著》《安徒生童话》《生活百科》等书籍，并特意为每位孩子颁发了一张"修完钢铁工艺全部工艺课程，成绩合格，准予毕业"的证书，鼓励小朋友们好好学习，快乐成长。

花絮之五：幸福分享

在活动现场，孩子们手拿五颜六色的画笔，将自己的所见所闻，用心地画出美丽的图画，表达开心快乐的心声。笔者从新金集团领导干部笃定的眼神中，体会到新金砥砺前行的责任和担当；在员工们骄傲的脸庞上，感受到新金昂扬向上的精神力量；在孩子们欢乐的笑声中，感受到新金充满希望的美好未来。孩子们的幸福，就是家庭的幸福。每个小家庭幸福了，新金这个大家庭也会发展得越来越好。

《中国冶金报》记者采访链接

链接之一：绿色生态发展为重

新金集团总裁、总经理高扬，这位80后"企业带头人是位海归"。在企业发展过程中，他始终以积极履行社会义务为初心，脚踏实地践行着企业的社会责任与担当。特别是近年来，他以习近平总书记提出的生态文明思想为指导，带领企业走出一条绿色发展转型之路。近年来，新金集团先后投巨资对环境进行绿化美化。如今的新金，处处鲜花绿草，树木葱茏。新金人"见缝插绿，围墙透绿，规划见绿"，打造出"一步一景致、一角一风景"的大花园，一个生态旅游花园企业呈现在人们眼前。

链接之二：坚持品牌为先

新金钢铁在注重绿色生态发展的同时，坚持走以质量为本、以品牌为先的道路，通过技术进步，以"智能"提升质量。他们通过技术改造推动技术进步和创新，锤炼钢铁精品；与多家高等院校和科研院所建立研发平台，为结构调整和产品升级注入强劲活力。从建企到2017年底，新金钢铁开发新产品18种，取得技术专利18项，凭借科技优势提升了企业品牌形象。2017年4月，河北新金钢铁有限公司荣获"企业信用评价 AAA 级信用企业"称号；2017年6月，荣获"质量效益型先进企业"称号，生产的热轧薄宽钢带、热轧圆盘条荣获"河北省名牌产品"称号；2017年9月，荣获"河北省诚信企业"称号，新金集团总裁总经理高扬荣获"河北省诚信企业建设优秀工作者"称号；2017年12月，荣获国家冶金产品实物质量"金杯奖"。在2018年5月10日中国品牌日，新金钢铁获得"十大卓越建筑用钢生产企业品牌"。这些荣誉见证了新金钢铁在提高产品质量和品牌建设方面付出的努力。

链接之三：幸福指数提升

据新金集团副总经理连全良介绍，新金集团在努力搞好生产经营、不断提高核心竞争力、实现健康快速发展的同时，时刻关注员工成长、关心员工生活，不忘为员工发展创造良好环境。

新金集团为员工建设了健身场所，开办了职工大学；职工医院定期开展员工体检工作；员工食堂安装了中央空调，配备了统一餐具，并实施全自动清洗消毒，每天的饭菜花样品种达20多种，保证员工吃上热乎饭、卫生饭；组织员工和家属旅游等。这些努力充分激发了员工的积极性、创造性和主观能动性，他们以高度的责任感和使命感投入企业生产经营工作中。

洞里萨湖的晚霞

何鸿

这是古老的柬埔寨大地上一个寻常的黄昏，远处天空缓缓西坠的一轮金色夕阳，在裹挟着泥沙的平缓河面与两岸焦土间，铺下一片安静而神秘的粼粼波光。

我们从亚兰－波贝边境口岸进入柬埔寨，首先来到洞里萨湖。或许是眼前裸露的湖岸、低矮的棚屋显得有些苍凉的原因，暹粒旅游大巴停靠码头下的这段浑浊河面看上去并不宽阔。码头近岸，几条撑起篷布的船零落地停靠着。两岸黄土后面，是绿得发黑的遥远密林；密林外的河岸近处，零落有一些屋宅。其实，它根本算不上"屋"，那不过是临时搭建、遮风挡雨的毡布木棚。木棚前有赤脚的孩子抱着比他更小的、光着身子的幼儿，年轻母亲手里摘着为晚餐准备的绿色青菜，伸颈张望着河上往来的船只。

讲得一口广东腔普通话的柬埔寨导游，非常腼腆地带引我们踏上洞里萨湖上一艘单层游船。船开出去，船尾的柴油机猛烈抖动，发出突突突突的声响。他站在船头，不时帮着船家撑几下竹篙，避开水中的巨石。我坐在游客座位最前面，盯看远方广阔的湖面和船头劈开的浪花。

年轻导游和我们熟悉一些后，渐渐打开话闸。说自己名叫陈敦有，在家中排行老四，外祖母是来柬埔寨的福建人。小时候，他父母双双在柬埔寨内战中死去。经族亲帮助，兄弟姐妹五人都完成了基础学业。陈敦有说，现在柬埔寨很多家族还有些源自中国的传统，比如传家谱和讲字辈。在他们家族，这几代的字辈用了"荣""华""贵""有"4个字。陈敦有这一辈，就是"有"字辈。他还提到，自己最小的弟弟现在中国广西医科大学留学。为支持小弟完成学业，他和大哥每月都会给弟弟汇钱。这对于工作不久的陈敦有来说，是不轻的担子。不过，他为小弟能在中国读大学感到骄傲和自豪，自己吃点苦也开心。

一起撑船的还有两个皮肤棕黄、十一二岁的男孩儿。他们和陈敦有轻声说笑，熟练地用数米长的竹篙操控游船，让船身顺利进行。

经过一片林间河道时，发动机停息下来，游船安静地向前滑行。在两岸红树林的拥簇下，洞里萨湖显得愈发寂静而空旷。远处的湖面被广袤的丛林完全遮挡，不知道怎么惊飞了一群白翅的鹭鸟，低低地掠过河岸，飞向更深的密林。

河床渐宽，也就不用撑篙了。男孩们在船头席地而坐。个子小一点的男孩儿突然微笑着转过身来，像招呼一起玩耍的邻家伙伴一样，朝我扇动双手，似乎早已和我有过秘密而有趣的约定。

本能的揣测与困惑后，我猛然意识到这孩子可能是在向我招手。是我吗？于我来说，确实有点儿难以置信——我们上船没多久，不曾开口说过一句话啊！我迟疑地扫了一下两侧，甚至扭头望了一下身后，终于确定男孩是在召唤我。带着难以名状的欣喜与荣誉感，我把怀里的包推给同伴，从座位上站起身来，出舱走上船头。由于空间有限，我小心地倚靠在舱门处，望向湖面上灿若油画的漫天晚霞。

见我出舱，男孩儿身子转向船行的前方，也不和我说话。不一会儿，他和那个大点的孩子嗖地钻到我身旁的铁梯处，往两米高的舱顶上窜。在那片逆射而来的金色光晕中，我吃惊地望着他俩像水蛇般灵活的身姿融进洞里萨湖上空的晚霞中。两个披着光环的剪影，在空中向我挥舞着双臂，示意我也跟他们一样，爬上舱顶。迎着那清寂的光芒，我报以似乎从未有过的无虑的微笑。在这片绚丽而寂静的天空之下，感觉自己的生命竟然有了别样的意趣和生机。我变得跟这湖上的孩子一样单纯而勇敢，双手握着铁梯扶手一步步爬上了舱顶。

舱顶果然视野开阔。洞里萨湖深处，看不到尽头的红树林，林里走着的男人，林边滑翔而过的鸟儿和林间隐约的人家……在舱顶前沿，俩孩子都打着赤脚，穿着已经洗不出颜色的长袖衬衫和半长裤。黑亮的短发在风中飞舞，棱角分明的脸庞始终带着浅笑，露出一小溜洁白的牙齿。他俩偶有交谈，也不时扭头照看一下我的安稳。见我总是左右摇晃。他俩咧开嘴笑着，一左一右牵扶着我的胳臂，三人一起席地坐在顶棚上。

就这样，迎着洞里萨湖黄昏的暖风，我和两个柬埔寨孩子久久地并排坐着，没有语言的交流，也不需要语言的交流。我默默地看着那些在晚霞中迎面而来、擦舷而过，次第靠近河岸上等待交易的船家；看着一座座随波轻摇的水上船屋，那些屋廊间忙着生火做饭或者撩着湖水为婴儿洗澡的女人。

"快看，一条蟒蛇！"舱里有人惊呼。不知何时冒出的一只独木船，突突地快速靠近我们的游船。探头一看，那船尾掌控柴油发动机的是一位中年女人，船舱中紧挨着她坐着一个男童和一个女童，都只有四五岁的模样。女童小小的肩上负着一条比她手臂还粗的黄绿纹蟒蛇。她吃力地举起两手将蛇头和蛇尾托高，眼巴巴地抬眼望着我们这条船上的人们，似乎在期待着什么。男童两手各拿着一罐铝皮饮料，似乎要兜售，又似乎不像。

陈敦有说，在洞里萨湖，到处是这样漂泊在水上的家庭，一般只有母亲和孩子，而父亲总是在湖岸上打点儿短工或者到更远的水域捕鱼。他们是一群被柬埔寨社会边缘化的人，有最底层的柬埔寨人，更多的是战争后留下的越南难民。他们吃喝拉撒睡全在一条船上，活动空间极为有限。

山河依旧，人世沧桑。这孕育了璀璨吴哥文明的河流，曾掀起世间巨浪。

我猛地眼眶滚热。为了掩饰些什么，我低下头去张罗着给小船里的孩子扔点糖果之类的东西，却意识到自己的包还在舱里，衣裤兜里除了手机什么都没有。独木船跟着游船好一程水路，不少游客向那个黑而狭窄的船舱中扔去面包、薯片和钱币。

"大家看！前面就是空邦鲁水上村庄！"忧伤的小船渐渐离我们远去，陈敦有抬手指向前方大声说道，故意转移开我们的注意力，"很快你们就可以看到商店、菜市、医院、加油站、住宅、球场、学校、警察局，甚至教堂。这里应有尽有，是一个绝无仅有的水上社会！"

看着晚霞中远去的洞里萨湖小船和眼前年轻而不失尊严的柬埔寨导游陈敦有，我耳畔轰然响起威尔杜兰特在《世界文明史》中所说的一段话："文明就像是一条筑有河岸的河流。河流中流淌的鲜血是人们相互残杀、偷窃、争斗的结果，这些通常都是史学家所记录的内容。而他们没有注意的是，在河岸上，人们建立家园，相亲相爱，养育子女，歌唱，谱写诗歌……"

是啊，本应青春飞扬的陈敦有，因为父母在战争中逝去，他过早地品尝到世间的悲凉。让人欣慰的是，历史的烟云早已散去。人们赖以生存的母亲河，虽然暂时水质浑浊、条件恶劣，可毕竟没有了战乱的恐惧，这些生活艰难的大人和孩子，能够每天捕鱼、种菜、放牛，甚至读书……更值得我们欣慰和期待的是，作为"一带一路"东南亚的重要节点，百废待兴的柬埔寨大地，或许能够借此迎来前所未有的腾飞与发展。

深挖"农机热"背后大的"钢需"市场

——杨凌农高会亲历记

张苓

2018年11月5日，以"新时代新驱动新农业"为主题的第25届杨凌农高会开幕。本届农高会为期5天，包括7大板块、60项活动；共设4个室内展馆、4个室外展区，2388个国际标准展位，总展览面积达18.2万平方米。此外，本届农高会新增3个参观区，分别进行种子农资展示交易、美国仓储设备和农机具展示，以及以色列农业节水灌溉设备、物联网智能控制系统及水肥一体化装备技术展示。

农机效益催生会展"农机热"

11月5日上午，细雨霏霏，《中国冶金报》记者来到农机展馆前，看到一台台大中型机械排成整齐的方阵，组成壮观的"钢铁世界"，许多观众穿梭其中。

在展馆东边的演示场上，多台大型装载机正在现场演示作业，栏杆外站满观众。往年去过室内农机展馆的人会发现，今年参展的农机和参观的观众特别多，不但农民对农机表现出极大的兴趣，城市居民也被小巧的电动农业工具牢牢吸引，购机热情空前高涨。

据了解，本届杨凌农高会开幕当天就吸引了3万多名观众前来参观、询价。各个展位前熙熙攘攘、热闹非凡：看样、咨询、调试、拿资料、洽谈交易……一派购销两旺景象。

为什么今年农高会持续出现"农机热"现象呢？

农机效益凸显，调动了农民购买农机的积极性。一名参展者说，自从农村实行联产承包责任制后，他就开始捣鼓农机——先开手扶拖拉机，后开四轮拖拉机，再后来开"蹦蹦车"，对机械一直十分喜爱，也很关注农机行情。他说："现在人们已经认识到了农机的重要性。过去，农村人打桩基盖房子都要雇人，不但要付钱，还要管饭，耗时费力，挺麻烦的。如今，找一台装载机，再叫几辆农用车，几天就干完了，又快又好又省事。"他还认为，农机是一个很好的致富项目，忙时种地挣钱，闲时跑运输挣钱。

在展馆东南角，一家工程机械厂投放的大银幕在循环播放大型农机"上天入地"的"威力"。不由让人联想到，改革开放以来，农村大批青壮年外出打工，剩下老人、妇女和儿童，但地又不得不种，用农业机械代替体力劳动就成为必然的选择。加之，随着人们生活水平提高、经济收入增加，传统的耕作观念也在发生变化——现代农业生产追求高效率、高质量，倡导"轻松种田"。农业机械省工、省时、效率高、效益好的优势不断凸显，人们对农业机械的依赖性进一步增强，为农机提供了更广阔的市场空间。

新农村建设带来农机市场商机

随着科技不断进步，农机的功能也变得更加丰富。现在，一些农机挂旋耕机能耕地，挂播种机能播种，挂施肥器能施肥，挂锄草机能锄草，在果园、菜地、大棚里，间作套种的田块都可以使用。中央提出建设社会主义新农村后，全国各地纷纷行动——修渠打井、铺路架桥、乡村规划……掀起了新一轮农村基础设施建设热潮，为农机产业带来了巨大商机。

"搞种植、养殖风险较大，弄不好就赔本了。购买农机相对稳定些，风险较小。譬如说，1000元的机械，不想要了，800元便可卖掉。"农民何源告诉记者自己热衷购买农机的原因。

从农高会上的"农机热"可以发现，农民传统的思想观念已发生巨大变化，他们种地讲效率、讲效益，对高效农业和农业产业化表现出强烈的追求。农高会上热衷购买农机，是农民自己的选择，也是社会发展进步的大势所趋，必将为推动我国农业现代化起到重要作用。

农机用钢面临巨大的市场需求

匆匆暂别农高会，记者感慨万千，深知钢铁行业重任在肩。

目前，农机行业每年钢材需求量均稳定超过千万吨。农机产品有3000多种，所用90%以上的制造材料都是钢材。农机装备制造业对钢材的需求不仅量大，而且品种多，几乎涉及机械装备所需的所有钢材品种，主要有型钢、板材、管材、轴承用钢、冷弯型钢等等。

农用型钢是指农业生产和农机专用或半专用的钢材，主要是制造小农具和一般民用刃具的常用钢材，大多为小断面的圆钢；制造农机的零部件，如齿轮、轴、链轮、键、螺栓、螺母等，对钢材强度有较高要求。除了普通钢材外，农机制造也需要一些高附加值的特殊钢材，有的特殊钢材要求具备耐化学介质腐蚀、耐磨等特殊性能。

近年来，国外的农机制造业在生产工艺和材料应用方面有了很大提高。从铸造工艺看，国外广泛采用高压造型、挤压造型、自动化铸造生产线，发展双联熔化、热芯盒、壳芯、冷芯盒、压铸、熔模精铸等新工艺，大力发展成组加工技术，并采用新的加工和装配工艺。从材料应用来看，拖拉机制造企业多采用先进铸造工艺和材料，以降低机器结构的重量。

因此，针对农机装备向大功率、高工效、高性能、高寿命、自动化等方面发展所提出的新要求，钢铁企业应加强相关钢材的研发和生产，为农机装备制造企业提供质优价廉的国产钢材。同时，钢企也应加强对农机用钢需求变化的调研，与大型农机用钢企业建立战略联盟，进一步满足农机行业转型升级的需求，提升农机装备国产化率，早日实现农机装备制造强国的发展目标。

一朵盛开的木棉花

——攀枝花中国"三线"建设博物馆参观记

史俊

　　站在四川省攀枝花市花城新区南侧的公路大桥上，俯瞰远处的攀枝花中国"三线"建设博物馆，犹如一朵巨大的木棉花（在我生活的这座城市，都称木棉花为攀枝花，这也正是著名的攀枝花市宣传语"城是一朵花，花是一座城"的由来）傲放在西南高原上，讲述着半个世纪的火热情怀。

　　我与攀枝花同龄，自小生长在波涛汹涌的金沙江畔。作为一名"三线"建设开拓者的子弟，我有着浓厚的"三线"情结。2018年元旦假期，我又一次来到攀枝花中国"三线"建设博物馆。走进博物馆，看见大门右侧停放着一辆"五一号"蒸汽机车，不由想起，在博物馆建设期间，攀钢捐赠了包括这台机车在内的许多珍贵物品。我参与了机车修复安装工作的跟踪报道活动，从一开始就与"三线"建设博物馆结下了不解之缘。

微雕钢城是我家

《"三线"建设博物馆参观指南》中有这样一句话："上千万人参与，400万人迁徙，几辈人无私奉献，铸就了'三线'建设民族之魂。"每一次去"三线"建设博物馆，都会看到许多亲历者在回顾那难忘的岁月。那一份份文件、一张张照片、一件件曾经在工作和生活中使用过的物品充满了时代感，让参观者流连忘返：展柜中摆成两排的大大小小的搪瓷茶杯，正中印着单位的名称或各种纪念词语，仿佛还能闻到飘着的茶香；一个个徽章或奖章，都有一段爱岗敬业的感人故事。很多人聚集在展厅一角拍照留念，那是昔日"三线"建设者家的场景再现：蓝格子桌布、小书架、双层木床、洗脸盆、收音机等。所有这些，对于我这样从小在钢城长大的人来说，都是再熟悉不过的生活画面。

1970年到1976年，我们家在金沙江畔的荷花池铁道边住了6年，三间"干打垒"和数得过来的土制家具，就是孩子们记忆中家的印象。在那段到了夜晚就将厂区放散的火柱当风景看的时光里，父母领着我们三个孩子在屋后的小园子里种了许多菜，还养了一些鸡鸭。后来，我曾经回去寻找昔日的家园，那里已耸立起两座大型现代化焦炉。攀钢这座微雕钢城就是我的家，我们伴随着它的发展，完成了一次次搬迁：从遮不住风雨的"干打垒"，到攀钢最早的红砖楼；从向阳村的老房子，到仁和春天花园的宽敞楼房。我们一家也与这座城市一样，经历着华丽转身。

博物馆有一组展板特别吸引人，这组展板可说是攀枝花最具代表性的地域变化写照：一是攀钢厂区弄弄坪，一是攀枝花市中心的炳草岗。展板的设计者从1965年建市开始，以10年为一个跨度，每一个10年选这两个地方的一张全景照，观众可从中洞悉这座城市的时空巨变。我暗想，到了2025年攀枝花市成立60周年的时候，这全景照又会是怎样的靓丽呢？

横跨时空的桥梁

在攀枝花中国"三线"建设博物馆里，有一座标志性建筑的身姿多次出现，那就是著名的渡口大桥。这座英雄桥梁，在攀枝花市的建设中发挥着巨大作用。

我家在攀钢公司机关所在地向阳村住了10年，我自己成家后也在那里住过一段时间。可以说，传奇的向阳村凝结着我人生中最绮丽的青春芳华。那时，在我家所住的5楼住房的阳台上，可以清晰地看到整座渡口大桥。记得上中学时的我，经常用一架简易望远镜，观望桥上来往的车辆和人员。渡口大桥是攀枝花辖区最早修建的公路桥梁之一，为攀钢的一期、二期建设做出了突出贡献，确保了物流的畅通和人员交通的便捷。进入20世纪80年代，攀钢步入发展鼎盛时期，向阳村是可以与攀枝花市中心媲美的繁华地段，经常有国字号的文工团来这里慰问演出。那个时期，能够到工矿企业上班，真的是一件十分荣耀和非常难得的事情。因此，这座大桥上每天都是车水马龙。在渡口大桥通车35年之后，考虑桥梁的安全因素，攀枝花市桥梁工程处于2002年2月6日关闭大桥。经过25个月的建设，一座新桥在原址上建成。为确保这一标志性建筑在历史记忆中的传承，大桥保留了老桥外形上的特征，放眼望去犹如原桥再现。现在，每当夜幕降临，大桥的霓虹灯闪烁着光芒，好似一道彩虹横跨金沙江两岸。

攀枝花市有桥梁博物馆之称，金沙江、雅砻江上各种桥梁众多，包括公路桥、铁路桥，拱形桥、斜拉桥等。北京至昆明的高速公路全线贯通后，其中的金沙江大桥凭借壮观的英姿成为攀枝花市的新地标之一。新时期，攀枝花的交通呈井喷式发展，在丽攀高速公路大桥至金沙江大桥之间，正在修建成昆复线等两座跨越金沙江的大桥，攀枝花市作为四川南部开放门户正迎来新一轮的建设高潮。如今，攀枝花市确定了"攀西经济区建设国家战略资源创新开发试验区和全国阳光康养旅游目的地"的发展目标，从简单粗放的单一钢铁冶金格局，向建设世界先进水平的钒钛资源开发区目标迈进。从钢都到花城，一座座穿越时空的创新之桥、科技之桥和开拓之桥，为120万攀枝花百姓串联起幸福安康的金光大道。

"三线"谱写友谊之歌

由于对历史和文学的偏好，我对"三线"建设方面的文章、书籍特别关注。在攀枝花中国"三线"建设博物馆的展柜里，我看到倪同正主编的《"三线"风云》一书。现已年逾古稀的倪老师曾在四川锦江油泵油嘴厂工作，是上海支援"三线"建设的亲历者，退休后积极开展"三线"建设历史方面的研究，参与编著了许多"三线"建设题材的文献。2014年7月8日，倪老师接受攀枝花电视台《口述历史》栏目的专访，讲述了自己及同事们为之奋斗的建设史：离开繁华的都市，接受祖国的考验，奉献如画的青春，经历变革的磨砺，沿着绝大多数"三线"建设企业曲折发展的轨迹，用行动见证了一个时代的昂扬战歌。

李杰的《"三线"记忆》一书，是这位摄影记者历时11年、采访众多"三线"建设企业和人物后撰写的文章和拍摄的照片的汇编。这部翔实的"三线"建设史料，以图描景、以文抒情，打动了许多"三线"建设者的心。李杰不仅用时光的对比，展示了人物的岁月变化，更是用生活的欢笑、无悔的人生表达了"三线"建设精神对千万职工大军的激励作用。共同的关切，使我们成为"三线"粉丝群体的一员，并通过新媒体平台交流着彼此的收获与感受。

我的父亲今年已86岁。20世纪60年代末，他从鞍钢到水钢支援"三线"建设，并在一年多以后转战来到当时的渡口市。此后不久，我母亲带着三个孩子迁家来到了当时十分贫瘠的"大三线"，在这儿一干就是半辈子。我经常利用回家看望老人的时间，有意识地去了解他们那辈人投身"三线"建设时的工作、学习和生活情况，然后记录下来，期待着有机会能为他们留下点儿东西。随着时间的推移，父辈们终将老去，历史不应该遗忘他们那段实干报国的奋斗岁月。

2013年8月17日，中国"凉都"——贵州六盘水建成了当时国内第一座以"三线"建设为主题的博物馆——贵州省"三线"建设博物馆，引起社会强烈反响。之后不久，攀枝花"三线"建设博物馆开馆，并随即被命名为攀枝花中国"三线"建设博物馆，成为全国"三线"建设者的精神家园。铭记的根本目的是展望未来。那个时代一去不复返了，两代人用血汗和信念缔结的"三线建设精神",其精髓与实质将永放光芒,这是与习近平总书记带领中国人民迈上的中华民族伟大复兴之路、与实现"两个一百年"的"中国梦"一脉相承、交相辉映的。在新时代振兴中国工业,走出一条转型升级之路,实现父辈们渴望的光辉业绩,必将成为全体"三线"建设者的后代为之努力的目标和方向,明天一定会更加美好!

绿色钢企的窗口
——参观津西展厅随感

谢吉恒　吴杰

从1月中旬召开的中国钢铁工业协会2018年理事（扩大）会上传出消息，津西钢铁集团（以下简称津西）在河北民营钢企盈利、吨钢利润排行榜上均名列前茅。闻听这一喜讯，不禁使笔者回想起2017年9月下旬，参加《中国冶金报》"绿色钢企万里行征文"采风活动时参观津西综合展厅的情景。

当时正值金秋时节。我们步入津西厂区大门时，看到一排排整齐亮丽的现代化厂房和满园的绿树红花，构建起了国家AAA级工业旅游景区。特别是眼前的津西绿色钢结构研发中心大楼，一下吸引了我们的注意力。走进研发大楼，我们不禁赞叹，这里真是展示津西打造绿色钢企成果的窗口。

看点之一："镇厅之宝"——鼎立津钢炉

我们走进研发大楼中区大厅，映入眼帘的是景泰蓝巨作——

鼎力津钢炉。

讲解员告诉我们，鼎力津钢炉是津西为纪念建企30周年，委托汉艺煌公司量身定制的。鼎力津钢炉高5.99米，直径3.39米。该作品将现代炼钢工艺流程绘制、錾刻于炉体核心区域，喻示着钢铁文化世代传承，也体现了津西集团蓬勃向上、斗志昂扬的精神风貌。

看点之二：叫响品牌——市场竞风流

我们跟随讲解员的脚步来到北区展厅。北区展厅包括产品厅和文化厅。

在产品厅，我们迎面看到墙上的金色大字——"搏潮头创一流品牌，靠精品拓五洲市场。瞄需求优产品结构，敢人先造行业旗舰。"这32个字写出了津西人在做强产品和品牌方面的不懈追求。

产品厅四周的墙壁上，以图文并茂的形式，展示着津西集团和香港上市公司——中国东方集团控股有限公司组成的集团在钢铁冶炼、装备制造、节能环保、国际贸易、金融租赁、津西投资、高新科技、绿色地产、龙翔文化等九大板块的发展情况。

产品厅的中央区域，展示着多种规格的津西牌 H 型钢、拉森钢板桩及电气化铁路线杆产品。历经30年的跨越发展，津西牌 H 型钢产品已经形成123个系列、356种规格，不仅广泛应用于鸟巢（国家体育场）、央视新址、北京国贸四期、杭州湾跨海大桥等国内重点工程，还远销美国、日本以及欧盟等30多个国家和地区。津西牌拉森钢板桩产品，是填补国内技术空白的产品，开发至今，不仅广泛应用于南水北调工程、山东济齐黄河大桥工程、青岛地铁工程、广州虎门二桥工程等国内重点工程，且同样畅销海外市场。津西牌电气化铁路线杆产品在京沪、沪宁、哈大、沪杭、广珠等10余项国内重点高铁项目的建设中展现雄姿。

产品厅有一座用型钢焊接而成的雕塑，因其状如一棵大树，被寄予了津西巍然屹立于钢铁之林、事业蒸蒸日上的美好寓意，被员工们命名为"基业长青树"。

产品厅的东侧是文化厅。这里以10年为一个节点，展示了津西30年来走过的历程。

第一节点是1986年至1996年，是津西起步腾飞的10年。这10年，津西规模不断扩大，管理不断创新。特别是1994年，津西铁厂厂长韩敬远首创推出"两册一制"（取消合同制员工和临时工身份差别）劳动用工制度，很快津西用工模式在全国推广。这10年，津西实现了由建厂初期的年产14万吨生铁到形成年产25万吨生铁、20万吨钢和年发电量达到1800万千瓦时综合生产能力的跨越，固定资产由4000万元增加到2.48亿元，员工总数达到2800名。为记住这10年的成绩，津西设立腾空万里的汉白玉宝马雕塑。那骏马腾空的雄姿，像极了发展初期的津西。

第二个节点是1997年至2006年，是津西合力奋进的10年。这10年，津西结束有铁无钢的历史，产品不断升级换代，开始向高端型钢领域进军。2004年，津西顺应国家政策改制上市，成为内地率先在香港挂牌上市的民营钢企，津西再一次实现了跨越式发展。这10年，津西固定资产激增至42.31亿元，员工总数达到7900名。这10年，体制改革、香港上市、H型钢轧线放歌……为记住这10年取得的成绩，津西铸造了青铜合力宝鼎。

该鼎铭文曰："秉诚仁之德，汇五湖英才，聚四海之力，铸津西百年盛景。"

第三个节点是 2007 年至 2016 年，是津西多元发展的 10 年。这 10 年，津西实现了从"一钢独秀"到"九龙腾飞"的华丽转身，在做强做精钢铁主业的同时，在装备制造、节能环保、国际贸易、金融租赁、津西投资、高新科技、绿色地产、龙翔文化等领域蓬勃发展，形成了九大发展板块齐头并进的崭新格局，拥有的境内外控股子公司达 30 余家。2007 年，全球大型钢铁生产商——安赛乐米塔尔成为津西第二大股东；2008 年，中小规格 H 型钢生产线投产；2009 年，津西集团成立；2013 年，钢板桩生产线升级改造成功；2016 年，特大型钢板桩升级改造项目稳步推进。这 10 年，津西固定资产跃升至 300 多亿元，形成了集九大发展板块于一体的大型企业集团。津西集团核心企业——津西股份，正在向建设世界最大型钢生产基地的目标稳步迈进。为记住这 10 年的业绩，津西制作了鼎力津钢炉，以"情忠国祚，恩报桑梓。翘楚有期，鼎力八方"的豪情砥砺前行。

30 年来，津西不断前行。截至 2017 年底，津西已累计向国家缴税 120 多亿元，在努力建设资源节约型、环境友好型企业的同时，热心公益事业，向交通、教育、公益等领域累计捐款 3 亿多元。

看点之三：文化强企——筑发展根基

我们一行从中区展厅向左直行，便到了南区展厅。南区展厅包括津西党建展区和津西文化长廊两部分。

　　在以鲜红色为主基调的党建展区，8个巨大的金属字"党建筑基　百年津西"分外抢眼，这也是津西党委的工作主旨和党建展区的主题。

　　津西股份副董事长、党委书记、总经理于利峰对笔者说："津西取得的成绩，主要得益于公司党委严格按照各级党组织的部署和要求，在中国东方集团董事局主席、津西集团董事长韩敬远的带领下，扎实推进党建工作，促进企业健康、可持续发展。"

　　南区展厅的中央区域是文化长廊，观众参观的先后顺序由地板上的绿色箭头指引。2016年，在津西建企30年之际，津西集团董事局主席韩敬远在参观文化长廊后说："文化的根和魂在于传承和创新，要把文化长廊的展示活动坚持下去。"就这样，原本计划只在津西建企30周年前后举办的文化长廊展示活动坚持了下来。文化长廊展区的展示活动每年更新两次，每次展示一个主题。这个展区深受津西干部员工的喜爱，不时有人到展区前观看。在参观的人群中，还有与津西合作的客户，以及来自天南海北的投资者……

　　如今，作为河北省唐山市迁西县工业旅游景点，津西正按照国家AAAA级旅游景区的标准，在烧结、炼铁、炼钢、轧钢、H型钢等环节进行升级改造，加快绿化生态典型示范企业的建设步伐。

青山隐隐写芳华

汤晖

如果说，这个时代最大的特点就是变化，那么变化即意味着创新、进步，意味着天翻地覆般的新体验。

每天下班，我都沿着几年前修建的宽阔干道——湖北省武汉市洪山区仁和路（原来叫工业路）回家。路上车水马龙，人车喧嚣。道路两侧商铺众多，高楼林立，公交站、地铁站显示出这里交通的便捷。这条干道的尽头延伸至欢乐大道，再往前，就是国内最大的城中湖——东湖。

当年学校组织春游会去东湖，只是那时，车队从青山区出发后要绕很大的弯路，花两个小时左右的时间才能抵达。晕车的同学往往在这个过程中就已经被折腾得七荤八素了。我和几个同学也曾骑自行车去东湖，绕小路，以期缩短距离。那时低矮的平房，简陋的农舍，大片的水塘、菜地，以及在湿地中生长的水杉树等，是我们沿途所见的风景。

现在，我穿行在这条干道上，经过4号线地铁站的十字路口，再前行5分钟，进入一个新小区，电梯很快把我送达家中。从阳台或者卧室窗向外眺望，东湖景区跃然眼底。是的，我家就住在东湖附近。东湖已成了我家的后花园。随着江城绿心——绵延102公里的东湖绿道一期、二期工程的惊艳亮相，33平方公里的东湖烟波浩渺，宛如一幅3D水墨画。节假日，我和家人骑上共享单车就可畅游绿道，从当年学校的位置到东湖，有了便捷路线，骑车不过半个小时。

被誉为世界级绿道的东湖绿道，是中国一冶承建的。联合国人居署评价东湖绿道是"真正意义上实现了城市公共空间平等共享，给市民提供了更可达、更生态、更包容的公共休闲空间"。今年8月启动的东湖绿道三期工程，在文化、环保、配套设施等方面有了综合性提升，进一步完善配套功能，从规模向品质转型。

如果说仁和路的修建，以及它周边交通设施、住宅、商铺的出现，使这片农田成为繁华城市的一角，那么天兴洲大桥的兴建，就像一条时光隧道，连通了对岸的黄陂。不久前我参加一个文学笔会后，从黄陂返回青山区，只是打了一个盹，车就到了对岸，这在以前要用半天时间。

修路、架桥，水路联通，不仅极大地方便了人们的出行，也带动了经济的发展。我所在的单位中国一冶集团，曾参与过东湖绿道、武青堤堤防江滩综合整治工程、临江大道改造工程，以及黄浦大街快速路、姑嫂树快速路、长丰大道等市政基础设施项目的建设，不仅为武汉市民贡献了智慧与力量，也提升了中国一冶的社会知名度和美誉度，为企业的良好发展扩大了"朋友圈"。

2015年4月，武汉市被国家确定为首批16个"海绵城市"建设试点之一，青山区作为全市两个试点片区之一，率先进行3年试点建设。中国一冶承建的武青堤堤防江滩综合整治及临江大道改造工程，是率先运用"海绵城市"设计理念实施的江滩工程，成了打造"海绵武汉"的"核中之核"。2017年12月5日，C40城市气候领导联盟第五届城市奖颁奖仪式在美国芝加哥举行，"武汉市长江堤防江滩综合整治工程——武青堤段"工程获得2017年C40城市奖"城市的未来"奖项，成为唯一获奖的中国城市项目。中国一冶用央企的责任担当与技术实力，绘就了"最美江滩"，让城市回归自然、拥抱未来、安享千秋。

除了便捷的交通，住房条件的极大改善，也让人们尝到了奋斗的幸福感。

儿时住在工人村，三居室的平房，两间当卧室，一间为客厅兼餐厅，在外自搭一间厨房，厕所是公用的。一家四口倒也怡然。后来我结婚了，买了一套70余平方米的经济适用房，两室一厅一卫，三口之家其乐融融。前几年，我家又买了一套近140平方米的商品房，三室两厅两卫，揽东湖胜景于眼底。

几个月前，因参加一个在青宜居举办的文学讲座活动，在社区工作的同学特意带我参观了青宜居。今年4月，习近平总书记来武汉青山区调研棚户区改造时，参观考察过该社区。我们当年住过的工人村棚户区，后来成为全国最大的棚户区改造工程。看着陈列室里的蜂窝煤炉、铁条栅栏门等当年工人村居民用过的物品，在亲切熟悉的同时，对比着社区周围林立的青宜居、青和居、青康居等保障性住房小区，深切感受到居住条件改善后的巨大变化。

衣食住行一直是老百姓的生活重心，不仅关乎民生，也反映出时代的变化与进步，这在物质的丰富性和购物的便捷性上就可见一斑。现在，在家轻敲键盘，所购物品就能快速送到家。祖辈、父辈以及我们儿时见到的布票、粮票、蛋肉票等，已然成了收藏品，取而代之的是各种卡——医保卡、银行卡、美容健身卡、旅游卡等。如今，只需带上手机，就能"一机在手，什么都有"。很多国家都开通了支付宝、微信付账通道，以吸引中国游客。

环境的优化与美化也是显而易见的。20世纪80年代，我父亲在珠海、深圳参与城市建设。暑假时，母亲带我们去看望他。见到湛蓝的晴空，我别提多开心了。因为当时居住的武汉工人村是工业区，天空总是灰蒙蒙的，桌椅上每天都是一层灰尘，必须时时擦拭。经过多年的环境整治，现在"武汉蓝"已成为武汉人的骄傲。

在中国地理版图上，武汉不仅居中且在长江中游，在长江经济带上有牵引四地、通联八方之势，而长江经济带是"一带一路"的主要交汇地带。这些年，武汉新修建的桥、隧、路、房等，都是建设美丽中国的实体答卷。武汉，将在深化改革开放的征途上续写时代芳华。

太钢之行

崔美兰

深秋的太原秋风万里，日暮云高。夜色苍茫中，走出太原南站，太钢人早已等候多时，热情扑面而来。这是第二次到太钢参加冶金文协年会和冶金作协理事会，虽相隔4年，却感受到了不一样的太钢，听到了只有在太钢才有的关键词。

手撕钢

手撕，一种充满轻松的跃动；手撕，一种蕴含自由的率性。不禁想到手撕面包的松软和手撕牛肉的喷香。

想象不出"手撕"和"钢"联系在一起的模样，是"手撕"的灵动里赋予了"钢"的魂魄，还是"钢"的坚强里融入了"手撕"的柔情？

手撕钢，好像从远古的朦胧诗里，插上了飞翔的翅膀，进入现代人想象的空间，可是，太钢人却真真切切地把他们组合在了一起，让这个属于太钢人专有的关键词，走出中国，让世界瞩目。

在太钢博物馆，工作人员拿起银色的纸一样的东西，轻而薄，柔而软；表面光滑，亮如明镜，轻轻地晃动几下，清脆悦耳的声音如清晨小鸟的歌唱，却透着钢铁坚韧的质感。在众人新颖好奇的目光中，随手撕成了条状。他兴奋地说："这就是太钢生产的手撕钢。"看着魔术一样的表演，想象不出这种薄如蝉翼的手撕钢，厚度只有0.02毫米，只是A4纸厚度的四分之一。

精密带钢轧制出的手撕钢，学名叫不锈钢精密箔材，其工艺精湛，自主研发，成为制造显示屏等柔性高精密产品的尖端材料，主要应用在航空航天、石油化工、汽车、电子、家电、计算机等领域，是钢铁材料中真正的新宠，得到世界各国专家和客户的认可。不仅打破长期的国外垄断，还将不锈钢箔材的制作工艺提高到世界领先水平。

手撕钢，太钢人的品牌；手撕钢，中国人的骄傲。

中国珠芯

犹记得2015年11月，央视《对话》中播出的"圆珠笔挑战高端制造"的节目，能造高铁和核电站的中国却造不出圆珠笔笔头钢珠，一时间成为社会各界的热门话题。

圆圆的、小小的圆珠笔芯，承载了多少中国人的期盼；硬硬的、滑滑的圆珠笔芯，蕴含了多少中国人的梦想。

一枚小小的笔头钢珠，折射出钢铁产业升级的大话题。我国每年生产380亿支圆珠笔，其核心部件珠芯一直依赖瑞士、日本等国的进口。太钢高级工程师王辉绵说："开发这个产品没有可借鉴的资料，成分的配比从几十公斤开始，各种微量元素加入多少，进行了多少次实验已经没法统计了。"他们不断积累数据，调整参数，设计工艺方法，把钢材调整到最适合笔尖钢的性能，既方便切割又不能开裂。第一批切削性好的直径2.3毫米笔尖钢丝于2014年12月成功出炉，至此笔尖钢实现了光荣的"中国制造"。

让中国制笔安上"中国珠芯"，这是时代的呼唤；让笔尖钢烙上"中国制造"，这是太钢人的豪迈。

2016年9月，太钢取得历史性突破，制造出了合格的笔尖钢，开始向制笔企业批量供货。合作企业贝发笔业对太钢生产的笔尖钢进行测试，随机选出的笔尖要在不同角度、连续不断地书写800米，笔走龙腾，珠连四海，书写效果从始至终完美一致，珠芯出水的均匀度、笔尖的耐磨性，与进口产品效果相同。太钢人勇夺钢铁皇冠，用笔尖抒写着中国的脊梁。

中国珠芯——太钢人的中国心。

造币钢

中国人民银行正式发行的2005年版第五套人民币，其中的1角硬币全部选用太钢生产的不锈钢铸造，每枚1角硬币都承载着太钢人掷地有声的铿锵。

小小的1角硬币，像一件玲珑的艺术品，精致、闪亮，背面的兰花叶子葳蕤，傲骨幽香，立体感十足。我得到的每枚1角硬币，都珍藏在我的存钱罐里。

40年来，我国的1角硬币一直采用铝材制造，其氧化、污损后影响硬币的美观。从2004年开始，太钢依靠雄厚的科研实力与中国印钞造币总公司合作，经过数十次研究与试验，开发出具有世界领先水平和防伪技术的不锈钢材料——"太钢牌"造币钢。它的成功开发填补了我国造币领域的空白，实现了造币用不锈钢的国产化。而后太钢又成功开发马来西亚、波兰、巴西等国际造币市场，造币钢出口量突破2500吨。

"太钢牌"造币钢，展示着中国制造的闪光魅力。

构筑"海上巨龙"

一桥飞架三地，海底变通途。

世界最长的跨海大桥港珠澳大桥宛若"海上巨龙"，在港珠澳三地飞舞。

太钢为这座"海上巨龙"构筑起了坚实的"不锈基座"。港珠澳大桥成为中国新的地标性建筑之一，被誉为桥梁界的"珠穆朗玛峰"，英国《卫报》称之为"现代世界七大奇迹"之一。

太钢自主开发的高强度、耐腐蚀、长寿命双相不锈钢螺纹钢筋在国内独家通过世界建筑领域权威——英国CARES认证，成功应用于世界上投资最大、设计寿命最长的港珠澳大桥。太钢品牌彰显着中国人的自豪与骄傲。

看到央视播出隆重的大桥通车仪式，太钢职工心潮澎湃，激动不已。双相不锈钢研发负责人、技术中心高级工程师王辉绵激动地说："时间过得真快，从研发到大桥通车，都快10年了。高兴，就是高兴，我们搞技术的，一辈子能干这么一件事，付出再多也值了。我们要继续发扬实干精神和奉献精神，研发更多更好的高精尖特材料，为祖国强盛再立新功。"技术科闫士彩在第一批产品包装发运时，感慨万千地说："大家就像送自己的女儿出嫁一样。在工期紧张的时候，厂长、技术员、一线操作人员全都在现场整宿整宿地跟班。当时真的不容易，现在大桥通车了，心情非常激动。"

太钢不锈钢螺纹钢筋在文莱淡布隆跨海大桥、马尔代夫中马友谊大桥建设中也安家落户，让"一带一路"写满"中国制造"。

太钢品牌，为"中国制造"贮满"中国力量"！

拜见"渣山"

拜见"渣山"，其实是致敬一种精神！

凡是钢铁厂都会有渣山，但太钢的渣山能长出树、开出花、喷出泉、跃出鱼……

这里的渣山和企业精神联系在一起！这里的渣山和企业使命联系在一起！这里的渣山和爱国情怀联系在一起！

新一代愚公李双良，为古老的寓言抒写了当代续编。他虽然是一位朴实无华的退休老师傅，却张开钢铁的巨手，搬走大山，取出精矿，辟出一汪清泉……

太钢从建厂到20世纪80年代初，50多年排放的废钢渣，形成一座体积达1000万立方米的大渣山，最高处可达23米。相当于一座长5.6公里、宽1.2公里水库的总容量。

搬掉渣山，治理环境，任重而道远……

1983年，退休职工李双良勇敢地站了出来。他主动请缨，拍着胸脯说："不要国家一分钱，只要一个治渣权。"他还说："太钢的事就是自家的事。"

多么朴实的语言，多么豪迈的气魄！

以渣治渣，以渣养渣。没有人员，他发动亲戚朋友，携子带女丈量原始的渣山；没有工具，他四处化缘；没有设备，他就自己造。一天、两天，三年、五年……硬是把堆积了半个世纪的1000万立方米的渣山搬掉，创造价值1.4亿元。原来污染严重的渣山变成美丽的花园。

漫步于这座城中花园，假山与喷泉、亭榭与长廊，构成唐诗宋词里婉约的风景。虽然是深秋，但湖中荷叶连连，残荷点点，山水之间装满了太钢人的豪情，因为这里的一切，都饱含着李双良的情怀，都闪耀李双良的品格。

一座渣山塑造了时代典范；一座渣山铸就了太钢精神。

拜见"渣山"，其实是致敬一种精神！

感悟"特殊"

从军事博物馆那尊不锈钢浇铸的宝塔到海上巨龙港珠澳大桥的通车，太钢用高贵的"特殊"品质点亮世界。

早在20世纪初，民主革命先行者孙中山来到山西，他真切建言："以天赋之煤铁资源，振兴民族工业。"西北炼钢厂由此诞生在这块人文底蕴深厚的土地上。历经坎坷和磨难的西北炼钢厂，成为中国民族工业艰辛发展的缩影和真实写照。

中华人民共和国成立初期，太钢就被国家定位于发展特殊钢。从1952年成功冶炼出我国第一炉不锈钢到1954年成功轧制出我国第一张硅钢片，从1984年获得国家金奖的电磁冷轧薄板到1991年获国家科技大奖的北京正负电子对撞机用特种纯铁，从西气东输用高级别管线钢到港珠澳大桥专用不锈钢螺纹钢，太钢千锤百炼闪耀着"特殊"的光芒。

特殊的成分是优中选优的积淀，特殊的性能是千锤百炼的良方，特殊的规格是应变能力的展示，特殊的工艺是精益求精的品相，特殊的硬度是铿锵有力的坚强。

自主开发的铁路货车用不锈钢板，用于大秦铁路3万多辆铁路货车制造，中国列车90%的车轴用钢铁材料由太钢提供，铁路客车用钢用于城市轨道客车和高速动车制造，实现了车体制造用不锈钢材料的100%国产化；国产160多艘船全部使用太钢的不锈钢材料；在国内首家开发成功冷轧硅钢，实现了超临界百万千瓦级发电机组材料的国产化；液化天然气储罐用钢成为国内首家供应商；特种不锈钢材料成功应用于核电站、三峡工程、载人航天工程等国家重点项目。

太钢在三晋苍穹间抒写着中国钢铁工业的壮丽华章。如今的太钢，形成了年产300万吨不锈钢的能力，形成以不锈钢为主的核心技术800多项，其中120项处于国际领先水平，20多个品种国内市场占有率第一，30多个品种成功替代进口，一跃成为全球产能最大的不锈钢企业，完美诠释了民族钢铁产业奋进中崛起的精彩传奇和光辉历程。

我们有理由相信，未来的太钢，将以"特殊"的名义，铿锵展翅，从容亮剑……

故乡的变迁

孙雪莉

　　年假期间回了一趟故乡——渭南市华州区，行走在乡间的小路上，脚下的土地松软踏实，踩上去舒服惬意。道路两旁是一望无垠的绿油油的农田，那时苞谷刚刚挂穗，雄赳赳气昂昂地站立在故乡的土地上，一眼望去，大地仿佛被一排排士兵护卫着。道边修长的白杨，玉树临风，在余晖中更增添了层次感，让人油然而生一种豪迈和壮阔的情怀。

　　从小到大，对故乡充满了深厚的感情，尤其近几年愈加念旧，常常想回去看看曾经和自己血脉相连的那个小村庄，找回儿时的记忆和憧憬。由于父母近年不在老家生活，我回家的次数并不是很多，一年也就那么几次。但每次回家，故乡都有新的变化，让人产生刮目相看的感觉。

　　记得十几年前若要回家，坐车到镇上后，往老家还要走五六公里，道路坑坑洼洼，坐在三轮车上像筛糠似的，要是遇上晕车别提有多尴尬和难受了！如今，那条通往故乡的土路变成了水泥路。走在笔直的大道上，心里说不出的畅亮！放眼望去，村村通公路，户户盖新居；车辆一排排，到处干干净净，不要一个小时就到了县城。回到家，吃上香喷喷的家乡饭，吃上故乡菜地里长出的新鲜蔬菜……那个香啊，甜啊，美啊，简直就是撩咋咧（陕西方言，好极了）！

在我的记忆里，过去的住校时光，开水泡馍就是我们别无选择的"大餐"！一年四季都有干不完的农活，锄草种菜、喂养牲口、上山挖草药、捡柴火；每逢忙假，和父母在地里收割庄稼、晒麦子、收麦子、交公粮等，干得直不起腰，累得没有精力去玩耍！

时光荏苒，弹指一挥间。改革开放了，农村实行了土地承包政策，家家户户粮食收得缸满囤满，顿顿有肉吃、餐餐白米细面。农忙时，收割机开进田间，机械化使农业效率大幅提高，农民再也不用汗流浃背"面朝黄土背朝天，日落西山干到黑"。且如今国家的蛋奶工程已经普及各大中小学，学生在校鸡蛋、牛奶、面包等营养餐足量供应，上学想吃啥学校餐厅就有啥！难怪乡亲们嘴边经常挂着："共产党好，共产党好，共产党是我们的好领导……"

离家远了，回家次数少了，但每次回家，总能听到一些新闻，且桩桩件件都是大喜事：国家每月给六十岁以上的老人发放生活补贴；大伙都入了医疗保险，看病不愁了；村里修了灌溉水渠……通过和乡亲们交谈还了解到，村里还有几户"精准扶贫户"。从乡亲们口中听到"精准扶贫"这个词，让我很是惊讶，这说明村委会一级，我们党最基层的组织，认真贯彻落实了国家的政策。"精准扶贫"使那些无劳动能力、真正贫困的弱势群体得到了有效帮扶，使他们看到了生活的希望！

　　党的富民政策在故乡有很深的体现，农民衣食无忧，生活条件日新月异，城乡差别越来越小，一切都在向前发展。

　　放眼望去，田野里一片丰收景象：从村子到山根下东西走向的是一大片主粮田，十几年前，这片田地是一块一块的，有的种果树，有的种庄稼，有的种蔬菜，杂乱无章，不利于耕种。如今搞特色农业，便对这一片田地重新做了规划。在基层党组织指导下，村里大面积种植了花椒、核桃等经济作物，每到花椒、核桃成熟时，有专车到村里来收购。农民收入提高了，心里都乐开了花！

　　微风送过，一股股沁人心脾的香甜，合着泥土的芬芳迎面扑来。我体会到了一种从未有过的安宁与祥和，人与自然的和谐在这里得到了完美诠释。望着这片即将收获的土地，我心中对"改革开放"有了更深的理解：农民，我们的衣食父母，他们是值得尊重和赞美的；土地，人类的家园，我们要珍惜这块生养我们的沃土。感恩强大的祖国，感恩伟大的中国共产党，感恩改革开放给我们带来的新生活！

钢铁颂歌

这里是河钢邯钢

余平

在这个秋天
时隔十年再回到这里
昔日的十里钢城
不再是记忆中的模样

3200大高炉耸立云天
空旷的炉台上冷冷清清
铁花四溅铁水奔流
这样的场景
早已羽化成历史的尘烟
沉淀为诗人的想象

高炉的心脏
在洁净的操控室墙壁上
巨大的荧屏里
跳跃着各种画面和数据
在这里才能读懂
什么是智能钢铁

2250车间
一条火龙吞吐着红色
在轧机上时隐时现
往返穿梭
演绎精品钢铁轧制的
华彩乐章

钢铁粮仓气势恢宏
面积有20个足球场那么大
想象一下
如果世界杯32支球队在这里同场竞技

徜徉在"钢铁印记"主题花园
昔日钢厂的遗址
如今已是一望无际的绿海
掩隐在万绿丛中的
早已淘汰的小高炉模型
仿佛古董般

正讲述当年创业者的艰辛与辉煌

绿
或许可以
畅想这样一幅画
夕阳西下
谁在这里踩着晚霞的影子散步

还有那些早已不冒烟的烟囱
依旧定格在
钢城的各个区域
他们如年事已高的老者
孤独地
品味岁月的芳华

汽车钢整车造
家电板全覆盖
百米重轨架高铁
航天氚打破国外40年垄断

一位"老钢铁"这样述说着
他的自豪无法掩饰

智能钢铁
绿色钢铁

精品钢铁
············

这里是河钢邯钢
一位熟悉而又陌生的朋友
一家制造绿色的梦工厂
正在崛起

注：
3200大高炉：这里是指3200立方米高炉。
2250车间：这里是指2250毫升宽厚板车间。

2018，钢铁的交响从心中升起（组诗）

李永刚

铁矿石

告别群山万壑

把绿色的寂静

划破

古老的石头

在高高的山上歌唱

每一块都是钢铁的

韵律和平仄

从壮怀激烈

到细语婆娑

从高亢沸腾

到婉转缠磨

一切和弦

揉成矿粉

金属般的静默

炉火

这是交响曲的高潮
音符在炉火中
奔腾跳跃
旋律在炉火中
悠远辽阔
唯有炉火
豪迈地高歌
炉前工的身影
在交响中舞动
开口机和炮泥
尽情地唱和
汗水的声音
小到极致
他让铁水的涌动
把自己淹没

转炉

浪漫的芭蕾
在高雅的交响中
尽情地翻转

吹氧冶炼的一刻
小提琴深情地响起
醉人的音符
顷刻间化作纯粹的
钢水
从时光的琴弦
漫过

轧线

金属的声音
如此清脆
乐曲响起的时刻
尘土纷纷抖落
穿过厂房的阳光
被钢铁弹奏成
一片绽开的笑颜
听到这金属发出的声音
夜晚已是
脆亮不堪

在大洋的那一边

齐冬平

巴布亚新几内亚位于南太平洋西部，是大洋洲第二大岛国，因美丽的天堂鸟和极其丰富的资源储备闻名于世。中冶集团积极践行"一带一路"倡议，成功开发并运营中央企业境外最大镍钴投资项目，携手巴新人民践行社会责任，实现互利共赢可持续发展。笔者参加了2004年3月在巴新首都议会大厦举行的中冶瑞木［瑞木镍钴管理（中冶）有限公司］签约仪式；2018年7月再赴巴新深入树洞矿山、巴萨穆克冶炼厂一线，强烈感受到巴新发生的变化和中冶瑞木成功实践给当地带来的深刻改变。

巴萨穆克笑了

巴萨穆克笑了
一排又一排的笑浪
刺破雨树（Rain Tree）的棚顶
大人们失措

长老伸长了脖子迷失
天堂鸟儿散了
追赶鹰的步伐
树叶抖颤着流下
千年的泪滴

巴萨穆克笑了
海滨的浪声响起
孩子们快乐地嬉戏
山上流下的河水
弯曲中改道
村里的狗懒散着
俯卧睡去

Basamuk 镶嵌在
PNG 上的明珠
兄弟姐妹们笑了
RAMU NICO 笑了
村里孩子们笑了
一排又一排的笑浪
巴萨穆克海湾
已十分拥挤

注：
Basamuk：巴萨穆克，中冶瑞木冶炼厂所在地。

PNG：巴布亚新几内亚的简称。

RAMU NICO：中冶瑞木。巴萨穆克距离马当市55公里处的海湾，中冶瑞木冶炼厂所在地。

坐南朝北

在莫尔兹比
一定是坐南朝北
弯月升起来了
庭院里听蛙声蝉鸣
把脸迎向阵阵海风

香蕉树摇曳
担心串串掉下
青青的香蕉
弓着身体如同婴儿
抓紧了树干
叶子舞曳着说
还没到落下的时候

蛙声又起禅似睡去
风似乎也要停息
犬敏感地吼叫
一声
两声

三声
瘦身的狗儿静下
左耳听土著人低语
右耳飘亚裔人笑声
声声溢满磁性
相同却又不同

举起茶杯邀月
不远处水池中晃动
似圆月的倒影
却是灯影醉了
我心已醉默念着
一定向着北方
不只是我们
还有这座城市和
岛国总理的心声

海风把城市裹紧
夏季在阵雨中奔跑
溢满这里人的笑容
自信纯朴还有真诚
教堂钟声响起
APEC 前夜的港湾
莫尔兹比
宁静复宁静

海风吹落星的浮尘

弯月在风晕中睡去

空中的星星

一颗

两颗

三颗

清晰清新　和着海风

一起律动

注：

APEC：亚太经合组织。

莫尔兹比：巴布亚新几内亚的首都。

期待深夏

走在总督路上

SIR JOHN GUISE

寻着雨树（Rain Tree）

离总理府远了

简朴的车站上

挤满了色彩

棕色是这里的标志

黄色黑色红色

迎着风飘动

市政厅在前方伫立
城市之标
船和帆高高地伫立
俯瞰着路上过往的车辆和行人
岛国首都的色彩
汇集成流动的
笑容　似曾相识

天堂鸟安静地
张开金色的翅膀
仿佛鼓声响起
还有土著人的舞步
画家和他的油画上
PNG 的蔚蓝
跌落在路上
给夏日几许清凉

2018APEC 坐落在
总督路的尽处
与一排雨树相伴
色彩在热浪中跳跃
蔚蓝与金色的市标
成为人流过往
瞩目的中心

几个月后的深夏
会在雨声和雷电中来临
航班从四面八方
搭载着不同的色彩
赶赴一场盛宴

总督路上市政厅内
人们都在忙碌
色彩在流动中喘息
只有天堂鸟
安静地等待
世界峰会的到来

注：
SIR JOHN GUISE：约翰·吉斯爵士，曾任巴布亚新几内亚首任总督。

在大洋的那一边（续）

齐冬平

　　2018年11月，国家主席习近平对著名的"天堂鸟之国"巴布亚新几内亚进行国事访问，并出席在巴新举行的亚太经合组织第二十六次领导人非正式会议。近年来，两国关系进入了快速发展的新阶段。巴新是中国在太平洋岛国地区第一大贸易伙伴，中国是巴新第一大外资来源地和第一大工程承包方。中冶集团积极践行"一带一路"倡议，成功开发并运营中央企业境外最大镍钴投资项目，携手巴新人民践行社会责任，实现互利共赢可持续发展。2018年7月，作者第二次赴巴新深入树洞矿山、巴萨穆克冶炼厂一线，强烈感受巴新发生的变化和中冶瑞木成功实践给当地带来的深刻改变，写下组诗《在大洋的那一边》。在习主席访问巴新前夕，作者又写下组诗《在大洋的那一边（续）》，以抒情怀。

树洞传奇

　　矿山在我们脚下了

色彩在这里格外鲜艳

一条路伸向天边

在万山葱绿中

红色的镍矿宣示出

年轮的沉寂　时代的期待

还有土著人明亮的双眸

这里叫树洞（Kurumbukari）

著名的世界级矿山

选矿机林立轰鸣

重卡拥挤着前行

把红色的矿藏运向

并不遥远的地方

时光叠加着时光

那一年中冶人的目光

聚焦巴新热土

步伐坚定　家国北望

在马当（Madang）简陋的房间里

手在地图上一一标注

然后一干人马上山

在草没人头的大山里

眼睛始终盯紧前方

用心铸造世界啊

中冶人的视野里

瑞木河蜿蜒着北去

建一座瑞木大桥吧

道路先建起来

相伴一百三十五公里管道

通向巴萨穆克

魔术般地在这个

美丽的海滨

冶炼成绿色的镍钴

走在树洞矿山的路上

总会有无穷的遐想

诵读着中冶人的传奇

注：

树洞（Kurumburkari：中冶瑞木矿山所在地。

马当（Madang）：中冶瑞木总部所在地。

安那快的雨

在树洞一定要下乡

唯一的道路

每走一次都是经历

生活在坎坷中走向远方

前方有现代房屋啦

安那快社区还有学校

都是中冶人的作品

社会责任在肩啊
同一个瑞木
同一个社区

雨中的演讲如同
这不停的雨丝一样
那么慷慨　那么激扬
手势令人着迷
向上的力量
感恩的力量
长老慷慨很久了
分不清泪水还是雨丝
一直流淌
学生们仍在仰望
安静地聆听
这是同一个社区的力量
安那快的雨没有停息

注：

安那快：中冶瑞木矿山区的一个社区，中冶出资建设了房屋、学校等。

同一个瑞木同一个社区：One Ramu NiCo, One Community, 中冶瑞木的管理理念，入选了"央企优秀社会责任实践案例"。

马当的海

这是没有红绿灯的省会
一切都有序地运行
俾斯麦海很平静
晚风吹拂心情很美

面向大海
可以远眺　　可以忘情
我的兄弟姐妹啊
我们阔步在
"一带一路"沿线
祖国在大洋的那一边
歇息下驻足望远吧
泪水禁不住流出
海的味道
月圆时很咸很浓
再凝望一刻吧
父母和妻儿
也在家乡这般凝望

十年铸剑巴新客
这是团队的平均岁月啊
一天也不耽误
一天也不懈怠

默默无闻地无私奉献

青春的轨迹在大洋的上空

像织机一样越来越密

一幅幅"苏绣""蜀锦"啊

勾勒出

中冶人新时代的风姿

月圆时刻

目光齐刷刷地迎向北方

坐南向北

心随着船船绿色的矿藏

从巴萨穆克港起航

一路北上

坐南向北

汗水从树洞和巴萨穆克

滴下　流向湛蓝色的海洋

你好　马当

宁静的海滨之夜

那轮海上明月

真的很近

家乡的明月

心底久久地收藏

七律·抒怀

刘武成

立世男儿当振雄，
鲲鹏展翮奋苍穹。
一腔浩气腾精日，
十载莫干起霓虹。
镇国鼎钟凭铉举，
兴邦重器仗镔融。
于今报捷敲镫庆，
铠甲三千唱大风。

注：

铉：鼎、钟之耳。

莫干：莫，莫邪；干，干将。古代的两把宝剑。这里用"莫
干"喻被评为全国机械行业杰出产品的龙凤山高纯生铁和超高
纯生铁。

水调歌头·赞铸坛诸老

刘武成

铮骨苍松劲，铁干老梅妍。喜见商山皓首，寿鹤舞联翩。神似秋空朗月，节比春山高竹，丹桂馥平川。北极星衡侣，鹤发伴童颜。

学如海，谦如谷，德如兰。八旬老骥，扬鬃腾越骋辽原。授业释疑解惑，现场精研深教，为国蹑高巅。民族复兴路，千里正昂轩！

注：

铸坛诸老：这里指中国铸造行业的诸多老专家。

不锈之光（外一首）

李保文

我是特殊钢中的特殊钢
高贵的品质把混沌的世界点亮
我是钢铁世家中当之无愧的翘楚
千锤百炼塑造了我闪耀的光芒

从军事博物馆那尊不锈钢浇铸的宝塔
到勇夺钢铁皇冠　笔尖书写中国的脊梁
无菌钢奏响锅碗瓢盆交响曲
造币钢装进亿万家口袋钱囊
多次乘着神舟遨游浩瀚天际
也无惧茫茫大海的惊涛骇浪
我威风凛凛地守着三峡大坝
也伴着假日旅游的人潮奔走四方

最近我又给了世界一个新的惊喜

精密带钢轧出薄如蝉翼的手撕钢
吃过手撕面包和手撕牛肉
手撕钢铁却从来无法想象
特殊的成分，是优中选优的积淀
特殊的性能，是千锤百炼的良方
特殊的规格，是应变能力的展示
特殊的工艺，是精益求精的品相
特殊的硬度，是铿锵有力的坚强
特色高端　我已形成不锈产业集群
追求卓越　永远是不锈的智慧和理想
从不锈钢迈步跨越新材料领域
我们瞄准改革开放新的曙光

渣场畅想

这尊铜像的主人
为一个古老的寓言书写了当代续篇
他虽是一位朴实无华的老师傅
却敢于治理渣山　为太钢和太原排忧解难

太钢的事就是自己家的事
他携子带女丈量过高高的渣山
他是太钢第一位"吃螃蟹"的人
以渣治渣　以渣养渣
自我积累　自我发展

一座新式城堡拔地而起
他把绿色环保的理念
化作一锹一镐的体验

这也绝对不是一个人的故事
他是几代太钢人崇高精神的提炼
想企业之所想　急企业之所急
爱岗敬业　主动为企业无私奉献
吃苦耐劳　不怕困难
炼就铮铮铁骨
艰苦创业　为企业发展勇挑重担
心往一处想　劲往一处使
团队精神　凝聚力量　一往无前
遵循客观规律　珍惜宝贵资源
科学精神保障人与自然的和谐发展
与时俱进　挑战自我
精益求精　万众创新
换来无数精品　一片蓝天
我们欣喜地看到
在李双良精神的引领下
千万个劳模先进为企业增光添彩
千万个能工巧匠　为太钢
做出新的巨大贡献

四十年的时光（外一首）

丁鼎

四十年　确实短
他们只争朝夕　在
大国经济的荒漠上
在贫瘠干旱　和
缺少思路的土地上
他们开始寻找出路

他们从四面八方走来
这些操着南腔北调的人
脚步朝着一个方向——北方
一直到宝山的脚下　脚步声
汇聚在这里　顶住了寒流
这肆虐惯了的西伯利亚寒流
挟裹着寒流的风声邂逅脚步声
这不可一世的风声竟败下阵来

于是西伯利亚寒流止步

这些南来北往的脚步声

顶住了寒冷　顶住了

西伯利亚的寒　这些人

停下脚步　要在这儿扎根

要在这个叫白云鄂博的地方

要在海拔1783米的高度

这群人要展开他们的理想

高原风止步了　高原寒

凝结成观望的云彩　眼睛

隐藏在各式各样的猜测里

看这群南腔北调的人

看他们笨拙的手和简陋的工具

看他们怎样才能把敖包下的山挖开

看他们在高原风的呐喊声里　怎样

立足　看他们单薄的衣衫却汗流浃背

看他们这些当代愚公怎样演绎神话

于是　在北纬41.7度东经109.9度

南下的风和北上的脚步声达成和解

风声暂停　脚步声让位于开山的炮声

奔跑的马达声　宝山开始低头了

一直旁观的高原风放下了观望

开始加入欢呼的行列　她

一不小心就吹开了铁花　星星
一样开满山野的铁花　闪烁着
纯粹的花色　略带忧伤和寂寞
繁星一样闪烁着她的天真和爱意
漫山遍野地开了　如这群人
这群有坚韧不拔精神的建设者
在新时代的时光里挺立在高原上
挺立在寂寞山峰的角角落落
挺立在寒流肆虐过的沧桑里

在鲜花的过往里

从野地里的迎春花开始
高原风不断地咆哮
寒冷和艰辛不断在累加
这群人的脚步声更坚定
从追求产量到寻找最大的
效益　再到市场经济的海里
这群人经历了冶金的寒冬
经历了金融危机的风霜
他们看过谷底的幽兰
寂寞　却一丝不苟地美丽着
他们看过风中秋菊　冷清
却随着风摇曳着身姿的优雅
他们看过雪地里的格桑花

一千五百摄氏度的炽焰

喷涌潮水般的能量

传递钢的信息

输送钢的血液

放飞钢的梦想

壮我中华筋腱

强我中华骨骼

让强国的中国梦插上翅膀

如果可以，我愿亲手打开车间的门窗

让烈火英雄的吼声迅即飞出

穿越晴空万里，掠过椰林蔗海

响彻钢城

响彻海岛

响彻九州大地

响彻全球

钢花

刘金

钢花，闪烁着智慧飞溅
照亮了星星的花园
汗花，饱含着辛苦流淌
浇灌出大国工匠的气质

汗花抱着钢花
钢花衔着汗花
一齐绽放在炼钢人的笑语里

汗花、钢花，磕碰出金属的品质
顷刻间，日月星辰
都悬挂起钢铁的名字

声声布谷

刘金

声声布谷啼，啼黄了麦穗
布谷声中，掩瓜种豆
整个田野都忙碌起来

庄稼人在布谷声里
踏着布谷声的韵律
准时进行农事劳作
庄稼们在布谷声里，无语而立
默默奏响生长的节拍

蓝天白云，也擦亮耳朵
品味声声布谷的雅韵
将大自然的恩泽
公平地赠给仪态万千的生命

厂房林立
一时间，布谷声渐渐远去
似乎已和庄稼无关
或许在唐诗宋词里
才能听到布谷那古老的啼鸣

而今，原野上
布谷声声布谷，沟沟坎坎
齐刷刷地绿了比美还美的生命
托风，送给远在城里的亲人

奏响新时代奋斗者的英雄之歌
——写在全国第五个烈士纪念日

邸焕龙

每一次
对英雄的仰望
都是考量人生意义的标尺
每一次
对英雄的缅怀
都是砥砺使命责任的郑重宣誓
礼赞英雄从来都是最动人的乐章
从阖家团圆到国家兴盛
砥柱中流的是一个个昂首挺立的敬业者、奉献者、建设者
今天我们所拥有的一切
凝聚着英烈们的巨大牺牲
浸透着无数志士仁人的沸腾热血
蕴藏着近代以来孜孜以求的复兴梦想
纪念英烈不是与"我"无关

恰恰是为了涤荡自我的灵魂

"一个有希望的民族不能没有英雄，一个有前途的国家不能没有先锋"

让英雄精神照亮逐梦征程

中华民族的精神高塔将巍然耸立

回首来路

无数先贤英烈以其英勇无畏和深明大义

毅然完成历史交付的使命任务

筑就民族复兴征程的闪亮灯塔

展望前路

民族复兴关键一程迫切需要英气浩荡

新的使命任务召唤担当大任的真心英雄

哦，每一个奋斗者

都是新时代的见证人、担当者、实干家

始终与国家战略同向同行

进一步树立全球视野

坚持与国家战略同向同行

紧紧把握"一带一路"倡议机遇

坚持以"代表民族工业，担当国家角色"为己任

这是钢铁人的光荣

时代岁月在变迁

英雄精神永不变

英雄身上的坚毅理想信念、高尚精神境界、忠诚使命担当

最能触发关于生死得失、苦乐安危、奉献索取的价值思考

最能树起引人向前、催人奋斗的精神坐标

让积蓄已久的复兴能量尽情释放

不忘初心，肩负使命

新时代的英雄史诗将由我们这一代钢铁人书写完成

我看见

侯刚朋

锲而不舍始得志，千锤百炼终成钢。龙钢的发展史就是一代代初心不移、艰苦奋斗的钢铁人的创业史，是历经挫折、苦尽甘来的峥嵘奋斗史。回望一甲子，岁月印记愈加清晰。穿越时光隧道，我看见……

我看见
黄河岸边的一群年轻人
在"全民炼钢"的号召下
围绕着3座小土炉
和一座28立方米的高炉
赤膊上阵　激情满满
那一年　被历史铭记
那一年　是1958年

我看见

冰冷的寒风挟带着黄沙

穿透那简陋的炼铁厂房

炼铁炉前

一群炼铁汉子静静等待着

铁水出炉那一刻

欢呼声和掌声沸腾了现场

那一年　被钢铁人铭记

那一年　是1960年

我看见

昔日繁忙的厂区

突然安静下来

每个钢铁人的脸上

都堆着愁闷和无奈

乌云笼罩着钢城

尽管其间有过阳光

但短暂且急促

那段后来被钢铁人称为"两下"历史

是1961和1984年

我看见

炼钢一期工程建设现场

火热的劳动场景

又一次让钢城沸腾

几代人梦寐以求的夙愿

随着第一炉钢水的产出
而得以实现
那一年　是1995年

我看见
求新求变的钢铁人
乘借改革之风
谋"四化"发展模式
绘"百年"发展蓝图
实现了由"鱼"向"龙"蜕变
那一年　是2002年

我看见
一代代钢铁人
将十里钢城的疆域
由北向南不断拓展
横跨秦岭两侧的巨翼
在变幻莫测的市场风暴中
凌风翱翔
那一年　是2012年

我看见
乌云笼罩下的钢城
钢铁人紧紧抱成一团
出路在决策者紧皱的眉头间

逐渐清晰

"改革就是良药"

"四统管"战略的深化实施

像一束强光撕开黑色的束缚

那一年　是2016年

我不明

乾坤谁定

我不知

浮沉谁主

我只知

梦想在于奋斗

我看见

年轻的钢铁人

循着前辈们奋斗的足迹

在新时代的征程中

昂首阔步

钢铁漫笔

忆宝钢工地青年突击队活动

范永祥

2018年是宝钢（中国宝武）建设40周年，回忆宝钢建设一期工程施工期间，青年职工中开展的轰轰烈烈的青年突击队活动，在上海乃至全国都颇有名气，至今仍令人肃然起敬，难以忘怀。1985年5月3日，团中央在"全国新长征突击手（队）表彰大会"上表彰了100面红旗单位，宝钢指挥部系统就获了6面。当年，我在北京开表彰大会时，一些北京新闻单位的记者专门采访我，了解宝钢工地青年工作和突击队开展活动的事例。

从北京回到宝钢后没过几天，即1985年5月16日晚，共青团上海市委员会专门在宝钢体育场召开现场会，时任共青团上海市委书记黄跃金、副书记吴汉民等到场，代表团中央给指挥部红旗单位授旗。当时，国务院正好在宝钢召开现场办公会，韩光代表国务院与时任冶金部部长李东冶、副部长兼宝钢指挥部总指挥黎明，以及宝钢指挥部和宝钢总厂的主要领导都出席了会议。韩光、李东冶、黄跃金都发表了热情洋溢、激励斗志的讲话，给宝钢工地团员青年以极大鼓舞。

宝钢一期工程建设7年。建设期间，宝钢指挥部团工委组织各冶建单位、指挥部外办、指挥部机关、宝山宾馆等各级团组织，围绕工程建设这个中心，带领15000多名团员青年开展各种形式的生产突击队活动。从1978年12月23日宝钢破土动工到1985年9月出铁、出钢、轧坯，先后组建了300多支青年突击队，完成大小"青年工程"1200多项，建安工作量近2亿元，节约建设资金近1000万元，工程质量优良率达到95%以上。同时，该活动也造就了一大批先进青年，有"敢学敢干赶超"的打桩能手——二十冶青年工人关登甲，有刻苦钻研、为国争光的喷涂能手——十九冶青年工人朱国坤，有精益求精创一流水平的焊接能手——五冶青年工人马建文等。其间，工地上先后有1880名青年入团、478名青年入党，4支青年突击队荣立集体一等功，30支青年突击队荣立二等功，240名青年受到晋升工资奖励，1910名青年立功受奖，10支青年突击队、19名青年工人分别被团市委授予上海市新长征突击队和突击手称号。

宝钢建设工地开展突击队活动，有由浅入深的认识过程，也有由低向高的发展过程。宝钢建设初期和中期，突击队活动在小范围内展开，活动内容不尽相同。1978年至1980年，宝钢建设工地在青年职工中开展了增强建设宝钢光荣感、紧迫感、责任感的教育活动；同时根据形势任务的需要，广泛开展"学英雄、树新风，人人苦练基本功、个个争当突击手"的活动。1980年至1983年底，宝钢建设工地根据工程进展，在青年职工中开展了"立足本职创一流"和"节约箱"活动。宝钢工程部分调整后，一期工程投资出现缺口。团组织引导青年职工开展节约一分钱、一滴水、一两油、一斤煤、一块砖等"十个一"活动。这一时期，由于突击队的青年职工很少独立承担施工任务，几年来完成的建安工作量还不到300万元，独立完成的工程项目也没几个。

1984年，宝钢工程进入决战阶段。1984年2月11日，团中央发出《关于开展"为重点建设献青春，争当新长征突击手竞赛活动"的决定》，并要在1985年五四青年节之前表彰100个先进单位，同时表彰一批先进个人。时任冶金部部长李东冶在宝钢指挥部干部大会上，号召宝钢工地的团员青年奋力拼搏，勇夺竞赛红旗，要求"夺满把的红旗回来"。

此时，宝钢工地突击队活动应运而生，团组织积极响应号召，青年职工以高昂的姿态投入活动中。活动出现了"四个转变"：由原来8小时之外的业余义务劳动，转向8小时以内并与岗位劳动紧密结合；由零星的突击活动，转向由共青团组织、由青年工人独立承担、以针对"急难新"或"拖期工程"为主要项目的"青年工程"方面来；由体力型劳动，逐步转向体智结合型、创造性劳动方面来；由单纯组织劳动，转向同时关心青年生活，劳动时英勇突击、休息时努力学习和尽情娱乐方面来。工地青年职工开始形成新的工作方式和生活方式。

由于指导思想明确、目标具体、措施得力，1984年上半年，全工地迅速组织了273支青年突击队，到1984年底时发展到300多支。截至1985年上半年，共完成大小"青年工程"800多项，建安工作量达到1.7亿元，节约建设资金600多万元，义务献工6

万多个，受到团中央高度赞扬。

1985年5月3日，在北京人民大会堂召开了"全国新长征突击手（队）表彰大会"。我时任宝钢指挥部团工委主持工作的副书记，团中央特邀我参加大会。在这次大会上，宝钢指挥部团工委荣获"为重点建设献青春竞赛"优胜单位红旗；五冶筑炉青年突击队、十三冶李国来青年突击队荣获"全国新长征突击队"奖状；五冶青年职工罗晓明、十九冶青年职工熊高生、二十冶青年职工张云山荣获"全国新长征突击手"奖章、证书。

当时，许多宝钢建设工地的青年工人说："什么是理想？把宝钢尽快交给人民就是我们的理想。我们承包'青年工程'不是为了几个钱，而是为了在四个现代化建设中留下年轻一代的足迹。"

时光飞逝，人生如白驹过隙，当年这些青年工人的理想、行动和感人事迹，现在仍然发光，并激励着后人。

这个彝族女孩成家了！

王文锋　祥林

　　"叔叔、阿姨，我要结婚了，日子定在3月5日，你们能作为我的娘家人参加我的婚礼吗？"3月3日一大早，彝族女孩吴华华向长期资助她的鞍钢集团攀钢志愿者徐刚、尹久红、余燕和四川省攀枝花市政单位志愿者冯莉云、刘澳发出了邀请。

　　3月5日7时30分，徐刚和受邀志愿者一起，从攀枝花市区出发。经过6个多小时的车程和近1个小时的山路徒步行进，于当天14时28分到达吴华华家。

　　吴华华家屋外的空地上，烹煮宴席菜肴的两口大锅沸腾着，咕嘟咕嘟冒着热气。温暖的阳光照在吴华华家的土屋顶上。看到徐刚一行来送自己出嫁，吴华华激动不已。她说："如果不是彝族有新娘不能掉眼泪的习俗，真想抱着叔叔阿姨们让开心的眼泪痛快地流一场。"

　　吴华华的父亲紧紧握住徐刚的手，表达自己的感激之情："感谢你们这么多年对华华的帮助，你们做了我想做却做不到的事。你们是我们一家的大恩人！"

看着吴华华从瘦弱的小女孩长成大姑娘，如今找到了幸福的归宿，回想起8年的帮扶之路，志愿者们感慨万千。

2011年下半年，攀钢集团汽运公司职工、攀枝花市东区志愿者协会副秘书长徐刚带领志愿者，在攀枝花市盐边县择木龙乡择木龙小学进行帮扶时，从该校老师口中得知，彝族女孩吴华华母亲去世，父亲一直在外地养病，无力供养三个子女读书。他们决定，有时间一定要到这个家看看。

2012年4月，志愿者带着米、油、香肠、糖果、饼干等去看望吴华华。由于山路崎岖且海拔高，他们用了一个多小时才到达大山顶上的吴华华家。

当时，吴华华家只有两间土屋。正屋中间是火塘，火塘旁边放着一张破旧不堪的床。那是吴华华爷爷睡的床，上面铺着薄薄的棉絮。侧屋的角落里堆着发了芽的土豆，另一个角落放着一张快散架的床，那是吴华华姐弟三人睡觉的地方。吴华华说，平时全家人都是煮土豆吃，很少吃米饭，也不炒菜。平日靠爷爷种点土豆和她假期去山里挖药材度日。志愿者临走时，吴华华用渴望的眼神看着徐刚问："叔叔，你们还会来看我们吗？"听了这话，徐刚他们心里酸酸的，更坚定了帮帮这个家庭的决心。此后，徐刚和志愿者们一直关注着吴华华一家。只要有空闲，他们就带着生活用品和学习用具，结伴来看望吴华华和她的弟弟妹妹。

2012年下半年，吴华华需转到当地红宝中心学校住校读书。考虑到无力负担生活费，弟弟妹妹读书的愿望也难以实现，她打算辍学。"不能让孩子们辍学！"了解到这一情况后，攀钢的3名志愿者和2名攀枝花市政单位的志愿者决定，对三个孩子给予经济上的帮扶。2012年9月，吴华华姐弟三人在红宝中心学校按时报名入学。那一年，吴华华读小学四年级，弟弟和妹妹同时成为一年级的新生。

八年来，志愿者除了定期给生活费和了解吴华华姐弟三人的学习、生活情况外，累计到吴华华家看望二十余次。进山的路途充满艰辛，日晒雨淋是家常便饭，最危险的莫过于在路上遇到意外。

去吴华华家的路全是沙土路，且非常狭窄，弯多路陡。有一次在回来的途中，志愿者的车子打滑，冲下山坡二十多米才刹住，所幸没有人员受伤，后来在当地老乡的帮助下才把车子推上来。还有一次，志愿者半夜两点多开车往回赶，其中一名志愿者晕车，下车呕吐时差点儿掉下悬崖。有一年暑假，志愿者到学校接吴华华姐弟回家时，路过一个叫蚂蟥箐的地方。当时，雨后的路上爬满了蚂蟥，志愿者被蚂蟥咬得全身红肿……尽管遇到了这样那样的困难，但志愿者们坚持了下来。

时光荏苒，转眼到了2015年暑假，吴华华读完初一，已满17周岁。在攀钢志愿者的帮助下，她假期到攀枝花市的一家餐馆打工。为了引导她健康成长，攀钢志愿者给她送来了不少励志的书，并带她到一些学校和公共场所参观，和她一起谋划未来。

2017年7月，吴华华初中毕业。想到家里经济困难，为早日承担起养家的责任，她决定结束学习生活，再次来到攀枝花市打工。在志愿者的关爱下，吴华华逐渐适应了城里的生活。有了开心的事，她会与攀钢志愿者们一起分享；遇到什么心事，她第一个想到的也是攀钢志愿者。攀钢志愿者都待她如自己的子女，尽力帮助。

打工中，吴华华认识了自己的"白马王子"。经过一段时间的接触，她决定接受对方的求婚，开启新的人生。吴华华父亲的身体也逐渐康复，已经能打工挣钱养家了。吴华华一家的生活一天天好起来。

"叔叔阿姨，在我心中，你们就是我的爸爸妈妈，没有你们就没有我的今天。谢谢你们！我永远不会忘记你们的！"在结婚喜宴上，吴华华给5位资助她的志愿者分别敬上了满满一大杯酒。

悠悠铁厂高炉情

过淼如

2018年4月23日、27日，马钢一铁厂9号高炉、13号高炉停炉，宣告马钢1000立方米以下高炉全部永久性关停。这标志着已生产65年的马钢一铁厂有着"钢城明珠"之称的5座中型高炉全部"退役"。

中华人民共和国成立后的马鞍山，在国家恢复生产时期，首先在过去留下的土高炉基础上，建起第一批6座72立方米（1号—6号）的小高炉。当时，来自北京、天津、山西阳泉、湖北大冶等地的建设者，怀着建设新中国钢铁工业的壮志豪情，来到马鞍山。他们风餐露宿，结棚为营，人拉肩扛，用半年多的时间，建成了当时在华东地区最有影响力的钢铁基地。1953年9月16日18时5分，2号高炉流出华东地区第一炉铁水，终结了这一地区"有矿无铁"的历史。当时，马钢的同志立即将这一重大喜讯报告给党中央、毛主席。

1958年9月20日，毛泽东同志亲临马钢视察，并登上一铁厂9号高炉，做出"马鞍山条件很好，可以发展成为中型钢铁联合企业，因为发展中型钢铁联合企业比较快"的重要指示，为马钢的发展指明了方向。1959年10月29日，毛泽东同志又一次亲临马钢视察，极大地鼓舞了马钢干部职工自力更生、奋发图强的热情。

1958年，在核桃山下，马钢建设了5座中型高炉（9号—10号2座210立方米高炉、11号—13号3座255立方米高炉）。1958年9月8日，华东地区第一座中型高炉——9号高炉点火生产。"大炼钢铁"时期，马钢又建起2座（7号—8号）84立方米小高炉和6座8立方米~28立方米的土高炉。这样，马钢一铁厂3个炼铁车间共有18座土、小、中型高炉，加上烧结厂、江边料场，全厂职工近1万人。

1962年5月，这些高炉全部封炉；1963年恢复生产，其中5座中型高炉和7号、8号高炉开始冶炼锰铁。由于当时条件比较差，尤其是原料焦炭、烧结矿供应不上，虽然干部、职工不懈努力，但高炉的技术经济指标始终不尽如人意，在国内同行业中处于中下游水平。但也有指标先进的高炉，如13号、22号高炉，都实现了稳定、均衡、长周期生产，在1959年召开的全国工交群英会上获得了"先进集体"称号；14号试验炉（20立方米）设计上采用双排多风口、卧式热风炉、竹网除尘、螺旋喷雾等先进工艺，原料供应采取人工筛分方式，高炉炉况稳定，各项技术经济指标优于同类型高炉。

经过几十年的努力，不断创新，深化改革，爬坡过坎，加上外部条件不断改善，马钢终于在20世纪80年代跨入国内高炉技术经济指标先进企业行列；5座中型高炉连续多年被当时的冶金部命名为"红旗高炉""特级高炉"。1986年，马钢一铁厂荣获冶金部授予的"特级炼铁厂"荣誉称号，7号高炉被评为国家级优秀 QC 小组（品管圈）活动先进集体。坚持求新、求实精神，推行大风、高温、多风口、小风口技术操作法，执行"生铁含硅标准偏差管理办法"和"高炉操作标准化条例"，这些都是一铁人的创新，是一铁人的骄傲。

一铁高炉，马钢从这里诞生，马鞍山钢城从这里走向辉煌。

暖屋

钟钢

2017年初，母亲住的红钢城小区开始拆迁。春节临近，我与母亲商量，把年饭挪到餐馆去吃，她不答应。

每年除夕，我和妻儿回母亲那儿吃年饭已成为我家的传统。最近几年的除夕，看着干一会儿就要坐下来歇一会儿的母亲，我都会说："明年咱们到餐馆吃吧。"可母亲一边在雾气缭绕的厨房炒菜一边说："团年饭不在家里吃，还叫什么团圆！"

母亲属于"钢一代"，已经76岁了，居住了几十年的小区已老旧不堪，路面坑坑洼洼。负责维修的人说："这个小区太老了，各种设施坏的地方太多，无法维修。从今年初开始，小区就要拆迁了。"

母亲为了今年的团年饭，鸡鸭鱼肉准备了不少，菜谱也是按照我们的喜好提前定好的。让母亲揪心的是，因为许多人已经搬走了，搬家车辆进进出出，把小区的路弄得坑洼不平，我的车进不了小区了。原因是她的孙女，也就是我的女儿从小患类风湿性关节炎，后来四肢畸形，不能走路，以轮椅为伴。以前我们回去，我都是把车开到楼下，把女儿抬上去。为了今年除夕我们还能像以前一样顺利进出小区，我想当天早点过去，把路面平整平整。

除夕上午，车子刚发动，母亲打来电话，说是车子可以开到楼下了，当时我有些纳闷。车开进小区后，竟然曲曲折折地开到母亲家的楼门边。像以前一样，我们把女儿抬上楼。进到屋里，感觉母亲的家还是老样子：干净、整洁。看得出来，窗帘洗了，灰尘打扫了，玻璃擦了，家具抹得一尘不染。虽然许多东西都打了包，但都有序地码在除客厅外的其他房间里。几十年了，母亲爱整洁的习惯在搬迁在即、楼里楼外已没有了往日火热生活气息的此刻，仍然未改变。

记得小时候，每到春节前，母亲总要带我们兄妹擦窗子、扫屋尘。武汉的冬天，室内没有暖气，与室外一样冷。擦窗子时要先用湿抹布从上到下、从内到外把积灰拂去，再用干布擦拭玻璃。水很凉，可只有在雪花飘舞、妹妹叫唤冻手时，节俭的母亲才提着热水瓶往盆中兑一点儿热水。武汉人把扫屋尘也叫"掸扬尘"。农历小年之前，母亲会特地买一把新扫帚，把它绑在一根晒衣服的竹篙上交给我。我用报纸叠一个船形帽，戴在头上遮灰，然后从屋顶往下扫灰尘。对付墙角的蜘蛛网时要掌握一点小诀窍：轻轻转动扫帚把它卷下来，硬扫会把蜘蛛丝弄到墙上，很难擦掉。这些活，在我成家之后就很少帮母亲干了。我总是劝说上了年纪的母亲，家里大致干净就行了。母亲每回都答应"好，好"，实际上她每日仍尽力把家收拾得干净整洁。就像今年春节，她不收拾房子也没什么，她搬走之后，老屋很快就将不复存在了。

　　除夕中午，家里的年饭开始了。菜肴都是母亲拿手的湖北风味菜品：有两条全鱼，一条红烧鲤鱼，是"看鱼"，只看不吃，图个"年年有余"的吉利；一条清蒸鲈鱼，这个可以吃；还有糖醋排骨、什锦素菜、珍珠圆子、豆腐圆子、排骨汤、腊肉炒红菜薹……在我们这个钢城小区，过年时几乎家家户户都要做这些菜品，但每家的做法又不尽相同。那细微的差别，就是每个家庭独特的味道。这也许就是母亲不愿意去外边吃年饭的原因吧。

　　可能是即将拆迁的缘故，今年的团年饭话题都是怀旧。母亲想起3年前因病离世的父亲，说他没赶上住进新房子，我父亲生前常唠叨新书房如何布置。母亲还找出她当基干民兵打靶时留下来的一堆子弹壳，说我小时候喜欢得不得了，那些铜壳被我摸得发亮。她几次想扔，都未舍得。那天，她捧出来给我看了一会儿，又收好了，决定还是不扔。我知道，此类东西她都舍不得扔，它们已经成为她生命里不可分割的一部分。

　　当天晚上，我们离开即将消失的老房子，心里有许多不舍，那是保持了几十年家的温度的房子。回家后我从女儿那里得知，母亲在我们去的头天晚上，借着路灯，拿锹把横在小区路上的断树干一根一根撬到了路边，扒平了路上的土堆、填实了几处洼地。我仿佛看见，在昏黄的灯光下，满头白发的母亲，忍着脊柱旧伤的疼痛，为儿孙整理回家的路。

　　农历正月十五之后，搬家公司搬空了我们的老房子。母亲让我们去新房子布置，她说再把老房子收拾收拾。我们说："真的没有这个必要了。"她不听，佝偻着背把老房子打扫干净，清走垃圾，到每个房间转了一圈，还到厨房看看煤气阀是否关紧

了，最后把房门锁好才离开。她说："交钥匙前，'红钢城'永
远是我的家。"

我的夜跑有保镖

石头

每次到戴家湖公园夜跑，公园的值班人员都会骑着电瓶车给我"开道"。我能够享受这一特殊待遇，缘于公园的一条小蛇。

有蛇，说明公园够大，循环生态圈够好。公园里植被茂盛，绿道绕湖而建，蛇要到湖里"游泳"需穿过绿道。一年前的盛夏，正在夜跑的我，被一条在公园绿道上"乘凉"的小蛇吓了一大跳，连忙跟值班人员反映了情况。

说起来，也怪我夜跑的时间太晚。人到中年，孩子上初中，督促孩子写完作业，一般都到了深夜11点，绿道上已无行人。

此后一周，公园方面频频与我联系，商量解决办法。轰赶？不和谐。埋根管子做通道？蛇没那么听话！商量来商量去，公园方面给出了方案：一是推迟路灯熄灭的时间，用光照来推迟小蛇的出行时间；二是加快绿道两侧草木修整频率，让绿道与草木保持距离；三是加大人流量较少时段的巡逻力度，提前发出"预警"；四是在值班室常备蛇药，并做好醒目提示牌和应急预案。

就这样，只是中国一冶一名普通职工的我，每周一次的夜跑，开始有了"保镖"。夜深人静，呼吸着青草的清香，在戴家湖公园绿道上恣意挥洒汗水时，心中总激荡着一股被人尊重的满足感。也是在去年，戴家湖公园园林绿化与生态修复项目作为湖北省唯一入选项目，被住建部授予中国人居环境范例奖。

幸福都是奋斗出来的。40年前，这里是一座环形的煤灰山，中间的低洼处，积攒的雨水和灰浆的沉淀水，让上幼儿园的我以为这就是大人们口中的"戴家湖"。长辈总是告诫孩子们要远离此处，可总有同龄人架不住"湖"里小龙虾的诱惑，被"肥水"沤烂了脚丫。

长大后才知道，这里以前真有个碧波荡漾的湖。随着城市工业的发展，原来的湖被发电燃烧后的煤灰慢慢填平，直至形成了十几米高的"戴家山"。天气晴朗时，这里的天空中总是飘逸着微小的亮晶晶的粉尘。

从2003年开始，武汉禁止黏土实心砖进城。这些煤灰成了抢手货，被制造成环保砖。渐渐地，"戴家山"被铲平、挖空，直至掘地三尺。2013年12月，总投资4.2亿元的戴家湖公园破土动工。18个月后，我身边出现了一座综合性生态公园。

从湖变山，再从山变园，都是为了发展，只是不同时代，迫切需要解决的问题不同。随着在中国一冶工作年头的增加，我越发有了这个感悟。

中国一冶是中华人民共和国成立后组建的大型冶金施工企业。20世纪90年代以来，作为一冶的一名工程测量员，我先后参与了多座钢铁厂的建设。后来钢铁产能过剩，一冶积极谋划转型，我又参与了武汉二环线、武汉长丰大道、武汉竹叶海立交、东湖绿道的建设。2016年12月28日，东湖绿道如期开通，我带着家人漫步在绿道上，听着游人不绝于耳的赞叹，妻子看我的目光，满是温柔。

说到妻子，当年能娶到她实属不易。妻子家在汉口六渡桥，这是当年武汉商业最繁华的地方；又是独女，老亲娘死活不松口，说冶建人天南地北搞建设，顾不了家，再加上坐公交都要花3个小时转几趟车，嫁到青山就是嫁到了乡里。直到1995年武汉二桥通车几年后，老亲娘才"放行"。

每次夜跑，陪伴我的，除了公园里的虫鸣蛙叫，还有头顶呼啸而过的高速列车，和"咔嚓咔嚓"的客运火车。公园的上面，是世界上最大的公铁两用桥——天兴洲大桥。去年，老亲爷、老亲娘六渡桥的房子拆迁后，购买了武汉市民之家旁边的商品房，从天兴洲大桥走三环，去看他们只需半小时的车程。

跑完5公里，做完拉伸，慢慢往家走。看到公园大门口人行横道上的红绿灯，我会心一笑。生活水平越来越高，到公园来锻炼的人越来越多，有些老人走不快，而之前绿灯的时间太短，我在"武汉城市留言板"上进行了反馈，相关部门马上延长了绿灯时间。

城市管理，愈发精细，国家复兴，正在实践。我的小家，也早就从破破烂烂的棚户区，搬进高楼林立的青宜居小区。家里的阳台，正对着今年春天习近平总书记来过的青和居社区。

我的夜跑有保镖，因为，我的背后是新时代的中国。

最是那一抹"方大蓝"

周强

　　初夏的钢城里，一幅蓝色调画卷蔚然铺展开来：蓝色的工作牌、蓝色的工作帽帽徽、蓝色的栏杆、蓝色的桌凳、蓝色的厂房屋顶，在蓝色的天空下，蓝色的方大集团旗帜迎风飘扬……身着蓝色工作服的员工们，在岗位上燃烧着激情，诠释着敬业与奉献。钢城里最耀眼的，是那一抹"方大蓝"。

　　环保关系着企业的生存与长远发展，方大公司勇挑社会责任重担，践行绿色发展理念，集中力量掀起环保技改热潮，减排、抑尘、治源、增绿贯穿环境整治全过程，为建设"天更蓝、水更清、现场更绿、班组最美"的生态森林旅游式工厂，提供源源不断的动力。

　　35兆瓦高温超高压煤气发电项目投入运行，提高了二次资源的利用率，达到了节能减排的目的。180平方米烧结烟气脱硫改造工程投入运行，大气污染物排放指标符合国家最新环保标准要求，为企业长远、绿色发展奠定了坚实基础。总投资1.7亿元的安源生产区原料场棚化改造项目运营后，将从根本上解决安源生产区原燃料露天堆放产生的扬尘问题。新增安源炼钢厂三次除尘项目以及新建废钢堆放及加工场，减少了现场粉尘；优化改造湘东炼钢厂二次除尘项目，新增三次除尘项目，后续还计划对安源片生产区3台烧结机进行除尘系统改造，提升除尘效果；皮带通廊全封闭，转运站全封闭，尽快完成机烧矿大棚改造立项工作；"硬化、绿化、美化、亮化"工程持续推进，进入厂区的车辆要进行泥沙清洗，厂区及时清扫粉尘，从源头上减少道路扬尘污染；投资1000万元提升厂区绿化水平，实现钢铁企业与城市和谐发展……一记记重拳出击、一项项措施落地，坚决抑制扬尘、粉尘，改善空气质量，这是7000多名方大员工奋力实现"方大蓝"的庄严承诺，并激励着他们用双手去描绘企业未来发展的美好蓝图。

无论是在钢花四溅的火红炉台，还是在装饰一新的操作室；无论是在机器轰鸣的车间，还是在忙碌的厂房，处处跳跃着蓝色的音符，蓝色始终是钢城的主色调。方大员工恪尽职守，在工作岗位上挥汗如雨，为实现生产经营目标、为实现企业宏伟发展蓝图而努力工作。方大集团广泛动员职工，加快推进现场环境整治工程，清水沟、铲垃圾、植树木、铺草皮……在闪耀的蓝色帽徽下，一个个蓝色身影投入到热火朝天的义务劳动中。班组建设正朝着最美班组建设"6+1"目标挺进，一间间干净、整洁、舒适的班组休息室、更衣室呈现在大家眼前：96张蓝色铁桌、582条蓝色铁凳、695组蓝色铁皮衣柜、20只蓝色书柜……它们"走进"方大公司每一个班组。当一道道蓝色风景线映入眼帘时，你可能不知道，这一张张蓝色的铁桌、一条条蓝色的铁凳全都来自方大公司动力厂维修中心员工的精心设计与制作。

为了尽快完成方大公司改造工作环境的任务，他们日夜奋战；为了把桌凳做得完美舒适，他们精雕细琢，反复改进。这样做的动力，源自员工把企业当成自己的家，以及建设美丽家园的真诚之心。员工们感慨地说："我们的工作环境好了，眼前的蓝色调让人感到温馨舒适。漂亮了我的企业，我爱你我的'家'。"

2018年是方大公司环保提升年，员工按照方大集团提出的"变、干、实"要求，坚定信心，持之以恒，全力打造生态森林旅游式工厂，让"方大蓝"这抹亮丽的底色为员工的生活增添幸福美好的色彩！

把陪伴给了设备的"不合格"老爸

魏铭辰

　　2018年春节前的一个周末，我抽时间参加了孩子幼儿园的亲子活动。在亲子活动的比赛场上，小朋友们你追我赶，非常兴奋。我儿子的小脸也涨得通红。"加油！加油！"听到我的喊声，他举着气球奋力往前冲，一会儿就跑到前面去了。

　　看着他开心的笑容，我有些愧疚。这一年，我忙于工作，很少陪伴孩子。一眨眼，他又长高了一大截儿。

　　算起来我到设备机动部工作已经快一年了。这一年可真忙啊！作为机械专业毕业的大学生，以前我一直从事自动化设备的点检工作。到了设备机动部之后，我要负责多条产线的焊机、轧机主电机等各种各样的设备管理工作，这是很大的挑战。

　　从2017年3月我所在的钢企不锈钢公司转炉检修开始，当年4月冷轧薄板厂产线、高强汽车板产线相继大修，一直到当年12月的不锈钢公司1580产线大修，每次大检修都是一场硬碰硬的战役。从审核大修计划到落实技术服务项目，工作一环紧扣一环，我绷紧了弦，与同事们一起细心安排每个步骤，具体到监护设备拆装、质量验收等各项工作，每一项都落实到位。

在工作面前，我坚持做到"要做就做到最好，干就干到极致"。但是，作为一名父亲，面对年幼的孩子和远在东北的老人，我总是心存歉疚。为了全身心投入工作，我让长辈把刚刚断奶、不满1周岁的儿子带回老家。再见到分开数月的孩子时，孩子把我当成陌生人，哇哇大哭着要找奶奶抱。

如今孩子已经5岁了，但我没有接送过他一次。妻子打趣道："幼儿园老师说了，这次活动爸爸必须到场，老师到现在都不认识你。"有时候我想：如果当爸爸也有考核，自己会拿多少分？会像自己的工作一样，每次都能获得好评吗？

对企业要有责任心、对工作要有恒心，这是我一直坚持的理念。在2017年的冷轧薄板厂产线大修中，我提前两个月就着手准备，梳理出了几十项大修计划，细致到每一项施工项目的进度监控、质量安全把关，力求既节约资金又保证设备精度。为了顺利完成涂油机设备改造项目，我反复查阅资料，并且在整个检修期间都紧盯现场协调指挥，严格监控设备安装质量。经过改造，消除了原设备的设计缺陷，优化和完善了设备功能，提高了作业率，而且产品划伤、锈蚀等缺陷大大减少，更好地满足了客户的需求。

工作就是事业，岗位就是舞台。现在回想起来，2017年虽然忙碌，但也很充实。我一步一个脚印地走过来，踏踏实实、勤勤恳恳地干好每一天的工作。2017年，我有辛勤的付出，也有满满的收获。我在工作中提升了自己的技术水平，积累了更多的管理经验。2017年，公司的生产经营取得了良好业绩，这中间也有我的一份贡献，我感到很自豪。

　　春节前，单位召开了2018年重点工作分析会，对我们提出了新的要求——用新思维、新视野、新方式推进工作。作为技术人员，我要盯紧行业前沿技术，不断采用新技术优化和改造现有设备，完善设备功能，全力支撑产品结构的再优化。

　　2018年我一定会为客户、为企业交上一份更满意的答卷！

情满旅途

丁家峰　陈世宇

有一种幸福叫乘坐崭新的客车上下班。

1月8日，2018年刚刚起步，经过近半个月的紧张调试，首钢通钢公司满载着"为职工谋幸福"初心的新能源通勤客车全新出发，投入使用，解决了职工上下班出行难的问题，被职工誉为"暖心车"。

暖心由何而来？"公司领导办的事，都是咱们心里想的事。"乘坐在崭新客车上，脸上绽放着喜悦笑容的职工们给出了答案。

当天清晨6时，伴着第一缕阳光，带有蓝色"首钢通钢公司"标识的10台崭新的新能源客车先后从通钢运输公司汽运停车场驶出。6时30分，车辆分别抵达通钢在通化市内的各大通勤站点，迎接第一批乘客——通钢上早班的职工。

"新能源汽车真漂亮。""新能源汽车真舒服。""车厢里真暖和。"……从通化市第一百货商场站点上车的职工还没有坐稳，赞叹声就不绝于耳。通钢公司型钢连轧厂职工金光霞说："坐通勤车快10年了，这次算体会到什么是豪华通勤车啦！公司给咱们职工办好事，真正办到咱心坎上了。以前上下班坐车难，特别是淘汰'黄标车'后，部分站点合并，通勤站点变远了。而且部分老式通勤车使用年头太长了，密封性不好，夏天还好说，到了冬天车厢内特别冷。这下好了，这新能源客车不仅舒服，而且温度适宜，像春天一样。"

"听说，咱们通钢这次购买的新客车都是纯电动客车。这种车无噪声、能耗低。看它的造型多时尚、线条多流畅。车厢空间大，坐着安全、舒服。"下一站上车的职工赞叹道。

到最需要的地方去解决问题。通钢公司通过开展"4个一"（即机关管理人员每人每月至少深入班组1小时做1件事）活动，了解到职工通勤车紧张的情况后，高度重视，一方面下发《致全体职工的一封公开信》，做好公司淘汰"黄标车"的解疑释惑工作；另一方面，迅速将添置新通勤客车的工作摆到重要的议事日程上。通过市场调研，通钢公司运输公司本着"快速办理，特事特办"的原则，于2017年12月24日一次购入10台新能源客车，购车数量之多在通钢历史上属首次。此举也让通钢公司成为通化市首家大批量购进新能源客车的企业。

为确保新购客车快速投入使用，尽快满足职工上下班需要，新能源客车到厂后，通钢公司快速做好新能源客车落籍、办理保险手续以及充电桩安装、客车调试工作。运输公司、动力厂等单位密切配合，马不停蹄，仅用15天时间就完成了新车上路的一系列准备工作，为新能源客车快速、高效、安全投入使用提供了保障。

"新车新气象。贯彻公司'为职工服务'精神，我们将永不懈怠。每班车提前5分钟抵达站点；车辆提前10分钟预热，让职工上车就感到温暖。"运输公司通勤车司机王占龙师傅开心地说。

"新年新征程。感谢公司领导为我们解决后顾之忧。每天乘坐通勤车，我们一定爱护好它，自觉保持车厢整洁。"

"心暖干劲足，新年建设新通钢！"

…………

行动暖心，话语暖心。寒冷的严冬，一阵阵暖意在职工心中荡漾。

一张旧照片的回忆

亢军侠

身穿灰色卡其工作服、黄胶鞋，背景是简易的办公大楼，冬天光秃秃的树枝……看着这张拍摄于二十多年前、龙钢生产区门口的老照片，作为和他们同时代的我，不禁思绪联翩。

初识钢铁的秋天

以前，这里人烟稀少，荒草丛生；以前，这里的西北风很厉害，一年到头一场风，从春刮到冬。"二炮的兵，下峪口的风，桑树坪的灯……"这句顺口溜，说的就是当时龙门地区的环境状况。

进厂报到的那个秋天，也如现在一样秋高气爽。到宿舍后，将带来的被褥放到架子床上，就去街道市场购置生活用品。那时候，感觉这里只有两种颜色：灰和黑。厂里的建筑是灰色砖墙，穿过北门口那个小门洞，上到外面的大路，路面上全是车轮辗轧过的煤炭石渣，某些地方还留有漂浮着黑色碳粉的积水坑。我们几个女同事小心翼翼穿过马路，上到下峪口火车站站台。站台又把人难住了，怎么穿过那几条铁道到对面？没办法，我们一个托起另一个的胳膊，从火车车厢中间挂钩的地方翻越，翻了四五条铁道，好不容易才来到街道上。

分到新建的炼钢厂，领到新的灰色工作服，大家在宿舍里叽叽喳喳地试穿，自信和喜悦在脸上飞扬。吃饭用饭票，红红绿绿的，同事们各自买了一沓。每到饭点，就拿上自带的饭盒去食堂排队打饭。饭菜价格不贵，五分钱一个馒头，再花两角菜票买了烩菜，感觉生活还不错呢。

每到夜班，风刮得呼呼响。穿好工作服，裹一件领来的黄大衣，一阵风刮起地上的煤灰渣，毫不留情地打在脸上，舌头舔一下嘴唇，牙齿动一下，感觉有煤渣在咯咯作响，吓得我赶紧用衣袖捂住嘴巴。我第一次领教了风的厉害，朝着工作地点奔去……

艰难险阻的足迹

1998年，钢铁业陷入发展困境，铁矿石价格居高不下。铁厂靠几座焦化厂生产焦炭苦苦支撑，工人全家人的生活就靠每月几百元的工资。"三个月不发工资，大家干不干？"这是危难时刻，厂长向员工发出的共渡危难的号召。日子那么艰苦，大多数人还是坚持下来了。

后来结了婚，休完产假，我被调入炼铁厂水泵房，认识了照片中的他们——炼铁厂电气维修工。每天，在4号高炉后面的电工值班室里都能遇到他们。检修时，他们的皮带上总是挂着五连套，来回穿梭在高炉平台上。忙碌的身影，朴素的穿着，他们是技术精湛的轻骑兵。

随着时间的推移，钢铁市场回暖。在时任总经理张丹力的领导下，企业实现了快速跨越式发展，建设了新高炉、新转炉，在西安、宝鸡建设了轧钢厂，规模越来越大，生产效益与日俱增。职工人数增加，生活区一栋栋高楼拔地而起，新建了职工活动中心、食堂、洗浴中心，在综合服务大楼里开设了龙钢商场。厂里新建了南门，正对着大门的是一座"每一年 每一天 我们都要进步"的企业精神雕塑。厂里还修建了花园，树木多了，风似乎也小了。

2015年，钢铁市场又一次跌入谷底，一吨钢材的利润只能买一个鸡蛋。企业遣散了外协工人，一座又一座高炉休风停产。没有了人和机器声响的厂房，宁静得可怕。因为工人手中没钱，过年的时候南门外的饭馆也显得冷清。钢铁"噩梦"不知要持续多久。

2017年，扭亏脱困攻坚战在新领导班子带领下打响。精简机构、整合资源、铁前系统改革、产品结构优化、股权回收等一系列决策，深入人心，全厂上下团结一心夺取了新的胜利。

绿色家园的梦想

变化最大的，是我们工作的环境。现在的生活区，天蓝了，地绿了，空气质量非常棒。新建的职工餐厅窗明几净，饭菜干净卫生。为了方便职工吃饭、乘车，企业为职工办理了一卡通，每月充值。工人的工资提高了，就连工作服都分了夏装和冬装。

职工幸福指数、满意指数不断增强。

照片中的他们，有的走上了领导岗位，有些光荣退休了。那些配电柜上的老式开关，变成了智能开关柜。以前的开关刀闸笨重，两个人才能合上，现在只要轻轻按下按钮就能合闸。自动化监控系统的投运，为电气设备的监控、维修带来了方便。

尾记

父辈那一代钢铁人，曾在这里用土法炼铁。后来的我们，经受住了一次次考验。而生活在下峪口的一代代龙钢人，会继续传承艰苦奋斗的钢铁精神。建设美丽幸福新陕钢的蓝图已经绘就，让我们为打造中国西部最具竞争力的高端钢铁材料服务商而奋斗吧！

我的师徒情

刘玉柱

　　说起师傅与徒弟的关系和感情，每个有过亲身经历的人会有不同的感受。

　　我今年50多岁了，20岁入厂时先当了3年学徒工。从那时起，我跟师傅学习开火车。师傅当司机，我和二师兄当司炉。20世纪80年代，蒸汽机车还是我们国家铁路主流动力机型。俗话说："师傅领进门，修行在个人。"由于我勤学苦练，师傅很愿意把他的经验和技术传授给我。日复一日，我和师傅的关系真是"一日为师，终身为父"。由于我工作出色，一年后被评为机务段先进个人，被选送到兰州铁路局司机学校深造。学习期间，我刻苦钻研技术，并注重理论联系实际，结业考试成绩优秀，取得了火车司机驾驶证和高级司机技能证书。很快，我就当上了火车司机。此后不久，我也当上了师傅，第一次收了徒弟。后来，我先后担任司机长、司机指导等职务，收了一拨又一拨徒弟。

　　人们常说"好汉不提当年勇"，之所以提及当年这些事，是感慨师傅与徒弟之间纯洁的感情，彼此不图什么，徒弟能遇到一位倾囊相授的好师傅，师傅能看上一位虚心好学的好徒弟，好像是老天爷的安排，那是缘分。特别是自己当了师傅以后，每当看到我的徒弟参加各种岗位练兵、技术比赛活动名列前茅时，我都很骄傲，自豪感和成就感油然而生。

光阴荏苒，岁月如梭。如今，我从原来的单位调到宁钢工作已两年了。从进宁钢大门的那一天起，我就把自己当成一张白纸，无论以前干过什么工种、做过什么工作，那些都不是我在新同事面前炫耀的资本，而是沉下心来，调整好心态，从零开始。在宁钢集团，我负责信息和品牌建设工作。记得2016年7月，我们信息部来了一位应聘的小伙子，叫宋立涛。面试中，通过与他交谈，我感觉他符合岗位的基本要求。正式录用他后，我好像又找到了当年做师傅的感觉。虽然我们没有签师徒协议，但我把他当作徒弟带。久而久之，我们的师徒情谊与工作、生活和学习融为了一体。经过一年的努力，他完全可以单独完成信息分析和预测判断工作，准确率不断提高。时间久了，我们师徒在工作上配合默契，相处融洽，相互信任，工作也十分顺手。2017年7月，小宋被调到管理集团公司云之家办公软件研发岗位。他走了，我内心有一种失落感。

小宋调走之后，我们部门又在宁钢内部招聘了两位到宁钢工作刚一年的大学生，一个叫曹永鹏，一个叫赵万凯，我又开始带这两个在信息工作上什么经验也没有的"生瓜蛋子"。为让他们尽快进入工作状态、强化学习效果，我每周对他们进行一次小测验，每月进行一次理论和实际操作考试。从测试结果看，他们掌握业务知识的速度很快，进入工作状态的速度比我预想的要好。经过近半年的努力，他们俩都可以独立完成信息收集、整理、分析判断等工作。他们每天、每周、每月综合分析原材料市场、钢材市场的走势，并做出判断；对西北地区原材料、钢材市场开展调研工作也有了初步的路经，掌握了大量的客户信息。对此我很欣慰，但还是经常提醒他们，做到上述这些只是起点，信息和品牌工作任重道远，没有终点。与年轻人一起工作，与他们是师徒关系也好，是同事关系也罢，我都在工作上严格要求他们、生活上真心关心他们，希望他们比我强、比我干得好。久而久之，我已把他们看成自己的孩子。

"师带徒"基本是在同一部门、同一业务领域内部建立教学关系，多以师徒双方自愿为基础，以充分调动双方的主观能动性，强化对后备干部、青年员工思想和日常工作的指引与辅导，在干中教、在学中干，为青年员工创建更有效、更直接的成长平台。师徒关系无须涂抹修饰，徒弟的成长就是对师傅工作的认可。

老爸的四十年

刘静

周末带着孩子回了趟娘家，由于是临时起意，老妈听见门外的车喇叭声一脸惊喜地跑出来，一边伸手抱外孙女一边伴嗔道："你这娃，回家也不提前打声招呼，我今儿可没买菜，吃饭了没有？我让你爸去村头砍两扇排骨，给你炖汤。"我腻歪道："不了不了，我这两天一肚子油，一点不想见肉腥，要不你给我做一顿'忆苦思甜饭'？给我刮刮油！""你这鬼精灵，好饭好菜的不吃，就爱吃野菜。等着，这就给你做去！"老妈说着便围上围裙进了厨房。

不一会儿，一碗喷香的"浆水菜拌汤"就新鲜出锅了。这便是我嚷着要吃的"忆苦思甜饭"。爸妈在那个缺吃少穿、物资匮乏的年代里，"野菜拌糊糊"是每餐的"标配"。"味道咋样？来，新做的小葱拌辣子。"见我满头大汗吃得正香，老爸端着一碗用小葱、蒜泥、辣椒面拌以热油调制的"拌汤搭档"过来了。一口酸香爽口的拌汤，配一口辛辣冲鼻的葱辣子，酸辣开胃，咸香十足。"味道太好了，就想这一口哩，再来一碗我也能吃完！"我一边擦嘴一边满足地说。一碗下肚，酣畅淋漓，后背衣服都湿透了。老爸一脸慈爱地笑着，居然拿出戒了许久的香烟。"老爸，不许抽烟……""没事没事，就一根，我早就没瘾了，今天心情好，破个例……"我一看，便知道老爸又要回忆年少时的苦日子了……

老爸出生于1958年，已经60岁了。40年前，他20岁。40年后，老爸已是退休大军中的一员。他整日在家种菜、喂鸡，通过新闻关心国家大事。他是改革开放的参与者、经济社会发展的建设者，在那火红的激情年代奉献过青春、智慧和才干，是改革开放伟大事业的力量中坚，也是改革开放的最大受益者，更是改革开放的成功实践者。40年来，我们身边发生了许许多多想都想不到、想都不敢想的事情，人民生活发生巨变，社会发生巨变，一个全新的新时代就在我们面前。

"出工喽，出工喽！"每天早上，生产队长都要扯着嗓子，敲着锣，挨家挨户喊上一圈。听到喊叫声，男人们、主妇们都自觉聚拢到一起，商议要做的活计。农活的内容很多：犁地、浇水、收割、除草、清圈、挑粪、喂养牲畜等。队里会根据男女老幼不同情况进行分工。活计的粗细轻重不同，工分的计算也不同。那个年代，每家都少不了三五口人，有的家庭孩子就有五六个，所有开销全靠家里强壮劳力挣的工分支撑。大人们很辛苦，每天披星戴月、挥汗如雨，有时甚至还要饿着肚子干活，为的就是那金贵的工分。"工分，工分，社员的命根。"此话一点儿不假。

那时候我还小，也跟着父母一起下地干活。"锄禾日当午，汗滴禾下土。"头顶烈日收割庄稼的情景，深深烙印在我脑海里。

可是，粮食还是不够吃，父母就想尽办法，把红薯叶、油菜叶弄回家，洗净，和玉米糁一起煮成稀稀的菜糊糊充饥。现在日子好了，农村人偶尔还会吃这种"忆苦思甜饭"，提醒自己谨记好日子来之不易，要珍惜粮食。那段难忘的挣工分的经历，磨炼了我坚韧不拔的性格，给了我战胜一切困难的决心和勇气。

"十一届三中全会后，农村实行经济体制改革，逐步推行包产到户的生产责任制。村里按劳力与人口分承包地，我家分得4亩地，我和你妈一大早就出门，一直干到晚上，积极性从来没有这么高！那一年大丰收，交完公粮后，剩下的我都舍不得卖，都存在家里，我是饿怕了。40年过去了，我心里有无尽的感激，是好政策，把我从吃糠咽菜的苦日子里拯救了出来。

"35岁时，我在诸葛村承包了十几亩地，这一种就是10年。春天来秋天回，在地里整天忙碌。那时候哪有水泥路、柏油路，都是坑坑洼洼的土路，晴天一身灰，雨天一身泥，舍不得穿鞋，都是光脚走路，鞋子挂在脖子上。忙了一年，我用卖红薯的钱买了一辆二手自行车。从此就骑车上山下山，心里满是对幸福的憧憬和希望。又种了几年地，我买了一辆摩托车，10多公里的路程从步行2小时，到骑行20分钟，缩短的是时间，日益增长的是我们农民生活的幸福感。而今，秋收时节，田野上已经不见了耕牛的踪影，到处都是农业机械化，机器轰鸣给秋收增添了热烈的气氛，渲染着丰收的喜悦。我站在田边，想起自己10岁的时候，没有鞋穿，脚上长的老茧秸秆都扎不透，今非昔比，眼泪悄悄无声息地流淌。"

说到这里，老爸眼圈红了，声音也有一丝哽咽。我的眼泪早已流了下来，光阴似箭，往事历历在目。父辈的艰辛是我无法想象的，多亏了党的好政策，才让苦日子一去不复返。

"安得广厦千万间，大庇天下寒士俱欢颜！"住房对于寻常百姓来说，从来都是大事。"刚结婚那会儿，住的是你爷爷的两间不足50平方米的土坯房，只求'冬不漏风，夏不漏雨，老鼠蟑螂别上炕。'如今，村里已经见不到土坯房了，家家户户都是青砖红瓦的小洋楼，住起来敞亮又舒适。门口的路几年前就铺好了，柏油路干净整洁，清清的沟渠涓涓流动，花圃、绿化带花开半夏，景色宜人，农家小院个个赏心悦目。现如今，穿行于田园式村庄，淡淡的花香氤氲在空气中，随意走入一户村民的庭院，院前栽花，院内种菜，葡萄架下，阳光星星点点像碎银一样散落在木桌木椅上，劳作之余有了歇息纳凉的好去处。"

"改革开放好啊！"老爸忍不住再一次感叹道，"改革开放，老百姓生活富裕了，国家更强了，感恩党的政策。习总书记说：'改革开放只有进行时，没有完成时。'你们年轻人要珍惜光阴，干好自己的工作，做自立自强的人，为国家做出应有的贡献。我是改革开放的得利者，见证着改革开放给中国农村乃至整个国家带来了翻天覆地的变化，能生活在这个伟大的时代，也算不枉此生了。"

山河秀色收眼底看人间美景，暖意融融入襟怀喜盛世太平。曾经艰难困苦的光景，现在只能从老一辈人的回忆里听来。岁月如梭，时光荏苒。改革开放已走过四十年。这四十年给中国带来的历史巨变，让世界惊叹。岁月不惑，前程锦绣。无比憧憬祖国未来的四十年，愿我能够随行！

冬天的故事

赵东利

　　呼啸的寒风，以难挡之势呼呼刮过来。挂窗的冰柱映衬着满树的白霜，给一座座高炉和厂房抹上了一层冰凉的光芒。厂区甬路两旁的梧桐树，却挺着坚硬的骨骼，高傲地站立着，像钢城员工一样，时刻坚守自己的岗位。

　　大修现场，气温已降到0℃以下，设备又冷又硬。十几米高的平台上，凛冽的北风像刀子一样割着检修人员的脸，生疼；手也被冻得不听使唤。大修工们时不时摘下手套，搓搓手、搓搓脸，跺几下脚，又接着干。

　　他们在炉前挥洒着汗水，也收获灿烂：一炉炉沸腾的铁水喷涌而出，瞬间映红了他们的脸庞，赶走了寒凉。

　　他们在机器轰鸣的车间奔波穿行，那专注的眼神，流露出的是对设备管理"精、专、细"的严谨态度。为了设备的正常运转，为了确保生产顺行，他们忘却劳累，忘却寒冷，专心致志地为每一台设备全面"体检"，不放过任何一个细节。每一个点、每一条线都留下了他们关注的目光。

"丁零，丁零……"随着清脆铃声的响起，"空姐"们聚精会神地注视着即将起升的吊钩、吊具。"起吊、下降！"她们认真地操作着，娴熟地摁下按钮，老练地控制节奏，将自己的坚韧、倔强印在严寒的空中。

风雪寒霜的冬日，钢城丝毫不萧瑟。褪去姹紫嫣红的钢城，有着蓄势待发的内敛、顽强和坚韧。面对严寒，辛勤的钢城员工夜披星斗、晨迎朝阳，工作热情高涨。冬天漫长，但他们心中满是对春天的执着追求；面对市场，他们从未停下开拓的脚步。精心组织生产、加强巡检力量、提升装备水平，他们以昂扬的姿态迎战冬天，以火热的激情融雪消霜。

他们顶着风雪，专注地坚守在岗位上；他们挑灯运筹，描绘着企业广阔的前景。老师傅们用铿锵的誓言、坚毅的目光，诠释着赤城之心；新员工用自信的笑容，展现着青云之志！寒风中，他们磨炼钢筋铁骨，众志成城，共同担当；低温里，他们兢兢业业，同心协力，百炼成钢！对于他们来说，严寒的冬天是一种力量的积蓄、一种挑战，更是一曲拼搏奉献的乐章。他们无怨无悔地奋斗在钢城，火热的激情与钢花一起闪光。他们的目标是让企业又好又快地发展，让"中国钢铁"变得更大更强！

寒风中，梧桐树直指高空，彰显着生命的韧性，没有什么能够撼动它们。它们在静默中积蓄着生命的力量。远处，隆隆的机车碾轧着霜花，一声长笛响彻清冷的长空，将钢材运往四面八方，也将钢城里冬天的故事悄悄传扬。

强实业之根　护文化之本
——56个民族非遗文化保护传承中心在津开馆

刘加军

悠扬的马头琴、欢快的苗族古歌、漂亮的民族服饰，礼炮隆隆，笑语欢声……2017年12月26日，全国首家56个民族非遗文化保护传承中心在天津举办开馆仪式。

文化部非遗司原司长、中国非物质文化遗产保护协会会长马文辉，国家民委国际司原副司长、中国人类学民族学研究会副秘书长吴金光，中国艺术研究院研究员孙建君，文化部非物质文化遗产保护专家、中国艺术研究院建筑艺术研究所所长刘托，国际民间艺术节组织理事会（中国）秘书长王振，中国人类学民族学研究会民族文化创意产业专业委员会副主任兼秘书长王滨，联合国世界遗产青少年教育中心主任袁爱俊，荣程集团董事会主席张荣华等领导出席开馆仪式并剪彩。56个民族非遗文化传承人及社会各界人士300余人出席了开馆仪式。

荣程集团党委书记柴树满在致辞中对多年来支持荣程发展、关心关注"时代记忆"文化产业成长的各界友人致以衷心感谢，向一直以来传承非遗文化的匠人、组织表达崇高敬意。

56个民族非遗文化保护传承中心，由天降荣程集团投资建设，坐落于天津市南区葛沽镇。据天津荣程集团董事会主席张荣华介绍，该展区从搭建到装饰只用了18天，仅专业施工团队就聘请了10支200余人；展区的200余幅绘画，则是由40位画家用20天完成；而从全国范围内征集的近千件少数民族用品，以及布置、保洁等工作更是在短时间内完成，"前后用了33天创作出一个奇迹"。

56个民族非遗文化保护传承中心全景式展现中国非遗文化，围绕生命、生活、生态、生产等人类生存发展的核心部分，每个展示空间都具有展示和互动功能：既可展示不同民族的生活场景，同时也是书吧、音乐吧、茶吧、影吧、咖啡吧，可开展香道、花道、茶艺、琴艺等互动活动，并有消费、培训等项目。未来，该中心还将与56个民族地方非遗传承人对接，为其提供就业、创业、创新平台，让他们在这里找到家的感觉。

荣程集团作为全国民营骨干企业之一，积极践行五大发展理念，扎实推进转型升级。以"时代记忆"为代表的文化产业，是荣程集团"十三五"期间着力发展的新业态，目前已逐渐发展成为荣程品牌、形象的新符号。强实业之根、固文化之本、稳中求进，是近几年荣程在发展过程中始终坚守的准则。荣程集团通过围绕"四生"（生命、生活、生态、生产），结合"四创"（创意、创新、创造、创业），利用"三化"（平台化、品牌化、标准化），通过"四资"（资本运作、资产管理、资源整合、资金使用）谋划荣程顶层战略，指导文化产业发展。56个民族非遗文化保护传承中心的建成，展现了荣程集团传承、传播中华文化、文明、精神的坚定信念和决心。荣程集团提出不忘初心，砥砺前行，为区域发展、行业进步，为实现"中国梦"，为响应"一带一路"倡议贡献力量。

2017年，是荣程集团"时代记忆"品牌发展过程中极为不平凡的一年。2017年，荣程集团"时代记忆"品牌创建活动践行"一带一路"倡议，在英国、斯里兰卡等国家开展了文化交流活动，获得广泛好评。该项活动在推动古今文化结合、产融互动的同时，实现了东西方文化融合，使"时代记忆"品牌成为"中国品牌、世界字号"。56个民族非遗文化保护传承中心开馆，是继几年前"时代记忆"纪念馆开馆后又一具有里程碑意义的事件，用极短的工期再一次创造了"荣程速度"与"荣程奇迹"，标志着"时代记忆"品牌发展翻开新的一页。

56个民族非遗文化保护传承中心的建成，吹响了荣程文化战略转型的号角，承载着挖掘、传承、记录、弘扬中华民族优秀传统文化的使命。56个民族非遗文化保护传承中心期待更多人的参与，为"强实业之根、护文化之本"贡献力量。

南钢宣传片让钢铁人流下热泪

刘加军

人民共和国成立之后，百废待兴。毛泽东同志说："一个粮食，一个钢铁，有了这两样东西就什么都好办了。"伟大领袖的判断，穿透历史，超越时空，因为这是自鸦片战争以来对中华民族百年屈辱史的深刻领悟。

作为肩负挺起民族钢铁脊梁重任的钢铁人，披荆斩棘，筚路蓝缕，坚韧不拔，形成了今日的钢铁荣光。尤其是以1958年建厂的一批钢铁企业为代表，形成了今日钢铁强国的主体、骨干和脊梁企业。南钢就是其中最具代表性的钢铁企业。

经过60年奋斗，目前，南钢已具备年产1000万吨钢的综合生产能力，是世界级大型特钢板材生产基地。企业先后荣获亚洲质量奖、全国质量奖、全国文明单位、全国用户满意企业、中国最佳诚信企业等荣誉；2017年，在全国103家钢铁企业竞争力评级中，被评为最高等级"A+级（竞争力极强）企业"。

南钢成长为世界级大型板材特钢企业，可不是动动嘴就行的。南钢从艰苦创业，到发展改革腾飞——其中的铁与火、汗与血、奋斗与青春、曲折与崛起，钢铁人感同身受。

中国冶金报社全程参与策划和组织拍摄，以钢铁人的伟大情怀为灵魂，以民族复兴的伟大梦想为背景，以南钢人的奋斗、创新、追求、改革为主线，以"创建国际一流受尊重的企业智慧生命体"为主题，上百人精雕细琢的宣传片《力与火的交响》，于2018年5月18日——南钢诞生60周年那一天问世。

也是在2018年5月18日，令人尊敬的老领导、第十届全国政协副主席徐匡迪说："今天，我们初步实现了钢铁强国。正是几代、成百上千万钢铁人的奋斗和牺牲，中国钢铁才得以从弱小走向强大，共和国才从贫弱走到挺直腰杆。"

回顾历史，中国钢铁今天的成就，是建立在历代钢铁人奋斗的基础之上的；一叶知秋，《力与火的交响》展示的就是这样一段令无数钢铁人流下激动泪水的历史！

在心里，为历史竖一块碑

——写给蒋殊和《重回1937》

王芳

"失声大哭"。

看到最后，当我看到蒋殊写下的这4个字时，合上那些白纸黑字，一个人躲在房间的角落里，没有开灯。窗外，风穿过树叶，有飒飒的声音飘来，有一丝儿苍凉也顺着风爬窗进来，雨就要来了。我怔怔地坐着，一摸脸，竟也有湿意蔓延。心，沉入一个世界时，外部景物也会配合该有的场景吗？我不知道。

这是蒋殊的新作——《重回1937》，而我近水楼台先拿来看。

这些年，时间被我们使唤成了碎片，我就在这样的碎片里读完了它。我已经说不清这是第几次在心里澎湃着，如同浊漳河（我和她共同的母亲河）的水，奔腾着也呜咽着。一次次硬生生地压下这种奔腾和呜咽，继续读，继续澎湃，再压抑着。这种感觉太难受，恨、痛、怒、伤，种种情绪纷至沓来，搅得人不得安宁。只能读下去吧，读完它，也许可以远离？从来没有过这样的感觉：悲壮和可歌可泣，这已经不是历史名词和战争的形容词，而是真真实实的情绪，从心里到心外，衍生出来。

蒋殊写的是她的家乡——山西武乡，写的是她血浓于水的土地，写的是一部抗战史，写的是曾经苦难的中国。

多少年，一直在她身边。她柔柔弱弱的，慈眉善目。对你笑时，满脸都是花瓣，无法想象这样的她会和这样鲜血淋漓的土地叠合在一起。可是，还是重合了呀，那是在这块土地上消失了的乡亲以及那些异乡人。他们的血流进了浊漳河，经由河水流入土地，土地上长出的庄稼经由空气和粮食传播，进入蒋殊的身体里。她身上涌动的不是她那一颗女儿般多情的心，而是千万个英灵的使命与向往。她，不得不，屈从于命运，拿起她的笔，用她的情来书写、来偿还。

夜色愈沉时，她便出现在我眼前了。

她在她的土地上行走，一个人一个人地寻找，一个村一个村地丈量，寻找那些远去的故事，丈量武乡为中国历史奉献的丰碑到底有多高多大。她说一口纯正的武乡话，她一回到她的乡村便是这样，乡音是她最美的表达。她亲切地与那些参加过抗战的老战士交谈，那些老战士也亲切地看着这个漂亮的女娃娃。她坐在乡亲们的炕头，听他们已经久远得再也不想回望的记忆。而背过身去，她会哭泣，她的头很多次埋在方向盘上不愿抬起。我心疼她。真的，她那弱弱的肩膀怎能扛得起战争带来的伤痛啊！

擦擦泪，继续寻找和丈量，这是她的使命！

书中篇章是波澜起伏的，每一位老战士都有不一样的故事，每一个故事都有不一样的残酷，带给我们的冲击也不一样。

蒋殊对发生在这块土地上的战争，不论大小，都有涉及，但她没有把笔墨停留在战争的过程，没有停留在战场，而是去找寻曾经参与者的来龙去脉，探究他们与战争交叉点上有什么样的心理，也努力表述他们的现时状态，由这个角度来让我们看清战争带来的创伤以及难以愈合的心理隐痛，不论是正义的一方，还是非正义的一方。

实际上，她能得到的实在有限，历史早已被时间这个刽子手弄得面目全非。这些老战士已经是风中烛、雨中花。在他们心里，时间失去了具体的标准和计量能力，能回忆到的东西也有与历史相背而行的态势。她只能一点点地拼凑，再从史书中扒出只言片语来，小心地求证、订正和补充，以期还原出一段过往。明明知道是不能再复原的过程，可还是得进行下去。因为即便是这样，也远远超过了民政局登记簿里单薄的名单，超过了各种书籍中不成样子的零星记录。这个过程中，虽然只能感知一些细节，虽然还是模糊的，而历史却清晰起来。

所有的历史都会隐没，我们看到的都是书写者的历史，她已尽量去打捞历史的碎片了，一个作家的良知已经呈现阳光般的明艳。

蒋殊的笔下，山川、河流、土地、草木都是有生命的。它们在特定的时代参与战争，"脚下的这片土地，一寸一寸尸骨遍地，想着想着，风便来了，呜呜咽咽"，"坐在阳光里对抗孤独"，"一头驴的耳朵顺着风贴在脸上"，"老槐的心里，藏着血泪"，"疲惫的羊山最后挺立起伤痕累累的身躯"。这些语言多么美啊，合情合理地流淌出来，在武乡的土地上跳舞，而由这样的美去构建战争的痛，又有着撼动人心的力量。你读了，就会懂。

她的笔下，那样惨痛的历史，幸存的老战士无一例外地安享生命，享受阳光，且对现今的生活存有感恩之心。他们身虽伤残，心却高贵，静静地在光阴里守着人世最后的温暖。

想到这些，便要哭！

对于他们给予这个世界的，对于武乡这块土地给予我们的，我们有什么回报呢？蒋殊没有说，但我知道，她悄悄问出两个问题，那就是人们该怎样看待逝去的历史，该怎样对待我们的生命。

我不擅表达，只是看着她的努力。她希望将来人们记住的是她的文字。

她用这些文字，在心里，为所有的英灵竖起一块碑，一块无字的神圣的碑，一块有风骨的碑。

如果这些文字变成带有墨香的书页，有棱有角，逶迤归来时，我想，我是不是不会再看了？看一次有一次撕裂般的痛，看一次体会一次蒋殊流不尽的心头泪。

泪流过之后，我却知道，蒋殊以她的文字站立，为了铭记！

一个人的创作，一群人的梦

王松涛

在承德，有一座钢城，钒花似锦，红钢闪烁。开发建设60余年来，被誉为"钒钛摇篮"的它，在技术进步、产品升级的同时，还"熔炼"出了22位省级作协会员。

企业要发展，离不开精神力量做支柱。承钢人把文学创作看成重要的精神力量。

2018年，河钢承钢作协选拔一批才德双馨的青年文学爱好者，开展为期21天的创作养成训练。

21天里，参训人员克服生活和工作上的种种困难，即使孩子断奶、乔迁、成婚、感冒发烧仍要每天坚持写作1000字以上。

21天里，参训人员你追我赶。大浪淘沙，小浪淘金，坚持下来的参训人员，下笔精准，思维开阔，现已成为承钢宣传战线的主力军，成为承钢文学创作的接力者。

在他们身上，我看到了当初的自己。

书写文字对我来讲是件很庄重、神圣的事情。我在心底给自己立下一条写作信念：写钢城人的"真故事"。于是，我以创

415

作非虚构文学、报告文学、纪实散文为表达方式，以钢铁人的一份担当书写钢铁。钢铁是什么？钢铁是国之脊梁。我立志用真实感人的篇章，回报企业，服务国家。

我工作的企业，让我的写作有不竭的创作灵感和众多的写作素材：入职不久、求知若渴的新工友，古道热肠、多年如一日的老班长，事必躬亲、恪尽职守的安全员，讲实干、一心钻研技术的钢铁匠人；宽敞明亮、布满现代化设施的高大厂房，紧张忙碌的生产一线，弧光闪闪、的检修现场……这为我、为钢城的写作者，铺就了写作道路上一级又一级的石阶，勾画出了清晰明朗的写作思路。

有人说，写作是苦中寻乐。我说，写作就像是一场拉力赛。我们这些钢城写作爱好者组成团队，用感知和技巧，书写钢城的每一次飞跃。

犹记得，开始写作的第二年，父亲多年的顽疾又发作了。通过我邮寄回去的一张张河钢承钢自办的报纸，母亲了解到我正在被文字重新洗刷、滋养，重新塑造着。母亲担心影响我对文字的热爱和忠诚，对我隐瞒了父亲的病情。电话里，慈祥的母亲话语平静，毫无异样地说："没大事，不用惦记。"不久之后，当"爸爸手术很成功，不要影响工作和学习"这句话出现在我的手机短信里时，我心底深深的愧疚将抑制已久的泪水逼出了眼眶。将这些文字敲打在电脑上的时候，我才忽然发现，朴实的文字是这般多情。

依然清晰记得《十月的雪》刊发在河钢承钢的报纸上时，我心潮澎湃了许久。那双原本盯游标卡尺的眼睛，那双原本抡扳子、操作设备的手，亦可以将文章的独特魅力找出来、写下来！从那时起，我知道了，美感并不是独立存在的，还有文章给人从心灵上带来的张力和升华。

时光匆匆而过，是文字温暖了我。我用文字，将对家乡的思念在稿纸上进行重新演绎。《我的鄂伦春朋友》《我欠草原一杯酒》《北国之春》《家在东北》……这些与家乡有关的文字慰藉了我那颗驿动的心，让我不再觉得自己是一个漂泊在外的人，而是一个文化的传播者。是我，让我的同事们品尝着、欣赏着来自北国家乡的文化和景色。

在河钢承钢这座钢城，厚重的文化以特有的美感存在着、繁衍着、壮大着。河钢承钢的文学爱好者用勤劳的双手和敏锐的才思讴歌着这里的温度、这里的激情、这里的精神。我亦如嫩芽一般摄取着这里的文化汁液。在这个文学妙手如云的企业里，我如饮佳茗般欣赏着、学习着。是那些不曾谋面的作者，教会我好作品要有血有肉，既要有道理又要有故事，林间风、山中泉、海中浪都要赋予生命。

在这个精彩纷呈的世界里，我们都有着各自的梦想和愿望。我的梦想和愿望非常简单，那便是与钢铁和文字相守，终生为伴。

我们需要借助文字一笔一画刻录时光，也需要用钢铁铸造生活，我愿埋首耕耘在文字里，埋首于钢和铁的所有时日，让初心如故。

创作，是一个人的事，也是一群钢铁人的梦。

钢铁，何以生香

陈定乾

众所周知，钢铁就是"铁板一块"，怎能生香？是的，它确实能生香。改革开放40年间，我国已从"以钢为纲"发展成为占世界钢产量一半以上的钢铁大国，今天正向高质量的钢铁强国迈进。钢铁产品的最高真谛，是注入钢铁人的匠心而弥久生香。钢铁之香，可概括为化学成分之香、生产工艺之香、超级性能之香和钢铁文化之香，有此四香，香飘万里。

我是1984年进入湘钢的，至今已整整34年了，是钢铁行业改革开放40年的亲历者。在向高质量钢铁强国迈进的伟大征程中，回想过去，展望未来，激情澎湃，心潮逐浪高。

化学成分之香，是钢铁所特有的清香。钢铁的化学成分，就像我们做食品的各种主材和辅料，调整成分配方，生产出满足使用要求的产品。1958年，国外采用微合金化（添加极小量的合金元素）技术试验生产了热轧板带。这种热轧板带，添加了微量合金，通过控制终轧温度和采用轧后冷却工艺，体现了特殊元素的强韧化效果，同时为高强、高韧性钢铁的研制开发奠定了基础。随后，微合金化元素广泛应用于热轧结构钢和先进高强汽车钢。1975年在美国华盛顿召开的国际微合金会议成为标志性节点，这次会议后的第三年，正值我国改革开放开局之年，我国冶金工作者乘着改革开放的春风，紧跟世界钢铁进步的步伐，以宝钢为代表的钢企迅速将成分技术运用到生产实践中，取得了巨大成功，成为世界钢铁业的标杆。我国冶金工作者在不断优化化学成分的基础上，还提出许多理论和方法，如四个维度（即化学成分、生产工艺、组织、性能）理论。化学成分仍然为关键维度，起关键作用。改革开放40年来，广大冶金工作者摆脱了思想束缚，让合金化技术在低、中、高碳钢开花结果。近年来，冶金工作者开展了一系列研究，获得了微合金化在钢中的一些新现象和新应用，进一步丰富了微合金化元素的知识宝库，为即将迈向高质量发展的钢铁强国提供强有力的支撑。

生产工艺之香，更多体现在钢铁人手中，工艺决定钢铁材料的组织结构，最终决定产品超凡脱俗的性能。有人说，钢铁产品除了铁矿石等原材料的原生态自然之香，再就是炼、轧、热处理延伸了钢铁的风味。比钢材的神奇和实用更引人注目的是，一大批钢铁产品制造工艺难度极大，给钢铁添上神秘的色彩。生产工艺与化学成分浑然一体，这正是"钢铁大餐"的中华风味！广大冶金工作者通过优化工艺条件，控制钢铁产品的组织，让设备的效能得以淋漓尽致的发挥。他们实行比原来强度和韧性高得多的"两高"甚至"多高"钢铁产品生产，达到了资源节约和环境友好"两型"社会建设的要求。

超级性能之香，用"日新月异"和"大吃一惊"来形容一点不为过。据《中国冶金报》报道：一车600公斤、厚度仅为0.02毫米的不锈钢目前在山西问世，这是目前中国最薄的不锈钢。这种厚度为0.02毫米、宽度达600毫米的不锈钢也叫"手撕钢"。仅有A4纸四分之一厚度的"手撕钢"，可以在工作人员手中被轻而易举地撕碎。中国科技的进步一直在点滴中累积，独创性进步正在涌现。"手撕钢"的出现，标记了科技进步的又一坚实步履。还有能够弯曲的耐磨钢。众所周知，耐磨钢由于硬度高，柔韧不好，高处跌落下来都可能会断裂。经过中国钢铁人的努力，具有大弯曲功能的耐磨钢出现了，并且获得了国家专利。

钢铁文化之香，让钢铁产品浓香四溢。钢铁文化在于敢于尝试、敢于实践和总结思考，归根结底是创新。创新是一个民族进步的灵魂，是国家兴旺发达的不竭动力。改革开放让钢铁人明白了一个道理：如果自主创新能力上不去，一味靠技术引进，就永远难以摆脱技术落后的局面。没有创新能力的民族，难以屹立于世界先进民族之林。正如习近平总书记指出的，坚持创新发展，就是要把创新摆在国家发展全局的核心位置，让创新贯穿国家一切工作，让创新在全社会蔚然成风。创新在于持之以恒，需要探索精神和实践验证。改革开放40年，中国经济发展多次面临外部环境变化的考验。每一次挑战，对钢铁行业总会涌现嘈杂的声音和悲观的看法。然而，钢铁人以独特的文化，用清清楚楚、明明白白的事实告诉人们，中国钢铁行业作为国民经济基础工业永远是不可或缺的，是能在困难当中成长、壮大的，这就是钢铁的本性。挺起中国钢铁脊梁，拥抱世界吧！

一批具有国际竞争力的钢铁企业走上了国际大舞台，浓香四溢，不但产品匠心独运，而且有的走到了世界钢铁舞台中央。他们有的饱含厚重历史传承，有的在改革开放40年中诞生，中国钢铁大家族崛起正是中国改革开放铿锵脚步的真实写照，脚步声声催人奋进。毛泽东同志说："一个粮食，一个钢铁，有了这两样东西就什么都好办了。"钢铁是国家独立经济体系的基础，是发展国家工业体系的前提。满足需求的钢铁产量和品种，是国家强盛、国防强大的支柱。如今这两个问题都解决了，中国的国际地位提高了，国际影响力扩大了，钢铁工业正在向高质量发展的愿景奋进，做世界钢铁大国更做世界钢铁强国。

听，"手撕钢"的声音

杨眉官

　　走进宽敞高大的厂房，我看见那绿色的钢卷，整齐有序地码放在那里。身穿蓝色工作服，头戴深红色安全帽的工作人员，手里拿起油光纸似的东西，轻轻晃动几下，随手撕成了条状。他兴奋地说："这就是太钢新近生产的'手撕钢'。"

　　"手撕钢"？听到这个名字，我感到非常新颖和好奇：坚硬的钢铁，怎么能用手撕开呢？好奇中，我睁大双眼，仔细观察发现，这种钢薄得就像是一张纸。不，它比纸还要薄。它的厚度为0.02毫米，只有 A4打印纸厚度的四分之一。

　　哦，怪不得呢，这么薄的钢板，用手当然能撕开了。听该厂同志说，这种钢是不锈钢薄板中的最薄规格。一般情况下，厚度在0.05毫米以下的钢材，就不称其为板材了，而是称为箔材。这种"手撕钢"，学名叫不锈钢精密箔材，拿在手里，轻而薄，柔而软；用手去摸，表面光滑，但透出钢坚韧的质感。

　　听说"手撕钢"在冶炼和轧制中，工艺要求非常高。从原料的筛选和配比，到火候的掌握，再到轧制的全过程，每一道工序都不能出现一点马虎和差错。否则，轻者整个钢卷会出现炸卷，重者会造成上千米的钢带尽毁。

以前听说，这样高品质的钢材只有日本、德国等少数发达国家才能生产。中国企业需要这种材料，只能从外国进口。这种钢材价格昂贵，是以克来论价的。这种钢材已成为制造柔性显示屏等柔性高精密产品的尖端材料，是钢铁材料中真正的新宠。

太钢要走向世界，冶炼和轧制出更高端的产品，必须掌握更高端的技术。1934年建厂的太钢，自中华人民共和国成立以来，在自力更生、艰苦奋斗精神鼓舞下，一代人接一代太钢人不断努力、不断奋进、不断攀登。在奋进和攀登过程中，太钢创造出很多全国第一，实现了自身的快速发展，但与发达国家的先进企业相比还是有较大差距。改革开放的春风，给太钢带来巨大的发展机遇。太钢人在改革进程中鼓起勇气，铆足干劲，不断探索创新。在冶炼和轧制钢材的过程中，他们战胜一个又一个困难，攻克一个又一个难关，科技进步让太钢这家老企业焕发青春，从过去只能冶炼和轧制低端不锈钢产品，逐步发展和提升为能冶炼和轧制多品种高端不锈钢产品的先进企业。

特别是近年来，太钢人在激烈的市场竞争中，瞄准高端技术产品，在研发中不断创新、攀登前行，先后冶炼和轧制出具有耐高温、耐腐蚀、高强度、抗强压、抗强震特性的系列产品，如碳纤维不锈钢、高强磁轭钢、镍基耐热合金钢、冷轧硅钢、热核聚变不锈钢、新能源汽车用不锈钢等。这些高端产品，广泛应用于航空航天、军工、核电、高铁、轿梁、石油、化工、汽车、家电、计算机等领域。

太钢在研发和生产大批量不锈钢钢材的同时，也在研发和生产小批量品种钢材。如2017年，太钢一举攻克了"笔尖钢"工艺难题，填补了我国"笔尖钢"生产工艺技术领域的空白；2018年，又研制和生产出"手撕钢"——不锈钢精密箔材。这种箔材质量达到世界先进水平，宽度超过了世界发达国家水平。

不锈钢精密箔材的成功研发和生产，标志着太钢的冶炼和轧制技术提升到了新的高度，正在向世界最高端迈进。

"手撕钢"——不锈钢精密箔材的研制成功，很快得到世界各国专家和客户的认可。2018年8月9日，重达600公斤的钢箔销往德国。

40年的改革开放，提升了我国的创造能力，促进了我国的经济发展。钢铁作为国民经济支柱产业，在改革开放中创造出一个又一个奇迹，取得了一个又一个辉煌业绩，让世人刮目相看，让钢铁人非常自豪。

李白在《秋浦歌》中写道："炉火照天地，红星乱紫烟。赧郎明月夜，歌曲动寒川。"这种冶炼场景，早已看不到了。今天，我们的钢厂，绿树成荫、鸟语花香；我们的车间，干净明亮、宽敞高大。现代化的钢厂，轧制出的不锈钢钢材发亮闪光，让人喜爱……

"手撕钢"是由太钢不锈钢精密带钢公司生产的。当工人抖动不锈钢钢箔发出轻轻的声音时，我真不知道该用什么样的语言来形容它的悦耳动听。特写此文，祝愿我们的祖国、祝愿我们的钢铁工业，在改革开放的进程中不断奋勇向前！

带两瓶雪梨酒回来

刘鹏凯

赴西班牙巴塞罗那参加展览会，回国途经意大利时，一位朋友让我带回两瓶意大利雪梨酒。我来到一家超市，终于在五颜六色的酒品中找到了那种瓶中带有雪梨的酒。一个黄澄澄的雪梨立在瓶中，一眼看去似水晶工艺品，更像静物油画，让人一见钟情，爱不释手。

拿着独具特色的雪梨酒，我仔细揣摩，小小的瓶子怎么放进了大大的梨呢？哦！原来酒瓶是装配式的，灌酒之前先将梨从瓶子的底部放入瓶中，再用玻璃胶封好底部，然后才将酒灌装进去。

我为意大利酿酒商刻意营造的这种雪梨酒卖相叫好。它一花独放，显得十分与众不同，使人很快能把它从众多品牌的酒中辨别出来。一种看得见、摸得着的"雪梨"真实感，给人留下强烈的第一印象，激发起顾客的购买欲望。这种感觉是被产品无形之"手"抓住后的"眼球效应"。这种效应在特定的情景下，超越了物质本身，使消费者产生渴望得到这种商品的心理需求。这种极具个性的营销，就是广告、就是特色！

其实，我们身边许多东西都具有特色，眼光敏锐的经营者很善于从人、物、事蕴藏的特色中开发出独特的价值。和蔼可亲的肯德基创始人山德士老人的头像是肯德基餐厅的显著标志。江西瓜农刘新女在西瓜长到八成熟时，将写有"福""喜"等吉祥字词的纸贴在瓜皮上。经过阳光照射，这种表皮带有吉语的西瓜很受消费者欢迎，其实这卖的也是特色。市场上有那么多的果酒，意大利的这种雪梨酒如果没有特色，谁会不远万里沉沉地带上两瓶呢？

一家企业无论生产什么、经营什么，有特色才会有个性，有个性才会有魅力。特色是区别于众人的标志，时下与众不同已成为消费者追求的时尚。市场是无限的，怕就怕生意人的眼光有限。三百六十行，不管干哪一行，只要有独到之处，产品或服务能让人耳目一新，顾客消费后还会想到你，这就是成功。有道是，花不鲜艳不美，厂无特色不活。一家企业要想在"难赚钱"时赚到钱，就必须在认真研究消费者心理的基础上，围绕自己的特定环境、现有条件和消费群体去挖掘、整合产品，使产品从内质到外观再到外延，尽可能凸显出与众不同的个性特点；不步人后尘，而是抢先一步，创新思维，匠心独运，找准目标顾客独特的性情、志趣和心境，推出独特的产品和服务，将自己的才能变成特色、变成财富。

巴塞罗那是西班牙加泰罗尼亚自治区的首府，也是古老的加泰罗尼亚文学和艺术的发祥地。参观毕加索博物馆时，随团翻译给我们讲述了世界艺术巨匠毕加索17岁时说过的一句话："在艺术上人们必须杀掉自己的父亲。"艺术如此，经营亦如此。

成功在于创新，只有打倒自己、否定昨天、创造今天，才能在创新中赢得明天。

改革春风拂家乡

李赐安

父亲打电话给我:"安子,山上的板栗、麻梨,还有猕猴桃都熟了。休假的时候回家来上山摘去,都是你从小爱吃的呢……"

我的家乡地处巴山腹地,山势险峻。儿时零食较少,记忆中到了十月,山里的板栗、麻梨、猕猴桃熟了,它们是这个时节孩子们的主要零食,但要翻一座山才能找到。为了这些野果子,凌晨四五点我就起床带上干粮,和小伙伴一起进山,直到天黑才回家。如今,家家户户房前屋后都种上了猕猴桃、板栗等果树,再也不用翻山了。

每次回家我都能感受到家乡的变化。那些年由于受环境所限,家乡的青壮劳力都出去打工了,留在家的不是老人就是小孩。近些年,随着国家安居工程、移民搬迁、灾后重建等帮扶政策的落实,一栋栋漂亮的小楼如雨后春笋般拔地而起,家乡兴办起了茶园,大家在家门口就能赚到钱。小学同学养起了肉兔,李二叔正在筹建养牛场,看见我回来,李二叔拉着我的手说:"安子,你来看看二叔办的这个牛场咋样。建好这个养牛场，就再也不用出门去打工了，还是咱们家乡好啊！"李二叔露出幸福的笑容。

　　路过村卫生室，里面热闹非凡。记得小时候，父母最怕我们生病，他们总是说："黄金有价，药无价。"生病了也不去看，实在熬不过去了才到医院包几包药。如今农民有了医疗保险，看病再也不是难事。前段时间，邻家张大爷的孙女脖子上长了肿块，到医院检查是活性肿瘤，需要做4~5次化疗，每次化疗需5万元。张大爷家刚建了新房，还有两个小孩在读高中，本就不宽裕的家庭雪上加霜，一家人愁眉不展。这时候农村医疗保险及时报销了女孩的医疗费用。乡亲们又发动身边众人，筹集到5万多元爱心款，帮张大爷一家渡过了难关。

　　走进家乡的小学，眼前是一栋崭新的四层教学楼。儿时青砖外露的破旧教室也已粉刷一新，摇身一变成了图书室、音乐室、计算机学习室。学校东北角还修建了漂亮的幼儿园。据说，学校提供免费早餐，每天早上孩子们都能吃上鸡蛋和面包，还有牛奶。

　　傍晚，村广场上响起欢快的音乐，年轻的小媳妇跳起了广场舞，大妈们也跟在后面扭了起来。我向四周看了看，总感觉少了些什么。仔细一瞧，原来是以前生意兴隆的麻将馆没有了，取而代之的是老年活动室、乒乓球室。

　　无论是村容村貌的改变，还是生活方式的变化，都离不开家乡人的奋斗，更离不开党的好政策。我坚信，在中国共产党的领导下我的家乡会变得更加美丽，我们的生活会越来越好！

二舅家的"别墅"

罗维龙

暑假，二舅家的表妹三番五次打电话，让我带着孩子回乡下看他们的"别墅"。他们家哪来的别墅？二舅家是亲戚里最穷的一个，前庭后院就两座厦子房，火墙烟熏火燎，已黑得像刷了漆；梁、檩与椽之间的支撑墙，一角塌陷，怕雨水飘进屋内，用塑料布遮着，没走进村，窟窿里早就跑出煤烟迎接你；院墙也不起眼，由土坯垒砌而成，豁豁牙牙的，多少年不曾修缮，美丽的田园风景从这一角度去看，总是错错落落地掉在地上。每到去舅家走亲戚，我都要躲到大姨妈、二姨妈家去吃饭………

对于表妹的邀请，我忧心忡忡，表妹口中的"别墅"，一定是天方夜谭了。二舅、二舅妈已去世，破败的家庭，能平安赶上这个好时代就不错了。我一再推托，亲戚们不满，表妹更是伶牙俐齿、尖酸刻薄起来，她说："在外面做事，可能早把穷二舅家给忘了吧？又不是要你钱，借空回老家看看就这难。"亲不见怪，我和表妹一块长大，同桌上学到初中。那时我还小，父母在几百里之外的城市上班，一年见不到几次，所以二舅拿我当儿子养着，有好吃的好玩的，我和表妹优先享用。两个表姐虽然也深得舅舅宠爱，但遇到好事只有看的份儿。让我最难忘的是，有一年的八月十五，二舅和二舅妈去买月饼，我吵闹着要好吃的，表姐翻遍了盆盆罐罐也找不到，最后捉了一些知了用油炸了给我吃。初次吃知了，糟蹋了许多蛋白质，只知道吃知了头上的瘦肉丝。盐放得太多，咸得我直咳嗽，赶紧倒水喝。那时人小爱逞能，抢着倒开水时，把舅妈新买的热水瓶打破了。表姐怕挨揍，躲到了三舅家外婆的炕上。舅妈回家看到我守着破热水瓶发愣，不但没有责怪，反而摸摸手摸摸脚，笑眯眯地说："把哪儿烫着没有？ 以后喝水，让你姐倒给你，可千万别烫着了呀。"晚上大家一起吃月饼时，表姐问我："妈打你了没有？""没有！"我说。表姐瞪着眼说："你的命可真大！"

时光荏苒，岁月如水。这些年来一直忙于学习、工作，经营家庭，乡下的人和事搁置得久了。手不触书吾自恨，人情冷暖更可问。亲情不能忘，8月，我带着孩子去了二舅家。高大的门楼，宽敞的门房，门前停着小轿车。

走到门口，不敢进。烙印在大脑中的土墙土房、闲鸡、懒猪、捣蛋羊，不见了，土坯院墙也不见了。犹豫间，表妹嘻嘻哈哈地跑了出来。

"看我这别墅怎么样？"走进院子，表妹没忘她的"别墅"。我也要认真看看这"别墅"的模样。

所谓"别墅"，青砖青瓦两层楼，红墙帷，红圈梁，朱漆大门守中央；雕刻吉祥顺房绕，对对窗子格外明。进得屋内，全瓷砖铺地，楼上楼下装饰一新，做饭用的是电磁灶，冬夏调温有空调。"这样用电，一年电费很贵吧？"我问。表妹捂着嘴，笑着说："不贵！主要是农村实行煤改电，国家给每台空调补贴1000元。"

"现在，咱们生活怎样？靠什么维持平日的开销？"我问。

表妹指了指满屋子的家用电器说："光靠地里刨着吃，一辈子都富不了。穷得想逃离的时候，就考虑改变！于是我们遵照国家精准扶贫政策，因地制宜，在外学做沙发，做汽车装潢，再回到当地发展。没想到，80万元盖套别墅也没费个啥事。"表妹脸上洋溢起幸福的微笑，她接着说，"高铁从咱的地里经过，部分土地被征用，你妹夫当了高铁巡警，有收入保障；我把创业的事交给孩子去干，现在我回到学校，干我喜欢干的教师。现在农民生活不比城里差，真真确确感谢党对农民的关怀，才使咱家有了比蜜还甜的富裕生活。"

听完表妹的这番话，我仿佛看到一股股温暖的力量，正支撑着农村走出贫穷落后，走向美好的新时代。

那棵无花果树

许久红

八月，秋阳杲杲，翁郁的树木也不能阻挡肆意洒下的阳光。树荫下三三两两的老人正闲话家常，他们神情安逸从容。禹华园小区没有特别的景致，一棵无花果树长得郁郁葱葱，见证着小区人们生活的变迁。

1997年：村庄和房东

自西轧开始筹建，旁边那安静落后的村庄便热闹起来，房租也随着轧钢工人的入住涨了起来。我们都是刚从学校出来，对工作、对生活充满了新鲜、充满了干劲，就连老厂长说"这个月工资不发了，每人先发50元饭票"，大家听后也只是淡淡一笑，继续干活。每逢重大节日，厂里都会安排聚餐，发免费餐券，从饭堂师傅手里接过一份小酥肉时，心里满是幸福。所有的苦和累都不算什么，我们都还年轻，都充满信心，都怀揣梦想……

钢厂终于投产，厂里给工人分了房。但对于已经熟悉了的村庄和房东有点儿不舍，放假时还会去转转。看见房东叔叔剪下一地的无花果树枝，有点可惜，便问："怎么剪下了，不要了吗？""太多了，发的枝太多。""好养吗？能插得活吗？""能，这玩意儿见水就活。"于是捡起一枝，插在平房门前。闲时浇浇水，看它一点点成长。

1998—2005年：平房和菜地

这时，小区还不叫禹华园，只有两栋低层楼房，其他的都是平房。小区中间有一大片空地，一些年长的工人便在空地上垦荒种菜。

工作忙了，村里去得少了，那棵无花果在大家精心看护下慢慢长大。平房门前种了很多蔬菜，无花果显得那么别样，会让我们想起村里的日子。

随着企业的发展，厂里要在平房前建厨房。无花果树被迫往前移了移，但依然茁壮成长着。每到结果的时候，左右邻居大人小孩都很好奇，也很喜欢。

2005年，平房住户搬入了单元楼。无花果树怎么办呢？舍不得，反复叮嘱平房的新住户："这个很好养，只要浇水就好！真的很好养，只要浇水就好！"

2006年以后：禹华园和高楼

小区要建高层住宅楼，平房被拆掉，无花果树又没了去处。心里有些伤感，朋友提醒，移到中心花园那边吧。最后和一位阿姨商量，移到了她家楼下的草坪上。这一移，就是十多年。

　　移栽过程中，我们把一棵分成了两棵。现如今，这两棵无花果像两把绿绒伞一样撑在那儿，树干有碗口粗，叶子又宽又大，像张开的手掌，绿叶挨挨挤挤，一阵风吹过，叶子来回晃动，发出哗哗啦啦的声响。

　　企业在飞速发展，我们也在进步。就像这无花果一样，顽强不屈，无私奉献。无论环境怎么变化，我们都必须昂起头，挺起胸，坚定向前！

父亲的老物件

吴洁

老辈人怀旧，更念旧，再旧的东西也舍不得扔。即使生活条件好了，有些东西用不上了，但还是舍不得扔，好像那些东西掺着还没逝去的岁月。擅长翻东找西的我就在家里翻出几件父亲的老物件，翻出那淡淡的回忆，也翻出了伟大祖国改革开放40年的缩影。

自行车

库房里静静地站着一辆车胎已经瘪了的自行车，每每欲将之变卖时，都被父亲喝止了。父亲说，那时候大家都是背着黑馍馍，走十几里路去上学。唯一的交通工具是驴车，可驴比人金贵多了，要干农活，根本舍不得坐。自行车流行起来后，村里家境稍微好点的都买了自行车，飞鸽牌、红旗牌、凤凰牌，成为鲜红耀眼的记忆。父亲同母亲结婚时有了一辆自己的自行车，父亲总说那时候骑着自行车去城里，一点儿都不觉得累。

后来，坐在父亲自行车横梁上的我长大了，父亲还是一如既往地踩着他的老自行车。一天晚上，父亲同母亲商量，买辆摩托车吧，于是这辆老凤凰退休了。如今很多人家有了小汽车，可父亲说，国家倡导低碳出行，咱就不买小汽车了。从步行到自行车，再到摩托车、小汽车，改革开放40年贯穿了父亲大半个人生，他喜欢现在，亦怀念过去。

冰柜

刚上小学那会儿，我们小孩子最喜欢从小商贩那儿买冰棍。小商贩的自行车后座上有一只大木箱，用绳子固定着。木箱用棉花褥子捂着，里面放着的是一根根冰棍。我们眼巴巴地看着小商贩打开木箱，迅速拿出一根冰棍，又赶紧盖上，生怕冰棍化了。后来父亲接手了学校门口的小卖部。一天早上，我迷迷糊糊醒来，发现墙角放着一台崭新的电冰柜，华美牌，很漂亮。我悄悄打开冰柜，里面有一角的冰棍，五角的果汁。冰柜里结了厚厚的冰，不用担心冰棍融化。拿着冻成块状的果汁，让它在嘴边慢慢融化，是小孩子最大的幸福。再后来冰柜变成了冰箱，单开门、双开门、三开门，冷冻、保鲜、冷藏、解冻，功能应有尽有。但我家用的还是那台老冰柜，一直用了二十多年。新物件给予我们诸多方便，我却钟情于那逝去的回忆。

硬币

之前我在网上晒出老爹收藏的硬币，一圈人都言我是"富二代"。虽是玩笑，这些硬币却是父亲保存了近三十年的宝贝。挣工分的年代，一角钱都是大钱，硬币甚是流行，老爹的硬币盒里就有1分、2分、5分的硬币。现如今出门都不用带现金了，刷卡、微信、支付宝……感叹改革开放40年，它给我们带来更精彩的生活，带来更灿烂的世界！

　　父亲的老物件不应被丢弃，更应珍惜，那是改革开放40年最真实的见证；逝去的记忆不应该被忘却，更应牢记，那是改革开放40年最真诚的回忆。感恩现在的美好，期待更辉煌的明天！

跋一

铸就冶金文学新辉煌

陈洪飞

冶金是国民经济的重要支柱，行业贡献巨大，各类人才济济，在中国现代化建设中有着不可替代的作用。人民共和国成立70年来，中国已从钢铁贫国跃升为世界第一钢铁大国。

植根于这片肥沃的土壤，70年来，中国冶金文学事业不断成长壮大，大批反映钢铁工业的文学精品佳作在社会上产生广泛影响。为了让读者感受中国冶金文学的力量，中国冶金报社、冶金文学艺术协会、中国冶金作协共同策划了"新中国冶金文学系列丛书"出版工作。

梳理中国冶金工业文学创作的发展之路，一大批作品深入人心，一个个著名作家的名字熠熠生辉。著名作家草明、艾芜、于敏、蒋巍等扎根钢铁企业，融入钢铁工人中间，创作了《乘风破浪》《百炼成钢》《钢铁巨人》《第二个回合》《咱们工人》等有影响的作品。李建纲、王维州、池莉、杨健等作家都是从钢铁企业走向文坛的。

此外，成长在冶金企业的业余作家群，是极具冶金行业特色的文学现象。这些作家群散布在冶金企业里，比如武钢作家群、马钢作家群、包钢作家群、莱钢作家群、承钢作家群等等。这些作家群经常组织各种活动，进行冶金文学创作和研讨，推出的许多作品，在冶金行业乃至全国工业文学创作领域享有广泛的声誉。这些作家群聚集的一批奋战在钢铁生产一线的优秀作家，其中不少人是中国作家协会、中国冶金作家协会会员。他们创作思想端正，社会经验丰富，人生感悟深刻，写作技巧娴熟，文学成果丰硕。他们以自己的人格魅力、创作思想和文学作品团结、带动全国冶金作家队伍，促进着冶金文学事业的发展。与此同时，一批民营钢铁企业的文学创作活动日益活跃，创作的作品数量和质量大幅提升。将全国各钢铁企业文学爱好者创作的优秀作品汇编入"新中国冶金文学系列丛书"，是为中国冶金文学留下丰厚精神财富和宝贵历史文献资料的有益实践。

随着社会的变革、经济的转型、文化的发展，特别是改革开放40多年来，冶金作家群体高唱钢铁壮歌，创作出一批有筋骨、有道德、有温度，思想性和文学性有机统一的优秀作品。这些作品直面冶金生活，写钢铁、写矿山、写冶建、写社会、写人生，不仅数量多，且社会影响力日益提升。特别是2018年在《中国冶金报》开展的"庆祝改革开放40周年"文学作品征集活动中，大批书写在改革洪流中，中国钢铁行业波澜壮阔发展历程和钢铁人奋斗足迹的作品脱颖而出。这些作品在《中国冶金报》副刊、《中国冶金文学》杂志、《冶金文苑》微信公众号、冶金文协微博等各种媒介平台发布，掀起了冶金文学创作的新高潮。

在冶金文学创作形成新"高原"之势的同时，为深入学习贯彻党的十九大精神，中国作家协会号召各团体会员单位积极组织广大作家和文学工作者，以文学的式样服务时代和社会、服务人民群众，做新时代的"钢铁红色文艺轻骑兵"。2018年3月，中国冶金报社、冶金文学艺术协会、中国冶金作家协会组织冶金行业作家和文学爱好者开展了"访延安　看陕钢"采风活动。短短几天采风中，作家们先后创作了20多篇（首）作品在《中国冶金报》副刊等媒体平台刊发，引起冶金行业内外热烈反响，形成了一股助推中国冶金文学创作向"高峰"攀登的强大力量。

为集中呈现"访延安　看陕钢"创作实践活动、"庆祝改革开放40周年"征文活动中的佳作，"新中国冶金文学系列丛书"推出第一辑——《钢铁如此美丽》，以期让更多的读者欣赏到这些接地气、有深度、有激情的冶金文学作品。

奋进在新时代的钢铁产业大军，呼唤崭新的、有"钢铁味"的优秀文学艺术作品来启迪思想、温暖心灵、陶冶情操。新时代呼唤冶金文学创作者的新作为。新时代的冶金文学创作者正以坚定的文化自信，把握时代脉搏，谱写着更加生动的中国钢铁故事，唱响更加嘹亮的中国钢铁声音，展现新时代冶金文学创作者的历史责任和时代担当。

继《钢铁如此美丽》之后，"新中国冶金文学系列丛书"还将推出《庆祝中华人民共和国成立70周年优秀作品集》等系列书籍，大力展现冶金文学创作的新作为、新成绩，不断铸就中国冶金文学的新辉煌。

（陈洪飞，中国冶金报社党委书记兼副社长、

冶金文协常务副主席）

跋二

钢铁人爱读《钢铁如此美丽》

高扬

改革潮涌，风帆高悬。改革开放走过40年的历程，中国已发展成为世界第一钢铁大国，正向世界钢铁强国迈进，尤其自党的十九大以来，随着"绿水青山就是金山银山"号角的吹响，钢企纷纷转型，走上绿色、智能发展之路，"花园工厂""生态园林"成为钢铁业的新名片。钢铁业高质量发展引领新时代。

目前，《中国冶金报》记者谢吉恒老师告诉我，中国冶金报社正在编撰一部记录中国钢铁业改革开放四十周年的文集，缘于我单位2018年参与《中国冶金报》"庆祝改革开放四十周年"主题征文协办活动，特约我为此书写跋。我心中异常喜悦，欣然应允，有感而发如下。

新金钢铁作为"中国500强企业"、河北省民营骨干钢企之一，诞生于改革开放年代，成长于新时代，是众多民营钢企发展的缩影。新金钢铁与《中国冶金报》结缘合作20年，一路走来，得到了《中国冶金报》的关爱，他们服务新金、宣传新金，报企合作，我们实现共赢、我们受益匪浅。

我怀着感恩激动的心情，翻阅了《钢铁如此美丽》一书，感触颇多，归纳突出印象有四点：一是题材新颖多样。全书精选了80余篇作品，题材多种多样，既有专访，又有见闻录，还有报告文学、散文、诗歌等，围绕改革开放主题，让人目不暇接。二是作品典型有深度。入选的作品极具代表性，抓住了钢铁业发展的难点、热点问题进行深度剖析报道。三是具有浓郁新时代气息。入选文章紧扣新时代、新征程的脉搏，讲述钢企勇于担当，积极突围寻出路，不断攻坚克难、转型升级并化茧为蝶，华丽蜕变，成就卓越的典型案例；作品给人以启迪，催人奋进，具有浓郁时代气息，产生极大的鼓舞引领作用。四是文学色彩浓厚，作品好读、耐读。入选文章犹如一朵朵浪花，阅读后的收获绝不是简单的美景，更是冲击心灵的震撼，留下的是珍藏心底的故事，人物形象高大上，闪耀着国与钢的辉煌。此书全方位、多角度展现了钢铁业改革开放四十周年取得的辉煌成就，穿越时空再现时代精神，并折射出钢铁人薪火相传的强国梦想，读者能在阅读此书的过程中深切感受到中国钢铁业发展创造的奇迹，欣赏钢铁业的最美风景。

改革只有进行时，没有完成时。报道典型，记录历史，是为了更好地继往开来。书中以新时代精神为引领，如擂响新征程的战鼓，激励着钢铁人向更高、更精、更美的方向奋斗，不断创新，擦亮品牌，持续保持强劲的发展势头。

回首过往，一路既有鲜花，也有荆棘，钢铁人攻坚克难，用智慧和力量创造了令世人瞩目的辉煌成就。

　　展望未来，新一代钢铁人有信心书写、践行更为美丽的钢铁蓝图。在钢铁大国的基础上，进一步攀登高峰，向钢铁强国奋进，迎来新时代发展的一个又一个春天。

　　一本好书，可以启迪、明智、悦身心，由衷希望每一位阅读此书的读者，同我一样读有所感，学有所获。

2019年7月13日